Joanne Harris

DAS LÄCHELN DES HARLEKINS

Joanne Harris

DAS LÄCHELN DES HARLEKINS

Roman

Aus dem Englischen von
Charlotte Breuer

List

Die Originalausgabe erschien 2003 unter dem Titel
Holy Fools bei Doubleday, New York.

List Verlag
List ist ein Unternehmen des Verlagshauses
Ullstein Heyne List GmbH & Co.KG

ISBN 3-471-79482-4

Satz: Franzis print & media GmbH, München
Druck und Bindung: GGP Media, Pößneck
Printed in Germany

Für Serafina

TEIL EINS

Juliette

1

♥

5. Juli 1610

Es beginnt mit den Darstellern. Sie waren zu siebt, sechs Männer und eine junge Frau, sie in Pailletten und zerschlissener Spitze, die Männer in Leder und Seide. Alle trugen sie Masken, gepuderte Perücken, viel Schminke: Arlequin, Scaramouche und der langnasige Pestarzt, die scheue Isabelle und der lüsterne Géronte. Ihre goldfarben lackierten Zehennägel glänzten unter dem Straßenstaub, ihre lächelnden Gesichter waren weiß geschminkt, ihre Stimmen klangen so rau und lieblich zugleich, dass sie mir sofort zu Herzen gingen.

Sie kamen unangekündigt in einem ramponierten, grün und golden angemalten Wagen, dessen leuchtend rote Aufschrift jedoch für alle, die des Lesens mächtig waren, noch deutlich erkennbar war:

Lazarillos weltberühmte Schau!
Tragödie und Komödie!
Wilde Tiere und Fabelwesen!

Um den Schriftzug herum tanzten Nymphen, Satyrn, Tiger und Olifanten in Rosa und Violett. Darunter, in goldenen Lettern die Worte:

Königliche Schauspieltruppe

Das war sicherlich geschwindelt, obwohl es heißt, der alte Henri habe einen gewöhnlichen Geschmack und ziehe einer anspruchsvollen Tragödie eine Raubtierschau oder eine *comédie-ballet* vor. Schließlich habe ich selbst schon für ihn getanzt, und zwar auf seiner Hochzeit, unter den strengen Augen seiner Marie. Es war mein bester Auftritt.

Gemessen daran war Lazarillos Truppe gar nichts, und dennoch machte mich ihre Vorstellung wehmütig, sie rührte mich mehr, als es das Können der Schauspieler selbst vermocht hätte. Vielleicht war es eine Vorahnung; vielleicht eine flüchtige Erinnerung an das, was einmal war, bevor die Spaßverderber der Inquisition uns in ein kreuzbraves Leben gezwungen haben. Aber als die Darsteller auf der Bühne tanzten und ihre farbenfrohen Kostüme in der Sonne leuchteten, erschienen sie mir wie die stolzen, bunten Wimpel von Armeen aus vergangenen Zeiten, die über das Schlachtfeld marschierten und trotzig gegen die Lakenschnüffler und die Apostaten der neuen Ordnung demonstrieren.

Die auf dem Wagen angekündigten wilden Tiere und Fabelwesen waren nichts weiter als ein Affe in einer roten Jacke und ein kleiner schwarzer Bär, aber neben dem Gesang und der Maskerade gab es noch einen Feuerschlucker, Jongleure, Musikanten, Akrobaten und sogar eine Seiltänzerin. Es war ein großes Spektakel; Fleur lachte und juchzte vor Vergnügen und klammerte sich an meinen braunen Habit.

Die Tänzerin hatte dunkle Haut und lockiges Haar und trug goldene Fußringe. Vor unseren Augen sprang sie auf ein Seil, das an einem Ende von Géronte und am anderen von Arlequin gehalten wurde. Als das Tamburin erklang, warfen die beiden sie in die Luft, sie machte einen Salto und landete wieder auf dem Seil, ebenso graziös wie ich damals. Beinahe so graziös jedenfalls, denn ich war beim *Théâtre des Cieux*, und ich war l'Ailée, die Geflügelte, die Himmelstänzerin, die Fliegende Hexe. Als ich am Tag meines großen Triumphs auf das Seil stieg, ging ein Raunen durch das Publikum, die Zuschauer – vornehme Damen, elegante Herren, Bischöfe, Händler, Diener, Höflinge, sogar der König – erbleichten und starrten mit offenen Mündern zu mir empor. Noch heute erinnere ich mich an sein Gesicht – seine gepuderten Locken, seine erwartungsvollen Augen – und an den donnernden Applaus. Stolz ist Sünde, sicher, aber eigentlich habe ich nie verstanden, warum. Manche würden sogar behaupten, der Stolz hätte mich dahin gebracht, wo ich mich heute befinde – zu Fall gebracht, wenn man so will, doch es heißt auch, ich würde am Ende noch zu höherem Ruhm gelangen. Ha, wenn der Jüngste Tag kommt, dann werde ich mit den Engeln tanzen, sagt Sœur Marguerite, aber sie ist verrückt, ein armes zuckendes, von Flöhen zerstochenes Ding. Sœur Marguerite verwandelt Wasser in Wein mit Hilfe der Mixtur, die sie in einer Flasche unter ihrer Matratze aufbewahrt. Sie glaubt, ich wisse nichts davon, dabei kann in unserem Schlafsaal, wo die Betten dicht an dicht stehen, niemand ein Geheimnis lange für sich behalten. Das heißt, niemand außer mir.

Das Kloster Sainte Marie-de-la-mer steht auf der Westseite der Halbinsel Noirs Moustiers. Das weitläufige Gebäude hat einen großen Innenhof, und an einer Seite sowie nach hinten schließen sich hölzerne Nebengebäude an. Seit fünf Jahren wohne ich hier, bei weitem die längste Zeit, die ich in meinem Leben an ein und demselben Ort verbracht habe. Ich bin Sœur Auguste – wer ich einmal war, spielt keine Rolle, jedenfalls vorerst nicht. Das Kloster ist vielleicht der einzige Ort, wo man die Vergangenheit hinter sich zu lassen vermag. Aber die Vergangenheit ist eine heimtückische Krankheit. Sie kann durch einen Windhauch übertragen werden, durch den Klang einer Flöte, durch die Füße einer Tänzerin. Wie immer wird mir das zu spät klar, doch jetzt führt kein Weg mehr zurück. Es beginnt mit den Schauspielern. Wer weiß, wo es enden wird?

Die Vorführung der Seiltänzerin war zu Ende. Jetzt traten die Jongleure und die Musikanten auf, und der Chef der Truppe – Lazarillo selbst, vermutete ich – kündigte das Finale der Vorstellung an.

»Und jetzt, liebe Schwestern«, rief er mit geübter Stimme über den Innenhof, »zu eurem Vergnügen und Ergötzen, zu eurer Freude und Erheiterung wird Lazarillos weltberühmte Truppe euch eine Sittenkomödie vorführen, eine höchst ergreifende Geschichte! Seht nun«, er hielt inne, um die Spannung zu erhöhen, und lüftete seinen mit langen Federn geschmückten Dreispitz, »›*Les Amours de l'Hermite!*‹«

Eine Krähe, der schwarze Unglücksvogel, flog über uns hinweg. Einen Augenblick lang spürte ich ihren kühlen Schatten über mein Gesicht huschen und kreuzte die Finger zum Schutz gegen Unheil. *Sch! Fort mit dir!*

Die Krähe blieb unbeeindruckt. Sie flatterte schwerfällig oben auf den Brunnen, der mitten im Hof stand, und ich bemerkte den frechen Blick in ihren gelben Augen. Lazarillos Darsteller begannen unbeirrt mit ihrer Vorführung. Plötzlich machte die Krähe eine kurze Kopfbewegung in meine Richtung.

Sch! Fort mit dir! Einmal hatte ich erlebt, wie meine Mutter einen ganzen Schwarm wilder Bienen auf diese Weise verscheuchte; aber die Krähe öffnete einfach nur lautlos den Schnabel und zeigte mir ihre blaue Zunge. Ich widerstand dem Impuls, einen Stein nach ihr zu werfen.

Außerdem hatte das Stück bereits angefangen: Ein hinterhältiger Geistlicher wollte ein schönes junges Mädchen verführen, das daraufhin in ein Kloster flüchtete. Als ihr Geliebter, ein Clown, sich als Nonne verkleidete, um sie zu retten, wurden die beiden von dem bösen Pfaffen erwischt, der schwor, wenn er das Mädchen nicht bekomme, solle niemand es haben. Doch plötzlich tauchte ein Affe auf und sprang dem Bösewicht auf den Kopf, sodass die Liebenden entkommen konnten.

Das Stück war mittelmäßig, die Darsteller erschöpft von der Hitze. Das Geschäft muss ziemlich schlecht laufen, wenn die Truppe schon bei uns auftritt, dachte ich. Ein Inselkloster konnte ihnen nicht viel mehr bieten als Verpflegung und Unterkunft – eigentlich nicht einmal das, wenn man sich streng an die Vorschriften hielt. Vielleicht hatten sie auf dem Festland Ärger gehabt. Es waren harte Zeiten für fahrendes Volk. Aber Fleur war hingerissen von der Vorstellung, sie klatschte begeistert in die Hände und feuerte den kreischenden Affen lautstark an. Perette, unsere jüngste Novizin, die mit ihrem winzigen Gesicht und den struppigen Haaren selbst an ein Äffchen erinnerte, stand neben Fleur und juchzte vor Aufregung.

Die Aufführung näherte sich dem Ende. Die Liebenden waren in Sicherheit, der böse Pfaffe war entlarvt. Mir war leicht schwindlig, als hätte ich zu lange in der Sonne gestanden, und in diesem Augenblick meinte ich jemanden hinter den Darstellern zu sehen, die Umrisse eines Mannes im Gegenlicht. Ich erkannte ihn sofort. Die Art, wie er den Kopf neigte, seine Haltung, der lange Schatten, den er auf die weißen Steine warf, waren unverwechselbar. Ich erkannte ihn, obwohl ich ihn nur einen ganz kurzen Augenblick lang sah: Guy LeMerle, mein persönlicher schwarzer Unglücksvogel. Dann war er verschwunden.

So fängt es an: Mit den Schauspielern, mit LeMerle und dem Unglücksvogel. *Das Glück kommt und geht wie die Flut,* pflegte meine Mutter zu sagen. Vielleicht war es einfach an der Zeit, dass unser Schicksal eine Wende nahm. Die Welt dreht sich, wie einige Häretiker behaupten, und wo vorher Licht war, entstehen unheimliche Schatten. Vielleicht war da auch gar nichts. Doch während die Darsteller sprangen und sangen, aus rot geschminkten Mündern Feuer spuckten, hinter ihren Masken grinsten, herumtollten und zum Klang des Tamburins und der Flöte mit ihren vergoldeten Füßen den Dreck stampften, meinte ich zu spüren, wie der Schatten näher kroch, sich mit seinen langen, dunklen Flügeln über die bunten Kostüme und das klingelnde Tamburin, den kreischenden Affen, die Masken, über Isabelle und Scaramouche legte. Ein Schauer lief mir über den Rücken, trotz der Mittagshitze, die von den weiß gekalkten Klostermauern abstrahlte. Der Impuls, der alles in Bewegung setzte. Der Anbruch unserer letzten Tage.

Ich sollte nicht an Zeichen und Omen glauben. All das gehört der Vergangenheit an, der Zeit beim *Théâtre des Cieux*. Aber warum hatte ich ausgerechnet LeMerle gesehen, und das nach all den Jahren? Was konnte es bedeuten? Der Schatten hatte sich wieder aufgelöst, und die Schauspieler verbeugten sich schwitzend und lachend, warfen Rosenblüten über unsere Köpfe. Sie hatten sich ihre Unterkunft und ihren Reiseproviant mehr als verdient.

Neben mir klatschte Sœur Antoine in ihre fleischigen Hände, die Wangen ganz fleckig vor lauter Aufregung. Plötzlich roch ich ihren Schweiß, den Staub in meinen Nasenlöchern. Irgendjemand klammerte sich an meinen Rücken. Es war Sœur Marguerite, deren Gesicht mit den hängenden Mundwinkeln einen Ausdruck zwischen Schmerz und Freude angenommen hatte. Die Körpergerüche wurden intensiver. Die Nonnen, die an den aufgeheizten Klostermauern lehnten, stießen seltsam schrille, wilde Schreie aus, ein *Aiii!*, das Vergnügen und Erleichterung ausdrückte, als hätte die Hitze natürliche Energien freigesetzt, die ihren Applaus beinahe irrsinnig klingen ließen. *Aii! Encore! Aii! Encore!*

Plötzlich hörte ich es. Den Missklang einer einzelnen Stimme, die in dem tosenden Applaus fast unterging. *Mère Marie,* hörte ich. *Die Ehrwürdige Mutter ist …* Dann wieder das von der Hitze aufgepeitschte Stimmengewirr, dann wieder die einzelne Stimme, schriller als die anderen.

Als ich mich nach der Stimme umblickte, sah ich Sœur Alfonsine, die schwindsüchtige Nonne, hoch oben auf den Stufen der Kapelle stehen, die Arme ausgebreitet, das Gesicht bleich, die Augen aufgerissen. Nur wenige Nonnen schenkten ihr Beachtung. Lazarillos Truppe verbeugte sich noch einmal: Die Schauspieler machten die Runde, verteilten Blumen und Süßigkeiten, der Feuerspucker stieß noch letzte Flammen aus, der Affe machte einen Purzelbaum. Die Schminke auf Arlequins Gesicht begann sich aufzulösen. Isabelle – zu alt für die Rolle und mit einem deutlichen Bauch – schmolz in der Hitze dahin, das Lippenrot fast bis an die Ohren verschmiert.

Sœur Alfonsine schrie immer noch, darum bemüht, sich inmitten des Gekreischs der Nonnen Gehör zu verschaffen. »Die Strafe Gottes kommt über uns!«, meinte ich sie rufen zu hören. »Eine schreckliche Strafe!«

Einige der Nonnen schauten verärgert zu ihr hinüber. Für Alfonsine gab es kein größeres Vergnügen, als für etwas

Buße zu tun. »Himmelherrgott, Alfonsine, was ist denn jetzt schon wieder?«

Sie durchbohrte uns mit ihrem Märtyrerinnenblick. »Meine Schwestern!«, rief sie, eher vorwurfsvoll als zerknirscht. »Die Ehrwürdige Mutter Oberin ist tot!«

Bei diesen Worten legte sich Schweigen über uns. Die Schauspieler schauten betreten und verwirrt drein, als begriffen sie, dass sie nicht länger willkommen waren. Der Tamburinspieler ließ den Arm so heftig fallen, dass die Schellen klimperten.

»Tot?« Als könnte es nicht wirklich sein in dieser unbarmherzigen Hitze, unter diesem bleiernen Himmel.

Alfonsine nickte. Hinter mir stimmte Sœur Marguerite bereits die Totenklage an. *Miserere nobis, miserere nobis …*

Fleur schaute verwirrt zu mir auf, und ich nahm sie, von Gefühlen überwältigt, in die Arme. »Ist es zu Ende?«, fragte sie. »Tanzt der Affe noch mal?«

Ich schüttelte den Kopf. »Nein, ich glaube nicht.«

»Warum denn nicht? Wegen der Krähe?«

Ich musterte sie verblüfft. Fünf Jahre alt und sieht alles. Ihre Augen sind wie Spiegelscherben, die den Himmel reflektieren – heute blau, morgen so grauviolett wie eine Sturmwolke.

»Der schwarze Vogel«, sagte sie. »Jetzt ist er weg.«

Ich drehte mich um und stellte fest, dass sie Recht hatte. Die Krähe war verschwunden, sie hatte ihre Botschaft überbracht. In diesem Augenblick wusste ich, dass meine Ahnung richtig gewesen war. Unsere Zeit im Sonnenlicht ist vorbei. Die Maskerade hat ein Ende.

2

♥

6. Juli 1610

Wir schickten die Schauspieler in die Stadt. Sie zogen beleidigt ab, als hätten wir ihnen irgendwelche Vorwürfe gemacht. Aber es wäre nicht schicklich gewesen, ihnen zu gestatten, dass sie im Kloster blieben, nicht im Angesicht des Todes. Ich brachte ihnen Proviant – Heu für die Pferde, Brot, in Asche gerollten Ziegenkäse, eine Flasche guten Wein zu Ehren aller fahrenden Schauspieltruppen – und verabschiedete sie.

Lazarillo musterte mich. »Ihr kommt mir bekannt vor, *ma sœur*. Kann es sein, dass wir uns schon einmal begegnet sind?«

»Ich glaube nicht. Ich lebe seit meiner Kindheit hier.«

Er zuckte die Achseln. »Zu viele Städte. Am Ende sehen die Gesichter alle gleich aus.«

Ich kannte das Gefühl, doch das sagte ich ihm nicht.

»Es herrschen harte Zeiten, *ma sœur*. Schließt uns in Eure Gebete ein.«

»Gewiss.«

Die Ehrwürdige Mutter lag auf ihrem schmalen Bett. Im Tod wirkte sie noch kleiner und vertrockneter als im Leben.

Ihre Augen waren geschlossen, und Sœur Alfonsine hatte ihre *quichenotte* bereits durch den Nonnenschleier ersetzt, den die alte Frau stets abgelehnt hatte.

»Die *quichenotte* ist immer gut genug für uns gewesen«, pflegte sie zu sagen. »*Kiss not, kiss not,* haben wir immer zu den englischen Soldaten gesagt und die Haube mit den gestärkten Flügeln aufgesetzt, damit sie gleich Bescheid wussten. Wer weiß« – und bei diesen Worten leuchteten ihre Augen schelmisch auf –, »vielleicht verstecken diese englischen Plünderer sich immer noch hier in der Gegend, und wie soll ich dann ohne die Haube meine Tugend bewahren?«

Sie sei auf dem Feld bei der Kartoffelernte zusammengebrochen, sagte mir Alfonsine. Einen Augenblick später war sie tot.

Es war ein schöner Tod, sagte ich mir. Keine Schmerzen, kein Priester, kein Getue. Die Ehrwürdige Mutter war dreiundsiebzig – unsäglich alt –, und sie war schon gebrechlich, als ich vor fünf Jahren in das Kloster eingetreten bin. Doch sie war die Erste, die mich willkommen geheißen hat, sie hat mir sogar bei der Geburt von Fleur beigestanden, und einmal mehr überfiel mich die Trauer wie der unerwartete Besuch eines alten Freundes. Sie war mir einfach unsterblich vorgekommen – wie ein unverrückbarer Fels auf dieser kleinen Insel. Die liebenswürdige, einfache Mère Marie, die so gerne über die Kartoffelfelder ging, die Schürze nach Bäuerinnenart über dem Rock gerafft.

Die Kartoffeln waren ihr ganzer Stolz, denn auf dem kargen Boden der Halbinsel gedeiht sonst kaum etwas. Der Erlös aus dem Verkauf von Salz, eingelegtem Salzkraut und der auf dem Festland sehr begehrten Feldfrüchte ist die Grundlage für unsere Unabhängigkeit. Zusammen mit den Zehnteinnahmen ermöglicht er uns ein recht angenehmes Leben, selbst für eine wie mich, die an das freie Leben auf der Straße gewöhnt war, denn in meinem Alter ist es an der Zeit, den Reiz der Gefahr hinter sich zu lassen. Außerdem sage ich mir, dass selbst beim *Théâtre des Cieux* nicht alles Zuckerschlecken war, dass wir mehr magere als fette Zeiten erlebt haben, ganz zu schweigen von den Betrunkenen, den bösen Zungen, den Wüstlingen, den Männern … Davon abgesehen muss ich an Fleur denken.

Zu meinen zahlreichen gotteslästerlichen Ansichten gehört auch, dass ich nicht an die Sünde glaube. Da ich sie in Sünde empfangen hatte, hätte ich meine Tochter voll Kummer und Reue gebären müssen, hätte sie vielleicht auf einem Hügel aussetzen sollen, so wie unsere Vorfahren sich ihrer ungewollten Kinder entledigt haben. Aber Fleur war von Anfang an mein Augenstern. Für sie trage ich das rote Kreuz der Zisterzienserinnen, ich arbeite auf dem Feld anstatt auf dem Hochseil, ich widme meine Tage einem Gott, für den ich wenig Zuneigung und noch weniger Verständnis habe. Doch solange sie bei mir ist, ist dieses Leben alles andere als unangenehm. Im Kloster sind wir zumindest in Sicherheit. Ich habe meinen Garten, meine Bücher, meine Freundinnen. Wir sind fünfundsechzig Personen, eine große Familie, der ich mich in vielerlei Hinsicht stärker verbunden fühle als jeder anderen, die ich je hatte.

Ich habe mich als Witwe ausgegeben. Das schien mir die einfachste Lösung zu sein. Eine wohlhabende junge, schwangere Witwe auf der Flucht vor den Gläubigern ihres verstorbenen Ehemannes. Der Schmuck, den ich in Epinal aus meinem zerstörten Wohnwagen gerettet hatte, reichte aus, um mich ins Koster einzukaufen. Meine Jahre bei der Schauspieltruppe zahlten sich in jeder Hinsicht aus. Immerhin klang meine Geschichte überzeugend genug für eine Äbtissin aus der Provinz, die ihr ganzes Leben in Sichtweite der Küste verbracht hatte, an der sie geboren war. Mit der Zeit merkte ich ohnehin, dass mein Täuschungsmanöver überflüssig war. Nur wenige der Schwestern sind im Kloster, weil sie sich berufen fühlen. Uns verbindet vielmehr das Bedürfnis, unsere jeweiligen Geheimnisse zu hüten, ein tiefes Misstrauen gegenüber Männern und eine instinktive Solidarität, die sämtliche Herkunfts- und Glaubensunterschiede überwiegt. Eine jede von uns hat sich vor irgendetwas in Sicherheit gebracht. Wie gesagt, wir alle haben unsere Geheimnisse.

Zunächst ist da Sœur Marguerite, dürr wie ein gehäutetes Kaninchen, immer ängstlich und nervös. Sie lässt sich von mir einen Kräutertee zubereiten, um sich vor Träumen zu schützen, in denen ein Mann mit brennenden Händen sie quält. Ich braue ihr ein mit Honig gesüßtes Gemisch aus Kamille und Baldrian, und sie reinigt sich täglich mit Salzwasser und Rizinusöl, aber an ihrem fiebrigen Blick erkenne ich, dass die Träume sie immer noch verfolgen.

Dann haben wir Sœur Antoine, drall und rotwangig, die Hände stets fettig vom Kochen. Sie hat mit vierzehn ein totes Kind geboren. Manche behaupten, sie hätte es selbst getötet, andere sagen, ihr aufgebrachter Vater sei es gewesen. Auf jeden Fall hat sie trotz ihrer Schuldgefühle einen gesegneten Appetit; unter ihrem Habit wölbt sich ein dicker Bauch, und ihr Mondgesicht wird eingerahmt von schwabbeligen Fettwülsten. Sie drückt ihre Pasteten und Kuchen an die Brust wie kleine Kinder.

Sœur Alfonsine: kreidebleich bis auf die Flecken auf den Wangen. Manchmal hustet sie Blut, und sie lebt in einem Zustand permanenter Verzückung. Irgendjemand hat ihr einmal gesagt, dass die Kranken besondere Gaben besäßen, die den Gesunden vorenthalten blieben. Seitdem kultiviert sie ihre ätherische Aura und erblickt hin und wieder den Teufel in Gestalt eines großen, schwarzen Hundes.

Und Perette, eigentlich Sœur Anne, aber im Grunde ihres Herzens immer nur Perette. Das wilde Mädchen, das nie spricht, vielleicht dreizehn Jahre alt oder ein bisschen älter, und das man vor etwas mehr als einem Jahr nackt am Strand aufgelesen hat. Die ersten drei Tage nahm sie keinen Bissen zu sich, sondern hockte nur reglos in ihrer Zelle, das Gesicht zur Wand. Dann kamen die Wutanfälle, sie beschmierte sich und alles in Reichweite mit ihren Exkrementen, schrie wie ein Tier und bewarf die Schwestern, die sie pflegten, mit dem Essen, das sie ihr brachten. Sie weigerte sich, die Kleider anzuziehen, die man ihr gab, und lief nackt in der eiskalten Zelle herum. Hin und wieder stieß sie die heiseren Schreie aus, die ihre Rasereien, ihre seltsame Trauer, ihre Triumphe begleiteten.

Heute könnte man sie fast für ein ganz normales Kind halten. In ihrem weißen Novizinnenhabit ist sie beinahe hübsch. Unsere Hymnen singt sie wortlos mit, doch am glücklichsten ist sie im Garten und auf den Feldern, wo sie meist den Habit über einen Brombeerstrauch wirft und mit wehenden Unterröcken ihrer Arbeit nachgeht. Aber sie spricht nie. Manche fragen sich, ob sie jemals gesprochen hat. Ihre Augen wirken goldumrandet und sind undurchschaubar wie die eines Vogels. Ihr blondes Haar, das man ihr abgeschnitten hatte, weil es völlig verlaust war, wächst allmählich nach und steht wild vom Kopf ab. Sie ist ganz verrückt nach Fleur, brabbelt ihr mit ihrer hohen Vogelstimme etwas vor oder bastelt ihr mit schnellen, geschickten Handgriffen Spielzeuge aus Schilf und Gras, das sie am Strand findet. Auch mich hat sie ins Herz geschlossen; sie begleitet mich häufig ins Feld und beobachtet mich bei der Arbeit, während sie leise vor sich hinsummt.

Ja, ich habe wieder eine Familie. Und jedes Familienmitglied ist auf die eine oder andere Art ein Flüchtling: Perette,

Antoine, Marguerite, Alfonsine und ich. Dann sind da noch die spröde Piété, die geschwätzige Bénédicte, Tomasine mit den schweren Lidern, Germaine mit dem flachsblonden Haar und dem entstellten Gesicht, Clémente, die Schöne, die das Bett mit Germaine teilt, und die verkalkte Rosamonde, die Gott näher ist als alle anderen und frei von Erinnerung und Sünde.

Das Leben ist einfach im Kloster – oder war es zumindest. Die Verpflegung ist gut und reichlich. Auch persönliche Tröstungen werden uns nicht verwehrt – Marguerite hat ihre Flasche und ihre täglichen Kasteiungen, Antoine ihre Pasteten und Kuchen. Und ich habe meine kleine Fleur, die neben mir schläft und mich zum Gebet und zur Feldarbeit begleitet. Ein mildes Regime, würde manch einer sagen, bei dem es eher zugeht wie bei einer Landpartie junger Mädchen und nicht wie in einem Frauenkloster. Aber wir sind hier nicht auf dem Festland. Eine Insel hat ein Eigenleben – selbst Le Devin, unsere Nachbarinsel, ist für uns eine andere Welt. Etwa einmal im Jahr kommt ein Priester hierher, um die Messe zu feiern, und der letzte Besuch des Bischofs war vor sechzehn Jahren, als der alte Henri gekrönt wurde. Der gute König wurde mittlerweile ermordet – er hat einmal erklärt, in jedem Haus in Frankreich solle einmal pro Woche ein gebratenes Huhn auf dem Speiseplan stehen, eine Regel, an die wir uns dank Sœur Antoine streng halten – und sein Nachfolger ist ein Junge, der fast noch in die Windeln macht.

So viele Veränderungen. Ich traue dem Braten nicht. Draußen in der Welt sind Kräfte am Werk, die das Land zerreißen könnten. Lieber bleibe ich hier mit Fleur, während um uns herum die Auflösung wütet und sich über uns die Unglück verheißenden Vögel wie Wolken sammeln.

Hier, wo wir in Sicherheit sind.

3

♥

7. Juli 1610

Eine Abtei ohne Äbtissin. Ein Land ohne König. Seit zwei Tagen herrscht im Kloster dieselbe Unruhe, die zurzeit ganz Frankreich umtreibt. Louis Dieudonné – der von Gott Geschenkte – ist ein guter, aussagekräftiger Name für ein Kind, dessen Thronbesteigung von einem Mord überschattet wird. Als könnte der Name selbst den Fluch aufheben, als könnte er die Menschen blind machen für die Korruption in der Kirche und am Hof und von den immer höher hinaus gehenden Ambitionen der Regentin Marie ablenken. Der alte König war ein Soldat, ein erfahrener Herrscher. Bei Henri wussten wir, woran wir waren. Aber dieser kleine Louis ist erst neun Jahre alt. Außerdem gehen schon jetzt, nur zwei Monate nach dem Tod seines Vaters, die ersten Gerüchte um. De Sully, der Ratgeber des Königs, wurde durch einen Günstling dieser Frau aus dem Hause Medici ersetzt. Die Condés sind zurückgekehrt. Ich brauche kein Orakel, um vorauszusehen, dass uns finstere Zeiten bevorstehen. Normalerweise werden wir hier auf Noirs Moustiers von solchen Dingen nicht berührt. Doch ebenso wie Frankreich brauchen wir die Sicherheit einer starken Hand. Ebenso wie Frankreich fürchten wir uns vor dem Unbekannten.

Ohne die Ehrwürdige Mutter haben wir keinen Boden unter den Füßen. Bis auf die Nachricht, die wir an den Bischof von Rennes geschickt haben, eine Antwort kommt, sind wir auf uns selbst gestellt. Aber unsere Feiertagsstimmung ist von Ungewissheit getrübt. Die Leiche liegt in der Kapelle, umgeben von brennenden Kerzen und Weihrauchgefäßen, denn es ist Hochsommer, und die Luft ist feucht und schwül. Wir hören nichts vom Festland, doch wir wissen, dass die Reise nach Rennes mindestens vier Tage in Anspruch nimmt. In der Zwischenzeit treiben wir dahin ohne Halt. Dabei brauchen wir dringend einen Halt: Die Regeln, die bisher unser Leben bestimmten, mögen lasch gewesen sein, jetzt sind sie völlig bedeutungslos geworden. Wir beten kaum noch. Pflichten werden vernachlässigt. Jede Nonne tröstet sich auf ihre Weise: Alfonsine zum Beispiel schrubbt die Böden, bis sie an Händen und Knien blutet und in ihre Zelle getragen werden muss, wobei sie die Wurzelbürste immer noch umklammert. Andere weinen, ohne zu wissen, warum. Einige haben sich auf den Weg ins Dorf gemacht, wo die Schauspieltruppe jetzt ihre Vorführungen gibt. Letzte Nacht habe ich sie nach Hause kommen hören. Ihr Lachen und der Geruch nach Wein und Sex drangen durch das offene Fenster über meinem Bett.

Nach außen hin hat sich kaum etwas verändert. Ich mache einfach weiter wie immer. Ich pflege meinen Kräutergarten, schreibe in mein Tagebuch, gehe mit Fleur an den Hafen, wechsle die Kerzen bei der Leiche in der Kapelle aus. Heute Morgen habe ich ganz still und allein ein Gebet gesprochen, ohne die vergoldeten Heiligen in ihren Nischen um Beistand zu bitten. Aber meine innere Unruhe nimmt von Tag zu Tag zu. Die böse Ahnung, die mich beschlich, als die Schauspieler bei uns waren, habe ich nicht vergessen.

Gestern Abend, kurz vor dem Schlafengehen, habe ich mir die Karten gelegt. Dennoch habe ich keinen Trost gefunden. Während Fleur ahnungslos in ihrem Bettchen neben meiner Pritsche schlief, zog ich immer wieder dieselben Karten. Den Turm, den Einsiedler, den Tod. Und in der Nacht habe ich unruhig geträumt.

4

♥

8. Juli 1610

Die Abtei Sainte Marie-de-la-mer steht auf einem Stück trockengelegten Sumpfland, etwa zwei Meilen vom Meer entfernt. Zur Linken erstrecken sich Sümpfe, die im Winter regelmäßig überflutet werden, sodass das brackige Wasser weniger als einen Steinwurf weit vor unserer Tür steht und hin und wieder in den Keller dringt, wo wir unsere Vorräte aufbewahren. Zur Rechten verläuft die Straße, die in die Stadt führt. Hier ziehen Wagen und Pferde vorbei und jeden Sonntag eine ganze Prozession von Händlern mit den unterschiedlichsten Waren – Kleider, Körbe, Leder und Lebensmittel – auf dem Weg von einem Markt zum nächsten. Es ist ein altes Kloster, gegründet vor etwa zweihundert Jahren von einer Gruppe Dominikanermönche und bezahlt mit der einzigen Währung, die die Kirche akzeptiert: mit der Angst vor der Verdammnis.

In jenen Jahren der Verschwendungssucht und Korruption sicherte sich eine adelige Familie ihren Platz im Himmel, indem sie der Abtei ihren Namen gab, aber die Dominikaner waren von Anfang an vom Unglück verfolgt. Sechzig Jahre nachdem das Kloster fertig gestellt war, wurden sie alle von der Pest dahingerafft, und die Gebäude standen leer, bis etwa zwei Generationen später die Zisterzienserinnen sie übernahmen. Wahrscheinlich haben wesentlich mehr Mönche in den Gebäuden gelebt, die Platz für doppelt so viele Personen bieten, wie wir es heute sind. Leider haben die Zeit und das Wetter ihre Spuren an den ehemals stattlichen Mauern hinterlassen, und viele Räume können heute nicht mehr genutzt werden.

Irgendwann einmal muss dem Kloster eine Menge Geld zugeflossen sein, denn der Boden in der Kapelle ist mit teurem Marmor ausgelegt, und das einzige erhaltene Glasfenster ist sehr kunstvoll gearbeitet. Aber seitdem hat der Wind, der vom Meer her weht, das Gemäuer angegriffen und auf der Westseite einige Torbögen einstürzen lassen, sodass dieser Flügel weitgehend unbewohnbar ist. Im Ostflügel haben wir noch den Schlafsaal, den Kreuzgang, die Krankenstation und den Aufwärmraum, doch die Laienunterkünfte sind nur noch eine Ruine, da viele Dachziegel fehlen und sich Vögel eingenistet haben. Auch das Scriptorium befindet sich in einem bedauernswerten Zustand. Andererseits können nur wenige von uns lesen, und wir besitzen lediglich eine kleine Anzahl von Büchern, weswegen es keine allzu große Rolle spielt. Um die Kapelle und den Kreuzgang herum sind eine Reihe kleiner Holzhäuser entstanden – eine Bäckerei, eine Gerberei, Scheunen und eine Fischräucherei, sodass unser Kloster eher wie ein Hüttendorf wirkt und kaum noch an die stolze Abtei erinnert, die einst die Dominikaner errichtet haben.

Die Laien verrichten den größten Teil der einfachen Arbeiten. Für dieses Privileg bezahlen sie neben dem Zehnten mit Naturalien und Dienstleistungen, und dafür schließen wir sie in unsere Gebete ein und behandeln sie mit Nachsicht. Sainte Marie-de-la-mer ist eine steinerne Statue, die am Eingang der Kapelle auf einem Sockel aus Sandstein steht. Sie wurde vor neunzig Jahren von einem Jungen, der nach einem entlaufenen Schaf suchte, im Sumpf entdeckt: ein knapp ein Meter hoher schwarzer Basaltstein, grob behauen, sodass man eine Frauengestalt erkennen kann. Ihre Brüste sind nackt, und ihre Füße sind unter einem langen, formlosen Gewand verborgen, was dazu führte, dass man sie anfangs die Meerjungfrau nannte.

Seit sie entdeckt und mühsam in den Schutz der Klostermauern geschleppt wurde, hat sie eine Reihe von Gläubigen geheilt, die ihre Hilfe erfleht haben, und sie ist sehr beliebt bei den Fischern, die häufig zu ihr beten und um Schutz vor Stürmen bitten.

Ich für meinen Teil finde, dass sie ziemlich alt aussieht. Nicht wie eine Jungfrau, sondern wie ein hässliches altes Weib, den Kopf müde geneigt, die gebeugten Schultern glänzend von den ehrfürchtigen Berührungen durch die Gläubigen, die sie in den vergangenen fast hundert Jahren aufgesucht haben. Auch ihre schlaffen Brüste sind blank poliert. Unfruchtbare Frauen oder solche, die sich ein Kind wünschen, berühren sie im Vorbeigehen und bezahlen für den Segen mit einem Huhn, einer Flasche Wein oder einem Korb Fische.

Doch trotz der Ehrfurcht, die die Insulaner der Heiligen entgegenbringen, hat sie wenig Ähnlichkeit mit der Muttergottes. Erstens ist sie nicht jung genug. Der Basalt ist älter als die Abtei, vielleicht tausend Jahre oder mehr, durchsetzt mit Glimmer wie Knochensplitter. Außerdem gibt es keinen Beweis dafür, dass die Statue jemals die Muttergottes darstellen sollte. Im Gegenteil, ihre nackten Brüste wirken seltsam unkeusch, wie die einer heidnischen Göttin aus längst vergessenen Zeiten. Manche Leute aus den umliegenden Dörfern nennen sie immer noch bei ihrem alten Namen – obwohl ihre Wunder längst hätten klarstellen müssen, wer sie ist und dass sie eine echte Heilige ist. Doch Fischer sind von Natur aus abergläubisch. Wir leben in Frieden mit ihnen, aber wir sind ihnen so fremd wie damals die Dominikanermönche; wir sind für sie eigenartige Wesen, die man mit Zehntabgaben und Geschenken gnädig stimmt.

Das Kloster Sainte Marie-de-la-mer war der ideale Zufluchtsort für mich. Es ist alt, isoliert gelegen und verfallen, sozusagen der sicherste Ort, an dem ich je gelebt habe. Es liegt angenehm weit vom Festland entfernt, und der einzige Kirchenvertreter weit und breit ist ein Gemeindepriester, der kaum Latein lesen kann, und so fand ich mich in einer Situation, die ebenso lächerlich wie absurd war. Ich begann damals als Laienschwester, eine von nur einem Dutzend. Von den fünfundsechzig Nonnen konnte kaum die Hälfte überhaupt lesen, nur fünf beherrschten die lateinische Sprache. Anfangs las ich beim Kapitel, der Versammlung der Klosterschwestern. Dann durfte ich bei den Gottesdiensten von der Kanzel aus der dicken alten Bibel vortragen. Schließlich trat die Mutter Oberin mit ungewöhnlicher – fast scheuer – Zurückhaltung auf mich zu.

Die Novizinnen, weißt du … Wir hatten zwölf im Alter zwischen dreizehn und achtzehn. Es schickte sich nicht für sie – genauso wenig wie für uns –, so ungebildet zu sein. Ob ich sie unterrichten wolle – nur ein bisschen. Es gebe einige Bücher, die im Scriptorium versteckt aufbewahrt würden und die nur wenige von uns lesen könnten. Wenn ich sie unterweisen wolle …

Ich begriff sofort. Unsere Ehrwürdige Mutter, liebenswert, praktisch und einfach wie sie war, hatte ein Geheimnis vor uns. Über fünfzig Jahre lang hatte sie es bewahrt, hatte lange Bibelpassagen auswendig gelernt, um ihr Unvermögen zu verbergen, hatte so getan, als ließe ihre Sehkraft nach, um sich die Peinlichkeit zu ersparen. Die Mutter Oberin konnte kein Latein lesen. Wahrscheinlich, so vermutete ich, konnte sie überhaupt nicht lesen.

Während ich die Novizinnen unterrichtete, verfolgte sie das Geschehen mit großer Aufmerksamkeit, stand mit geneigtem Kopf hinten im Refektorium – unserem improvisierten Klassenzimmer –, als würde sie jedes Wort verstehen. Weder in der Öffentlichkeit noch in privaten Gesprächen machte ich jemals eine Bemerkung über ihre Schwäche. Ich wandte mich an sie nur bei weniger bedeutenden Fragen, über die ich sie jeweils vorher informiert hatte, und sie zeigte mir ihre Dankbarkeit auf diskrete Weise.

Nach einem Jahr legte ich auf ihre Bitte hin die Gelübde ab, und mein neuer Status gestattete es mir, in jeder Hinsicht am Leben in der Abtei aktiv teilzunehmen.

Sie fehlt mir. Die gute Mère Marie. Ihr Glaube war so einfach und ehrlich wie das Land, das sie bearbeitete. Es kam selten vor, dass sie eine Strafe verhängte – nicht dass es häufig Anlass dazu gegeben hätte –, denn für sie war eine Sünde ein äußeres Zeichen innerer Verzweiflung. Wenn eine Nonne etwas Unrechtes tat, sprach sie freundlich mit ihr und vergalt ihr die Verfehlung mit dem Gegenteil: bei Diebstahl gab es Geschenke, bei Faulheit vorübergehende Befreiung von den täglichen Pflichten. Fast alle Schwestern fühlten sich beschämt von ihrer ungeheuren Großzügigkeit. Dennoch war sie wie ich eine Häretikerin. Ihr Glaube kam dem Pantheismus, vor dem Giordano, mein alter Lehrer, mich immer gewarnt hatte, gefährlich nahe. Dennoch war ihr Glaube fest und unerschütterlich. Komplexe theologische Fragen interessierten sie nicht, ihre Philosophie ließ sich mit einem einzigen Wort ausdrücken: Liebe. Für Mère Marie stand die Liebe über allem.

Du sollst nicht häufig, sondern für immer lieben. Das war einer der Lieblingssprüche meiner Mutter, und er hat mich mein Leben lang begleitet. Bevor ich ins Kloster kam, glaubte ich, ich hätte es begriffen. Die Liebe für meine Mutter, die Liebe für meine Freunde, die dunkle, vielschichtige Liebe, die eine Frau für einen Mann empfindet. Als dann Fleur geboren wurde, änderte sich alles. Jemand, der das Meer nie gesehen hat, *denkt* vielleicht, er könne den Ozean begreifen, doch er begreift nur das, was er kennt, stellt sich eine große Menge Wasser vor, größer als ein Mühlteich, größer als ein See. Aber die Wirklichkeit geht über jede Vorstellungskraft hinaus: die Gerüche, die Geräusche, der Schmerz und die Freude, die das Erlebnis beinhalten – all das ist mit nichts vergleichbar, was man bisher erfahren hat. Das war Fleur. Seit meinem dreizehnten Sommer hatte ich nie wieder eine solche Erweckung erlebt. In dem Augenblick, als Mère Marie sie mir zum Stillen gab, wusste ich, dass die Welt sich verändert hatte. Ich war allein gewesen und hatte es nie gewusst, hatte das Land durchstreift, gekämpft, gelitten, getanzt, mich der Lust hingegeben, geliebt, gehasst, getrauert und triumphiert, aber immer allein, hatte wie ein Tier in den Tag hineingelebt, mich um nichts geschert, nichts begehrt, nichts gefürchtet. Plötzlich war alles anders: Fleur war da. Ich war eine Mutter.

Doch Mutterfreuden sind voller Gefahren. Ich wusste natürlich, dass Kinder häufig jung sterben – ich hatte es auf meinen Wanderungen oft genug erlebt, wie kleine Kinder durch Krankheiten, Unfälle oder Hunger ums Leben kamen –, aber ich hatte nie geahnt, welchen Schmerz der Tod eines Kindes verursacht, welchen Verlust er darstellt. Jetzt fürchte ich mich vor allem. Aus l'Ailée, der Leichtsinnigen, die auf dem Hochseil tanzte und am Trapez Flügel bekam, ist ein ängstliches Geschöpf geworden, eine Glucke, die um ihrer Tochter willen auf Sicherheit bedacht ist, wo sie sich früher nach Abenteuern gesehnt hat. LeMerle, der ewige Spieler, hätte für diese Schwäche nur Verachtung übrig gehabt. *Setze auf nichts, das du nicht zu verlieren bereit bist.* Doch ich empfinde nur Mitleid mit ihm, wo immer er auch sein mag. In seiner Welt gibt es keine Ozeane.

Heute Morgen fanden sich nur wenige zum Stundengebet der Prim ein, die Frühmette und die Laudes wurden von den meisten versäumt. Bei Tagesanbruch bin ich allein in der Kapelle, milchiges Licht dringt oberhalb der Kanzel, dort, wo ein paar Schindeln fehlen, durch das Dach. Ein leichter Regen fällt, und das überlaufende Wasser klimpert einen leisen Dreiklang in der beschädigten Dachrinne. In dem Jahr, als wir das Backhaus bauten, haben wir den größten Teil des Bleis verkauft, gutes Metall gegen schlechten Stein eingetauscht, das Herzstück des südlichen Querschiffs für Brot hergegeben, die Seele gegen den Bauch. Wir haben das Blei durch Lehm und Gipsmörtel ersetzt, aber nur Blei ist von Dauer.

Sainte Marie-de-la-mer schaut mit ihren runden, ausdruckslosen Augen zu Boden. Ihre Gesichtszüge sind mit der Zeit verschwommen. Eine riesige steinerne Frau, die angestrengt dahockt wie die Zigeunerinnen beim Gebären. Durch die offene Tür höre ich das Rauschen des Meers und das Kreischen der Seevögel. Zweifellos Möwen. Hier gibt es keine schwarzen Vögel. Ich frage mich, ob Mère Marie mich jetzt sehen kann. Ich frage mich, ob die Heilige mein stummes Gebet hört.

Vielleicht ist es nur das Kreischen der Möwen, das mich beunruhigt. Vielleicht ist es auch der Geruch der Freiheit, der vom Meer her hereindringt.

Hier gibt es keine schwarzen Vögel.

Aber es ist zu spät. Einmal gerufen, lässt mein Inkubus

sich nicht so leicht wieder vertreiben. Sein Bild scheint auf meine Lider tätowiert, sodass ich ihn immer sehe, egal, ob ich die Augen öffne oder schließe. Mir ist, als hätte ich nie aufgehört, ihn vor mir zu sehen, meinen schwarzen Unglücksvogel. Ob ich wach war oder schlief, nie habe ich ihn ganz vergessen. Fünf Jahre in Frieden waren mehr als ich erwartet hatte – vielleicht mehr, als ich verdient habe. Doch alles kehrt zurück, wie die Insulaner sagen. Und die Vergangenheit strömt herbei wie die Flut.

5

♥

9. Juli 1610

Meine früheste Erinnerung habe ich an unseren Wohnwagen. Er war orangefarben angestrichen, auf der einen Seite war ein Tiger aufgemalt und auf der anderen eine ländliche Szene mit Schäferinnen und Lämmchen. Wenn ich brav war, durfte ich bei den Lämmchen spielen. Wenn ich ungehorsam war, wurde ich zum Tiger geschickt. Aber insgeheim mochte ich den Tiger am liebsten.

In eine Zigeunerfamilie geboren, hatte ich viele Mütter, viele Väter und mehr als ein Zuhause. Da war Isabelle, meine leibliche Mutter, groß und kräftig und schön. Da waren Gabriel, der Akrobat, und Prinzessin Farandole, die keine Arme hatte und mit den Zehen so geschickt war wie andere mit den Fingern, die dunkeläugige Janette, die Wahrsagerin, deren Karten in ihren alten Händen aufblitzten wie Flammen, und dann gab es da noch Giordano, einen Juden aus Süditalien, der lesen und schreiben konnte. Und zwar nicht nur Französisch, sondern auch Latein, Griechisch und Hebräisch. Er war nicht mit mir verwandt, soweit ich das beurteilen konnte, aber er sorgte von allen am besten für mich – liebte mich auf seine eigene, schulmeisterliche Art. Die Zigeuner nannten mich Juliette. Einen anderen Namen hatte ich nicht, und ich brauchte auch keinen.

Giordano brachte mir das Lesen bei, und er las mir aus den Büchern vor, die er in einem Geheimfach in seinem Wagen aufbewahrte. Er berichtete mir von Kopernikus, lehrte mich, dass die neun Himmel sich nicht um die Erde drehen, sondern dass die Erde und die Planeten um die Sonne kreisen. Er erzählte mir außerdem von den Eigenschaften der einzelnen Metalle und Elemente, auch wenn ich nicht alles verstand. Er zeigte mir, wie man mit einer Mischung aus Salpeter, Schwefel und Holzkohle Schwarzpulver herstellt und wie man es mit einem Stück Schnur anzündet. Die anderen nannten ihn *le philosophe* und machten sich lustig über seine Bücher und seine Experimente, aber von ihm lernte ich nicht nur zu lesen, sondern auch, die Sterne zu beobachten und der Kirche zu misstrauen.

Von Gabriel lernte ich das Jonglieren, Saltos zu schlagen und auf dem Hochseil zu tanzen. Von Janette, die Karten zu deuten, Knochen zu werfen und alles über Pflanzen und Kräuter. Von Farandole Stolz und Selbstvertrauen. Von meiner Mutter das Wissen von den Farben, die Sprache der Vögel und die Zaubersprüche gegen das Böse. Anderswo lernte ich das Handwerk der Taschendiebe, den Umgang mit einem Messer, ich lernte, meine Fäuste im Kampf einzusetzen und mit einem Hüftschwung einen Betrunkenen in eine dunkle Gasse zu locken, wo meine Kumpane warteten, um ihm seinen Geldbeutel abzunehmen.

Wir zogen durch die Städte und Dörfer entlang der Küste, hielten uns nirgendwo lange genug auf, um unangenehm aufzufallen. Häufig mussten wir hungern, wurden von allen außer den Armen und Verzweifelten verscheucht, wurden überall von den Kanzeln der Kirchen angeprangert, für jedes Unglück verantwortlich gemacht, ob Dürre oder Apfelfäule, aber wir suchten unser Glück, wo wir es fanden, und wir standen einander alle bei, so gut wir konnten.

Als ich vierzehn war, wurden wir, nachdem religiöse Eiferer in Flandern uns des Diebstahls und der Hexerei beschuldigt und unsere Wagen angezündet hatten, in alle Winde verstreut. Giordano floh nach Süden, Gabriel in Richtung Grenze, und meine Mutter gab mich in die Obhut von Karmeliterinnen, versprach jedoch, mich abzuholen, sobald die Gefahr vorüber sei. Ich blieb fast acht Wochen lang bei den Nonnen. Sie waren nett, aber arm – fast so arm wie wir selbst gewesen waren –, und die meisten waren ängstliche alte Frauen, die sich kaum aus den Klostermauern hinaustrauten. Ich fand es furchtbar dort. Ich vermisste meine Mutter und meine Freunde, ich vermisste Giordano und seine Bücher, und vor allem vermisste ich die Freiheit der Straße. Von Isabelle kam nie eine Nachricht. Meine Karten zeigten mir nichts als ein Durcheinander von Kelchen und Schwertern. Es juckte mich von den Spitzen meiner kurz geschorenen Haare bis in meine Fußsohlen, und ich sehnte mich danach, dem Geruch nach alten Frauen zu entkommen. Eines Nachts schließlich lief ich davon, ging die sechs Meilen bis nach Flandern zu Fuß, tauchte ein paar Wochen lang unter, lebte von Abfällen und hoffte, etwas von meinen Leuten zu hören. Aber inzwischen war die Spur verwischt. Das Gerede vom Krieg hatte alles andere in den Hintergrund gedrängt, und kaum jemand konnte sich erinnern, in dem allgemeinen Chaos irgendwelche Zigeuner gesehen zu haben. Verzweifelt kehrte ich zum Kloster zurück, fand es jedoch verschlossen vor, die Tür als Warnung vor der Pest schwarz angemalt. Das war also das Ende. Mir blieb keine andere Wahl: Ich musste weiterziehen, mit oder ohne Isabelle.

So machte ich mich allein und mittellos auf den Weg, lebte gefährlich, hielt mich mit kleinen Diebstählen über Wasser und wanderte in Richtung Hauptstadt. Eine Zeit lang schloss ich mich einer italienischen Schauspieltruppe an, lernte ihre Sprache und die *commedia dell'arte* kennen. Aber das italienische Stegreiftheater erfreute sich längst nicht mehr so großer Beliebtheit wie einst. Zwei Jahre lang schlugen wir uns einigermaßen durch, bis meine Kameraden, enttäuscht und krank vor Heimweh nach den Orangenhainen und den Hügeln ihrer Heimat, beschlossen, nach Hause zurückzukehren. Ich wollte mit ihnen gehen. Doch dann – vielleicht war es mein Dämon, der sich rührte, vielleicht auch nur das Bedürfnis nach Unabhängigkeit – verabschiedete ich mich von ihnen und machte mich allein, aber mit genug Geld in der Tasche, um mich zu verpflegen, auf den Weg nach Paris.

Dort begegnete ich zum ersten Mal dem schwarzen Vogel. Genannt LeMerle, die Amsel, wegen seines schwarzen, ungepuderten Haars, war er ein Vollblut unter den blutleeren Herren am Hof. Er war ein rastloser Mann, der zwar nie in Ungnade fiel, sich jedoch stets am Rande der sozialen Ächtung bewegte. Seine äußere Erscheinung war eher unauffällig, denn er kleidete sich schlicht und trug nur sehr einfachen Schmuck, aber seine Augen waren voller Licht und Schatten, wie Bäume in einem Wald, und er hatte das gewinnendste Lächeln, das ich je gesehen habe, das Lächeln eines Mannes, der die Welt als amüsant und zugleich absurd betrachtet. Für ihn war alles Spiel. Gesellschaftlicher Rang und Status bedeuteten ihm nichts. Er lebte stets auf Pump und ging nie in die Kirche.

Er strahlte eine Unbekümmertheit aus, auf die ich sofort reagierte, weil ich mich selbst darin erkannte. Dennoch waren er und ich uns in nichts ähnlich. Ich war eine kleine Wilde von sechzehn Jahren, LeMerle war zehn Jahre älter, gewöhnlich, respektlos und unbezähmbar. Natürlich verliebte ich mich in ihn.

Ein Küken, das aus dem Ei schlüpft, akzeptiert das erste Wesen, dem es begegnet, als Mutter. LeMerle holte mich von der Straße, zeigte mir, wohin ich gehörte; und vor allem gab er mir meinen Stolz zurück. Selbstverständlich liebte ich ihn, und zwar mit ebenjener rückhaltlosen Bewunderung eines frisch geschlüpften Kükens. *Du sollst nicht häufig, sondern für immer lieben.* Ich Närrin!

LeMerle leitete eine Schauspieltruppe, das *Théâtre du Flambeau,* das unter der Schirmherrschaft von Maximilien de Béthune stand, dem späteren Duc de Sully, einem Bewunderer des Balletts. Auch Vorstellungen anderer Art konnten arrangiert werden, die jedoch nicht öffentlich waren und vom Hof auch nicht finanziert wurden – was die Höflinge allerdings nicht von ihrer Teilnahme abhielt. LeMerle spielte ein gefährliches Spiel von Erpressung und Intrige, bewegte sich am Rande der feinen Gesellschaft, ohne auf die Verlockungen hereinzufallen, die sie ihm bot. Niemand kannte seinen richtigen Namen, doch ich hielt ihn für einen Adligen – auf jeden Fall wurde er von den meisten Adligen akzeptiert. Sein *Ballet des Gueux* war ein großer Erfolg gewesen, auch wenn einige es als pietätlos verurteilten. Er ließ sich von seinen Kritikern nicht einschüchtern und war sogar so verwegen, in seinem *Ballet du Grand Pastoral* Angehörige des Hofs zu parodieren – der Duc de Cramail zum Beispiel wurde in Frauenkleidern dargestellt –, und als ich mich seiner Truppe anschloss, plante er gerade das *Ballet Travesti,* das ihn schließlich um die Gunst seines Gönners bringen sollte.

Anfangs schmeichelte ihm meine Bewunderung, und es amüsierte ihn, wie lüstern die Männer mich angafften, wenn ich auf der Bühne tanzte. Wir traten in Salons und auf Theaterbühnen überall in der Stadt auf. Zu dieser Zeit kamen die *comédie-ballets* groß in Mode: volkstümliche Versionen klassischer Liebesgeschichten mit längeren Tanz- und Akrobatikeinlagen. LeMerle schrieb die Dialoge und die Choreographien, wobei er Text und Tanz dem Geschmack des jeweiligen Publikums anpasste. Für die vornehme Gesellschaft gab es Heldengeschichten, für Ballettliebhaber Tänzerinnen in freizügigen Kostümen, und Zwerge, Bodenakrobaten und Clowns für das gemeine Volk, das zu unruhig wurde, wenn man es nicht unterhielt, und das uns stets ausgelassen zujubelte.

Paris und LeMerle hatten mich erblühen lassen: Mein Haar war sauber und glänzend, meine Haut rosig, und zum ersten Mal in meinem Leben trug ich Samt und Seide, Pelz und Spitze. Ich tanzte in goldbestickten Schuhen, ich verbarg mein Lächeln hinter Fächern aus Elfenbein und Hühnerfedern. Ich war jung, berauscht von meinem neuen Leben, aber Isabelles Tochter ließ sich nicht blenden von all dem Tand und Flitter. Nein, es war die Liebe, die mich blind machte, und als unser Traumschiff auf Grund lief, war es ebenfalls die Liebe, die mich an seiner Seite bleiben ließ.

LeMerle fiel so plötzlich in Ungnade wie er aufgestiegen war. Ich habe nie so richtig begriffen, wie es geschah. An einem Tag war unser *Ballet Travesti* noch umjubelt, am nächsten nahm die Katastrophe ihren Lauf: Über Nacht hatte de Béthune seine Schirmherrschaft aufgekündigt, hatten sich die Schauspieler und Tänzer in alle Winde zerstreut. Die Gläubiger, die bis dahin stillgehalten hatten, versammelten sich wie die Schmeißfliegen. Plötzlich wurde der Name Guy LeMerle nicht mehr ausgesprochen, Freunde waren auf einmal nicht mehr erreichbar. Nur knapp entging LeMerle den Schergen des Bischofs von Evreux. Er raffte zusammen, was er noch besaß, und floh mit Unterstützung einiger Leute, die ihm noch einen Gefallen schuldeten, Hals über Kopf aus Paris. Ich folgte ihm. Er war ein geschickter Gauner, der mir zehn Jahre an Erfahrung voraus hatte und seine Niedertracht unter einer dicken Schicht von höfischem Glanz kaschierte. Ich folgte ihm; es war zwangsläufig. Ich wäre ihm in die Hölle gefolgt.

Er gewöhnte sich sehr schnell an das Leben auf der Straße. So schnell, dass ich mich fragte, ob er vielleicht genauso ein Glücksritter war wie ich. Ich hatte damit gerechnet, dass er sich gedemütigt fühlen würde, zumindest ein bisschen eingeschüchtert. Davon konnte jedoch keine Rede sein. Über Nacht verwandelte er sich von einem Höfling in einen fahrenden Schauspieler, tauschte seinen seidenen Putz gegen die ledernen Kleider des Wandersmanns ein. Nach und nach legte er sich eine andere Sprache zu, ein Gemisch aus dem gehobenen Jargon eines Städters und der raueren Umgangssprache der Provinz, und achtete darauf, seinen Akzent der jeweiligen Gegend anzupassen, in die wir kamen.

Ich merkte, dass er sein neues Leben genoss, dass ihm das ganze Spiel – denn so nannte er unsere Flucht aus Paris –gefallen hatte. Er war der Stadt unversehrt entronnen, nachdem er eine Reihe beachtlicher Skandale verursacht hatte. Er hatte eine eindrucksvolle Anzahl einflussreicher Leute beleidigt. Vor allem hatte er den Bischof von Evreux provoziert – einen Mann von legendärer Selbstdisziplin – und zu einer unwürdigen Reaktion verleitet, und das allein war in LeMerles Augen ein großer Triumph. Er war also weit davon entfernt, sich gedemütigt zu fühlen, gab sich eher so unbezähmbar wie immer und schmiedete bereits neue Pläne.

Von unserer ursprünglichen Truppe waren nur noch sieben übrig, mich eingeschlossen. Zwei Tänzerinnen – Ghislaine, ein Mädchen aus Lothringen, und Hermine, eine verblühte Kurtisane, und die vier Zwerge Rico, Bazuel, Cateau und Le Borgne. Es gibt die unterschiedlichsten Arten von Zwergen. Rico und Cateau hatten einen Körperwuchs wie Kinder, mit kleinem Kopf und hoher Stimme, Bazuel war pummelig wie eine Putte, und der einäugige Le Borgne hatte eigentlich normale Proportionen, einen kräftigen Brustkorb und starke, muskulöse Arme, nur dass seine Beine absurd kurz waren. Er war ein seltsamer, verbitterter kleiner Mann, voller Verachtung für die großen Leute, wie er uns nannte, aber aus irgendeinem Grund akzeptierte er mich – vielleicht, weil ich ihn nicht bemitleidete –, und für LeMerle empfand er widerwillig Respekt, wenn nicht sogar echte Zuneigung.

»Zur Zeit meines Großvaters hat es sich noch ausgezahlt, ein Zwerg zu sein«, knurrte er hin und wieder. »Da hatte man wenigstens immer genug zu essen. Damals konnte man sich jederzeit einem Zirkus oder einer fahrenden Schauspieltruppe anschließen. Und was die Kirche anging …«

Die Kirchenleute waren jetzt ganz anders als zur Zeit seines Großvaters. Wo man früher mit Barmherzigkeit rechnen konnte, wurde einem jetzt, da jeder die Schuld für das eigene Unglück bei anderen suchte, nur Misstrauen entgegengebracht. Ein Zwerg oder ein Krüppel sei immer leichte Beute für Verdächtigungen, sagte Le Borgne, und so unerwünschte Gestalten wie Zigeuner und fahrende Schauspieler gaben gute Sündenböcke ab.

»Es gab Zeiten«, meinte er, »da hielt sich jede Truppe einen Zwerg oder einen Idioten als Glücksbringer. Gottesnarren nannten sie uns. Heutzutage werfen sie eher mit Steinen nach uns Unglücklichen, anstatt uns einen Kanten Brot zu geben. Ein Zwerg zu sein, hat keinen Vorteil mehr. Und was LeMerle und seine *comédie-ballets* angeht – na ja!« Er grinste breit. »Einem leeren Magen vergeht das Lachen schnell. Wenn der Winter kommt, wird er es nicht besser haben als wir anderen.«

Wie dem auch sei, in den kommenden Wochen gesellten sich drei weitere Schauspieler zu uns, ehemalige Mitglieder einer Truppe aus Aix, die sich aufgelöst hatte. Caboche war Flötist, Demiselle eine passable Tänzerin und Bouffon ein ehemaliger Clown, der sich jetzt als Taschendieb durchschlug. Wir reisten unter dem Namen *Théâtre du Grand Carnaval*, führten meist komische Stücke und kleine Tanznummern auf mit akrobatischen Einlagen und Jonglierkunststücken von den Zwergen. Obwohl wir reichlich Applaus bekamen, zahlten die Leute nur wenig, und eine Zeit lang waren unsere Geldbeutel ziemlich leer.

Die Erntezeit stand kurz bevor, und ein paar Wochen lang zogen wir von Dorf zu Dorf, verdienten uns am Morgen ein bisschen Geld, indem wir den Bauern beim Heuwenden oder beim Obstpflücken halfen, und traten am Abend für ein paar Münzen im Hof des nächsten Wirtshauses auf. Anfangs scheuerte LeMerle sich bei der Feldarbeit die Hände blutig, doch er beklagte sich nicht. Eines Nachts zog ich wortlos in seinen Wagen, und er nahm meine Anwesenheit kommentarlos und ohne Verwunderung hin, als stünde ich ihm zu.

Er war ein seltsamer Liebhaber. Abwesend, vorsichtig, entrückt, so lautlos wie ein Inkubus. Frauen fanden ihn attraktiv, doch ihre Annäherungsversuche interessierten ihn offenbar nicht. Das hatte nichts damit zu tun, dass er sich mir gegenüber zur Treue verpflichtet fühlte. Er war einfach ein Mann, der, wenn er einen Mantel besaß, nicht auf die Idee kam, sich noch einen weiteren zuzulegen. Später begriff ich, was er für ein Mensch war: selbstsüchtig, oberflächlich, grausam. Doch ich war ihm verfallen, und liebeshungrig wie ich war, gab ich mich – wenigstens eine Zeit lang – mit den kärglichen Liebesbeweisen zufrieden, die er mir geben konnte.

Als Gegenleistung teilte ich all mein Wissen und meine Erfahrungen mit ihm. Ich brachte ihm bei, wie man mit Fallen Drosseln und Kaninchen fing, wenn die Verpflegung knapp würde. Ich zeigte ihm, mit welchen Kräutern man Fieber senken und Wunden heilen konnte. Ich verriet ihm die Zaubersprüche meiner Mutter. Sogar die Dinge, die Giordano mich gelehrt hatte und für die er sich ganz besonders interessierte, gab ich mit der Zeit an ihn weiter.

Am Ende erzählte ich ihm mehr über mich, als ich beabsichtigt hatte – viel mehr, als gut für mich war. Aber er war schlau und charmant, und ich fühlte mich durch sein Interesse geschmeichelt. Vieles von dem, was ich sagte, war ketzerisch, eine Mischung aus dem überlieferten Wissen der Zigeuner und Giordanos Lehren. Die Erde und andere Planeten, die sich um eine Sonne drehen. Eine Göttin des Getreides und der Freude, viel älter als die Kirche, und die, die ihr huldigen, kennen weder Sünde noch Buße. Männer und Frauen, die gleichberechtigt und einander ebenbürtig sind – über diese unerhörte Vorstellung musste er sogar lächeln, machte jedoch keinen Kommentar dazu. Ich hatte angenommen, er hätte all das über die Jahre vergessen. Erst viel später begriff ich, dass Guy LeMerle nichts vergisst; er hebt alles auf für den Winter, fügt seinem Wissensvorrat jede noch so unbedeutende Kleinigkeit hinzu. Ich war eine Närrin. Ich versuche nicht, mich zu rechtfertigen. Doch trotz allem, was geschehen ist, bin ich mir ganz sicher, dass er angefangen hatte, mich ein bisschen zu mögen. So viel immerhin, dass es ihm hier und da einen Stich versetzte. Nur leider nicht genug für mich, als es darauf ankam. Längst nicht genug.

Seinen richtigen Namen habe ich nie erfahren. Er deutete an, dass er adliger Herkunft sei – auf keinen Fall stammte er aus dem einfachen Volk –, aber selbst zu der Zeit, als ich unsterblich in ihn verliebt war, glaubte ich höchstens die Hälfte von dem, was er mir erzählte. Er sei Schauspieler und Dramatiker gewesen, sagte er, ein klassischer Dichter. Er sprach von Missgeschick, von Ruin, geriet ins Schwärmen bei der Erinnerung an ausverkaufte Theater.

Dass er Schauspieler gewesen war, bezweifelte ich nicht. Er besaß Talent, ein breites, gewinnendes Lächeln, er bewegte sich mit elegantem Schwung und hatte, eine Art, den Kopf zu halten, die auf Bühnenerfahrung schließen ließ. Seine Fähigkeiten waren ihm nützlich – ob er wertlose Medizin verkaufte oder ein altersschwaches Pferd, seine Überzeugungskünste waren regelrecht magisch. Aber er hatte seine Karriere nicht als Künstler begonnen. Er musste studiert haben, er beherrschte Latein und Griechisch und kannte die Werke einiger Philosophen, von denen auch Giordano gesprochen hatte. Er ritt so gut wie jede Kunstreiterin im Zirkus. Er war ein geschickter Taschendieb und ein erfolgreicher Glücksspieler. Es schien, als könnte er sich auf jede Situation einstellen und dabei immer noch dazulernen, und so sehr ich mich auch bemühte, es gelang mir nicht, das Gespinst aus Phantasie, Spinnerei und Lügen, mit dem er sich umgab, zu durchschauen. Seine Geheimnisse, welche auch immer es gewesen sein mochten, gab er nicht preis.

Nur eins entdeckte ich. Ein altes Brandzeichen auf seinem linken Oberarm, eine Lilie, die über die Jahre silbrig verblasst war. Als ich ihn darauf ansprach, tat er das Thema mit einem Lächeln und einem Hinweis auf seine Vergesslichkeit ab. Aber mir fiel auf, dass er von da an stets darauf achtete, die Stelle zu bedecken, und ich zog meine Schlüsse daraus. Mein schwarzer Vogel hatte irgendwann ein paar Federn gelassen und wollte nicht daran erinnert werden.

6

♥

11. Juli 1610

Ich habe nie an Gott geglaubt. Jedenfalls nicht an den, der von oben sein Schachbrett betrachtet und die Figuren nach Belieben hin und her bewegt, dabei ab und zu seinen Gegner anlächelt wie jemand, der den Ausgang der Partie sowieso schon kennt. Ich meine, es muss doch ein perverser Schöpfer sein, der seine Geschöpfe bis zur Selbstzerstörung auf die Probe stellt, indem er sie in eine Welt voller Sinnesfreuden setzt, nur um anschließend alle Sinnesfreuden zu Sünden zu erklären, der die Menschen als unvollkommene Wesen schafft und dann von uns verlangt, dass wir nach Vollkommenheit streben. Der Teufel ist wenigstens fair. Bei ihm wissen wir, woran wir sind. Aber selbst er, der Herr der Täuschung, arbeitet insgeheim für den Allmächtigen. Wie der Herr, so's G'scherr.

Giordano nannte mich eine Heidin. Aus seinem Mund war das kein Kompliment, denn er war ein frommer Jude und glaubte, dass er für sein irdisches Leiden im Himmel belohnt würde. Heidnisch war für ihn gleichbedeutend mit unmoralisch und gottlos, Heiden frönten der fleischlichen Liebe und seien überhaupt allzu empfänglich für alle Arten von Sinnesfreuden, meinte er. Mein alter Lehrer aß wenig, fastete regelmäßig, betete häufig und widmete sich ansonsten seinen Studien. Er war ein guter Kamerad, und es gab nur eins an ihm auszusetzen: Am Sabbat weigerte er sich, irgendwelche noch so geringen Arbeiten zu verrichten, ja selbst an einem kalten Wintertag verzichtete er eher auf ein Feuer, als dass er sich die Mühe gemacht hätte, Holz dafür zu sammeln. Abgesehen von dieser Eigenart war er nicht anders als wir, und nie habe ich beobachtet, dass er das Fleisch von kleinen Kindern gegessen hätte, wie die Kirche es von den Juden behauptet. Eigentlich aß er fast gar kein Fleisch. Das zeigt mal wieder, wie irregeleitet die Kirche sein kann.

Aber vielleicht war auch Giordano irregeleitet, sagte ich mir, während ich mich nach Kräften bemühte, meinen Meister zu überflügeln. Sein jüdischer Gott war dem katholischen Gott ziemlich ähnlich – und dieser »eine wahre Glaube« scheint sich von dem der Hugenotten und dem der protestantischen Häretiker in England kaum zu unterscheiden. Es muss noch etwas anderes geben, sagte ich mir immer wieder, etwas anderes als Sünde und Erhabenheit, Staub und Demut, etwas, das das Leben so uneingeschränkt liebt wie ich.

An meinem dreizehnten Geburtstag erlebte ich eine Art Erweckung. Den ganzen Sommer hatte ich die Welt mit neuen Augen wahrgenommen, war erfüllt gewesen von einer unbändigen Energie und einem gesteigerten Geruchs- und Geschmackssinn. Zum ersten Mal, so kam es mir vor, bemerkte ich die Blumen am Straßenrand, den Geruch der Luft, wenn die Nacht sich über die Küste legte, den Geschmack des frisch gebackenen Brots meiner Mutter, außen schwarz vom Kohlenfeuer, innen zart und weich. Ich bemerkte, wie angenehm meine Kleider sich auf meiner Haut anfühlten, spürte die eisige Frische des Wassers, wenn ich mich im Bach wusch … Wenn das heidnisch war, dann wollte ich mehr davon. Fast über Nacht war die Welt mütterlich geworden, und sie barg unendlich viele Geheimnisse. Ich öffnete mich uneingeschränkt dieser Initiation. Jeder Spross, jede Blume, jeder Baum, jeder Vogel erfüllte mich mit Liebe und Freude. Als ich an einen Fischer in Le Havre meine Jungfräulichkeit verlor, war das für mich eine Offenbarung, die der des Johannes in nichts nachstand.

Giordano schüttelte bekümmert den Kopf und nannte mich schamlos. Von da an sprach er nur noch über Theologie, bis mir der Kopf schwirrte und ich protestierte und verlangte, den Unterricht in Geschichte, Astronomie, Latein und Poesie wieder aufzunehmen. Eine Zeit lang widerstand er mir. Ich sei eine Wilde, sagte er streng, kaum besser als die Eingeborenen im kürzlich entdeckten Quebec. Also stahl ich seine Bücher und brütete über lateinischen Versen und erotischen Geschichten, entzifferte die Wörter mit quälender Langsamkeit. Als der Winter kam, froren meine Sinne ein, mein Lehrer vergab mir und setzte den Unterricht mit dem üblichen Kopfschütteln endlich fort. Aber insgeheim blieb ich eine Heidin. Selbst im Kloster bin ich nicht in der Kapelle am glücklichsten, sondern bei der Feldarbeit, wo mich das Brennen in den Muskeln an jenen Sommer erinnert, als ich gottlos war.

Heute habe ich gearbeitet, bis mir der Rücken schmerzte. Als es im Kräuter- und Gemüsegarten nichts mehr zu tun gab, machte ich weiter in den Salzfeldern, schuftete ungeachtet der sengenden Sonne, die Röcke bis an die Knie gerafft, knöcheltief in der Salzkruste und dem salzigen Schlamm. Im Kloster gibt es genug Laien für die schweren Arbeiten – das Fischen, das Schlachten von Vieh, das Gerben von Leder und die Arbeit in den Salzfeldern –, aber mir tut die Anstrengung gut, sie verdrängt die Angst.

Bisher haben wir noch keine Antwort aus Rennes erhalten. Letzte Nacht im Traum habe ich mir die Karten gelegt, und auf jeder war LeMerles Gesicht zu sehen. Ein schrecklicher Albtraum. Ich frage mich, ob ich diese Visionen selbst ausgelöst habe, indem ich so viel über ihn in mein Tagebuch schreibe, doch jetzt, wo ich einmal damit angefangen habe, die Geschichte zu erzählen, ist mein Drang, alles niederzuschreiben, nicht mehr zu bremsen. Es ist wie mit einem durchgegangenen Pferd. Völlig zwecklos, es aufhalten zu wollen – man lässt es besser laufen, bis es erschöpft ist.

Janette hat mich gelehrt, auf meine Träume zu hören. Sie seien wie Wellen, sagte sie zu mir, wie Wellen der Gezeiten, die uns tragen, und sie brächten seltsames Strandgut mit und seltsame Wirbel aus der Tiefe mit Botschaften für diejenigen, die sie deuten können. Ich müsse meine Träume benutzen, ich dürfe sie nicht fürchten. Nur ein Narr fürchtet sich vor dem Wissen.

Unser erster Winter war der schlimmste. Zwei Monate lang war das *Théâtre du Grand Carnaval* außerhalb von Vitré, einer kleinen Stadt an der Vilaine, zum Nichtstun verdammt. Es hatte den ganzen Dezember über geschneit, unser Geld war fast aufgebraucht, unsere Vorräte gingen zur Neige, einer unserer Wagen hatte ein Rad verloren, und es bestand keine Aussicht darauf, dass wir vor Anbruch des Frühlings weiterziehen konnten.

Ich glaube, uns allen war klar, dass LeMerle nicht betteln würde. Er arbeite, so erklärte er uns, an einer Tragödie, die sich, wenn sie aufgeführt werde, als Lösung aller unserer Probleme erweisen werde. In der Zwischenzeit schlugen wir uns durch mit dem Sammeln von Abfällen, mit Schnorren, mit Tanzen und Jonglieren im knöcheltiefen Schneematsch. Die Frauen nahmen mehr ein als die Männer – manchmal verdienten wir fast so viel wie die Zwerge, wenn die Leute sich erst einmal an sie gewöhnt hatten. Le Borgne knurrte wie immer vor sich hin und fasste diese Entwicklung wohl als persönlichen Affront auf. LeMerle nahm das Geld, das wir bei ihm ablieferten, entgegen, als hätte er auf keinen Fall weniger erwartet.

Eines Tages im Januar, als das Tauwetter die Straßen und Wege in wahre Schlammpisten verwandelte, rauschte eine vornehme Kutsche an unserem Lager vorbei in Richtung Stadt. Später rief LeMerle uns zusammen und befahl, uns auf eine besondere Vorstellung im Schloss vorzubereiten. Frisch gebadet und in die Kostüme gekleidet, die wir bei unserer Flucht aus Paris gerettet hatten, trafen wir im Schloss ein. Ein halbes Dutzend feine Herren erwarteten uns in einem großen Speisesaal, wo sie offenbar dem Glücksspiel nachgingen. Auf dem Tisch lagen Spielkarten, und im Kerzenlicht sah ich Gold schimmern. Es roch nach Glühwein, Holzfeuer und Tabak, und LeMerle saß, gekleidet wie ein Höfling, mit am Tisch, ein Glas Punsch in der Hand. Er verstand sich mit den Herren hervorragend, und es war, als wären wir wieder in Paris. Ich witterte Gefahr, und ich wusste, dass LeMerle sie ebenfalls spürte. Dennoch war nicht zu übersehen, dass er sich prächtig amüsierte.

Ein dicker junger Mann in rosafarbener Seide beugte sich vor und beäugte mich durch seine Lorgnette. »Sie ist wirklich charmant«, sagte er. »Tritt näher, meine Liebe, ich beiße nicht.«

Ich ging auf ihn zu – meine Satinschuhe glitten über das polierte Parkett – und machte einen Knicks. »Hier, meine Karte, Schätzchen. Los, nimm sie schon, sei nicht so schüchtern.«

Ich war verlegen. Ich war gewachsen, seit wir Paris verlassen hatten, und mein Rock war kürzer, meine Korsage enger, als ich sie in Erinnerung hatte. Jetzt tat es mir Leid, dass ich mir nicht die Zeit genommen hatte, mein Kostüm zu ändern. Der rosarote Herr grinste und reichte mir mit Daumen und Zeigefinger eine Spielkarte. Ich sah, dass es die Herzkönigin war.

LeMerle zwinkerte mir zu. Wenn das eins seiner Spielchen ist, dachte ich, dann kann ich mithalten. Die anderen jedenfalls waren offenbar mit den Regeln vertraut. Die Pik-Drei fiel auf Hermine, auf Cateau der Kreuzbube und auf Demiselle das Karo-Ass, bis uns allen eine Spielkarte zugeteilt war – selbst den Zwergen –, worüber die Männer in lautes Gelächter ausbrachen, was ich überhaupt nicht verstand. Dann tanzten wir: Zuerst ein paar akrobatische Clownerien, dann das *Ballet des Gueux* – das Bettlerballett, mit dem wir bei Hofe so erfolgreich gewesen waren.

Während der Aufführung bemerkte ich hin und wieder, wie ein paar Spielkarten auf den Tisch geworfen wurden, aber das Tanzen war anstrengend, und ich musste mich konzentrieren. Erst als das Stück zu Ende war und vier Gewinner aufstanden, um ihre Preise in Empfang zu nehmen, begriff ich den Zweck des Spiels – und was es mit dem Gewinnen auf sich hatte. Ich hörte die Spieler fluchen, die mit den Zwergen vorlieb nehmen mussten. Als ich die breite Treppe zu den Schlafgemächern hinaufgeführt wurde, kam ich mir idiotisch vor und fühlte mich völlig ausgeliefert. Im Hintergrund hörte ich, wie LeMerle seelenruhig eine Runde Piquet vorschlug.

Ich drehte mich um, als ich seine Stimme hörte. Hermine schaute mich an und runzelte die Stirn – sie war die Einzige von den vier Tänzerinnen, die begriff, was vor sich ging. Im goldenen Licht des Wandleuchters wirkte sie alt, ihre geschminkten Wangenknochen glänzten fettig. Ihre Augen waren hart, blau und sehr geduldig. Sie sagten mir alles, was ich wissen musste.

Der rosarote Herr bemerkte mein Zögern. »So lauten die Spielregeln, Schätzchen«, sagte er. »Ich habe gewonnen, oder nicht?«

LeMerle wusste, dass ich ihn beobachtete. Er hatte sowohl auf meine Reaktion als auch auf den Ausgang des Kartenspiels gesetzt, und einen Augenblick lang war ich für ihn eine unbekannte Größe, nur von flüchtigem Interesse. Dann wandte er sich ab, denn das nächste Spiel hatte begonnen. Mit einem Mal hasste ich ihn. Ach, nicht wegen der paar unangenehmen Augenblicke auf dem Sofa. Nein, wegen des *Spiels*. Als bedeuteten ich und die anderen ihm nicht mehr als die Karten in seiner Hand, die man entweder ausspielen oder weglegen konnte, je nachdem, wie das Spiel verlief.

Ich würde ihm natürlich verzeihen. »Aber Juliette, glaubst du etwa, das hätte mir Vergnügen bereitet? Ich hab es für dich getan. Für euch alle. Hätte ich euch hungern lassen sollen, um mein Zartgefühl zu schonen?«

Ich hatte mein Messer in die Hand genommen, und es juckte mich in den Fingern, ihm die scharfe Klinge in den Leib zu rammen. »Es hätte nicht so weit kommen müssen«, sagte ich. »Wenn du mir vorher Bescheid gesagt hättest.« Das stimmte sogar. Wenn er mich vorher über seine Pläne aufgeklärt hätte, hätte ich tatsächlich ihm zuliebe das Spiel mitgespielt.

Er musterte mich eingehend, und ich durchschaute ihn. »Du hättest dich weigern können«, sagte er. »Ich hätte dich nicht gezwungen, Juliette.«

»Du hast uns *verkauft.*« Meine Stimme zitterte. »Du hast uns reingelegt und für Geld verkauft!« Er wusste, dass ich mich nicht hätte widersetzen können. Wenn wir uns an jenem Abend verweigert hätten, dann hätten wir LeMerle am nächsten Morgen am Pranger besichtigen können. »Du hast uns benutzt, Guy. Du hast *mich* benutzt.«

Ich spürte, wie er versuchte, die Situation einzuschätzen. Ich war ziemlich aufgebracht, aber mein Zorn würde sich schon wieder legen. Schließlich war ich keine Jungfrau mehr gewesen. Eigentlich war kein Schaden entstanden. Gold klimperte in seinen Händen. »Juliette, hör mir zu …«

Es war der falsche Zeitpunkt für Beschwichtigungsversuche. Als er die Hände nach mir ausstreckte, schlug ich mit dem Messer nach ihm. Ich hatte ihn mir nur vom Hals halten wollen, doch ich war so schnell gewesen, dass er nicht rechtzeitig hatte reagieren können, und meine Klinge schnitt tief in seine ausgestreckten Handflächen.

»Das nächste Mal«, sagte ich, »das nächste Mal zerschneide ich dir das Gesicht.« Ich zitterte, aber die Hand, die das Messer hielt, blieb ganz ruhig.

Jeder andere Mann hätte seine blutigen Hände betrachtet – eine instinktive Reaktion –, nicht jedoch LeMerle. In seinen Augen lag weder Angst noch Schmerz. Stattdessen Verwunderung, Faszination, Entzücken, als hätte er ganz plötzlich eine unerwartete Entdeckung gemacht. Es war ein Blick, den ich schon des Öfteren bei ihm erlebt hatte, am Kartentisch oder angesichts einer wütenden Menschenmenge oder im Augenblick des Triumphs im Rampenlicht. Trotzig hielt ich seinem Blick stand. Blut tropfte von seinen Fäusten auf den Boden zwischen uns, und noch immer schaute keiner von uns nach unten.

»Das glaube ich dir aufs Wort«, sagte er schließlich.

»Das solltest du auch.«

Mittlerweile war das Blut das Einzige an ihm, was Farbe hatte. Dank seiner schwarzen Jacke wirkte sein Gesicht erst recht aschfahl. Er machte einen Schritt auf mich zu und stolperte. Ohne nachzudenken fing ich ihn auf, als er fiel. »Du hast Recht, Juliette«, sagte er. »Ich hätte dir vorher Bescheid sagen sollen.«

Das brach meinen Widerstand, genau wie er es vorausgesehen hatte. Dann, immer noch lächelnd, wurde er bewusstlos.

Ich verband ihm die Hände mit Zehrkraut und sauberem Leinen. Danach besorgte ich ihm einen Schluck Schnaps, und während ich ihm das Glas an die Lippen hielt, ging ich in Gedanken noch einmal die Einzelheiten der Geschichte durch, bis es mir schließlich so vorkam, als hätte LeMerle sich für uns geopfert anstatt umgekehrt. Natürlich war *er* letztlich das größte Risiko eingegangen. Abgesehen von den Einnahmen für die Vorstellung – und zwar der öffentlichen wie der privaten –, hatte LeMerle die jungen Kartenspieler schamlos ausgenommen, und gleichzeitig hatten Bouffon und Le Borgne das Haus nach Wertsachen durchsucht, sodass LeMerle bei seinem Abgang um fünfhundert *Livres* reicher war als bei seiner Ankunft.

Als seine Opfer den Betrug durchschauten, war es zu spät – die Truppe hatte die Stadt bereits verlassen. Allerdings folgten uns die Berichte und Gerüchte über LeMerles falsches Spiel bis nach La Rochelle und darüber hinaus. Es war der Beginn einer langen Reihe von Betrügereien, und während der folgenden Monate reisten wir unter den unterschiedlichsten Farben und Namen. Unser schlechter Ruf verfolgte uns länger, als wir erwartet hatten, aber trotz der Gefahren und der wiederholten Versuche, uns zu fassen, verspürten wir wenig Angst. LeMerle war in unseren Augen zu einer Figur mit nahezu magischen Kräften geworden. Er schien unverwundbar – und als seine Truppe waren wir es auch. Wenn man ihn gefasst hätte, so hätte man ihn mit Sicherheit gehängt, und uns wahrscheinlich gleich mit. Doch fahrende Schauspieltruppen waren im Westen keine Seltenheit, und mittlerweile nannten wir uns das *Théâtre de la Poule au Pot* und gaben vor, aus Aquitanien zu stammen.

Das *Théâtre du Grand Carnaval* hatte sich in Luft aufgelöst. So entkamen wir aus der gefährlichen Situation – und vielen weiteren –, und ich verzieh LeMerle vorübergehend, weil ich jung war und weil ich in jenen unschuldigen Tagen glaubte, dass in jedem Menschen ein guter Kern schlummert und dass irgendwann sogar er erlöst werden könnte.

Es ist mehr als fünf Jahre her, seit ich ihn das letzte Mal gesehen habe. Viel zu lange, um mich von diesen Erinnerungen beunruhigen zu lassen. Vielleicht ist er längst tot – nach dem, was in Epinal passiert ist, gibt es Grund genug, das anzunehmen. Aber ich glaube es nicht. All die Jahre über schleppe ich die Erinnerung und den Schmerz mit mir herum, wie ein Hund, dem man einen schweren Stein an den Schwanz gebunden hat, und wenn ich von LeMerle befreit wäre, dann wüsste ich es.

Heute werden wir die Ehrwürdige Mutter begraben. Es muss heute geschehen. Der Himmel ist gnadenlos klar, verheißt blaue Weite, sengende Sonne. Ich weiß, niemand will die Verantwortung übernehmen, doch die Leiche in der Kapelle ist überreif, sie löst sich in ihrem Kräuterbad bereits auf. Niemand will sie begraben, bevor ihre Nachfolgerin eintrifft. Aber irgendjemand muss sich ein Herz fassen und die Entscheidung treffen.

Seit gestern Abend habe ich nicht geschlafen. Meine Kräuter sind mir kein Trost. Weder Geranie noch Rosmarin verschaffen mir Entspannung, und der Lavendel verhilft mir nicht zu einem klaren Kopf. Ein starker Aufguss aus Belladonna könnte bewirken, dass ich Dinge sehe, die zu sehen sich lohnt, vorerst habe ich jedoch genug Visionen gehabt. Was ich brauche, ist Ruhe. Durch das hohe Fenster kann ich den ersten Streifen der Morgendämmerung erkennen. Fleur liegt neben mir und schläft, eine Puppe im Arm, den Daumen im Mund, aber trotz aller Erschöpfung finde ich keine Ruhe. Ich streichle ihre Wange. Das tue ich oft, zu ihrem und auch zu meinem eigenen Trost, und sie reagiert im Schlaf, kuschelt sich seufzend an mich. Sie duftet nach Keksen und warmem Brotteig. Ich stecke die Nase in die zarten Haare in ihrem Nacken, was mich immer wieder mit Liebe und Seligkeit erfüllt, und diesmal auch mit Kummer, als würde sich ein unvorstellbares Unglück ankündigen.

Meine Tochter in den Armen schließe ich die Augen. Aber mein Frieden ist dahin. Fünf Jahre Frieden sind verflogen wie Rauch – und warum? Ein Vogel, eine Erinnerung, etwas aus dem Augenwinkel Geschenes? Dennoch ist die Ehrwürdige Mutter gestorben. Na und? Sie war alt. Ihr Leben war zu Ende. Es gibt keinen Grund anzunehmen, dass *er* irgendetwas damit zu tun haben könnte. Aber Giordano hat mich gelehrt, dass alles im Leben irgendwie zusammenhängt, dass alles Irdische aus demselben Urlehm geschaffen ist: Mann, Frau, Stein, Wasser, Baum, Vogel. Es war Häresie. Giordano glaubte es trotz allem. Eines Tages werde er ihn finden, sagte er mir, den Stein der Weisen, den Beweis für seine Theorie, die Rezeptur für alle Materie, das Elixir der Neun Welten. Alles hängt zusammen: Die Erde bewegt sich um die Sonne, alles kehrt zurück, und jede Tat, wie gering sie auch sein mag, hat tausend Auswirkungen. Ich spüre, wie sie auf mich zukommen wie die Ringe im Wasser, wenn man einen Stein in den See geworfen hat.

Und der schwarze Vogel? Auch wir sind miteinander verbunden, er und ich; um das zu wissen, brauche ich keine Philosophie. Soll er nur kommen. Falls er eine Rolle zu spielen hat, dann soll er es bald tun und schnell, denn er weiß, wenn ich ihn je wieder leibhaftig sehen sollte, werde ich ihn töten.

7

♥

12. Juli 1610

Wir begruben sie im Kräutergarten. Es war eine stille Angelegenheit – ich pflanzte Lavendel und Rosmarin, um den Gestank der Leiche zu mildern, und alle sprachen ein kurzes Gebet. Anschließend sangen wir das *Kyrieeleison,* wenn auch nicht besonders schön, denn einige brachten vor Kummer kaum einen Ton heraus.

Dieser Ausbruch von Trauer überrascht mich – seit ich hier bin, sind mehr als ein Dutzend Schwestern gestorben, darunter einige ganz junge, aber keine wurde so verzweifelt betrauert. Das sollte eigentlich nicht so sein, doch wir haben mehr verloren als eine Mitschwester. Selbst der Mord an König Henri in Paris vor zwei Monaten hat nicht solche Auswirkungen auf unser Leben gehabt.

Insofern ist es im Grunde nicht recht, die Ehrwürdige Mutter mit so wenig Zeremoniell zu beerdigen. Es hätte ein Priester da sein sollen, es hätte einen richtigen Gottesdienst geben müssen. Aber wir konnten nicht länger warten; wir haben noch immer keine Nachricht aus Rennes, und Fäulnis schreitet schnell fort im Sommer, verbreitet Krankheit. Die meisten Nonnen haben davon keine Ahnung, verlassen sich lieber auf die Macht des Gebets, doch das Leben auf der Straße hat mich gelehrt, vorsichtig zu sein. »Vielleicht gibt es ja auch Dämonen«, pflegte meine Mutter zu sagen, aber faules Wasser, verdorbenes Fleisch und schlechte Luft können töten. Ihr Rat hat mir immer gute Dienste geleistet.

Jedenfalls habe ich die anderen schließlich überzeugt. Das gelingt mir eigentlich immer, außerdem war dieses einfache Begräbnis genau das, was die Ehrwürdige Mutter sich gewünscht hätte: kein steinerner Sarkophag, sondern ein Leintuch, das schon vom Schimmel durchsetzt war, darüber die reine, helle Erde, in der unsere Kartoffeln so wunderbar gedeihen.

Vielleicht werde ich Kartoffeln auf ihrem Grab pflanzen, dann kann deren Fleisch mit dem ihren verschmelzen, jede Sehne eine Knolle, jeder Knochen einen jungen Trieb nähren. Auf diese Weise kann das Salz ihres Fleisches sich mit dem Salz der Erde mischen und aus den Wurzeln neues Leben sprießen lassen. Ein heidnischer Gedanke, ohne jede Ehrfurcht an diesem Ort voller trauriger Geheimnisse. Aber meine Götter sind noch nie die ihren gewesen. Der Herr dieser Welt wird bestimmt nicht verkörpert durch dieses strenge, versteinerte Gesicht, dieses sinnlose Opfer, dieses freudlose Leben, diese ewige Fixierung auf die Sünde ... Ein Kartoffelfeld ist mir tausendmal lieber als die Vorstellung von so einem fleischlosen Himmel, so einer hoffnungslosen Hölle. Und immer noch haben wir keine Nachrichten aus Rennes.

Sieben Tage. Die Erschaffung der Erde hat nicht so lange gedauert. Unsere Welt befindet sich in einem Übergangsstadium, gleichgültig gegenüber der sommerlichen Hitze, wie eine Rose unter Glas. Doch die Welt da draußen dreht sich ohne uns weiter; Wachstum, Verfall, Leben und Tod haben ihren eigenen Rhythmus, wie Ebbe und Flut, als hätte Gott seinen eigenen Zeitplan. Der Geruch des Meers kommt durch das offene Fenster, bringt den ersten Duft nach Herbst mit; das Laub ist von der Sonne grau gebleicht, das Gras gelb verbrannt. Das Land ist wie ein Amboss für die Schläge des Sommers, flach und schimmernd.

Wenigstens habe ich die Arbeit in den Salzfeldern, wo ich mit der hölzernen *ételle* die Salzkruste über dem Schlamm zu kleinen Haufen neben mir zusammenschabe. Es ist eine einfache Tätigkeit, bei der ich nicht nachzudenken brauche, sie lässt mir Zeit, Fleur und Perette zuzusehen, die ganz in der Nähe im warmen, braunen Wasser plantschen. Den anderen ist die Arbeit auf dem Feld eine Last, ich dagegen genieße diese Tage in der Sonne, mit meiner Tochter an meiner Seite. Hier kann ich mich wieder auf mich selbst besinnen, zumindest auf den Teil von mir, an den ich mich gern erinnere. Ich rieche das Meer, den Duft des Salzbeckens, ich spüre den scharfen Westwind, höre die Vögel singen. Schließlich gehöre ich nicht zu den ängstlichen Schwestern, die sich aus Angst vor der Welt in ihren Zellen verkriechen. Ich bin auch keine Verzückte wie Sœur Alfonsine, die ihr armes Fleisch so leidenschaftlich peinigt. Nein, die Arbeit macht mir Spaß. Die langen Muskeln in meinen Schenkeln strecken und beugen sich, ich spüre, wie mein Bizeps sich spannt. Meine Arme sind nackt, mein Rock ist bis zur Hüfte gerafft, meine Haube liegt am Rand des Salzfeldes.

Abgesehen von Fleur ist mein Haar mein einziger Luxus. Nach meiner Ankunft im Kloster habe ich es kurz geschnitten, aber seitdem ist es wieder gewachsen, dicht und lang und rot wie ein Fuchsschwanz. Es ist das Einzige, was schön an mir ist. Ansonsten bin ich zu groß, zu derb, meine Haut ist von zu vielen Jahren auf der Straße braun gebrannt. Wenn Lazarillo meine Haare gesehen hätte, so hätte er mich vielleicht erkannt. Doch eine Nonnenhaube ist wie die andere. Hier auf dem Feld lege ich meine Tracht ab. Hier ist niemand, der mein offenes Haar sehen kann oder meine kräftigen, nackten Schultern. Hier darf ich ich selbst sein. Und auch wenn ich weiß, daß ich nie wieder l'Ailée, die Geflügelte, sein werde, so kann ich doch wenigstens Juliette sein.

Sechs weitere Jahre blieb ich bei der Truppe, die sich schließlich *Théâtre des Cieux* nannte. Nach Vitré zog ich aus LeMerles Wagen aus. Ich liebte ihn immer noch – da gab es kein Entrinnen –, aber mein Stolz verbot mir, weiterhin bei ihm zu wohnen. Inzwischen hatte ich einen eigenen Wagen, und wenn er zu mir kam, ließ ich ihn warten wie einen Bittsteller, bevor ich ihn einließ. Es war eine bescheidene Rache, dennoch veränderte sie das Gleichgewicht zwischen uns, und eine Zeit lang war ich es zufrieden.

Wir zogen an der Küste entlang, suchten Marktplätze und Jahrmärkte auf, wo es Geld zu verdienen gab. Wenn die Geschäfte schlecht gingen, verkauften wir Heilmittel und Liebestränke, oder LeMerle nahm ein paar unvorsichtige Männer beim Kartenspiel oder beim Würfeln aus. Meistens jedoch traten wir auf. Wir führten kleine Ballettszenen auf, Maskeraden oder Gauklereien, und mit der Zeit auch immer häufiger richtige Theaterstücke. Zusammen mit den Zwergen entwickelte ich einen Seiltanz – eigentlich mehr ein Kinderspiel, aber es kam gut an in den Dörfern –, und ich brachte den anderen Tänzerinnen die einfacheren Schritte bei. Während wir daran arbeiteten, wurde das Stück immer ambitionierter, trotz allem war es meine Idee, es aufs Hochseil zu bringen, und das war der Beginn unseres Erfolgs.

Anfangs spannten wir zur Sicherheit ein Tuch unter dem Seil, das die Zwerge an den vier Ecken hielten. Dann wurden wir mutiger und verzichteten auf das Tuch. Doch es genügte uns nicht, nur über das Hochseil zu laufen, sondern wir tanzten und sprangen darauf herum, und schließlich flogen wir mit Hilfe verschiedener Ringe von einem Seil zum anderen. Auf diese Weise bekam l'Ailée Flügel.

Ich habe nie an Höhenangst gelitten. Im Gegenteil, ich genieße die Höhe. Von hoch oben sehen alle gleich aus – Männer, Frauen, Banditen, Könige –, als seien Rang und Erfolg nur eine Frage der zufälligen Perspektive und nicht gottgegeben. Auf dem Seil fühlte ich mich übermenschlich, und zu jeder Aufführung kamen mehr Zuschauer. Mein Kostüm war silbern und grün, mein Umhang mit bunten Federn geschmückt, und auf dem Kopf trug ich eine Federkrone, die meine Größe noch betonte. Ich bin schon immer groß gewesen für eine Frau – im *Théâtre des Cieux* überragte ich alle bis auf LeMerle –, aber in meinem Kostüm war ich größer als sechs Fuß. Wenn ich aus dem goldenen Käfig trat, um mit meiner Vorstellung zu beginnen, begannen die Kinder in der Menge zu murmeln und auf mich zu zeigen, und ihre Eltern fragten sich vernehmlich, wie ein solches Geschöpf wohl an einem Pfahl hochklettern können sollte, geschweige denn fliegen.

Das Seil war in dreißig Fuß Höhe über den Köpfen der Zuschauer gespannt, darunter Pflaster, Erde, Gras. Ich riskierte, mir die Knochen oder sogar den Hals zu brechen, falls ich einen Fehler machte. Aber l'Ailée machte keine Fehler. Mein Knöchel war an einer dünnen goldenen Kette befestigt – als könnte ich andernfalls abheben und davonfliegen. Rico und Bazuel hielten das andere Ende der Kette, wobei sie darauf achteten, möglichst weit von mir entfernt zu bleiben. Manchmal knurrte ich drohend und tat so, als würde ich nach ihnen schlagen, woraufhin die Kinder laut aufschrien. Dann ließen die Zwerge die Kette los, und ich war frei.

Ich ließ es mühelos aussehen. Natürlich war es das nicht; selbst für die kleinste Bewegung sind tausend Stunden der Übung nötig. Aber in jenen Augenblicken war ich nicht mehr ich selbst. Ich tanzte auf seidenen Seilen, die so dünn waren, dass man sie vom Boden aus kaum noch sehen konnte, benutzte miteinander verbundene Ringe, um von einem Seil zum nächsten zu gelangen, so wie Gabriel es mir einst neben dem orangefarbenen Wagen mit dem Tiger und den Lämmchen beigebracht hatte. Manchmal sang ich auch oder stieß wilde Schreie aus. Die Leute schauten voller abergläubischer Bewunderung zu mir herauf und flüsterten einander zu, ich müsse ein überirdisches Wesen sein, sie mutmaßten, dass vielleicht irgendwo jenseits des Ozeans noch mehr solche rothaarigen Hexen durch die Luft und über die endlos blaue Weite schwebten. Überflüssig zu erwähnen, dass LeMerle nichts tat, um diesen Mutmaßungen entgegenzuwirken. Ich allerdings auch nicht.

Bald war unsere Aufführung so beliebt, dass man uns nicht nur in Paris, sondern auch auf dem Land bejubelte. Ich wurde immer verwegener, schreckte vor nichts zurück. Ich erfand riskantere Sprünge, atemberaubende Saltos von Seil zu Seil, sodass die anderen nicht mehr mithalten konnten. Dann fügte ich dem Repertoire weitere Geräte hinzu: Schaukeln, ein Trapez, eine hängende Plattform. Ich trat in Bäumen und über Wasser auf. Und ich stürzte nie ab.

Das Publikum liebte mich. Viele glaubten, was LeMerle verbreitete, nämlich dass ich ein überirdisches Wesen sei. Es gab Gerüchte über Hexerei, und mehrmals waren wir gezwungen, einen Ort überstürzt zu verlassen. Doch das kam selten vor; unser Ruhm verbreitete sich, und auf LeMerles Befehl hin zogen wir nach Norden und machten uns wieder auf den Weg nach Paris.

Zweieinhalb Jahre waren seit unserer Flucht aus der

Hauptstadt vergangen. Genug Zeit, meinte LeMerle, um unser kleines *contretemps* in Vergessenheit geraten zu lassen. Außerdem hatte er keinerlei Ambitionen, wieder Zugang zur höfischen Gesellschaft zu erlangen. Der König sollte bald heiraten, und wir waren nicht die Einzigen, die sich darauf vorbereiteten. Jede Truppe im Land tat das Gleiche: Schauspieler, Jongleure, Musikanten und Tänzer probten für das große Ereignis. Es gebe eine Menge Geld zu verdienen, sagte LeMerle, und mit ein bisschen Phantasie und ein bisschen Unternehmergeist könnten wir ein Vermögen machen.

Aber inzwischen kannte ich ihn zu gut, um ihm diese simple Erklärung abzukaufen. Er hatte wieder dieses Schimmern in den Augen – den gefährlichen, amüsierten Blick, den ich von ihm kannte, wenn er etwas Außergewöhnliches plante –, und ich war von Anfang an auf der Hut.

»Er jagt einen Tiger mit einem Stock«, sagte Le Borgne gern. »Den Tiger zu finden, ist nicht so schwer, doch Gott steh uns bei, wenn er ihn stellt.«

LeMerle bestritt natürlich jede derartige Absicht. »Ich führe nichts Böses im Schilde, ganz bestimmt nicht, meine kleine Hexe«, sagte er zu mir, allerdings mit so viel Schalk um die Augen, dass ich ihm kein Wort glaubte. »Was ist, fürchtest du dich etwa?«

»Natürlich nicht.«

»Das ist gut. Denn es wäre gar nicht schön, wenn du jetzt nervös würdest.«

8

♥

13. Juli 1610

Es war der Höhepunkt meiner Karriere. Wir hatten Geld, wir waren berühmt. Das Publikum liebte uns, und wir waren auf dem Weg nach Hause. Wegen der bevorstehenden königlichen Hochzeit war ganz Paris ein einziges Volksfest; die Stimmung war ausgelassen, es wurde viel getrunken, das Geld saß locker, und alle waren beseelt von einer Mischung aus Hoffnung und Angst. Ebenso wie eine Thronbesteigung löst eine königliche Hochzeit ein allgemeines Gefühl der Unsicherheit aus. Regeln werden außer Kraft gesetzt. Neue Bündnisse werden geschlossen und alte gebrochen. Größtenteils hatte das jedoch keine Bedeutung für uns. Wir beobachteten das Spiel auf der Bühne der Mächtigen und hofften, dass wir den Ränken nicht zum Opfer fielen. Eine Laune würde ausreichen; mit einer einzigen Fingerbewegung vermag ein König eine ganze Armee zu vernichten. Sogar die Hand eines Bischofs, mit Geschick eingesetzt, kann einen mächtigen Mann zu Fall bringen. Aber wir vom *Théâtre des Cieux* zerbrachen uns nicht den Kopf über solche Dinge. Wir hätten die Zeichen deuten können, wenn wir gewollt hätten, doch wir waren berauscht vom Erfolg. LeMerle war auf Tigerjagd, und ich war dabei, eine neue – und noch gefährlichere – Hochseilnummer einzustudieren. Selbst Le Borgne war ungewöhnlich gut gelaunt, und als wir bei unserer Ankunft in Paris erfuhren, dass Seine Majestät den Wunsch geäußert hatte, unsere Vorstellung zu sehen, kannte unser Glück keine Grenzen.

Die folgenden Tage habe ich nur noch verschwommen in Erinnerung. Ich habe einige Könige kommen und gehen sehen, König Henri mochte ich immer ganz besonders. Vielleicht weil er mir damals so begeistert zugejubelt hatte, vielleicht weil er ein so freundliches Gesicht gehabt hatte. Aber dieser neue Louis, dieser Knabe, ist anders. Man kann sein Porträt auf jedem Markt kaufen, er ist dargestellt mit einem Glorienschein, umgeben von knienden Heiligen, doch mir macht er Angst mit seinem bleichen Gesicht und seinem herzförmigen Mund. Was kann so ein kleiner Junge schon von der Welt wissen? Wie kann er Frankreich regieren? Aber all das kam später. Als l'Ailée im Palais-Royal auftrat, fühlten wir uns so sicher und glücklich wie seit dem Ausbruch des Krieges nicht mehr. Diese Hochzeit, dieses Bündnis mit den Medici schien uns Recht zu geben, und wir betrachteten sie als ein Zeichen dafür, dass unser Schicksal sich zum Guten gewendet hatte.

Tatsächlich war es eine Schicksalswende – allerdings nicht zum Guten. Am Abend nach unserer Vorstellung feierten wir mit Wein und Fleisch und süßem Gebäck. Anschließend machten Rico und Bazuel sich auf, um sich im Palais-Royal eine Raubtiernummer anzusehen. Während wir anderen uns betranken, ging LeMerle allein hinunter zum Fluss. Spät in der Nacht hörte ich ihn zurückkommen. Als ich an seinem Wagen vorbeiging, bemerkte ich Blut auf den Stufen, und das machte mir Angst.

Ich klopfte an die Tür, und als sich niemand meldete, ging ich hinein. LeMerle saß mit dem Rücken zu mir auf dem

Boden und drückte sich sein zusammengeknülltes Hemd an die Rippen. Mit einem entsetzten Aufschrei stürzte ich zu ihm. Er war über und über mit Blut beschmiert. Die Verletzung war allerdings nicht allzu schlimm, wie ich zu meiner Erleichterung feststellte. Eine kurze, scharfe Klinge – ähnlich der meinen – war an seinen Rippen abgeglitten und hatte eine lange, nicht sehr tiefe Schnittwunde verursacht. Zuerst nahm ich an, er sei überfallen und ausgeraubt worden – nachts in Paris braucht man für seine Sicherheit mehr als Glück –, aber er hatte seine Geldbörse noch; außerdem hätte nur ein ziemlicher Tölpel ihm eine solch stümperhafte Verletzung zugefügt. Da LeMerle sich weigerte, mir zu sagen, was geschehen war, nahm ich an, dass er sich dieses Missgeschick selbst zuzuschreiben hatte, und dachte nicht weiter darüber nach.

Allerdings geschahen noch mehr Missgeschicke. In der folgenden Nacht geriet einer unserer Wagen in Brand, während wir schliefen, und nur durch Zufall wurde verhindert, dass die anderen auch Feuer fingen. Zum Glück war Cateau aufgestanden, weil er mal musste, und hatte den Rauch gerochen. Wir verloren zwei Pferde, die meisten unserer Kostüme, den Wagen natürlich und einen von unserer Truppe, den kleinen Rico, der am Abend sturzbetrunken zu Bett gegangen war und nicht wach wurde, als wir ihn riefen. Sein Freund Bazuel versuchte, ihn aus dem brennenden Wagen zu retten. Aber es war eigentlich von Anfang an klar, dass es keinen Zweck hatte. Der Rauch raubte Bazuel die Sinne, bevor er irgendetwas ausrichten konnte.

Es kostete ihn seine Stimme. Nachdem er sich wieder erholt hatte, konnte er nur noch flüstern. Ich glaube, sein Herz war gebrochen, denn er wurde nie wieder ganz der Alte. Er soff wie ein Loch, legte sich mit jedem an, und seine Leistungen ließen derart nach, dass wir ihn schließlich nicht mehr auftreten lassen konnten. Als er sich einige Monate später von der Truppe trennte, war niemand überrascht. Immerhin hatten wir, wie Le Borgne meinte, keinen Seiltänzer verloren. Zwerge waren jederzeit zu ersetzen.

Wir verließen Paris in aller Stille und sehr niedergeschlagen. Die Feierlichkeiten waren noch längst nicht beendet, dennoch drängte LeMerle zum Aufbruch. Ricos Tod hatte ihn tiefer getroffen, als ich erwartet hatte. Er aß wenig, schlief kaum noch, fauchte jeden an, der es wagte, das Wort an ihn zu richten. Es war das erste Mal, dass ich ihn wirklich wütend erlebte. Aber bald wurde mir klar, dass dies nichts mit Rico zu tun hatte – und auch nicht mit der Zerstörung eines Großteils unserer Ausrüstung -, sondern mit seiner eigenen Schmach, er war wütend, weil wir um unseren Erfolg gebracht worden waren. Er hatte das Spiel verloren, und Niederlagen verabscheute er mehr als alles andere.

Niemandem war in der Brandnacht irgendetwas Ungewöhnliches aufgefallen. Nur LeMerle hatte einen Verdacht, den er allerdings nicht aussprach. Er versank in gefährliches Schweigen, und nicht einmal die Nachricht, dass sein Erzfeind, der Bischof von Evreux, von ein paar Wegelagerern überfallen worden war, konnte ihn aufheitern.

Von Paris aus zogen wir in Richtung Süden. Bazuel verließ uns in Anjou, doch in den folgenden beiden Monaten schlossen sich zwei Neue unserer Truppe an: Bécquot, ein einbeiniger Fiedler, und dessen zehnjähriger Sohn Philbert. Der Junge war ein Naturtalent auf dem Hochseil, aber er war zu leichtsinnig; einige Zeit später stürzte er böse und war monatelang nicht zu gebrauchen. Dennoch gestattete LeMerle ihm, den Winter über bei uns zu bleiben. Obwohl der Junge als Hochseilakrobat nicht mehr eingesetzt werden konnte, fütterte LeMerle ihn durch und gab ihm Arbeit, mit der er sich nützlich machen konnte. Bécquot war dankbar, ich dagegen war überrascht, denn das Geschäft ging schlecht, und das Geld war knapp. Le Borgne zuckte nur die Achseln und murmelte irgendetwas von Tigern. Es wurde jedoch nicht besser. Der Junge blieb noch acht Monate bei uns, dann übergab LeMerle ihn einer Gruppe von Franziskanermönchen, die auf dem Weg nach Paris waren und sich um ihn kümmern wollten.

Wir zogen weiter. Wir traten auf allen Jahrmärkten und Volksfesten überall in Anjou und in der Gascogne auf, verdingten uns wie in früheren Zeiten hier und da als Erntehelfer und blieben den Winter über an einem festen Ort. Im zweiten Winter starb Demiselle am Fieber, sodass wir nur noch zwei Tänzerinnen waren – Hermine wurde mit dreißig zu alt für das Hochseil, man konnte es nicht mehr mit ansehen, wie sie sich abmühte. Ghislaine tat zwar ihr Bestes, aber die Sprünge meisterte sie nicht. Wieder einmal musste l'Ailée allein fliegen.

Unbeirrt machte sich LeMerle wieder ans Schreiben von Stücken. Seine Komödien waren beim Publikum immer sehr beliebt gewesen, doch sie entwickelten sich, während wir durch Frankreich zogen, mehr und mehr zu Satiren. Sein Lieblingsthema war und blieb die Kirche, und mehr als einmal waren wir gezwungen, in aller Eile unsere Siebensachen zu packen und bei Nacht und Nebel aufzubrechen, weil wir mal wieder den Zorn irgendeines kirchlichen Würdenträgers auf uns gezogen hatten. Das Publikum dagegen war in der Regel von seinen Stücken begeistert. Hinterhältige Bischöfe, lüsterne Mönche und fromme Heuchler hatten schon immer viele Zuschauer angezogen, und zusammen mit den akrobatischen Einlagen der Zwerge und dem kühnen Hochseilakt brachten die Auftritte meist reichlich Geld ein.

Die Rollen der Geistlichen spielte LeMerle stets selbst – er hatte irgendwo eine beachtliche Auswahl an kirchlichen Gewändern aufgetrieben, außerdem ein silbernes Kreuz, das ziemlich wertvoll gewesen sein muss, das er jedoch nicht ein einziges Mal zu verkaufen versuchte, auch nicht in mageren Zeiten. Es sei ein Geschenk von einem alten Freund in Paris, erklärte er mir, als ich ihn einmal darauf ansprach. Aber sein Blick war kalt, als er das sagte, und sein Lächeln unecht. Ich ließ die Sache auf sich beruhen. LeMerle konnte sein Herz an die seltsamsten Dinge hängen, und wenn er etwas für sich behalten wollte, würde ich es nicht aus ihm herausbekommen, egal, wie lange ich ihn löcherte. Dennoch musste ich eine Zeit lang immer wieder an dieses silberne Kreuz denken, vor allem, wenn ich Hunger hatte und das Essen knapp war. Nach einer Weile, vergaß ich es jedoch.

Mit der Zeit spürte ich, dass meine beste Zeit sich allmählich dem Ende näherte – einmal quälte ich mich den ganzen Sommer über wegen einer gerissenen Sehne –, dennoch wussten wir, dass wir uns immer auf LeMerles Stücke verlassen konnten. Sie waren zwar noch gefährlicher als die Hochseilnummer, aber sie brachten gutes Geld, vor allem bei den Hugenotten.

Fünfmal noch zogen wir hinunter in den Süden. Mit der Zeit kannte ich alle Straßen, die unsicheren und die sicheren Orte. Ich hatte Liebhaber, wo und wann es mir beliebte, ohne dass LeMerle eingegriffen hätte. Er kam immer noch zu mir ins Bett, wenn ich das wünschte, aber ich war ein bisschen erwachsener geworden, und meine sklavische Bewunderung für ihn hatte sich in eine weniger aufreibende Zuneigung verwandelt. Mittlerweile kannte ich ihn besser. Ich hatte seine Wutanfälle erlebt, seine Triumphe, seine Vorlieben. Ich kannte ihn, und ich akzeptierte ihn, wie er war.

Ich wusste auch, dass manches an seinem Charakter verabscheuungswürdig war und dass man ihm nicht immer trauen konnte. Soweit mir bekannt war, hatte er zwei Menschen getötet – einen Betrunkenen, der sich zu heftig zur Wehr setzte, als LeMerle ihm die Geldbörse stehlen wollte, und einen Bauern in Rouen, der mit Steinen nach uns warf. Beide Male ging er heimlich und bei Nacht vor, sodass die Morde erst entdeckt wurden, nachdem wir längst unterwegs waren.

Einmal fragte ich ihn, wie er solche Dinge mit seinem Gewissen vereinbare.

»Gewissen?« Er hob eine Braue. »Redest du von Gott, dem Jüngsten Gericht und dergleichen?«

Ich zuckte die Achseln. Er wusste, dass ich das nicht meinte, doch er ließ kaum eine Gelegenheit aus, mich wegen meiner häretischen Ansichten zu provozieren.

LeMerle lächelte. »Liebe Juliette«, sagte er. »Wenn Gott wirklich da oben wohnt und wenn wir deinem Kopernikus glauben sollen, muss das sehr, *sehr* weit oben sein, dann hat er eine ziemlich ungünstige Perspektive. Für ihn bin ich nichts als Fliegendreck. Aber von hier unten aus betrachtet sieht alles ganz anders aus.«

Ich verstand nicht, was er damit meinte, und sagte ihm das.

»Ich will damit sagen, dass ich nicht bloß ein kleiner Spielstein in einem Spiel sein will, in dem der Einsatz unbegrenzt ist.«

»Aber einen Menschen zu töten …«

»Menschen töten einander jeden Tag. Jedenfalls bin ich ehrlich. Ich tue es nicht in Gottes Namen.«

Weil ich ihn so gut kannte – oder es zumindest glaubte –, konnte ich ihn immer noch lieben. Trotz aller Sünden hielt ich ihn für einen im Grunde seines Herzens guten Menschen, einen, der seinen Grundsätzen treu blieb, einen diebischen schwarzen Vogel, der ein spöttisches Lied sang … Genau das war jedoch das Talent dieses Mannes. Er ließ die Leute sehen, was sie sehen wollten, Spiegelbilder ihrer selbst, die so trügerisch waren wie Schatten in einem Teich. Ich erblickte mein närrisches Selbst in ihm, mehr nicht. Ich war zweiundzwanzig, und ich war nicht halb so erwachsen, wie ich glaubte.

Bis Epinal.

9

♥

14. Juli 1610

Epinal ist eine nette kleine Stadt in Lothringen an der Mosel. Wir waren zum ersten Mal dort, da wir uns vorwiegend in Küstenregionen aufhielten, und kampierten in einem benachbarten Dorf namens Bruyère. Ein recht verschlafenes Nest: ein halbes Dutzend Bauernhöfe, eine Kirche, Obstgärten mit Apfel- und Birnbäumen, die von Misteln überwuchert waren. Falls mir irgendetwas ungewöhnlich erschien – vielleicht ein böser Blick von einer Frau oder ein Kind, das bei unserem Anblick die Finger kreuzte –, so kann ich mich nicht mehr daran erinnern. Ich befragte meine Karten, wie immer, wenn wir an einen neuen Ort kamen, doch ich zog nur einen harmlosen Narren, die Sechs der Stäbe und die Zwei der Kelche. Falls die Karten eine Warnung enthielten, so habe ich sie wirklich nicht gesehen.

Es war August, der heiße Sommer ging verfrüht in den Herbst über, und ein Geruch nach Fäulnis lag in der feuchten Luft. Einen Monat zuvor hatten Hagelstürme die Gerstenernte zerstört, und das Getreide verrottete stinkend auf den Feldern. Die plötzliche Hitze nach dem Unwetter war erdrückend, und die Menschen waren von der Sonne ganz benommen, bestaunten blinzelnd unsere Wagen, als wir eintrafen. Trotzdem überließ uns ein Bauer ein Feld für unser Lager, und an jenem Abend führten wir an unserem Lagerfeuer eine kurze Burleske auf, begleitet vom Konzert der Grillen und Frösche.

Es kamen jedoch nur wenige Zuschauer. Selbst die Zwerge konnten den freudlosen Gesichtern kein Lächeln entlocken, und kaum jemand war geneigt, nach dem Ende der Vorstellung noch zu bleiben. Die einzige Art der Volksbelustigung, so erfuhren wir im Wirtshaus, bestand in der Gegend aus Hinrichtungen und Verbrennungen. Einige Tage zuvor war eine Sau erhängt worden, weil sie ihre Jungen gefressen hatte, zwei Nonnen aus dem nahe gelegenen Kloster hatten sich, um der heiligen Christina Mirabilis nachzueifern, selbst verbrannt, und ständig stand irgendein Missetäter am Pranger. Daher ließen sich die Einwohner von Bruyère von einer Schauspieltruppe kaum beeindrucken.

LeMerle quittierte diese Erkenntnis mit einem philosophischen Achselzucken. Es gebe gute und schlechte Zeiten, meinte er, und in diesen kleinen Dörfern seien die Leute keine Kultur gewöhnt. In Epinal würde sicher alles anders.

Als wir am Morgen des Fests der Heiligen Jungfrau eintrafen, fanden wir die Stadt in Feststimmung vor. Genau so hatten wir es erwartet. Nach der Prozession und der Messe würden die Leute in die Gasthäuser und auf die Straße strömen, wo man bereits ausgelassen feierte. Das war nicht der richtige Zeitpunkt für eine von LeMerles Satiren – Epinal galt als sehr fromme Gemeinde –, aber mit der Hochseilnummer und ein bisschen Jonglieren ließ sich vielleicht ganz gut verdienen. Unter dem Kirchenportal hatte ich einen Trommler und einen Flötenspieler entdeckt, außerdem einen Narren mit Maske und Schellenmütze und, sehr zu meiner Verwunderung, den schwarz gewandeten Pestdoktor mit seiner schwarzen, langnasigen Maske über dem weiß geschminkten Gesicht. Bis auf diese kleine Unstimmigkeit wirkte alles ziemlich normal. Vielleicht hält sich noch eine andere Schauspieltruppe in der Stadt auf, mit der wir uns die Einnahmen teilen müssen, sagte ich mir. Mehr Gedanken habe ich nicht an die Gestalten verschwendet. Dabei hätte ich die Zeichen erkennen müssen. Der schwarze Doktor im Krähengewand. Die aufgeregten – fast angsterfüllten – Zurufe, die wir im Vorbeifahren hörten. Der Blick in den Augen einer Frau, der ich von meinem Wagen aus zulächelte, die Finger, die wie abwehrend gekreuzten Finger, denen wir immer wieder begegneten …

LeMerle roch sofort, dass Ärger in der Luft lag. Ich hätte es bemerken müssen – in seinen Augen war so ein gefährliches Funkeln, als er den Blick über die Menge schweifen ließ, sein breites Grinsen hätte mich warnen müssen. Normalerweise schickten wir bei solchen Gelegenheiten die Zwerge unter die Leute, ließen sie Naschwerk und Einladungen zu den Vorstellungen verteilen, doch diesmal bedeutete LeMerle ihnen, in unserer Nähe zu bleiben. Le Borgne spuckte also von meinem Wagen aus Feuer, während Cateau mit seiner hohen Stimme rief: »Schauspieler! Kommt heute Abend zur Vorstellung! Seht euch die fliegende Frau an!«

Im Nachhinein ist mir klar, dass die Aufmerksamkeit der Leute auf etwas anderes gerichtet war. Die Marienprozession sollte gleich beginnen, und vor der Kirche hatte sich bereits eine Menschenmenge versammelt. Die Leute säumten die Straßen, viele trugen Blumen, Heiligenbilder, Kerzen und Fahnen. An Verkaufsständen wurden Gebäck, gebratenes Fleisch, Bier und Obst feilgeboten. Die Luft war erfüllt vom Geruch nach Kerzenrauch und Schweiß, gebratenem Fleisch, Staub und Weihrauch, Leder und Zwiebeln, Müll und Pferden. Der Lärm war fast unerträglich. Krüppel und Kinder standen in den vorderen Reihen, aber die Straßen waren schon überfüllt, die Menge schob sich gegen unsere Wagen. Manche schauten neugierig nach unseren bunten Bildern und Wimpeln, andere schimpften, weil wir ihnen im Weg waren.

Ich fühlte mich regelrecht benommen; das Gekreisch der Marktschreier, die Sonnenhitze, der Gestank waren zu viel für mich, und ich versuchte, in eine ruhigere Straße auszuweichen, doch es war zu spät. Von der Masse der Gläubigen vorwärts gedrängt, erreichten wir die Stufen der Kirche fast im gleichen Augenblick, als die Prozession sich in Bewegung setzen sollte. Da wir weder vor noch zurück konnten, sah ich zu, wie das riesige Podest mit der Statue der Muttergottes aus der Kirche ins Licht hinausgetragen wurde.

Unter dem Podest befanden sich etwa fünfzig Leute. Knapp fünfzig weitere waren an den Seiten postiert und trugen es an langen Stangen auf ihren Schultern. Die Statue war schwer, und sie schwankte, als sie durch die Tür getragen wurde. Bei jedem mühsamen Schritt stöhnten die mit Kapuzen bekleideten Träger, als wäre die Last zu groß. Die Muttergottes stand auf einem Berg aus blauen und weißen Blumen, ihr besticktes Gewand glitzerte im Sonnenlicht, ihre Hände waren mit Öl und Honig bestrichen. Ein Priester mit einem Rauchfass ging vor ihr her, und hinter ihr folgten zwölf Mönche, die zum Klang eines *hautbois* das Ave Maria sangen und brennende Kerzen in den Händen trugen.

Ich hatte jedoch nicht viel Zeit, um der Musik zu lauschen. Kaum hatte die Prozession die Kirche verlassen, ging ein Stöhnen durch die Menge, und unser Wagen geriet ins Wanken, als die Leute vorwärts drängten. *Miséricorde!* erhob sich der Schrei aus tausend Kehlen, der Gestank nach Öl und Fleisch und Schweiß, vermischt mit dem Weihrauchduft, war überwältigend. »Gnade! Gnade für unsere Sünden!«

Ich stellte mich auf die Achse meines Wagens und schaute über die Köpfe der Leute hinweg. Allmählich wurde ich unruhig. Religiöse Verzückung war mir nichts Neues, aber das hier grenzte an Raserei, das fanatische Geschrei wurde immer schriller, hatte etwas Beängstigendes. Nicht zum ersten Mal, die Hände fast unbewusst an meinen anschwellenden Bauch gelegt, fragte ich mich, ob es nicht vielleicht besser wäre, unser unstetes Dasein aufzugeben, bevor es in Sinnlosigkeit endete. Ich war in meinem dreiundzwanzigsten Lebensjahr. Ich war nicht mehr jung.

Der schwarze Doktor wedelte mit seinem Umhang, hielt sich die Leute vom Leib, und mir fiel auf, dass das Geschrei in seiner Nähe besonders laut war, dass einige Leute auf die Knie fielen, wenn er an ihnen vorbeiging.

»*Miséricorde!* Gnade für unsere Sünden!« Wir hatten keine Chance, aus dem Gedränge zu entkommen. Ich hielt mein Pferd vorsichtig am Zügel, ließ es auf der Stelle tänzeln als Bollwerk gegen die Menge, die uns niederzutrampeln drohte. Langsam schwankte die Muttergottes heran. Ich sah, dass viele der Träger barfuß waren wie Büßer, obwohl das am Marienfesttag nicht üblich war. Die Mönche trugen Kapuzen wie die Träger. Einer von ihnen hatte die Kapuze hochgeschoben, und mir fiel auf, dass sein Gesicht gerötet war, vielleicht vom Alkohol oder vor Erschöpfung.

Wir hielten dem Gedränge stand. Die Marienstatue schwankte an uns vorbei, und ich war auf der Achse meines Wagens einen Moment lang in Augenhöhe mit der Jungfrau, nah genug, um den Staub von Jahren in ihrer goldenen Krone zu zu bemerken, ebenso wie die abblätternde Farbe auf ihren rosigen Wangen. Auf einem ihrer blauen Augen saß eine Spinne, die an ihrem Gesicht hinunterkrabbelte, während ich die Muttergottes betrachtete. Niemand sonst bemerkte die Spinne. Dann war die Statue an mir vorübergezogen.

Die Menschen, die ihr folgten, steigerten sich immer mehr in Raserei hinein, manche sanken auf die Knie, rissen andere mit sich zu Boden. Sofort wurden die Reihen wieder geschlossen, ungeachtet der Schreie derer, die unter den Füßen zermalmt wurden. »*Miséricorde!* Gnade für unsere Sünden!«

Eine Frau zu meiner Linken sank rückwärts in die Menge, die Augen verdreht, sodass nur noch das Weiße zu sehen war. Einen Moment lang wurde sie wie eine Puppe von ausgestreckten Händen gehalten, dann rutschte sie hinunter, und die Menge wälzte sich weiter.

»He!«, rief ich. »Da liegt jemand auf dem Boden!«

Verständnislos dreinblickende Gesichter wandten sich mir zu. Offenbar hatte mich niemand gehört. Ich ließ meine Peitsche über ihren Köpfen knallen, mein Pferd bäumte sich auf. »Da liegt eine Frau! Macht Platz, um Himmels willen! Macht Platz!«

Aber wir waren schon zu weit abgedrängt worden. Die verletzte Frau lag längst hinter unserem Wagen, und dort, wo wir eben noch gestanden hatten, hatte sich ein Kreis von Gaffern gebildet. Der Lärm ließ einen Augenblick lang nach, sodass das Ave Maria kurz zu hören war, und ich meinte in den zum Himmel gerichteten Gesichtern eine Art Hoffnung und Erleichterung zu sehen. Dann geschah die Katastrophe.

Wenn es nicht ein Prozessionsteilnehmer gewesen wäre, hätte niemand seinen Sturz bemerkt. Später erfuhr ich, dass vier Menschen in dem Gedränge zu Tode gekommen waren, ihre Köpfe auf dem steinernen Pflaster von den Füßen der Gläubigen zertrampelt. Aber die Prozession, die sich schwerfällig durch die mithilfe von Weihrauchduft und Verehrungswut in Schach gehaltene Menge bewegte, war heilig. Ich sah nicht, wie er stürzte. Doch ich hörte den Aufschrei. Zuerst war es nur eine einzelne Stimme, dann fielen tausend Kehlen ein, brachen in ein ohrenbetäubendes Kreischen aus. Ich sprang wieder auf meine Deichsel und merkte, was geschehen war, wenn ich auch noch nicht begriff, welche Bedeutung es haben sollte.

Der torkelnde Mönch am Ende der Prozession war zusammengebrochen. Die Hitze, dachte ich, oder die Dämpfe aus dem Weihrauchfass. Ein paar Leute drängten sich um den am Boden liegenden Mann. Mein Blick fiel auf seine weiße Haut, als sie seinen Habit aufrissen. Dann ging ein Stöhnen durch die Menge, und die Leute versuchten, sich so schnell wie möglich von der Stelle zu entfernen, wo der Mönch lag.

Innerhalb von Sekunden hatte die Panik das ganze Volk ergriffen. Anstatt der Prozession zu folgen, strebten die Menschen nun mit aller Macht in die entgegengesetzte Richtung, sodass unsere Wagen ins Wanken gerieten. Einige der Flüchtenden versuchten sogar, auf unsere Wagen zu klettern, um sich in Sicherheit zu bringen. Die Prozession war nicht länger heilig, geriet in Unordnung. Ich sah, wie die Muttergottes sich zu einer Seite neigte, wie ihr die Krone vom Kopf rutschte, als einige der Träger die Flucht ergriffen.

Dann hörte ich den Schrei: ein schrilles Kreischen, Ausdruck der Trauer oder des Entsetzens, eine einzelne Stimme, die sich klar und deutlich über die anderen erhob: »*La peste! La peste!*«

Ich versuchte zu verstehen, was die Leute in ihrem seltsamen Dialekt durcheinander riefen. Was immer es sein mochte, es fegte durch die Menge wie ein Sommerfeuer. Handgemenge entstand unter den Flüchtenden, manche versuchten, an den Wänden der Häuser, die die Straße säumten, hochzuklettern, einige sprangen sogar in ihrer Panik von der Brücke. Ich richtete mich auf, um zu verfolgen, was vor sich ging, aber ich war von den anderen Wagen getrennt worden. In einiger Entfernung sah ich, wie LeMerle auf seine Stute einschlug, um sie vorwärts zu treiben. Doch die Menge hatte ihn eingekeilt, versuchte, seinen Wagen umzustürzen. Gesichter starrten mich an. Ich blickte in ein Augenpaar und wunderte mich über den Hass, den ich darin erkannte. Es war eine junge Frau, ihr rundes Gesicht war verzerrt von Angst und Verachtung. »Hexen!«, schrie sie mir zu. »Brunnenvergifter!«

Andere griffen den Ruf auf, die Worte sprangen durch die Menge wie ein Stein über flaches Wasser, wurden lauter, suchten sich ein Ziel. Wie eine Flutwelle rollte der Hass mir entgegen, drohte erneut, meinen Wagen umzustoßen.

Ich mühte mich mit meinem Pferd ab. Es war ein ruhiges Tier, aber die junge Frau versetzte ihm einen heftigen Schlag in die Flanke, sodass es sich aufbäumte und mit seinen schwer beschlagenen Hufen auf dem Pflaster herumtänzelte. Die Frau schrie. Ich zog an den Zügeln, um zu verhindern, dass das Pferd die Leute vor meinem Wagen tottrampelte. Die Situation erforderte meine ganze Aufmerksamkeit und meine ganze Kraft – das Tier war in Panik, und ich musste ihm einen Zauberspruch ins Ohr flüstern –, und als es sich endlich beruhigt hatte, war die Frau in der Menge verschwunden, und die schreckliche Hasswelle hatte sich weiter fortbewegt.

Ein Stück weiter vorne entdeckte ich LeMerle, der ebenfalls versuchte, seiner misslichen Lage Herr zu werden. Er rief irgendetwas, aber seine Stimme ging in dem allgemeinen Lärm unter, und ich konnte ihn nicht verstehen. Sein Pferd, eine unruhige Stute, war völlig verängstigt. Immer noch schrien die Leute »Hexen! Brunnenvergifter!« Le-

Merle versuchte, die Stute im Zaum zu halten, doch es gelang ihm nicht. Er war allein, von uns anderen abgeschnitten. Inzwischen ließ er seine Peitsche über den Köpfen der Menschen knallen, um sie auf Abstand zu halten. Die Achse des Wagens gab unter der Belastung nach und brach schließlich ganz, sodass der Wagen seitlich zu Boden stürzte. Hunderte von Händen begannen, an den Planken herumzuzerren, ohne sich um LeMerles Peitsche zu scheren. Jetzt hatten sie ihn gleich, jetzt gab es kein Entrinnen mehr für ihn. Jemand warf einen Erdklumpen und traf LeMerle im Gesicht, sodass er das Gleichgewicht verlor. Im selben Augenblick versuchten Hände, ihn vom Wagen zu zerren. Jemand wollte eingreifen – wahrscheinlich eine Respektsperson –, und ich meinte jemanden »Ruhe! Haltet Ordnung!« rufen zu hören, während die widerstreitenden Parteien aneinander gerieten.

Die ganze Zeit über hatte ich aus vollem Hals geschrien, um die Aufmerksamkeit von LeMerle abzulenken. Jetzt trieb ich mein Pferd vorwärts, ohne auf die Menschen vor meinem Wagen zu achten. LeMerle sah mich kommen und grinste kurz, doch bevor ich ihn erreichen konnte, hatte die Menge sich auf ihn gestürzt. Wütend schlugen die Leute auf ihn ein und schleppten ihn davon. Dann verlor ich ihn aus den Augen.

Ich wäre ihm zu Fuß gefolgt, obwohl es eigentlich zwecklos war, aber Le Borgne, der sich in meinem Wagen versteckt gehalten hatte, hielt mich am Arm fest. »Sei nicht verrückt, Juliette«, krächzte er. »Merkst du denn nicht, was hier los ist? Hast du nicht zugehört?«

Ich sah ihn angsterfüllt an. »LeMerle …«

»LeMerle kann auf sich selbst aufpassen.« Sein Griff wurde fester; trotz seiner geringen Größe verfügte der Zwerg über enorme Kräfte. »Hör dir das an.«

Ich lauschte. Das Geschrei hatte mittlerweile einen regelmäßigen Rhythmus angenommen, es klang, als würde die Menge einer großen Schauspielerin zujubeln. »*La peste! La peste!*«

Erst da begriff ich. Der Gewaltausbruch, der gestürzte Mönch, der Vorwurf der Hexerei. Le Borgne bemerkte meinen Blick und nickte. Wir sahen einander an, und einen Augenblick lang sagte keiner von uns etwas. Draußen wurde das Geschrei immer lauter.

»*La peste!*«

10

♥

16. Juli 1610

Schließlich begann die Menge sich aufzulösen, während ich immer noch Mühe hatte, mein verängstigtes Pferd unter Kontrolle zu bringen. Bouffon zügelte sein Pferd und führte es neben meins. Hermine, deren Wagen umgekippt war, als sie die Brücke überqueren wollte, stand da und starrte hilflos auf die Überreste eines zerbrochenen Rades. Von den anderen war keine Spur zu entdecken. Vielleicht waren sie wie LeMerle gefangen genommen worden. Vielleicht waren sie geflüchtet.

Entgegen Le Borgnes Warnungen sprang ich auf die Straße und lief auf das Ende der Prozession zu. Die Hälfte der Träger hatte sich aus dem Staub gemacht, und die verbliebenen mühten sich ab, das Podest mit der Muttergottes, das sie auf dem großen steinernen Brunnen mitten auf dem Marktplatz abgestützt hatten, im Gleichgewicht zu halten und zu verhindern, dass die Statue herunterfiel. Ich entdeckte mehrere Leichen auf der Straße, Gläubige, die an Häuserwänden erdrückt oder auf dem Pflaster totgetrampelt worden waren. LeMerles Wagen lag auf der Seite. Von ihm selbst keine Spur.

»*Mon père.*« So ruhig ich konnte, sprach ich einen Priester an. »Habt Ihr gesehen, was passiert ist? Mein Freund war in diesem Wagen.«

Der Priester musterte mich schweigend. Sein Gesicht war gelb vom Straßenstaub.

»Bitte, antwortet mir!« Ich hörte, wie meine Stimme einen schrillen Ton annahm. »Er hat nichts Böses getan. Er hat nur versucht, sich selbst zu schützen!«

Eine Frau in Schwarz – eine der Trägerinnen – warf mir einen verächtlichen Blick zu. »Er bekommt schon, was er verdient, keine Sorge.«

»Was habt Ihr gesagt?«

»Er und eure ganze Brut.« Ich konnte ihren Dialekt kaum verstehen. »Wir haben gesehen, wie ihr die Brunnen vergiftet habt. Wir haben die Zeichen gesehen.«

Hinter ihr trat der Pestdoktor aus einer Gasse, sein flatterndes schwarzes Gewand schlug gegen die Mauer. Als die Frau ihn erblickte, kreuzte sie heimlich die Finger.

»Ich möchte nur meinen Freund finden. Wohin hat man ihn gebracht?«

Die Frau lachte. »Na, wohin wohl? Zum Gericht. Von dort entkommt er nicht. Keiner von euch Pestbringern wird von dort entkommen.«

»Was soll das denn heißen?« Irgendwie muss ich plötzlich bedrohlich gewirkt haben, denn sie streckte mir zitternd ihre gekreuzten Finger entgegen.

»*Miséricorde!* Gott schütze mich!«

Ich machte einen schnellen Schritt auf sie zu. »Wollen wir mal ausprobieren, ob er das tut?«

Da legte der Pestdoktor mir eine Hand auf die Schulter und flüsterte mir ins Ohr: »Sei still. Hör zu.«

Ich versuchte mich loszureißen, aber sein Griff war unerwartet fest. »Hier ist es gefährlich«, zischte der Doktor. »Richter Rémy hat letzten Monat auf diesem Platz vier Hexen verbrennen lassen. Man sieht immer noch die Fettflecken auf dem Pflaster.«

Die trockene Stimme kam mir seltsam bekannt vor. »Kennen wir uns?«

»Still!« Er wandte sich ab. Seine weißen Lippen hatten sich kaum bewegt.

»Ich bin mir ganz sicher, dass ich Euch kenne.« Irgendetwas an diesen Lippen, die schiefen Mundwinkel – diesen Mund hatte ich schon einmal gesehen. Und der Geruch, der verstaubte, muffige Geruch, der in seinen Kleidern hing … »Oder?«

»Himmelherrgott, Mädchen!«, zischte es hinter der Maske hervor. Da war sie wieder, die vertraute Stimme, die knappe, präzise Intonation eines Mannes, der viele Sprachen spricht. Erneut wandte er sich mir zu, und ich sah seine Augen, alt und traurig wie die eines Affen in einem Käfig. »Sie suchen einen Sündenbock«, sagte er heiser. »Verschwindet. Bleibt nicht über Nacht hier.«

Natürlich hatte er Recht. Schauspieler, fahrende Leute und Zigeuner sind schon immer willkommene Sündenböcke für jede Art von Unglück gewesen, sei es eine verhagelte Ernte, eine Hungersnot, schlechtes Wetter oder die Pest. Das hatte ich nicht nur in Flandern erfahren, als ich vierzehn war, sondern auch in Paris drei Jahre später. Le Borgne wusste es – Rico hatte es zu spät begriffen. Die Pest hatte uns hin und wieder auf unseren Reisen durch Frankreich verfolgt, aber mittlerweile war die schlimmste Zeit ausgestanden. Die Seuche hatte sich während der letzten Epidemie ausgebrannt, und bis auf die Alten und Kranken starb kaum noch jemand daran. In Epinal dagegen war die Pest nur die letzte einer Folge von schlimmen Katastrophen. Kühe, die keine Milch gaben, eine verdorbene Ernte, verfaultes Obst, tollwütige Hunde, schlechtes Wetter – und nun das. Irgendjemand musste dafür büßen. Dabei spielte es keine Rolle, dass es völlig unsinnig war. Die Pest braucht eine Woche, bis sie ausbricht, und wir waren erst vor einer Stunde eingetroffen. Außerdem breitet sich die Pest nicht über Wasser aus, selbst wenn wir die Brunnen vergiftet hätten.

Aber ich wusste bereits, dass niemand hier auf vernünftige Argumente hören würde. Hexerei, daran glaubten sie; an Hexerei und Gift. Es steht schließlich alles in der Bibel. Warum also sollte man nach anderen Ursachen suchen?

Als ich zu meinem Wagen zurückkam, war Le Borgne verschwunden. Bouffon und Hermine hatten sich ebenfalls davongemacht, und sie hatten mitgenommen, was sie tragen konnten. Ich durfte es ihnen nicht verdenken – der Pestdoktor hatte Recht mit seinem Rat –, doch ich wollte LeMerle nicht im Stich lassen. Ob man es nun Loyalität nennen will oder törichte Vernarrtheit – ich ließ meinen Wagen stehen, führte mein Pferd an den Brunnen und folgte der Menge zum Gericht.

Das Gebäude war bereits brechend voll, als ich eintraf. Die Leute schoben und drängelten, sie kletterten sogar in die Fenster, um etwas zu sehen oder zumindest zu hören. Der Stadtsergeant stand auf einem Podium und versuchte, sich Gehör zu verschaffen. Bewaffnete Soldaten flankierten ihn zu beiden Seiten, und zwischen ihnen, blass und selbstsicher wie eh und je, stand LeMerle.

Ich war erleichtert, als ich sah, dass er immer noch auf den eigenen Beinen stehen konnte. Sein Gesicht war geschwollen, und seine Hände waren vor dem Körper gefesselt, aber irgendjemand musste eingeschritten sein, bevor ihm Schlimmeres widerfahren war. Es war ein gutes Zeichen, das darauf schließen ließ, dass irgendjemand das Sagen hatte, jemand, der vielleicht für vernünftige Argumente zugänglich war. Zumindest hoffte ich das.

»Ihr lieben Leute!« Der Stadtsergeant hob seinen Stab und bat um Ruhe. »Lasst mich in Gottes Namen sprechen!« Er war ein kleiner, dicker Mann mit einem riesigen Schnurrbart und traurigen Augen. Auf mich wirkte er wie ein ganz normaler Weinbauer oder Getreidehändler, und selbst über den ganzen Gerichtssaal hinweg und durch all die hochgereckten Arme hindurch konnte ich erkennen, dass er zitterte.

Der Lärm ließ ein bisschen nach, doch es trat keine Stille ein. Einzelne Leute riefen: »Hängt den Brunnenvergifter!« und »Hängt den Hexer!«

Der Sergeant rieb sich nervös die Hände. »Ihr lieben Leute von Epinal, bitte, gebt Ruhe!«, rief er. »Ich bin ebenso wenig dazu berechtigt, diesen Mann vor Gericht zu stellen wie ihr!«

»*Vor Gericht stellen?*«, schrie eine heisere Stimme von hinten. »Wer hat was von Gericht gesagt? Wir brauchen nichts anderes als ein Seil und einen starken Ast.«

Zustimmendes Gemurmel ertönte. Der Sergeant wedelte mit den Händen. »Man kann nicht einfach jemanden aufhängen. Wir wissen noch nicht mal, ob er schuldig ist. Nur der Richter darf …«

Die heisere Stimme fiel ihm ins Wort. »Was ist mit den Zeichen, die wir gesehen haben?«

»Ja, was ist mit den Zeichen?«

»Was ist mit der Pest?«

Erneut versuchte der Sergeant, Ruhe herzustellen. »Ich kann keine Entscheidung treffen!« Seine Stimme zitterte ebenso wie seine Hände. »Das vermag nur Richter Rémy!«

Der Name des Richters schien zu bewirken, was dem Sergeanten nicht gelingen wollte, der Lärm ebbte ab, und nur noch unzufriedenes Gemurmel erfüllte den Saal. Um mich herum bekreuzigten sich die Leute. Andere kreuzten die Finger. Ich schaute zu LeMerle, unsere Blicke begegneten sich – ich war einen Kopf größer als die meisten Männer in der Menge –, und ich sah, dass er lächelte. Ich kannte diesen Blick, ich hatte ihn oft genug gesehen. Es war der Blick des Spielers in dem Moment, wenn er seine letzte Münze setzt, eines Spielers, der kurz davor steht, die Partie seines Lebens zu bestreiten.

»Richter Rémy.« Seine Stimme füllte mühelos den ganzen Raum. »Den Namen habe ich schon einmal gehört. Ein Mann des Glaubens, soweit mir bekannt ist.«

»Zweitausend Hexen in neun Bezirken!« Viele Köpfe fuhren herum, als die heisere Stimme aus dem hinteren Teil des Raums erklang.

LeMerle zuckte nicht einmal mit der Wimper. »Umso bedauerlicher, dass er heute nicht hier ist.«

»Er wird in Kürze eintreffen!«

»Je eher, desto besser.« Die Leute hörten gespannt zu, wider Willen neugierig geworden. Nachdem LeMerle ihre Aufmerksamkeit erst einmal gewonnen hatte, konnten sie sich ihm kaum noch entziehen. »Wir leben in gefährlichen Zeiten«, sagte er. »Ihr habt ein Recht, misstrauisch zu sein. Wo ist Richter Rémy?«

»Als wenn du das nicht wüsstest!«, bellte die Stimme aus dem Hintergrund – aber sie klang jetzt weniger eindringlich, und einige Leute beschwerten sich.

»Sei still da hinten! Lass den Mann reden!«

»Was kann es schon schaden, ihm zuzuhören?«

Der Sergeant erklärte, der Richter sei dienstlich unterwegs, werde jedoch in den nächsten Tagen zurückerwartet. Als der Zwischenrufer sich wieder zu Wort meldete, drehten sich einige Leute verärgert nach ihm um, doch niemand konnte ihn entdecken.

LeMerle lächelte. »Ihr guten Leute von Epinal«, sagte er, ohne die Stimme zu heben. »Ich bin nur allzu gern bereit, mich euren Anschuldigungen zu stellen. Ich vergebe euch die unsanfte Behandlung«, bei diesen Worten berührte er die blauen Flecken in seinem Gesicht, »denn hat der Herr uns nicht aufgetragen, die andere Wange hinzuhalten?«

»Der Teufel spricht mit sanfter Zunge!« Das war wieder der Zwischenrufer. Er stand jetzt näher am Podium, war jedoch in der Menge immer noch nicht auszumachen. »Aber wollen wir doch mal sehen, ob die heiligen Worte dir die Zunge nicht verbrennen!«

»Mit Vergnügen.« LeMerles Antwort kam prompt, und einige Stimmen, die ihn bisher beschimpft hatten, begannen nun, ihn anzufeuern. »Ich mag vielleicht unwürdig sein, doch ich möchte euch daran erinnern, vor wessen Gericht wir das Haupt beugen müssen. Nicht vor Richter Rémy, sondern vor einem höheren Richter. Bevor wir beginnen, lasst uns darum beten, dass er uns den rechten Weg weist und uns in diesen schlimmen Zeiten beschützt.« Mit diesen Worten zog LeMerle das silberne Kreuz unter seinem Hemd hervor und hielt es mit den gefesselten Händen hoch.

Ich verkniff mir ein Lächeln. Man muss den Mann einfach bewundern. Automatisch neigten die Leute die Köpfe und begannen, das Vaterunser zu murmeln. Die Stimmung war zugunsten von LeMerle umgeschlagen, und als der Zwischenrufer sich wieder zu Wort meldete, wurde er sofort niedergeschrien. Im hinteren Teil des Raums kam es zu Handgemengen zwischen verschiedenen Gruppen, die sich gegenseitig beschuldigten, den Streit angezettelt zu haben. Der Sergeant fuchtelte hilflos mit den Händen, und LeMerle musste die Menge zur Ordnung rufen.

»Ich verlange Respekt vor diesem Gericht!«, bellte er. »Ist es nicht des Teufels Art, Zwietracht unter ehrliche Menschen zu säen, bis sie einander bekämpfen und die Gerechtigkeit der Lächerlichkeit preisgeben?« Die Missetäter schwiegen beschämt. »Ist es nicht genau das, was erst vor wenigen Minuten auf dem Marktplatz passiert ist? Seid ihr denn nicht besser als Tiere?«

In der darauf folgenden Stille wagte nicht einmal der Zwischenrufer ein Wort zu sagen. »Der Teufel ist in euch allen«, sagte LeMerle fast im Flüsterton. »Ich kann ihn sehen. *Du*«, er zeigte auf einen dicken Mann mit einem vor Wut rot angelaufenen Gesicht. »Er hat dich mit Lüsternheit geschlagen. Ich sehe sie wie einen Wurm hinter deinen Augen. Und du«, wandte er sich nun an eine hagere Frau ganz vorn vor dem Podium, eine von denen, die ihn am lautesten beschimpft hatten, bevor die Stimmung umgeschlagen war, »ich sehe deine Habgier und deine Missgunst. Und du und *du*«, er sprach jetzt lauter und zeigte nacheinander auf die Leute. »Ich sehe Geiz. Wut. Gier. Stolz. *Du* hast deine Frau belogen. *Du* hast deinen Mann betrogen. *Du* hast deinen Nachbarn geschlagen. *Du* zweifelst daran, dass die Erlösung uns sicher ist.«

Jetzt hatte er sie an der Angel. Ich sah es an ihren Augen. Dennoch, er brauchte nur einen winzigen Fehler zu machen, dann würden sie gnadenlos über ihn herfallen. Er wusste es. Seine Augen leuchteten vor Vergnügen. »Und *du*!« Er zeigte mitten in die Menge, die sich auf ein Zeichen seiner gefesselten Hände hin teilte. »Ja, du da hinten im Dunkel! Du, Ananias, der falsches Zeugnis ablegt! Dich sehe ich von allen am deutlichsten!«

Einen Augenblick lang herrschte Totenstille, als wir alle in die Richtung starrten, in die er zeigte. Dann sahen wir den Zwischenrufer, der sein Gesicht bis dahin vor uns verborgen hatte. Dort im Dunkel hockte eine groteske Gestalt mit einem riesigen Kopf, affenartigen Armen und einem einzigen, funkelnden Auge. Die Umstehenden wichen vor ihr zurück, und im gleichen Moment sprang die Kreatur auf ein Fenster zu, schwang sich auf das Sims hinauf und zischte wütend.

»Diesmal hast du mich reingelegt, hol dich der Teufel!«, schrie sie heiser. »Aber ich bin noch nicht fertig mit dir, Frater Colombin!«

»Gott vergib uns!« Alle wandten sich um, und auf ihren Gesichtern breitete sich Staunen und Ekel aus, als sie die hässliche Kreatur schließlich entdeckten, die sie aufgehetzt hatte.

»Ein Monstrum!«

»Eine Ausgeburt des Teufels!«

Die einäugige Kreatur spuckte Feuer aus ihrem scheußlichen Maul. »Es ist noch nicht zu Ende, Colombin«, kreischte sie. »Diese Schlacht hier magst du gewonnen haben, doch an einem anderen Ort geht der Kampf weiter.«

Im nächsten Augenblick sprang der Kobold aus dem Fenster hinunter in den Hof und ließ zum Beweis, dass er da gewesen war, nichts als den Gestank nach Öl und Rauch zurück.

In dem verblüfften Schweigen, das darauf folgte, wandte der Sergeant sich voller Entsetzen an seinen Gefangenen. »Großer Gott, ich habe ihn gesehen! Mit meinen eigenen Augen! Das war eine Ausgeburt des Teufels!«

LeMerle zuckte die Achseln.

»Er kannte Euch«, sagte der Sergeant. »Er redete, als wärt Ihr Euch schon einmal begegnet.«

»Wir sind uns schon oft begegnet«, erwiderte LeMerle.

Der Sergeant starrte ihn entgeistert an. »Würdet Ihr mir dann bitte sagen, wer Ihr seid?«, brachte er schließlich heraus.

»Das werde ich«, sagte LeMerle lächelnd. »Aber zunächst

wäre ich dankbar, wenn mir jemand einen Stuhl bringen könnte. Einen Stuhl und einen Schnaps. Ich bin müde, und ich habe einen weiten Weg hinter mir.«

Er sei ein Wanderprediger, erzählte er den Leuten, der nach Epinal gekommen sei, nachdem er von dem Ruf des frommen Richters gehört hatte. Die Nachricht von seinen Säuberungsaktionen hätten sich von Küste zu Küste herumgesprochen, so LeMerle. Daraufhin habe er die Abgeschiedenheit des Zisterzienserklosters hinter sich gelassen und sich auf den Weg gemacht, um dem Richter seine Dienste anzubieten. Er sprach von Visionen und geheimen Vorzeichen, von Wundern und Gotteslästereien, denen er auf seinem Weg begegnet war. Berichtete von den Schrecken des Sabbat, von den Juden und den Götzendienern, von geschlachteten Kindern, vergifteten Brunnen, verfluchten Ernten, von Kirchen, die vom Blitz getroffen wurden, von Kindern, die im Mutterleib verfault, in der Wiege erstickt waren. All das habe er mit eigenen Augen gesehen, behauptete er. Wolle jemand es bestreiten?

Niemand wagte es. Sie hatten die Ausgeburt des Teufels erblickt. Aus deren Mund hatten sie seinen wahren Namen gehört. In wenigen Sätzen webte LeMerle für seine Zuhörer das Märchen von Bruder Colombin, einem von Gott erfüllten Mann, der sich zum Ziel gesetzt hatte, die Kinder des Teufels zu vertreiben, wo auch immer er sie fand. Auf seinen Wanderungen von Stadt zu Stadt, allein und in Armut, enthüllte er, wohin er kam, die Machenschaften des Teufels, und sein einziger Lohn war der Sieg über Satan. Es wunderte ihn nicht, dass man ihn für einen Zigeuner gehalten hatte, da er sich vorübergehend einer Truppe fahrender Schauspieler angeschlossen hatte, die für kurze Zeit seine Weggefährten waren. Als der Teufel die Verwirrung bemerkt hatte, in der sich die Einwohner von Epinal befanden, hatte er sogleich versucht, sie hinters Licht zu führen, was ihm jedoch Gott sei Dank nicht gelungen war, und so war er schließlich zum Opfer seiner eigenen Bosheit geworden.

Ich hatte Le Borgne natürlich erkannt. Die Stimme zu verstellen gehörte zu den vielen Talenten des Zwergs, und dieses Talent hatte er verschiedentlich effektvoll eingesetzt. Er musste sich vor mir in den Gerichtssaal geschlichen – wie viele seinesgleichen konnte er sich wenn nötig sehr unauffällig bewegen – und so dafür gesorgt haben, dass LeMerle einen Verbündeten im Publikum hatte. Dieser Trick wird häufig von Jahrmarktzauberern eingesetzt, und wir hatten ihn selbst schon mehrmals auf der Bühne benutzt. Le Borgne war ein guter Schauspieler. Es war wirklich eine Schande, dass seine kurzen Beine ihm nur die Wahl ließen, den Spaßmacher zu mimen oder Purzelbäume zu schlagen. Ich nahm mir vor, ihn in Zukunft freundlicher zu behandeln. Trotz seiner rauen Schale war er eine treue Seele, und mit seinem Mut und seinem schnellen Verstand hatte er in diesem Fall LeMerle wahrscheinlich das Leben gerettet.

Mittlerweile sah es so aus, als würde LeMerle mal wieder von Leuten überrannt, die sich darum rissen, ihn zu berühren. Diesmal jedoch wollten sie nicht sein Blut, sondern gierten nach seiner Gnade. Aus allen Richtungen streckten sich ihm Hände entgegen, zupften an seinen Kleidern, strichen über seine Haut. Ich sah, wie ein Mann ihm die Hand schüttelte, und plötzlich wollten alle im Raum die Hand des Mannes schütteln, die den frommen Mann berührt hatte. LeMerle genoss das alles natürlich in vollen Zügen.

»Gott segne dich, mein Bruder. Meine Schwester.« Ganz allmählich, kaum merklich änderte sich sein Tonfall, verwandelte er sich vom Prediger zum Marktschreier. Das tollkühne Leuchten blitzte wieder in seinen Augen auf. Die Leute hielten es wahrscheinlich für ein Zeichen der Frömmigkeit. Und dann, vielleicht aus Leichtsinn, vielleicht, weil LeMerle sich keine Gelegenheit zu einer Herausforderung entgehen lassen konnte, ging er noch einen Schritt weiter.

»Ihr habt Glück, dass ich nach Epinal gekommen bin«, sagte er mit viel sagendem Blick. »Diese Stadt ist ein Sündenpfuhl, die Luft ist voll von bösen Geistern. Wenn die Pest euch heimgesucht hat, dann solltet ihr euch fragen, warum. Ihr wisst ja selbst, dass die, die reinen Herzens sind, vor den Machenschaften des Teufels gefeit sind.«

Ein Raunen ging durch den Saal.

»Ihr solltet euch fragen, warum *ich* auf meinen Reisen keine Angst habe«, fuhr er fort. »Fragt euch, wie ein einfacher Wanderprediger sich den Angriffen der Hölle über so viele Jahre hinweg widersetzen kann.« Seine Stimme, obwohl deutlich vernehmlich, klang weich und verführerisch. »Vor vielen Jahren hat ein frommer Mann, der mein Lehrer war, ein Abwehrmittel gegen jede Art von Anfechtungen des Teufels entwickelt, gegen böse Visionen, gegen Sukkubi und Inkubi, gegen Krankheiten und Vergiftung der Seele. Es ist ein Destillat aus vierundzwanzig verschiedenen Kräutern, Salz und Weihwasser, gesegnet von zwölf Bischöfen. Man nimmt es in winzigen Mengen zu sich ...« Er hielt einen Moment lang inne, um seine Worte sinken zu lassen. »Seit zehn Jahren schützt dieses Elixier mich vor allem Übel«, sagte LeMerle. »Und ich kenne keinen Ort, wo es dringender gebraucht würde als hier in Epinal.«

Ich hätte wissen müssen, dass LeMerle noch immer nicht genug hatte. Warum tut er so etwas?, fragte ich mich. War es Rache? War es Verachtung, weil sie so leichtgläubig waren? Die Begeisterung über sich selbst in der Rolle des frommen Mannes? Witterte er die Möglichkeit, sich zu bereichern? Oder überkam ihn einfach nur seine Spielernatur? Ich warf ihm einen tadelnden Blick zu, aber er war nicht mehr aufzuhalten. Als er meinen Blick bemerkte, zwinkerte er mir verschwörerisch zu.

Es gebe jedoch ein Problem, erklärte er den Leuten. Sehr gerne würde er ihnen das Elixier kostenlos überlassen, doch er habe nicht mehr als ein einziges Fläschchen bei sich. Natürlich könne er neues herstellen, aber die Kräuter seien selten und schwer zu beschaffen, außerdem sei es unmöglich, in kurzer Zeit zwölf Bischöfe zu finden, die das Mittel segneten. Deswegen müsse er, auch wenn es ihm Leid tue, einen kleinen Obolus fordern. Wenn jeder ein kleines, mit Wasser oder Wein gefülltes Fläschchen hätte, könnte er vielleicht mit Hilfe einer Pipette eine verdünnte Mischung des Elixiers …

Es fanden sich zahlreiche Käufer. Bis nach Sonnenuntergang standen sie mit ihren Fläschchen Schlange, und LeMerle begrüßte sie alle mit höflichem Ernst, während er die klare Flüssigkeit tröpfchenweise austeilte. Sie bezahlten in bar und in Naturalien. Eine fette Ente, eine Flasche Wein, eine Hand voll Münzen. Aus Furcht vor der Pest tranken einige die Mixtur auf der Stelle aus. Andere kamen, nachdem sie festgestellt hatten, dass ihr Gesundheitszustand sich auf wundersame Weise gebessert hatte, wieder zurück, um noch ein paar Tropfen von dem Elixir zu erhaschen. Allerdings ließ LeMerle sie großzügig warten, bis alle ihren Teil bekommen hatten, bevor er sie zum zweiten Mal zur Kasse bat.

Ich konnte das Theater nicht länger ertragen, also machte ich mich auf die Suche nach den anderen und half ihnen, das Lager aufzubauen. Verbittert stellte ich fest, dass man unsere Wagen geplündert und unsere Habseligkeiten auf dem Marktplatz in den Schmutz geworfen hatte, doch ich sagte mir, dass es hätte schlimmer kommen können. Ich besaß sowieso nicht viele Dinge von Wert. Dass mein Kästchen mit den Heilkräutern und Salben verschwunden war, schmerzte mich am meisten. Aber das Einzige, was mir wirklich wichtig war – die Tarotkarten, die Giordano für mich angefertigt hatte, und die wenigen Bücher, die er mir überlassen hatte, als sich unsere Wege in Flandern trennten –, fand ich unbeschädigt in einer Gasse, wo die Plünderer sie achtlos weggeworfen hatten. Außerdem, so überlegte ich, was sind schon ein paar zerrissene Kostüme im Vergleich zu dem Reichtum, der uns an diesem Nachmittag in den Schoß gefallen ist? LeMerle musste eine Riesensumme eingenommen haben, sodass wir uns zehnmal so viel neue kaufen konnten, wie wir verloren hatten. Vielleicht reicht mein Anteil diesmal aus, so dachte ich wehmütig, um mir ein Stück Land zu kaufen, auf dem ich mir eine kleine Hütte bauen kann …

Die leichte Wölbung meines Bauchs war eigentlich noch fast zu unbedeutend, um meine Gedanken in diese Richtung zu lenken, aber ich wusste, dass l'Ailée in einem halben Jahr endgültig an die Erde gebunden sein würde, und irgendetwas sagte mir, dass ich meine Abrechnung mit LeMerle vielleicht am besten jetzt machte, solange ich noch dazu in der Lage war. Ich bewunderte ihn, ich liebte ihn immer noch – aber vertraut hatte ich ihm nie. Er wusste nichts von meinem Geheimnis, er hätte sonst ohne zu zögern seinen Vorteil daraus gezogen.

Dennoch widerstrebte mir der Gedanke, ihn zu verlassen. Ich hatte es schon oft versucht – ein- oder zweimal hatte ich sogar schon meine Sachen gepackt –, doch bisher hatte mich jedes Mal irgendetwas davon abgehalten. Das Abenteuer vielleicht. Das ewige Abenteuer. Ich hatte meine Jahre mit LeMerle genossen, ich genoss es, l'Ailée zu sein, ich mochte unsere Stücke, unsere Satiren, unsere Phantasiegeschichten. Aber jetzt spürte ich deutlicher als je zuvor, dass all das sich dem Ende näherte. Das Kind in meinem Bauch schien bereits einen eigenen Willen zu haben, und ich wusste, dass dies kein Leben für meine Tochter sein würde. LeMerle hatte nie aufgehört, seine Tiger zu jagen, und mir war klar, dass seine Tollkühnheit uns eines Tages ins Unglück stürzen würde. In Epinal wäre es beinahe so weit gewesen, nur das Glück hatte uns gerettet. Wie viel länger würde uns das Glück noch hold sein?

Es war schon spät, als LeMerle sich schließlich zum Aufbruch bereitmachte. Ein Zimmer im Gasthaus lehnte er ab und erklärte, er ziehe es vor, einfacher zu nächtigen. Eine Lichtung außerhalb der Stadt diente uns als Lagerplatz, und erschöpft gingen wir schlafen. Ein letztes Mal legte ich die Hand auf meinen Bauch, als ich mich auf meiner Rosshaarmatratze zusammenrollte. *Morgen,* nahm ich mir in Gedanken vor.

Am nächsten Morgen würde ich ihn verlassen.

Niemand hörte, wie er sich davonschlich. Vielleicht hatte er die Hufe seines Pferds, das Geschirr und die Wagenräder mit Lumpen umwickelt. Vielleicht tat der Nebel das seine und dämpfte die Geräusche, die er bei seiner Flucht verursachte. Vielleicht war ich auch einfach nur zu müde, zu sehr mit mir selbst und meinem ungeborenen Kind beschäftigt, um mir den Kopf darüber zu zerbrechen, ob er blieb oder sich aus dem Staub machte. Bis zu jener Nacht hatte immer eine Verbindung zwischen uns bestanden, die stärker war als Verliebtheit, stärker als die Erlebnisse in den Nächten, in denen wir uns geliebt hatten. Ich glaubte ihn zu kennen, seine Launen, seine Spielchen und seine willkürlichen Grausamkeiten. Glaubte, er könne mich mit nichts überraschen oder schockieren.

Als ich meinen Fehler erkannte, war es zu spät. Der Vogel war ausgeflogen, unsere List war durchschaut worden, Le Borgne lag mit durchtrennter Kehle unter seinem Wagen, und die Soldaten der Inquisition erwarteten uns in der Morgendämmerung mit Armbrüsten und Schwertern, mit Ketten und Seilen. Es gab etwas, das wir bei unserer Planung nicht bedacht hatten, eine Kleinigkeit, die unseren Erfolg jäh zunichte machte.

Während der Nacht war Richter Rémy zurückgekehrt.

11

♥

17. Juli 1610

An jenen Tag habe ich nur wenige Erinnerungen, und selbst die sind mir eigentlich unerträglich, aber manchmal tauchen sie vor meinem inneren Auge auf wie die Bilder einer Laterna magica. Die Hände der Wachen, die uns aus den Betten zerrten. Le Borgnes blutige Leiche. Unsere Kleider, die zu Boden fielen, als sie uns vom Körper geschnitten wurden. Noch deutlicher als alles andere sind mir die Geräusche in Erinnerung geblieben: das Schnauben der Pferde, das Klirren der Geschirre, die ängstlichen Schreie, die geblafften Befehle, die uns aus dem Schlaf rissen.

Ich brauchte zu lange, um zu begreifen, was geschehen war. Wenn ich schneller reagiert hätte, wäre es mir vielleicht gelungen, im Schutz der Dunkelheit und der allgemeinen Verwirrung zu entkommen – Bouffon kämpfte wie ein Dämon, und unsere Angreifer ließen kurzfristig von uns ab, um ihn zu überwältigen –, aber ich war wie benommen, rechnete damit, dass LeMerle jeden Augenblick auftauchen und uns mit irgendeinem Trick aus der Klemme helfen würde, und ehe ich wusste, wie mir geschah, war die Chance zur Flucht verpasst.

Er hatte uns im Stich gelassen. Er hatte sich rechtzeitig

in Sicherheit gebracht, hatte die Gefahr vielleicht geahnt und sich gesagt, dass man ihn viel eher erwischen würde, wenn wir alle zusammen zu fliehen versuchten. Le Borgne, der das falsche Spiel hätte verraten können, war viel zu gefährlich, als dass er ihn am Leben hätte lassen können. Man fand den kleinen Mann mit durchtrennter Kehle unter seiner eigenen Verkleidung, das Gesicht brutal entstellt. Den Rest der Truppe – Frauen, Zigeuner und Zwerge waren schließlich leicht zu ersetzen – hatte er den Häschern vorgeworfen wie eine Hand voll Münzen. LeMerle hatte uns verkauft. Wieder einmal.

Als ich seinen Verrat durchschaute, war es zu spät. Die Handgelenke in Eisen gelegt und aneinander gekettet, von berittenen Schergen bewacht, wurden wir abgeführt. Hermine heulte laut vor sich hin, die Haare fielen ihr ins Gesicht. Ich ging erhobenen Hauptes hinter ihr her. Bouffon humpelte als Letzter hinterdrein. Der Mann, der neben mir ritt – ein fettes Schwein mit boshaften Augen und einem Mund wie eine Rosenknospe –, machte eine lüsterne Bemerkung und streckte eine Hand nach meinem Gesicht aus. Ich warf ihm einen verächtlichen Blick zu. Meine Augen fühlten sich so heiß und trocken an wie Steine in der Sonne.

»Wenn du mich auch nur einmal anrührst, und sei es mit dem kleinen Finger«, zischte ich, »dann sorge ich dafür, dass dir der Schwanz abfällt. Ein winziger Zauberspruch genügt.«

Der Mann bleckte die Zähne. »Du kriegst schon noch, was du verdient hast, du Schlampe«, knurrte er. »Ich kann warten.«

»Das glaub ich dir, du Schwein. Aber denk an den Zauberspruch.«

Es war lächerlich, ihm zu drohen, ich weiß. Doch ich kochte vor Wut. Ich musste irgendetwas sagen, sonst wäre ich geplatzt.

Ein Gedanke ging mir im Kopf herum, hartnäckig und stur wie ein Esel um einen Brunnen, ließ mich nicht mehr los. Wie konnte er mir das antun? *Mir?* Hermine vielleicht, Bouffon und Bécquot. Den Zwergen. Aber mir? Warum hatte er mich nicht mitgenommen?

Letztlich löste diese Erkenntnis – dass ich, wenn er mir angeboten hätte, mit ihm zu kommen, wahrscheinlich nicht Nein gesagt hätte – meinen Hass aus. Ich hatte mich immer für etwas Besseres gehalten, besser als die anderen mit ihren Schwächen und Selbsttäuschungen. Nun hatte LeMerle mir den Spiegel vorgehalten. Auch ich war des Verrats fähig. Der Feigheit. Des Mordes. All das sah ich auf einmal ganz deutlich, während meine Wut wuchs und ich nach seinem Blut lechzte. Der Gedanke begleitete mich in den Schlaf, begleitete mich durch den Tag.

Die Gefängniszellen waren belegt, und so sperrten sie uns im Verlies unter dem Rathaus ein. Es war kalt da unten, der Boden bestand aus gestampfter Erde, die Wände waren bedeckt mit einer salpetrigen Schicht. Mit etwas Schwefel und Holzkohle gemischt würde man mit diesem weißen Zeug eine ordentliche Explosion auslösen können, das wusste ich, aber in diesem Zustand war es völlig nutzlos. Es gab kein Fenster, keinen Ausgang außer der verriegelten Tür. Ich hockte mich auf den feuchten Boden und dachte über unsere Lage nach.

Wir waren schuldig. Das konnte niemand bestreiten. Richter Rémy konnte sich aussuchen, wessen er uns anklagen wollte – LeMerle hatte ihm weiß Gott genug an die Hand gegeben. Diebstahl, Vergiftung, Hochstapelei, Gotteslästerung, Landstreicherei, Hexerei, Mord – auf jedes dieser Verbrechen stand die Todesstrafe. Ein frommer Mensch hätte vielleicht Trost im Gebet gefunden, aber ich wusste nicht, wie man betet. Für unseresgleichen gibt es keinen

Gott, pflegte Le Borgne zu sagen, denn wir sind nicht nach seinem Ebenbild gemacht. Wir sind die Gottesnarren, die Halbfertigen, die zerbrochen aus dem Brennofen gekommen sind. Wie sollten wir beten? Und selbst wenn wir es könnten, was sollten wir Gott sagen?

Also lehnte ich den Rücken gegen die steinerne Wand, setzte die Füße auf den festgetretenen Boden, hielt das neue Leben, das in meinem Bauch heranwuchs, mit beiden Händen, während die Dämmerung heraufzog, und lauschte auf das Schluchzen an der gegenüberliegenden Wand.

Plötzlich riss mich etwas aus meinem Dämmerzustand. Es war stockdunkel, aber ich hörte deutlich, wie ein Riegel bewegt wurde, hörte leise Schritte auf der Kellertreppe. Vorsichtig stand ich auf, immer noch mit dem Rücken zur Wand.

»Wer ist da?«, flüsterte ich.

Jetzt hörte ich den Atem eines Mannes, der sich mir näherte, das Geräusch eines Gewands, das an der Wand entlangstrich. Ich hob eine Faust, wartete, dass er in Reichweite kam.

»Juliette?«

Ich erstarrte. »Wer bist du? Woher kennst du meinen Namen?«

»Juliette, bitte. Wir haben keine Zeit.«

Langsam ließ ich die Faust sinken. Ich wusste, wer der Mann war: der Pestdoktor, der versucht hatte, mich zu warnen, dessen Stimme mir so bekannt vorgekommen war. Außerdem kannte ich diesen Geruch.

»Nimm das.« Er warf mir etwas Weiches zu. Ein Kleidungsstück. Es war eine Art Umhang, und er roch muffig, aber er reichte, um meine Blöße zu bedecken. Verblüfft zog ich ihn über.

»Gut. Folge mir. Schnell. Du musst dich sputen.«

Die Falltür oberhalb der Treppe stand offen. Rasch ging der Pestdoktor voran und half mir hinaus. Das Licht im Gang blendete meine an die Dunkelheit gewohnten Augen, doch es kam nur von einem einzelnen Wandleuchter. Immer noch benommen, wandte ich mich an meinen alten Freund, sah jedoch nichts als die langnasige Maske und das lange, schwarze Gewand.

»*Giordano?*«, rief ich und streckte die Hand nach der Maske aus.

Der Pestdoktor schüttelte den Kopf. »Musst du immer Fragen stellen? Ich habe dem Wächter ein Abführmittel in die Suppe getan. Er rennt alle zehn Minuten auf die Latrine. Und diesmal hat er seinen Schlüssel vergessen.« Er bugsierte mich in Richtung Ausgang.

»Was ist mit meinen Freunden?«, fragte ich.

»Ich sagte, wir haben keine Zeit. Wenn du allein flüchtest, haben wir beide eine Chance. Also, willst du nun gehen oder nicht?«

Ich zögerte. In diesem Augenblick meinte ich LeMerles Stimme hinter der schwarzen Maske zu hören und meine eigene, die die hässliche Antwort flüsterte. *Nimm mich mit. Lass die anderen zurück. Aber nimm mich mit.*

Nicht noch einmal, sagte ich mir. Wenn LeMerle mich gefragt hätte, wäre ich vielleicht mitgegangen. Doch *wenn* ist ein kleines, ungewisses Wort, zu klein, um die Zukunft darauf zu bauen. Ich spürte, wie mein ungeborenes Kind sich in meinem Bauch bewegte, und wusste, wenn ich jetzt meiner Feigheit nachgab, würde diese Entscheidung meine Freude an meiner Tochter immer trüben.

»Nicht ohne meine Freunde«, sagte ich.

Der alte Mann schaute mich an. »Stur«, zischte er, während er an den Schlössern herumfummelte. »Stur wie immer. Vielleicht haben die Leute ja Recht, und du bist tatsächlich eine Hexe. In deinem rothaarigen Kopf muss irgendein *Dybbuk* sitzen. Du wirst uns noch beide ins Unglück stürzen.«

Die Dämmerung roch nach Freiheit. Wir sogen sie gierig ein, als wir in verschiedene Richtungen flüchteten. Ich wäre gern mit den anderen zusammengeblieben, aber Giordano widersprach so wütend, dass ich mich fügte. Wir hasteten durch die Straßen von Epinal, duckten uns in die Schatten, liefen durch enge, mit Unrat übersäte Gassen. Ich fühlte mich fast wie im Traum, alle Sinne bis zum Zerreißen angespannt, sodass unserer Flucht etwas fieberhaft Unwirkliches anhaftete. Erinnerungsfetzen: Gesichter in einem Gasthaus, lautlos singend beim Licht einer roten Laterne, der Mond über einer Wolkenbank, darunter dunkler Wald, Stiefel, ein Paket mit Lebensmitteln, ein Mantel, unter einem Busch versteckt, ein Maultier, in der Nähe angebunden.

»Nimm das Maultier. Es gehört mir. Niemand wird es als gestohlen melden.« Er trug immer noch seine Maske, aber ich hatte ihn längst an der Stimme erkannt. Eine tiefe Zuneigung für ihn überkam mich. »Giordano. Nach all den Jahren. Ich dachte, du wärst tot.«

Er stieß einen trockenen Laut aus, vielleicht ein Lachen. »Ich sterbe nicht so leicht«, sagte er. »Und jetzt mach dich auf den Weg.«

»Noch nicht«, erwiderte ich. Inzwischen zitterte ich, teils vor Angst, teils vor Aufregung. »Ich habe euch so lange gesucht, Giordano. Was ist mit der Truppe geschehen? Mit Janette und Gabriel und …«

»Wir haben keine Zeit. Ich könnte die ganze Nacht lang erzählen, und du würdest immer noch nicht aufhören, Fragen zu stellen.«

»Gestatte mir eine Frage«, sagte ich. »Nur eine. Dann gehe ich.«

Er nickte. Mit seiner Maske wirkte er wie ein großer, trauriger Aasvogel. »Ich weiß schon«, murmelte er. »Isabelle.«

In diesem Augenblick wusste ich, dass meine Mutter tot war. All die Jahre über hatte ich sie wie in einem Amulett eingeschlossen in meinem Herzen getragen: eine stolze Frau, ihr Lächeln, ihre Lieder und ihre Zaubersprüche. Aber sie war in Flandern gestorben, sinnlos an der Pest dahingegangen. Alles, was mir jetzt noch von ihr blieb, waren Erinnerungsfetzen und Träume.

»Bis du bei ihr gewesen?«, fragte ich mit zitternder Stimme.

»Was glaubst du denn?«, erwiderte Giordano.

Du sollst nicht häufig lieben, sondern für immer – es hätte die Stimme meiner Mutter sein können, ganz leise, hinter seinem rasselnden Atem. Jetzt wusste ich, warum er mir gefolgt war, warum er meinetwegen sein Leben riskiert hatte und warum er es jetzt nicht ertragen konnte, mir ins Gesicht zu sehen oder seins hinter der Maske des Pestdoktors preiszugeben.

»Nimm sie ab«, bat ich ihn. »Ich möchte dich ansehen, bevor ich gehe.«

Er wirkte alt im Mondlicht, seine Augen waren so tief in ihre Höhlen gesunken, dass sein Gesicht aussah wie eine weitere Maske, augenlos und noch tragischer bei dem Versuch zu lächeln. Tränen quollen aus den eingesunkenen Augen, liefen ihm durch die tiefen Furchen in seinen Wangen bis in die Mundwinkel. Ich versuchte, ihn zu umarmen, doch er schob mich abrupt von sich. Körperliche Nähe hatte er noch nie leiden können.

»Leb wohl, Juliette. Flieh, so schnell du kannst.« Das war die Stimme des alten Giordano, rau und barsch und klug. »Zu deiner eigenen Sicherheit und zur Sicherheit der anderen, versuch nicht, sie zu finden. Verkauf das Maultier, wenn es sein muss. Zieh nur nachts weiter.«

Ich umarmte ihn dennoch. Er machte sich ganz steif, als ich ihm die alte Stirn küsste. Seine Kleider rochen vertraut nach Schwefel und Gewürzen, der typische Geruch seiner alchemistischen Experimente, und ich war unendlich traurig. Während ich mich an ihn drückte, spürte ich, wie ein Schauer durch seinen Körper lief, fast wie ein Schluchzen, aber es kam von viel tiefer innen, dann riss er sich fast zornig von mir los.

»Jeder Augenblick, den du ungenutzt lässt, ist eine vertane Chance«, sagte er mit zitternder Stimme. »Mach dich auf den Weg, Juliette.« Aus seinem Mund klang mein Name wie eine zärtliche Berührung.

»Was wirst du nun tun?«, wollte ich wissen. »Was wird mit dir?«

Er lächelte schwach und schüttelte den Kopf, so wie er es früher immer getan hatte, wenn ich etwas gesagt hatte, das er als besonders töricht erachtete. »Ich habe deinetwegen genug gesündigt«, sagte er. »Falls du es vergessen haben solltest, ich reise nicht am Sabbat.«

Dann hob er mich auf das Maultier und schlug das arme Tier so heftig auf die Flanke, dass es einen Satz vorwärts machte. Ich erinnere mich noch heute an Giordanos Gesicht im Mondlicht, sein geflüstertes Lebewohl, als das Maultier über den trockenen Waldweg trabte, an den Geruch nach Erde und Asche, an das *Shalom*, das er mir nachrief mit der Stimme, die ich kannte aus der Zeit, als ich dreizehn war, mit der Stimme meines Gewissens, die mich verfolgte wie die Stimme Gottes auf dem Berg.

Ich habe ihn nie wieder gesehen. Von Epinal aus wanderte ich durch Lothringen nach Paris, danach wieder in Richtung Küste, während mein Bauch immer dicker wurde. Ich ging auf Nahrungssuche, als die Vorräte, die Giordano mir mitgegeben hatte, aufgebraucht waren, und ich befolgte seinen Rat, das Maultier zu verkaufen. In den Satteltaschen fand ich einige Dinge, die mein alter Lehrer aus meinem Wagen gerettet hatte – etwas Geld, ein paar Bücher, die Tarotkarten, die er damals für mich gemacht hatte, den Schmuck, den er zwischen meinen Kostümen gefunden hatte – unecht, aber von echtem kaum zu unterscheiden. Ich färbte mir die Haare, um nicht erkannt zu werden. Ich verfolgte aufmerksam alle Berichte aus Lothringen. Doch es gab keine Neuigkeiten, keine Namen, keine Gerüchte von Verbrennungen. Trotz allem warte ich jetzt, fünf Jahre später, immer noch auf Nachrichten, als wäre die Zeit seitdem stehen geblieben, eine Pause zwischen zwei Akten, ein ungelöster Konflikt, der eines Tages blutig enden musste.

In meinen Träumen sehe ich sein Gesicht immer wieder vor mir. Seine wilden, dunklen Augen. In meinen Träumen geht das Spiel unserer Leidenschaft dort weiter, die Bühne ist leer, aber nicht verlassen, wartet darauf, dass die Spieler ihre Plätze wieder einnehmen, mein Mund öffnet sich und spricht Texte, die ich längst vergessen zu haben glaubte.

Noch ein Tanz, flüstert er mir zu, während ich mich auf meinem schmalen Bett drehe und winde. *Du bist immer mein Liebling gewesen.*

Ich wache schweißgebadet auf, und diesmal bin ich mir sicher, dass Fleur tot ist. Selbst nachdem ich mich mehrmals davon überzeugt habe, dass sie noch lebt, wage ich es nicht, mich auf die andere Seite zu drehen, sondern liege reglos da und lausche auf ihren regelmäßigen Atem. Der Schlafsaal scheint erfüllt von unruhigem Gemurmel. Mein Kiefer hält die Angst gefangen wie eine Schraubzwinge. Löst man sie, werde ich einen nicht enden wollenden Schrei ausstoßen.

12

♥

18. Juli 1610

Alfonsine sah sie als Erste. Es war fast zwölf Uhr, und sie mussten auf die Ebbe warten. Unsere Insel ist keine echte Insel: Bei Ebbe taucht ein breiter Weg zum Festland auf, der säuberlich gepflastert ist, sodass man ungefährdet über das Watt gelangt. Zumindest wirkt der Weg sicher, aber die Strömungen sind teilweise so stark, dass die Pflastersteine sich lockern, obwohl sie tief im Mörtel verankert sind. Auf beiden Seiten des Wegs liegt Treibsand, und wenn die Flut kommt, wälzt er sich mit unglaublicher Geschwindigkeit über das Watt und den Weg, wobei er alles mitnimmt, was sich ihm entgegenstellt. Doch sie bewegten sich langsam und würdevoll über den Sand, eine behäbige Prozession, deren Bild sich im seichten Wasser spiegelte und von der heißen Luft über der Straße verzerrt wurde.

Sie wusste sofort, wer sich da näherte. Die Kutsche schwankte über den holprigen Weg, die Pferde suchten mit ihren Hufen Halt auf dem glitschigen Grund. Vor der Kutsche ritten zwei livrierte Begleiter, ein einzelner Mann folgte ihr zu Fuß.

Ich hatte den Vormittag allein auf der anderen Seite der Insel verbracht. Nachdem ich früh und unausgeruht aufgewacht war, hatte ich mit Fleur zusammen das Kloster verlassen und mit einem Korb unter dem Arm einen langen Spaziergang gemacht, um die winzigen Strandnelken zu sammeln, aus denen man einen guten Schlaftee machen kann. Ich kenne eine Stelle, wo sie zu tausenden wachsen, doch ich war zu unruhig, um mich zu konzentrieren, und pflückte nur ein paar Hand voll. Andererseits war das Blumenpflücken nur ein Vorwand, um dem Klosterleben für einige Stunden zu entkommen.

Wir waren so beschäftigt, dass wir die Zeit vergaßen. Hinter den Dünen liegt ein kleiner Sandstrand, wo Fleur gern spielt. Auf einer Düne, wo wir beide schon so viel herumgeklettert und -gesprungen sind, dass dort kein Gras mehr nachwächst, befinden sich breite, weiße Narben. Das Wasser ist klar und seicht, und überall liegen glitzernde Kiesel.

»Darf ich heute ins Wasser? Bitte?«

»Warum nicht?«

Meine Tochter schwimmt wie ein Hund, kreischt und plantscht und hat einen Riesenspaß. Mouche, ihre Puppe, schaute von weitem zu, als ich meinen Habit ablegte und zu Fleur ins Wasser sprang. Später trocknete ich uns beide mit meinem Rock ab und pflückte ein paar Äpfel von einem Baum an der Straße, denn mit einem Mal war mir aufgefallen, dass die Sonne schon hoch stand und wir nichts zu Mittag gegessen hatten. Auf Fleurs Drängen hin gruben wir ein tiefes Loch in den Sand, das wir anschließend mit Seetang füllten, eine Falle für Ungeheuer, und dann schlief sie eine halbe Stunde lang im Schatten, ihre Puppe im Arm, während ich ihren Schlaf vom Weg aus bewachte und auf das Flüstern der hereinkommenden Flut lauschte.

Es wird ein trockener Sommer werden, dachte ich. Ohne Regen wird es magere Ernten geben, wenig Vorräte. Die frühen Brombeeren waren an den Stielen bereits zu einem grauen Flaum vertrocknet. Auch die Weinreben hatte Trockenheit in Mitleidenschaft gezogen, die Trauben waren so hart wie getrocknete Erbsen. Ich empfand Mitleid für die Leute, die wie Lazarillos Truppe während eines solchen Sommers über die Straßen zogen.

Die Straße. Vor meinem geistigen Auge sah ich sie vom Sonnenlicht vergoldet, übersät mit den Scherben meiner Vergangenheit. War die Straße wirklich so schlecht gewesen? Hatte ich während meiner Wanderjahre so viel gelitten? Ich wusste, dass es so war. Wir hatten Kälte und Hunger erfahren, ebenso wie Verrat und Verfolgung. Ich versuchte, mich an diese Dinge zu erinnern, dennoch glitzerte die Straße vor mir wie ein Weg über Treibsand, und unvermittelt musste ich an etwas denken, was LeMerle einmal zu mir gesagt hatte, als wir noch Freunde waren.

»Wir sind einander auf natürliche Weise verbunden, du und ich«, hatte er gesagt. »Wie Luft und Feuer. Das Verbrennen ist unsere Natur. Das Element, in das man geboren ist, kann man nicht ändern. Deswegen werden wir nie aufhören, auf der Straße zu leben, meine liebe Ailée, ebenso wenig wie das Feuer aufhören kann zu brennen oder ein Vogel aufhören zu fliegen.«

Ich habe aufgehört, auf der Straße zu leben, dachte ich, und viele Jahre lang habe ich sie kaum eines Blickes gewürdigt. Aber ich hatte sie nicht vergessen. Die Straße hatte die ganze Zeit geduldig auf meine Rückkehr gewartet. Wie sehr sehnte ich mich plötzlich nach ihr! Was würde ich nicht geben, schoss es mir durch den Kopf, um wieder frei zu sein, wieder den Namen einer Frau zu haben, das Leben einer Frau? Jede Nacht die Sterne von einem anderen Ort aus zu sehen, Fleisch zu essen, das über dem Lagerfeuer gebraten wurde, zu tanzen – vielleicht sogar noch einmal zu fliegen? Ich brauchte die unausgesprochene Frage nicht zu beantworten. Der Gedanke allein ließ mein Herz vor Freude höher schlagen, und einen Augenblick lang hätte ich die alte Juliette sein können, die zu Fuß nach Paris gewandert war.

Aber es war einfach lächerlich. Sollte ich etwa mein Leben aufgeben, mein komfortables Kloster, die Freundinnen, die mir Zuflucht gewährt hatten? Die Abtei ist nicht gerade das Heim, nach dem ich mich gesehnt hatte, sagte ich mir, doch hier habe ich alles, was ich brauche. Genug zu essen im Winter, Schutz, Arbeit für meine Hände. Wofür sollte ich es aufgeben? Für ein paar Träume? Für ein paar Spielkarten?

Der sandige Weg unter meinen schweren Stiefeln machte mir das Gehen schwer. Ärgerlich trat ich nach dem Sand. Die Erklärung ist einfach, sagte ich mir. Einfach und ziemlich offensichtlich. Das heiße Wetter, die schlaflosen Nächte, die Träume von LeMerle … Ich brauchte einen Mann. Das war alles. L'Ailée hatte jede Nacht einen anderen Liebhaber gehabt, hatte sich die Männer nach Belieben ausgesucht – sanft oder rau, dunkel oder blond -, und ihre Träume waren erfüllt vom Geruch ihrer Körper. Auch Juliette war ein sinnliches Wesen: Giordano hatte sie gescholten, weil sie nackt in den Bächen badete und sich im von Morgentau feuchten Gras wälzte, wegen der Stunden, die sie heimlich mit den römischen Dichtern verbrachte, sich mit der fremden Sprache herumplagte, in der Hoffnung, hier und da den strammen Hintern eines Römers zu entdecken … L'Ailée und Juliette hätten sich beide gegen diese Malaise zu helfen gewusst. Aber mir – Sœur Auguste, ein Männername, noch dazu der Name eines alten Mannes – was bleibt mir schon? Seit Fleur da ist, hat es keinen Mann mehr in meinem Leben gegeben. Ich hätte mich wie Germaine und Clémente mit Frauen trösten können, doch diese Freuden haben mich noch nie gereizt.

Germaine, deren Ehemann ihr mit einem Küchenmesser fünfzehn Schnitte im Gesicht zufügte – einen für jedes ihrer Lebensjahre –, als er sie mit einem Mädchen im Bett erwischte, hasst alle Männer. Mir ist schon öfter aufgefallen, dass sie mich beobachtet. Ich weiß, ich gefalle ihr. Nicht wie Clémente mit dem Engelsgesicht und den schmutzigen Gedanken, aber doch genug, um ihre Phantasie anzuregen. Manchmal beobachtet sie mich bei der Gartenarbeit, sagt jedoch nie ein Wort. Ihr blondes Haar ist so kurz geschnitten wie das eines jungen Mannes, und unter dem weiten, braunen Habit erahne ich eine schlanke, anmutige Figur. Früher einmal hätte Germaine eine gute Tänzerin abgegeben. Allerdings ist nicht nur ihr Gesicht verunstaltet. Sechs Jahre nach dem schrecklichen Ereignis wirkt sie älter als ich, ihre Lippen sind blass und schmal, ihre Augen fast farblos wie Pökellake. Sie hat mir erzählt, sie sei ins Kloster gegangen, damit sie nie wieder im Leben einen Mann sehen muss. Aber sie ist wie die sauren Äpfel und die vertrockneten Weintrauben, die sich danach sehnen zu reifen, jedoch ohne Regen erbärmlich verdorren.

Die hübsche, boshafte Clémente sieht das alles ganz genau und lässt sie leiden; schamlos wirbt sie um mich, während ich meinen Pflichten nachgehe. Beim gemeinsamen Gebet in der Kapelle flüstert sie mir Anzüglichkeiten zu, bietet sich mir an. Germaine hinter uns muss hilflos zuhören, doch sie erträgt ihr Leid tapfer und ohne eine Miene zu verziehen.

Germaine hat keinen Glauben, nicht das geringste Interesse an Religion. Einmal habe ich mit ihr über meine Göttin gesprochen – ich dachte, die Vorstellung würde ihr gefallen, wo ihr die Männer doch so verhasst sind –, aber sie reagierte abweisend. »Falls so ein Wesen je existiert hat«, sagte sie, »dann haben die Männer es neu geschaffen. Warum sonst wollen sie uns einsperren und so weit bringen, dass wir uns schämen? Warum sonst sollten sie solche Angst vor uns haben?«

Ich erwiderte, Männer hätten keinen Grund, sich vor uns zu fürchten, worauf sie nur laut auflachte. »Ach wirklich?« Sie zeigte auf die Narben in ihrem Gesicht. »Und was ist *das*?«

Vielleicht hat sie Recht. Dennoch hasse ich die Männer nicht. Nur einen, und selbst den … Letzte Nacht habe ich wieder von ihm geträumt. Er war so nah, dass ich seinen Schweiß und seine Haut riechen konnte, die so glatt war wie meine eigene. Ich hasse ihn, aber in meinem Traum war er zärtlich. Selbst wenn sein Gesicht im Schatten verborgen wäre, würde ich ihn immer und überall erkennen, auch ohne das Mondlicht, das die eingebrannte Blume auf seinem Arm vergoldete.

Vogelgezwitscher weckte mich. Einen Augenblick lang war ich wieder dort, vor Epinal, vor Vitré, in meinem Wagen mit meinem Geliebten, der mich spöttisch betrachtete, während draußen die Amseln sangen …

Aber nur einen Augenblick lang. Ein hinterhältiger Inkubus hatte sich in mein Herz geschlichen, während ich schlief. Ein Geist. Es kann nicht sein, dass ich ihn immer noch will, sage ich mir.

Es kann einfach nicht sein.

Weit nach Mittag kehrten wir schließlich ins Kloster zurück. Obwohl ich die Haube abgenommen hatte, war mein Haar nass vom Schweiß, der Habit klebte mir an der feuchten Haut. Fleur trottete neben mir her, schlenkerte ihre Puppe in einer Hand. Es war kein Mensch zu sehen. Bei der Hitze war das nichts Ungewöhnliches, denn seit sie ohne Aufsicht waren, hatten viele Nonnen sich angewöhnt, um diese Zeit zu schlafen, und verschoben ihre Pflichten auf die kühleren Stunden nach der None. Aber als ich die frischen Pferdeäpfel am Tor entdeckte und die Spuren der Kutschenräder im Staub, war ich mir sicher, dass endlich eingetreten war, worauf wir seit dreizehn Tagen warteten.

»Sind die Schauspieler zurückgekommen?«, fragte Fleur erwartungsvoll.

»Nein, Liebes, ich glaube nicht.«

»Och.«

Ich lächelte und küsste sie auf die Stirn. »Spiel noch ein bisschen hier draußen«, sagte ich. »Ich muss hineingehen.«

Ich sah ihr zu, wie sie barfuß über den Weg lief, dann ging ich mit dem Gefühl, als sei eine schwere Last von mir genommen worden, in die Abtei. Endlich also hatte diese unruhige, quälende Zeit ein Ende. Wir hatten eine neue Äbtissin, die uns mit sicherer Hand aus unserer Ziellosigkeit und Ängstlichkeit führen würde. Sie würde ruhig und stark sein, wenn auch nicht mehr jung. Ihr Lächeln würde ernst sein, aber mit einer Spur Humor, der nötig sein würde, um zwischen so vielen unzufriedenen Frauen ein friedliches Zusammenleben zu gewährleisten. Sie würde herzlich und aufrichtig sein, eine gute Frau vom Festland, die sich nicht vor harter Arbeit fürchtete, die braunen Hände schwielig, doch geschickt und zärtlich. Sie würde die Musik lieben und die Gartenarbeit. Sie würde durchsetzungsfähig sein, genug Erfahrung besitzen, um uns durchs Leben zu führen, aber nicht allzu ehrgeizig, nicht verbittert, sondern in der Lage, der Welt mit Freude und Weisheit zu begegnen.

Im Nachhinein kann ich mich über meine Naivität nur wundern und muss gestehen, dass mein Wunschbild von der neuen Mutter Oberin sehr vom Andenken an Isabelle, meine Mutter, bestimmt war. Ich weiß, seit ich sie zum letzten Mal gesehen habe, hat sich ihr Bild in meiner Erinnerung ein wenig gewandelt. Nur das Auge der Liebe kann sie so liebevoll und stark sehen, so liebreizend, dass ihre Schönheit selbst Clémentine und die Heilige Jungfrau in den Schatten stellt, obwohl ich mich nicht einmal genau an ihre Augenfarbe erinnere oder an die Konturen ihres dunklen Gesichts. Ich gab unserer neuen Äbtissin das Antlitz meiner Mutter, noch bevor ich sie gesehen hatte, und die Erleichterung, die ich mit ihrer Ankunft empfand, ähnelte der eines kleinen Mädchens, das zu lange eine viel zu schwere Aufgabe bewältigen musste, eines kleinen Mädchens, dessen Mutter endlich wieder nach Hause kommt. So lief ich auf das seltsam stille Gebäude zu, die Röcke über die Knie gerafft, die Haare im Wind.

Im Kreuzgang war es dunkel und kühl. Ich rief laut, als ich eintrat, bekam jedoch keine Antwort. Es war niemand am Tor, das Kloster wirkte wie ausgestorben. Also eilte ich durch den breiten, sonnendurchfluteten Verbindungsgang zwischen den Schlafsälen, aber es war niemand zu sehen. Ich ging am Refektorium vorbei, an der Küche, am leeren Kapitelsaal, immer auf die Kapelle zu. Die Sext muss lange vorbei sein, sagte ich mir. Vielleicht hatte die neue Äbtissin eine Versammlung einberufen.

Als ich mich der Kapelle näherte, hörte ich Stimmen, einen eintönigen Singsang. Plötzlich misstrauisch geworden, drückte ich die Tür auf. Alle Nonnen waren anwesend. Ich sah Perette, Alfonsine, die knochigen Hände unter dem Kinn gefaltet, die dicke Antoine mit ihrem einfältigen Gesicht und den schwachen, aufgeregten Augen, die tapfere Germaine neben Clémente. Sie verstummten, als ich eintrat, und ich blinzelte, verwirrt von der Dunkelheit und dem Duft von Weihrauch und den Gesichtern im Kerzenlicht.

Alfonsine ergriff als Erste das Wort. »Sœur Auguste«, rief sie aus. »Gott sei Dank, Sœur Auguste. Wir haben eine neue …« Sie brach ab, vielleicht vor lauter Aufregung. Ich schaute sie schon nicht mehr an, suchte mit den Augen die Kapelle nach der weisen, klugen Frau ab, die ich mir vorgestellt hatte. Aber neben dem Altar erblickte ich nur ein Mädchen von vielleicht elf, zwölf Jahren, das kleine, blasse Gesicht ausdruckslos unter der weißen Haube, die Hand zum Segen erhoben. »Sœur Auguste.« Die Stimme war so schwach und leidenschaftslos wie ihre Besitzerin, und plötzlich wurde ich mir meiner offenen Haare, meiner glühenden Wangen bewusst.

»Mère Isabelle«, flüsterte Alfonsine mit vor Selbstgefälligkeit bebender Stimme. »Mère Isabelle, die Ehrwürdige Mutter.«

Einen Augenblick lang war ich so verblüfft, dass ich beinahe laut gelacht hätte. Sie konnte unmöglich dieses Kind meinen. Allein der Gedanke war absurd – dieses Kind mit dem Namen meiner Mutter musste irgendeine Novizin sein, ein Schützling der neuen Äbtissin, die wahrscheinlich gerade über den Irrtum lächelte … Dann begegneten sich unsere Blicke. Ihre Augen waren hell, aber ohne Leuchtkraft, als würde sie nach innen schauen. In ihrem bleichen Gesicht vermochte ich keine Spur von Humor zu entdecken, keine Freude, kein Vergnügen.

»Aber sie ist so *jung*!« Ich hatte das Falsche gesagt. Ich wusste es sofort und bedauerte meine Worte, doch in meiner Überraschung hatte ich meinen ersten Gedanken laut ausgesprochen. Ich sah, wie das Mädchen kurz zusammenzuckte, sah seine kleinen, weißen Zähne zwischen den halb geöffneten Lippen. »*Ma mère*, es tut mir Leid.« Zu spät, um meine Worte ungeschehen zu machen. Ich kniete vor ihr nieder und küsste ihre kleine ausgestreckte Hand. »Ich habe unüberlegt gesprochen.«

Während ich die kühlen Finger an meinen Lippen spürte, wurde mir klar, dass sie meine Entschuldigung nicht akzeptierte. Einen Augenblick lang sah ich mich mit ihren Augen: eine schwitzende, rotgesichtige Insulanerin, erhitzt von den verbotenen Düften des Sommers.

»Deine Haube.« Ihre Kälte war ansteckend. Ich erschauderte.

»Ich … ich habe sie verloren«, stotterte ich. »Ich war auf dem Feld. Es war so heiß …«

Sie hatte ihre Aufmerksamkeit bereits auf etwas anderes gerichtet. Ihre blassen Augen wanderten langsam und desinteressiert über die erwartungsvoll ihr zugewandten Gesichter. Alfonsine beobachtete sie mit einem Ausdruck der Bewunderung. Die Stille war eisig.

»Ich war Angélique Saint-Hervé Désirée Arnault«, sagte sie mit leiser, ausdrucksloser Stimme, die mich dennoch bis ins Mark traf. »Ihr mögt mich für zu jung halten für die Aufgabe, die Gott mir zugedacht hat. Aber ich bin hier im Auftrag Gottes, und er wird mir die Kraft geben, die ich brauche.«

Einen Moment lang empfand ich Mitleid mit ihr. Sie war so jung und wehrlos, so sehr bemüht, ihre Würde zu bewahren. Ich versuchte mir vorzustellen, was sie für ein Leben geführt haben mochte, aufgezogen in der erdrückenden Atmosphäre des Königshofs, umgeben von Intrigen und Korruption. Sie war ein mageres, kleines Geschöpf: Die üppigen Bankette, die gefüllten Perlhühner, die Pasteten, die *piéces montées*, die gebratenen Pfauenherzen und *foies gras*, die Lerchenzungen in Aspik konnten nur ihren Abscheu vor den Exzessen am Hof verstärkt haben. Ein kränkliches Kind, von dem man nicht erwartet hatte, dass es lange überleben würde, fasziniert und angezogen vom Zeremoniell, dem düsteren Fatalismus, der Intoleranz der katholischen Kirche. Ich versuchte mir vorzustellen, wie es für sie sein musste, mit zwölf in ein Kloster gesteckt zu werden, wie auswendig gelernt die Worte ihrer Religionslehrer zu wiederholen, die Tür zur Welt zuzuschlagen, noch bevor sie Gelegenheit gehabt hatte festzustellen, was diese ihr überhaupt zu bieten hatte.

»Hier hat lange genug Schlendrian geherrscht«, sagte sie. Ihre Stimme klang nasal vor Anstrengung, sich Gehör zu verschaffen. »Ich habe die Berichte gelesen. Ich habe gesehen, wie viel Trägheit meine Vorgängerin zu tolerieren bereit war.« Sie warf mir einen kurzen Blick zu. »Das wird sich ab heute ändern.«

Leises Gemurmel unter den Nonnen. Ich bemerkte die Entgeisterung in Antoines Gesicht.

»Als Erstes«, fuhr das Mädchen fort, »komme ich auf die Kleiderordnung zu sprechen.« Noch ein strenger Blick zu mir. »Bei einigen von euch ist mir bereits eine gewisse – Nachlässigkeit aufgefallen, die ich für Mitglieder unseres Ordens als unziemlich erachte. Ich weiß, dass die bisherige Äbtissin das Tragen der *quichenotte* gestattete. Damit ist ab sofort Schluss.«

Die alte Rosamonde zu meiner Rechten sah mich verwirrt an. Vom Fenster über ihr fiel Licht auf ihre weiße Haube. »Wer ist dieses Kind?«, fragte sie ungläubig. »Was redet dieses Mädchen? Wo ist Mère Marie?«

Ich schüttelte den Kopf, bedeutete ihr zu schweigen. Sie schien noch etwas sagen zu wollen, doch dann verzog sie das Gesicht, die Augen feucht. Ich hörte, wie sie vor sich hinmurmelte, während die neue Äbtissin fortfuhr: »Auch wenn ich erst heute eingetroffen bin, sind mir gewisse Unregelmäßigkeiten bei der Beachtung der klösterlichen Regeln bereits aufgefallen.« Die nasale Stimme klang, als lese sie aus einem himmlischen Lehrbuch vor. »Die Messe zum Beispiel. Ich kann es kaum glauben, dass seit Jahren in diesem Kloster *keine einzige Messe* gelesen worden ist.«

Betretenes Schweigen.

»Wir haben Gebete gesprochen«, sagte Antoine.

»Gebete sind nicht genug, *ma fille*«, erwiderte das Kind. »Eure Gebete können ohne die Gegenwart eines Priesters nicht von Gott erhört werden.«

Bei jedem Wort, das sie sagte, hätte ich am liebsten laut gelacht. Das Lächerliche an der ganzen Situation überdeckte kurzfristig mein ungutes Gefühl. Dass dieses kränkliche Kind uns zurechtwies, die Stirn runzelte wie ein altes Weib und uns Töchter nannte, konnte nur ein alberner Witz sein – wie der Diener, der am ersten April in die Kleider seines Herrn schlupft. Jesu Auftritt im Tempel musste eine ähnliche Farce gewesen sein, als er Reue predigte, anstatt in den Feldern herumzutollen oder nackt im Meer zu schwimmen.

Die Kindmutter ergriff erneut das Wort. »Von nun an wird täglich die heilige Messe gelesen. Unsere täglichen acht Stundengebete werden wieder aufgenommen. Freitags und an heiligen Feiertagen wird gefastet. Ich werde nicht zulassen, dass man von meiner Abtei sagt, sie sei ein Ort der Nachlässigkeit oder der Maßlosigkeit.«

Endlich hatte sie ihre Stimme gefunden. Das dünne Näseln hatte einen herrischen Ton angenommen, und ich begriff, dass hinter ihrer blassen Selbstgefälligkeit ein heiliger Eifer, ja fast etwas wie Leidenschaft verborgen lag. Was ich für Schüchternheit gehalten hatte, war in Wirklichkeit diese Art von tiefer Menschenverachtung, der ich nicht mehr begegnet war, seit ich am königlichen Hof gearbeitet hatte. *Meine Abtei*. Zorn wallte in mir auf. War die Abtei etwa ihr Spielzeug, wir ihre Puppen?

»Wir haben hier keinen Priester, nur auf dem Festland gibt es einen«, sagte ich. Meine Stimme klang schärfer als beabsichtigt. »Wie sollen wir jeden Tag die Heilige Messe feiern? Und wer soll das bezahlen?«

Sie sah mich an, und ich wünschte, ich hätte den Mund gehalten. Falls ich sie mir bis jetzt nicht zur Feindin gemacht habe, sagte ich mir, dann ist durch meine ärgerliche Bemerkung bestimmt das Maß voll. Ihr Gesicht war ein einziger Ausdruck der Missbilligung.

»Ich habe meinen eigenen Beichtvater mitgebracht«, erklärte sie. »Den Beichtvater meiner Mutter, der darum gebeten hat, mich begleiten zu dürfen, um mich bei meiner Arbeit zu unterstützen.« Ich hätte schwören können, dass sie ein wenig errötete, als sie das sagte, und ihr Gesicht leicht zur Seite neigte. Aus ihrer Stimme glaubte ich eine leichte Erregung zu vernehmen. »Ich möchte euch Père Colombin de Saint-Amand vorstellen«, fuhr sie fort und zeigte auf eine Gestalt, die sich erst jetzt aus dem Schatten einer Säule löste. »Mein Freund, Lehrer und geistiger Führer. Ich hoffe, dass ihr ihn bald ebenso sehr schätzen werdet, wie ich es tue.«

Ich stand da wie gelähmt, doch ich sah ihn mit aller Klarheit, das Gesicht und die Hände im bunten Licht des Rosettenfensters. Sein schwarzes Haar war länger, als ich es in Erinnerung hatte, im Nacken mit einem Band zusammengehalten, aber ansonsten sah er genauso aus wie immer: den Kopf ins Licht gewandt, die geraden, schwarzen Brauen, die dunklen Augen. Schwarz steht ihm gut; im Bewusstsein seiner Wirkung in der schlichten, nur durch ein silbernes Kreuz geschmückten Priesterrobe schaute er mich direkt an und verzog den Mund zu einem kaum merklichen herausfordernden Lächeln.

TEIL ZWEI

LeMerle

1

♠

18. Juli 1610

Was für ein Auftritt! Ich bin für die Bühne geboren – oder für den Galgen, wie manche vielleicht meinen, auch wenn das im Ergebnis keinen großen Unterschied macht. Blumen und die Luke, am Ende der Vorhang und auf dem Höhepunkt der kurze, rasende Tanz. Das hat auch eine Art Poesie. Aber ich bin noch nicht bereit, jene Bretter zu betreten. Wenn es so weit ist, wirst du die Erste sein, die es erfährt.

Du scheinst nicht besonders erfreut darüber, mich wieder zu sehen. Und das nach all den Jahren. Meine Ailée, mein Ein und Alles. Wie du damals geflogen bist! Unbesiegbar bis zuletzt, nie gestürzt, nie gestrauchelt. Fast hätte ich glauben können, dass deine Flügel echt waren, geschickt unter deinem Umhang gefaltet, um dich kreischende Harpye in den Himmel hinaufzutragen. Meine bewundernswerte kleine Hexe. Dich hier wieder zu sehen mit gestutzten Flügeln! Ich muss sagen, du hast dich nicht verändert. Als ich dein fuchsrotes Haar erblickte – das muss übrigens weg –, habe ich dich sofort erkannt. Und du mich auch, nicht wahr, mein Engel? O ja, ich habe gesehen, wie du erbleicht bist und mich angestarrt hast. Es ist schön, ein aufmerksames Publikum zu haben – ein Publikum, das sich *gefangen* nehmen lässt, wenn du den Ausdruck entschuldigst –, vor dem ich mein Talent wirklich unter Beweis stellen kann. Dies wird die Vorstellung meines Lebens werden.

Du bist ja so still. Na, daran lässt sich wohl nichts ändern. Diskretion ist der bessere Teil der Tugend – zumindest deiner Tugend. Aber deine Augen! Herrlich! Mit schwarzen Pailletten gesprenkelter Samt. Sprich mit mir, meine kleine Hexe. Sprich zu mir mit deinen Augen.

Ich weiß schon, was das Problem ist. Dieser kleine Zwischenfall – wo hat er sich gleich zugetragen? In Epinal? Du solltest dich schämen. Mir das so lange nachzutragen. Gib's zu, du hättest mich am liebsten vor Gericht gestellt, schuldig gesprochen und auf der Stelle hängen lassen. Möchtest du dir nicht meine Version der Geschichte anhören? Nein? Also gut, lassen wir das. Ich war mir jedenfalls ganz sicher, dass du entkommen würdest. Keine Festung hätte meine Ailée gefangen halten können. Sie reißt den Himmel auf mit ihren Flügeln. Zerbricht Gefängnisgitter mit einem Zungenschlag.

Ich weiß, ich weiß. Glaubst du etwa, für mich sei es leicht gewesen? Ich war auf der Flucht, allein. Folter und Tod erwarteten mich, falls ich gefasst würde. Glaubst du nicht, ich hätte dich am liebsten mitgenommen? Ich habe es um deinetwillen getan, Juliette. Ich wusste, dass du ohne mich besser durchkommen würdest. Ich wollte zurückkommen, ich schwöre es. Irgendwann.

Geht es dir um Le Borgne? Ist es das, was dir auf der Seele liegt? Er ist mir gefolgt, als ich mich auf den Weg machen wollte. Hat mich angefleht, ihn mitzunehmen. Hat mir angeboten, den Rest der Truppe zu opfern. Er würde euch die Kehlen durchschneiden, sauber und geräuschlos, wenn ich ihn mitnehmen würde. Als ich mich weigerte, zog er sein Messer.

Ich war unbewaffnet, erschöpft von den Anstrengungen des Tages, grün und blau geschlagen vom Pöbel. Le Borgne zielte auf mein Herz, aber ich sah, was er vorhatte. Er hat mich an der Schulter erwischt, meinen rechten Arm gelähmt. Während ich mit ihm rang, hat er das Messer in der Wunde gedreht und gedreht, bis ich vor Schmerz fast das Bewusstsein verlor. Als es mir schließlich gelang, ihm das Messer aus der Hand zu reißen, habe ich ihm die Kehle durchgeschnitten und die Flucht ergriffen.

Die Klinge muss vergiftet gewesen sein. Eine halbe Stunde später war ich zu schwach zum Reiten, zu benommen, um mit Pferd und Wagen vorwärts zu kommen. Ich tat das Einzige, was mir möglich war – ich versteckte mich. Wie ein sterbendes Tier habe ich mich in einem Graben verkrochen und der Dinge geharrt, die da kommen sollten.

Vielleicht hat mich das gerettet. Sie haben den von Plünderern zerstörten Wagen vier Meilen außerhalb von Epinal gefunden und viel Zeit mit der Suche nach den Dieben vergeudet. Geschwächt von der Wunde, die sich entzündet hatte, habe ich mich weiterhin im Verborgenen gehalten und von den Pflanzen und Beeren ernährt, die du mir während unserer gemeinsamen Wanderzeit gezeigt hast. Nachdem ich wieder etwas zu Kräften gekommen war, habe ich mich in den nahe gelegenen Wald geschleppt, ein Feuer angezündet und Kräutertees gebraut, so wie du es mir beigebracht hast: Wermut gegen das Fieber, Fingerhut gegen die Schmerzen. Deine Unterweisungen haben mir das Leben gerettet, meine kleine Hexe. Ich hoffe, du weißt die Ironie daran zu schätzen.

Nicht? Wie schade. Deine Augen sind wie Messerklingen. Also gut. Was Le Borgne angeht, habe ich vielleicht gelogen, aber nur ein bisschen. Wir hatten beide ein Messer. Ich war ungeschickt, und er hat mich zuerst erwischt. Habe ich je behauptet, ich sei ein Heiliger? Dem Element, in das ein Mensch geboren wurde, kann man nicht entrinnen. Es gab Zeiten, da hättest du das verstanden, mein Feuervogel. Hoffen wir um unser beider willen, dass du das immer noch tust.

Mich *entlarven*? Aber meine Liebe. Glaubst du wirklich, du hättest die Möglichkeit dazu? Es wäre vielleicht amüsant zu beobachten, wie du es versuchst, doch stell dir vorher folgende Frage: Wer von uns beiden hat mehr zu verlieren? Und wer von uns besitzt mehr Überzeugungskraft? Gib's zu, selbst dich habe ich einmal überzeugt. Meine Papiere sind in Ordnung, weißt du. Der ehemalige Besitzer, ein Priester, der zufällig durch Lothringen kam, ist plötzlich krank geworden (er hatte Magenprobleme, wenn ich mich recht erinnere), als er gegen Abend einen Wald erreichte. Ein schneller, gnädiger Tod. Ich habe ihm selbst die Augen geschlossen.

Ach Juliette! Immer noch misstrauisch? Du sollst wissen, dass unsere kleine Angélique mir sehr am Herzen liegt. Du meinst, sie sei zu jung, um Äbtissin zu sein. Glaub mir, die Kirche war da ganz anderer Meinung, die haben sie – und ihre Mitgift – mit beinahe unziemlicher Bereitwilligkeit aufgenommen. Außerdem macht die Kirche dabei wie immer den größeren Reibach. Noch mehr Reichtümer, um ihre überquellenden Truhen zu füllen, ihre Ländereien zu vermehren, und das alles im Austausch für eine kleine Konzession, eine entlegene Abtei, die halb im Sand versunken ist, ein Kloster, dessen lockerer Lebenswandel nur toleriert wurde, weil die Äbtissin sich konkurrenzlos gut mit dem Kartoffelanbau auskannte.

Aber ich vergesse meine Verpflichtungen. Meine Damen – oder sollte ich sagen Schwestern, oder gar Töchter, um den väterlichen Tonfall richtig hinzubekommen? Vielleicht doch nicht. *Meine Kinder.* Das ist schon besser. Ihre Augen glänzen in der rauchigen Luft wie die von fünfundsechzig schwarzen Katzen. Meine neue Herde. Komisch, sie riechen gar nicht wie Frauen. Ich glaubte diesen Geruch zu kennen, seine unterschwelligen Geheimnisse, diese Mischung aus Fisch und Blumen. Hier riecht es nur nach Weihrauch. Mein Gott, schwitzen die nicht einmal? Das werde ich schon noch ändern. Wart's ab.

»Meine Kinder. Ich komme zu euch voller Trauer und voller Freude. Voll Trauer um unsere von uns gegangene Schwester« – wie hieß sie gleich? – »Marie und zugleich voller Vorfreude auf das große Werk, das wir heute in Angriff nehmen.«

Simples Gerede, ich weiß, aber effektiv. Ihre Augen sind riesengroß. Wie komme ich bloß auf Katzen? Sie sind Fledermäuse mit runzligen Gesichtern, die Augen geweitet, wenn auch blind, schwarze Flügel um eingezogene Schultern geschlungen, Hände vor dem Busen gefaltet, vielleicht vor lauter Angst, dass ich zufällig einen Blick auf verbotene Kurven erhaschen könnte.

»Ich spreche von der großen Reform, die meine Tochter Isabelle bereits erwähnt hat, eine Reform, die so tiefgreifend sein wird, dass schon bald die Augen ganz Frankreichs voller Bewunderung auf die Abtei Sainte Marie-de-la-mer gerichtet sein werden.«

Zeit für ein Zitat, würde ich sagen. Seneca vielleicht? *Steinig ist die Straße, die zu den Höhen des Ruhms führt?* Nein. Dieses Publikum ist nicht reif für Seneca. Dann also lieber das Deuteronomium. *»Und du wirst zum Entsetzen, zum Sprichwort und zum Spott werden unter allen Völkern, zu denen der Herr dich treibt.«* Das Gute an der Bibel ist, dass man dort genug Zitate findet, die alles und jedes rechtfertigen können, sogar Lüsternheit, Inzest und Kindermord.

»Ihr seid vom rechten Pfad abgekommen, meine Kinder. Ihr seid auf den Weg des Bösen geraten und habt den heiligen Bund vergessen, den ihr mit dem Herrn eurem Gott geschlossen habt.«

Diese Tonlage habe ich geübt, um Tragödien zu deklamieren; vor zehn Jahren war ich mit *Les Amours de l'Hermine* meiner Zeit weit voraus. Ihre Augen werden noch größer, und hinter der Angst sehe ich jetzt noch etwas anderes, eine Art Erregung. Die Worte selbst sind der Kitzel.

»Wie die Menschen in Sodom habt ihr euch von Gott dem Herrn abgewandt. Ihr habt dem Vergnügen gefrönt und die heilige Flamme erkalten lassen. Ihr habt euch Gedanken und Lastern hingegeben, die ihr für geheim hieltet, aber der Herr hat euch gesehen.«

Pause. Leises Gemurmel, während sie alle ihre geheimen Gedanken durchforsten. »*Ich* habe euch gesehen.«

Im Halbdunkel erbleichen sie alle. Ich werde lauter, schreie so schrill, dass meine Stimme Glas zersplittern könnte. »Ich sehe euch immer noch, auch wenn ihr jetzt eure Gesichter schamhaft verbergt. Eure Sünden sind ohne Zahl, sie erleuchten diesen Ort mit den Flammen eurer Schändlichkeit.«

Das war gut formuliert. Ich sollte mich daran erinnern, wenn ich meine neue Tragödie schreibe. Einige dieser Gesichter wirken viel versprechend, das sehe ich jetzt schon. Etwa die dicke Frau mit den feuchten Augen und den zitternden Lippen, die kurz davor steht, in Tränen auszubrechen. Du alte Schachtel, ich habe gesehen, wie du zusammengezuckt bist, als die Kleine vom Fasten gesprochen hat.

Und die Missmutige mit dem vernarbten Gesicht. Na, welches ist *dein* Laster? Du stehst ziemlich nah neben deiner hübschen Nachbarin, eure Hände berühren sich beinahe im Schatten. Während ich von hier zu euch spreche, wandert dein Blick fast unwillkürlich immer wieder zu ihr hinüber, wie der Blick des Geizhalses zu seinem streng gehüteten Schatz.

Und du, ja, du dort hinter der Säule. Deine Augen rollen himmelwärts wie die einer scheuenden Stute. Nervös zucken deine Mundwinkel. Dein Blick ein stummes Flehen, die Hände an die platt gedrückten Brüste gekrallt. Jedes Wort, das ich sage, lässt dich vor Angst und Lust erschauern. Ich kenne deine Träume: Orgien der Selbsterniedrigung, Ekstasen der Reue.

Und du? Erhitzt und atemlos, in den Augen ein Leuchten, das mehr ist als religiöser Eifer. Meine erste Jüngerin, das Gesicht zu mir emporgerichtet, die Hände ausgestreckt. Nur eine Berührung, fleht sie, ein Blick, und ich bin deine Sklavin. Ganz so leicht bin ich jedoch nicht zu haben, meine Liebe. Noch ein bisschen freudige Erregung, ein Stirnrunzeln, das den Raum verdüstert. Dann ein kurzes Verheißen von Erlösung, die Stimme ein bisschen weicher, die schmeichelhafte Andeutung von Vergebung am Ende des großen Monologs.

»Aber die Gnade des Herrn ist so unerschöpflich wie sein Zorn. Das verirrte Lamm, wenn es zur Herde zurückkehrt, ist viel wertvoller als seine tugendhaften Geschwister.« Lächerlich. Nach meiner Erfahrung ist es viel wahrscheinlicher, dass das verirrte Lamm als Sonntagsbraten endet. »*Kehrt um, ihr verirrten Kinder, spricht der Herr,* heißt es im Buch Jeremias, *denn ich bin euer Herr, und ich will euch holen und will euch bringen nach Zion.*« Ich schaue meiner Jüngerin kurz in die Augen. Ihr Atem geht schneller. Sieht so aus, als würde sie jeden Augenblick in Ohnmacht fallen.

Meine Ansprache ist beendet. Ich habe Plattitüden verteilt wie Manna, jetzt können sie fermentieren. Ich habe ihnen gezeigt, wie stark ich sein kann und wie zärtlich. Ein kurzes Straucheln, eine Hand an die Stirn gehoben, um meine Erschöpfung von dem langen Fußmarsch anzudeuten, lässt sie meine Menschlichkeit ahnen. Die eifrige Schwester – Alfonsine? – bietet mir eilfertig ihren Arm, starrt mir ehrfürchtig ins Gesicht. Ich ziehe mich still zurück. Keine Vertraulichkeiten, bitte. Noch nicht.

2

♥

18. Juli 1610

LeMerle! Ich erkannte seinen Stil sofort, eine geschickte Mischung aus Bühnensprache, Kanzelrhetorik und Marktschreierei. Auch die Verkleidung war typisch für ihn, und hin und wieder schaute er kurz in meine Richtung, als suchte er Bestätigung für seinen Triumph. Anfangs fragte ich mich, warum er mich nicht entlarvte.

Dann begriff ich. Er hatte mich zum Publikum erkoren, zu seiner bewundernden Kritikerin. Zwecklos, eine solche Vorstellung zu geben, ohne dass jemand anwesend war, der sein Geheimnis kannte, jemand, der die Kühnheit seiner Hochstapelei wirklich zu schätzen wusste … Diesmal werde ich sein Spiel nicht mitspielen, sagte ich mir. Meine Arbeit in den Salzfeldern am Nachmittag durfte ich nicht ungetan lassen, aber sobald ich eine Möglichkeit fand, mich aus dem Kloster zu entfernen, ohne Verdacht zu erregen, würde ich mit Fleur fliehen. In der Klosterküche konnte ich mich mit Proviant versorgen. Eigentlich widerstrebte es mir, die Nonnen zu bestehlen, doch die Truhe mit den Ersparnissen des Klosters steht leicht zugänglich in einem kleinen Raum hinter dem Keller für das Wurzelgemüse, das Schloss an der Tür ist vor langer Zeit kaputtgegangen und nie repariert worden. Die alte Mutter Oberin war eine einfache Seele, hat immer geglaubt, Vertrauen sei die beste Vorbeugung gegen Diebstahl, und während der ganzen Zeit, die ich in der Abtei verbracht habe, ist es nicht ein einziges Mal vorgekommen, dass eine der Nonnen auch nur eine einzige Münze gestohlen hätte. Wozu brauchen wir Geld? Wir haben alles, was wir brauchen.

Als wir die Kapelle verließen, um uns unseren jeweiligen Pflichten zu widmen, befanden wir uns in einem Zustand unterdrückter Erregung, was er sicherlich beabsichtigt hatte. Beim Weggehen warf er mir einen seltsamen Blick zu, eine stumme Aufforderung, zu ihm zu kommen, doch ich ignorierte ihn und war froh, dass er nicht darauf beharrte. Die neue Äbtissin machte sich eilends daran, ihr neues Reich zu erkunden, Clémente lief zu den Pferden hinüber, Alfonsine zeigte dem neuen Beichtvater sein Quartier im Torhaus, Antoine begab sich in die Küche, um das Abendessen zu bereiten, und ich ging meine Tochter suchen.

Ich fand sie in der Scheune, wo sie mit einer der Küchenkatzen spielte. In wenigen Worten gab ich ihr Anweisungen: Sie sollte sich für den Rest des Tages nirgendwo blicken lassen, am Abend im Schlafsaal auf mich warten und mit niemandem ein Wort sprechen, bis ich zu ihr kam.

»Warum?« Sie hatte einen Kiefernzapfen an ein Stück Schnur gebunden und ließ ihn vor der Katze in der Luft baumeln.

»Das erkläre ich dir später. Aber vergiss nicht, was ich dir gesagt habe.«

»Darf ich denn mit der Katze sprechen?«

»Meinetwegen.«

»Und was ist mit Perette? Darf ich mit Perette reden?«

Ich legte einen Finger an die Lippen. »Schsch. Es ist ein

Versteckspiel. Glaubst du, du kannst ganz mucksmäuschenstill sein, bis ich dich heute Abend holen komme?«

Sie runzelte die Stirn, den Blick immer noch auf die Katze geheftet. »Krieg ich denn kein Abendessen?«

»Ich bringe dir was mit.«

»Und die Katze, kriegt die auch was?«

»Mal sehen.«

Es ist beschlossen worden, dass LeMerle an unseren Versammlungen teilnehmen, aber nicht mit uns zusammen im Refektorium essen soll. Das wundert mich nicht – unsere neuen Fastenregeln würden ihm gewiss nicht behagen. Ebenso wenig ist mir entgangen, dass LeMerles Quartier sich gleich neben dem Tor befindet, von wo aus er jederzeit beobachten kann, wer das Kloster betritt oder verlässt. Das beunruhigt mich. Ich werde alles genau planen und sorgfältig überdenken müssen. Was auch immer seine Beweggründe sein mögen, der Beichtvater hat die Absicht zu bleiben.

Doch ich sagte mir, dass seine Pläne im Augenblick für mich nicht von Belang waren. Dass er nicht mit uns zu Abend aß, gab mir Gelegenheit, meine Flucht vorzubereiten. Ich würde Bauchschmerzen vortäuschen, meine wenigen Habseligkeiten zusammenpacken, mich in der Küche mit Lebensmitteln eindecken und mein Bündel irgendwo in der Außenmauer des Klosters verstecken. Fleur und ich würden zur gewohnten Zeit ins Bett gehen, uns hinausschleichen, wenn alle schliefen, unsere Sachen aus dem Versteck holen und uns in Richtung Damm davonmachen. Sobald wir uns außerhalb seiner Reichweite befanden, konnte ich mich um LeMerle kümmern. Ein Brief an die richtige Adresse würde ausreichen, um ihn zu entlarven. Er würde am Galgen enden, und vielleicht würde ich dann endlich meinen Frieden finden. Aber als ich eine halbe Stunde vor dem Abendessen in den Schlafsaal kam, war Fleur nicht da. Auch im Garten, im Kreuzgang oder im Hühnerhaus war sie nicht. Ich ärgerte mich, war jedoch nicht allzu besorgt. Fleur ist eine rebellische Natur und versteckt sich gern, wenn es ans Zubettgehen geht. Ich suchte alle ihre geheimen Verstecke ab, doch vergebens.

Schließlich ging ich in die Küche. Vielleicht hat Fleur Hunger gehabt, dachte ich, und Sœur Antoine mochte Kinder, gab ihnen gern ein Stück Gebäck oder einen Apfel. Aber heute wirkte sie abwesend, ihre Augen waren gerötet, und ihr Gesicht schien wie erschlafft. Als ich Fleurs Namen erwähnte, stieß sie einen jämmerlichen Laut aus, als wäre ihr etwas Schlimmes wieder eingefallen, und rang ihre fetten Hände.

»Die arme Kleine! Ich wollte es dir sagen, doch …« Sie brach ab, als hätte sie Schwierigkeiten, mehrere Dinge auf einmal auszudrücken. »So viele Veränderungen! Sie ist in die Küche gekommen, Sœur Auguste – ich war gerade dabei, Pilze mit Gänsefett für den Winter einzukochen –, und sie hat mich so verächtlich angesehen …«

»Wer? Fleur?«

»Nein, nein!« Antoine schüttelte den Kopf. »Mère Isabelle. Dieses schreckliche Mädchen.«

Ich winkte ungeduldig ab. »Erzähl's mir später. Wo ist meine Tochter?«

»Das versuche ich ja gerade, dir zu erklären. Mère Isabelle hat gesagt, es gezieme sich nicht, dass sie hier im Kloster ist. Sie meinte, die Kleine würde dich von deinen Pflichten ablenken. Sie hat sie weggeschickt.«

Ich starrte Antoine ungläubig an. »*Wohin* hat sie Fleur geschickt?«

Sie blickte mich unterwürfig an. »Es ist nicht meine Schuld.«

Irgendetwas an ihrem Tonfall sagte mir, dass sie das Gegenteil annahm.

»Du hast es ihnen gesagt, stimmt's?« Ich packte sie am Ärmel. »Antoine, hast du ihnen gesagt, dass Fleur mein Kind ist?«

»Ich konnte nichts dafür«, wimmerte die fette Nonne. »Früher oder später hätten sie es sowieso erfahren. Irgendwann hätte sich jemand verplappert.«

Vor Wut kniff ich sie so fest in den Arm, dass sie laut aufschrie.

»Lass das! *Au!* Hör auf, Auguste, du tust mir weh! Es ist nicht meine Schuld, dass sie Fleur fortgeschickt haben! Du hättest sie nie hier im Kloster behalten dürfen!«

»Antoine. Sieh mich an.« Sie rieb sich den Arm, den Blick abgewandt. »Wohin haben sie mein Kind geschickt? Zu jemandem im Dorf?« Sie schüttelte hilflos den Kopf. Ich musste mich beherrschen, sie nicht zu schlagen. »Bitte, Antoine. Ich mache mir nur Sorgen, das ist alles. Ich werde niemandem sagen, dass du es mir verraten hast.«

»Du sollst mich mit *ma Sœur* anreden«, sagte Antoine gekränkt. »Zorn ist eine Sünde, das weißt du. Das liegt an deinen Haaren. Du solltest sie abschneiden.« Sie schaute mich ungewöhnlich herausfordernd an. »Aber jetzt, wo hier die Reform durchgeführt wird, wirst du das sowieso tun müssen.«

»Bitte, Antoine. Ich gebe dir die letzte Flasche von meinem Lavendelsirup.«

Ihre Augen leuchteten auf. »Und die kandierten Rosenblüten?«

»Meinetwegen. Wo ist Fleur?«

»Ich habe Mère Isabelle mit dem neuen Beichtvater reden hören. Sie haben von der Frau eines Fischers gesprochen, irgendwo auf dem Festland. Sie bezahlen die Frau«, fügte sie hinzu, als wollte sie mich für die Ausgaben verantwortlich machen. Doch ich hörte kaum noch zu.

»Wo auf dem Festland?«

Antoine zuckte mit den Schultern. »Mehr habe ich nicht gehört.«

Ich stand da wie benommen, während mir klar wurde, was geschehen war. Es war zu spät. Noch bevor ich es gewagt hatte, meine Stimme gegen ihn zu erheben, hatte LeMerle mich ausgetrickst. Er wusste, dass ich nicht riskieren würde, meine Tochter zu verlieren. Ohne sie war ich gezwungen zu bleiben.

Einen Augenblick lang überlegte ich, ob ich trotz allem einen Versuch machen sollte. Die Fährte war noch warm, aber mittlerweile hatte die Flut eingesetzt, und ich würde bis zum Morgen warten müssen, bevor ich über den Damm aufs Festland gelangen konnte. Jeder auf der Insel kannte Fleur; irgendjemand musste sie gesehen haben, als sie abgeholt wurde. Doch im Grunde meines Herzens wusste ich, dass es zwecklos war. Auch damit hatte LeMerle sicher gerechnet.

Mein Magen zog sich zusammen. Ich stellte mir vor, wie verwirrt Fleur sein musste, stellte mir vor, wie sie nach mir rief, sich verlassen fühlte, als man sie fortbrachte, ohne einen Zauberspruch oder einen Sternensegen, der sie beschützte. Wer außer mir konnte sie vor Leid bewahren? Wer außer mir kannte ihre Vorlieben, wer würde für sie die braunen Stellen abschneiden, bevor er einen Apfel viertelte?

»Ich habe mich noch nicht mal von ihr verabschiedet.« Ich hatte mehr zu mir selbst gesprochen, doch Antoine sah mich verdrießlich an.

»Es ist nicht meine Schuld«, sagte sie noch einmal. »Keine von uns durfte ihr Kind behalten. Warum solltest du eine Ausnahme sein?«

Ich sagte nichts. Ich wusste, wessen Schuld es war. Was wollte er? Was konnte er nach all der Zeit immer noch von mir wollen?

Als ich in den Schlafsaal ging, sah ich, dass Fleurs Bettchen bereits entfernt worden war. Von meinen eigenen Sachen fehlte auf den ersten Blick nichts, meine Bücher und Papiere in ihrem Versteck hinter dem losen Stein schienen unberührt. Ich fand Fleurs Puppe neben meinem Bett, halb versteckt unter der herunterhängenden Decke. Perette hat sie aus Stoffresten gemacht, als Fleur noch ganz klein war, und sie ist ihr Lieblingsspielzeug. Die Arme und Beine sind hundertmal geflickt worden, ihre Haare sind ein buntes Durcheinander aus verschiedenfarbigen Wollresten, und ihr rundes Gesicht mit den Knopfaugen und den rosigen Wangen erinnert seltsam an Perette. Wie ihre Schöpferin ist auch Mouche stumm. In ihrem Gesicht fehlt der Mund.

Eine Weile stand ich mit der Puppe in den Händen da, zu benommen, um klar zu denken. Am liebsten wäre ich sofort zu unserem neuen Beichtvater gerannt, hätte ihn gezwungen – notfalls, indem ich ihm ein Messer an den Hals hielt –, mir zu sagen, wo er meine Tochter versteckt hat. Aber ich kenne LeMerle. Das war seine Herausforderung, sein erster Zug in einem Spiel, dessen Regeln ich noch nicht begriffen habe. Wenn ich jetzt zu ihm gehe, sagte ich mir, werde ich ihm nur in die Hände spielen. Wenn ich abwartete, hatte ich vielleicht die Chance, ihn aus der Reserve zu locken.

Die ganze Nacht lang habe ich mich im Bett hin und her gewälzt. Mein Bett steht am weitesten von der Tür entfernt, demnach habe ich, obwohl ich den weitesten Weg habe, falls ich nachts einmal aufstehen muss, nur eine Nachbarin. Außerdem habe ich das Glück, am Fenster zu schlafen, auch wenn es nach Osten hinausgeht. Die Nacht war schwül, verhieß stürmisches Wetter, und als es heller wurde, sah ich den Sturm auf riesigen Blitzstelzen zwischen schwarzroten Wolken heraufziehen. Dennoch kein Regen. Ich fragte mich, ob Fleur die Blitze auch sah, oder ob sie, den Daumen im Mund, im Haus von Fremden erschöpft eingeschlafen war.

»Schsch, Fleurette.« Ich sprach zu Mouche, streichelte ihren Kopf mit den Wollfäden, als wären es Fleurs Haare zwischen meinen Fingern. »Ich bin bei dir. Alles wird gut.«

Ich machte das Sternenzeichen auf Mouches Stirn und sagte den Zauberspruch meiner Mutter auf. *Stella bella, bonastella.* Küchenlatein, sicherlich, aber ein alter Reim klingt tröstlich, und auch wenn der Schmerz in meinem Herzen derselbe blieb, spürte ich, dass meine Angst nachließ. LeMerle muss schließlich wissen, dass er nichts von mir zu erwarten hat, wenn Fleur irgendein Leid geschieht. Mit Mouche im Arm lag ich da, während die Nonnen um mich herum schliefen, und sah zu, wie das Gewitter von einer Insel zur anderen wanderte.

3

♥

19. Juli 1610

Heute war nicht viel von der Reform zu spüren. Die neue Äbtissin verbrachte die meiste Zeit mit LeMerle in ihrer Privatkapelle und überließ uns unseren Spekulationen. Inzwischen war das Gefühl der Freiheit und Ungebundenheit verflogen und hatte eine unangenehme Leere hinterlassen. Überall wurde nur geflüstert, als wäre jemand krank. Alle verrichteten ihre Pflichten, wenn auch – bis auf Marguerite und Alfonsine – auf ziemlich nachlässige Weise. Selbst Antoine schien sich in ihrer Küche nicht wohl zu fühlen, ihre sonst so heitere Stimmung war gedämpft durch die am Vortag erhobenen Vorwürfe der Ausschweifung. Ein paar Handwerker aus dem Dorf kamen, um die Kapelle in Augenschein zu nehmen, und auf der Westseite ist ein Gerüst aufgestellt worden, wahrscheinlich, um die Schäden am Dach zu untersuchen.

Am liebsten hätte ich am Morgen als Erstes LeMerle aufgesucht und ihn nach meiner Tochter befragt. Mehrmals war ich drauf und dran, dem Impuls nachzugeben, doch es gelang mir, mich zu beherrschen. Zweifellos hat er genau das beabsichtigt.

Den ganzen Vormittag habe ich mit der Arbeit in den

Salzfeldern verbracht, die mir jedoch nicht so leicht von der Hand ging wie gewöhnlich. Wütend schlug ich auf die weißen Brocken ein, zerhackte sie zu schlammigem Brei.

Die Sehnsucht nach Fleur ist ein Schmerz, der tief in meinen Eingeweiden sitzt und sich ausbreitet wie ein Geschwür. Er legt sich über alles wie ein Schatten. Der Schmerz ist stärker als ich selbst, aber ich weiß, dass mein Schweigen meine einzige Waffe ist. Nur so kann ich LeMerle aus der Reserve locken. Er soll zu mir kommen.

Als ich ins Kloster zurückkehrte, hatten LeMerle und die neue Äbtissin sich zurückgezogen – sie in die Zelle, die ihre Vorgängerin geräumt hatte, er ins Torhaus innerhalb der Klostermauern –, und die Nonnen waren ungewöhnlich aufgeregt. Unter vorgehaltener Hand spekulierten sie über die uns bevorstehenden Reformen, einige redeten von Aufstand und setzten unbewiesene und unausgegorene Gerüchte in die Welt.

Das meiste Gerede drehte sich um LeMerle. Zu meiner Verwunderung wurden sogar positive Meinungen über ihn geäußert. Während einige Nonnen mit ihrer Empörung über das junge Ding, das sich anmaßt, unseren Lebensstil auf den Kopf zu stellen, nicht hinter dem Berg hielten, waren die meisten von dem neuen Beichtvater ziemlich beeindruckt. Alfonsine war natürlich restlos überwältigt; mit dem Eifer einer frisch Konvertierten zählte sie die Vorzüge des falschen Père Colombin auf.

»Ich wusste es, Sœur Auguste. Ich wusste es gleich, als ich seine Augen gesehen habe. So dunkel, so *durchdringend*!« Sie erschauderte, die Augen halb geschlossen, die Lippen halb geöffnet. »Man könnte ihn fast für einen Heiligen halten, Sœur Auguste. Er hat so eine heilige Ausstrahlung. Ich spüre es regelrecht.«

Das ist allerdings nicht das erste Mal, dass Alfonsine sich

einen Helden auserkoren hat, der sie in Verzückung versetzt – als der Prior eines benachbarten Klosters uns einmal einen Besuch abgestattet hat, war sie zwei Wochen lang wie weggetreten –, und ich hoffe, dass sie auch diesen Anfall von Bewunderung für LeMerle mit der Zeit überwinden wird. Im Moment gerät sie allein bei der Erwähnung seines Namens in Wallung und murmelt *Colombin de Saint-Amand* wie eine Litanei vor sich hin, während sie die Fußböden schrubbt.

Auch Marguerite ist hingerissen. Ebenso wie Alfonsine hat sie einen Putzfimmel entwickelt, wischt und poliert jede verfügbare Fläche, zuckt bei jedem Geräusch zusammen, und wenn LeMerle in der Nähe ist, beginnt sie zu stottern und zu erröten wie eine Sechzehnjährige, obwohl sie über vierzig ist und nie einen Mann gekannt hat. Clémente, die ihre Verwirrung bemerkt hat, quält sie deswegen gnadenlos, doch die anderen halten sich zurück. Marguerites Reaktion auf den neuen Beichtvater ist schon nicht mehr zum Lachen, sie kommt aus dunklen Tiefen, mit denen die meisten von uns nichts zu tun haben wollen.

Marguerite und Alfonsine – seit eh und je erbitterte Rivalinnen – sind angesichts ihrer geteilten Leidenschaft vorübergehend zu Verbündeten geworden. Gemeinsam haben sie sich erboten, LeMerles Unterkunft, die, seit die Dominikaner das Kloster aufgegeben haben, nicht mehr benutzt worden ist und sich daher in einem bedauernswerten Zustand befindet, auf Vordermann zu bringen. Im Laufe des Vormittags haben sie diverse Möbelstücke, von denen sie meinten, dass sie dem neuen Beichtvater gefallen könnten, ins Torhaus geschafft, und bis zum Abend war das ganze Haus blitzblank, die Böden mit Matten belegt, Vasen mit frischen Blumen auf Tischen und Anrichten. Père Colombin brachte in aller Demut seine Dankbarkeit zum Ausdruck, und seit diesem Augenblick sind die beiden Nonnen seine willigen Sklavinnen.

Das Abendessen bestand aus einer dünnen Kartoffelsuppe, die wir schweigend aßen, obwohl die beiden Neulinge nicht anwesend waren. Später jedoch, als ich mich nach der Vesper zum Schlafengehen bereitmachte, sah ich, wie Antoine den Hof in Richtung Torhaus überquerte, und ich war mir sicher, dass sie eine dampfende Terrine vor sich her trug. Der neue Beichtvater würde jedenfalls heute Abend etwas Anständiges zu essen bekommen. Während ich sie beobachtete, schaute Antoine zu meinem Fenster herauf, ihr Gesicht war im Abendlicht nicht klar zu erkennen, ihr Mund jedoch stand vor Schreck weit offen. Dann wandte sie sich abrupt ab, zog sich die Haube in die Stirn und flüchtete in die Dunkelheit zwischen den Gebäuden.

Heute Abend habe ich noch einmal meine Tarotkarten aus dem Versteck in der Wand hinter meinem Bett geholt. Ich habe den Einsiedler gezogen, dann die Zwei der Kelche, den Narren. Schließlich die nackte Sternenfrau, deren rundes Gesicht mit den großen Augen und dem lockigen Haar mich so sehr an meine kleine Fleur erinnert, und schließlich den Turm, der, vom Blitz getroffen, vor einem rotschwarzen Himmel einstürzt.

Heute Nacht? Ich glaube nicht. Aber hoffentlich bald. Und wenn ich diesen Turm eigenhändig Stein für Stein abreißen muss, ich werde es schaffen.

4

♠

19. Juli 1610

Schrecklich, nicht wahr? Weissagung; nahe genug an der Hexerei, um sich daran zu verbrennen. Der *Hexenhammer* nennt sie »eine Abscheulichkeit«, behauptet jedoch gleichzeitig, sie habe keine Bedeutung. Aber ihre Karten mit den genauen Einzelheiten sind seltsam überzeugend. Der Turm zum Beispiel. Er erinnert so sehr an das Kloster mit seinem mächtigen Eckturm. Diese Frau, der Mond, das Gesicht halb abgewandt und doch so seltsam vertraut. Und der Einsiedler mit seiner Kapuze, nur seine Augen sind unter dem schwarzen Umhang zu sehen, in einer Hand trägt er einen Stab, in der anderen eine Laterne.

Mir kannst du nichts vormachen, Juliette. Ich wusste, dass du ein Versteck haben würdest. Selbst ein Kind hätte deine Karten hinter dem losen Stein in der Schlafsaalwand finden können. Du warst noch nie eine gute Heuchlerin. Nein, ich werde dich nicht verraten – jedenfalls jetzt nicht. Ich brauche dich vielleicht noch. Ein Mann braucht einen Verbündeten, selbst einer wie ich.

Am ersten Tag habe ich nur beobachtet. Von meinem Torhaus aus kann ich alles gut überschauen, ohne im Kloster Anstoß zu erregen. Selbst ein Heiliger kann menschliche

Bedürfnisse haben, sage ich zu Isabelle. Wenn dem nicht so wäre, woher käme dann die Heiligkeit, worin bestünde das Opfer? Ich werde nicht im Kloster wohnen. Außerdem brauche ich meine Privatsphäre.

Das Torhaus hat eine Hintertür, durch die man vor eine nackte Mauer gelangt. Die Dominikaner scheinen sich mehr für großartige Architektur als für Sicherheit interessiert zu haben, denn hinter der eindrucksvollen Fassade des Torhauses verbirgt sich wenig mehr als ein Haufen Trümmer zwischen der Abtei und dem Sumpf. Ein guter Fluchtweg, falls ich je einen brauchen sollte. Aber dazu wird es nicht kommen. Ich werde mir mit dieser Sache Zeit lassen und das Kloster verlassen, wenn es mir gefällt.

Wie gesagt, heute habe ich alles von weitem beobachtet. Sie versucht, den Schmerz vor mir zu verbergen, aber ich sehe ihn ihr an, sehe die Anspannung in ihrem Rücken und ihren Schultern, obwohl sie sich bemüht, sich entspannt zu geben. Als wir gemeinsam mit der Truppe umherzogen, hat sie nicht eine einzige Vorstellung vorzeitig beendet, auch dann nicht, wenn sie verletzt war. Die unvermeidlichen Missgeschicke, die selbst den besten Artisten passieren – eine Verstauchung, ein Bänderriss, Knochenbrüche in Fingern oder Zehen –, konnten sie nicht beeinträchtigen. Stets zeigte sie ihr professionelles Lächeln, auch wenn der Schmerz ihr fast die Sinne raubte. Es war wie ein inneres Aufbegehren, wenn ich auch nie begriffen habe, wogegen sie aufbegehrte. Vielleicht gegen mich. Ich sehe es ihr wieder an, erkenne es an ihrem abgewandten Blick, in der falschen Demut ihrer Bewegungen. Sie leidet an einem Schmerz, den zu zeigen der Stolz ihr verbietet. Sie liebt dieses Kind, würde alles tun, um es zu beschützen.

Seltsamerweise habe ich mir nie vorgestellt, dass meine Ailée einmal ein Kind bekäme, habe sie für zu wild gehalten, um diese Art Tyrannei zu akzeptieren. Ein hübscher kleiner Fratz, seiner Mutter sehr ähnlich, und der kindliche Schmollmund sieht viel versprechend aus. Auch im Charakter ist die Kleine wie ihre Mutter: Sie hat mich gebissen, als ich sie auf mein Pferd gehoben habe, und ihre Zahnabdrücke an meiner Hand hinterlassen. Ihr Vater? Irgendein Mann, dem meine Ailée zufällig auf der Straße begegnet ist, irgendein Bauer, fahrender Händler, Spieler oder Priester.

Oder vielleicht ich? Ihr zuliebe will ich es nicht hoffen; ich habe böses Blut in den Adern, Raben geben schlechte Eltern ab. Dennoch bin ich froh, dass das Kind sicher untergebracht ist. Es hat mich in die Rippen getreten, als ich es übergab, und hätte mich wieder gebissen, wenn Guizau es nicht daran gehindert hätte.

»Lass das«, sagte ich.

»Ich will zu meiner Mama!«

»Du wirst sie schon wieder sehen.«

»Wann denn?«

Ich seufzte. »Du solltest nicht so viele Fragen stellen. Jetzt sei schön brav und geh mit Monsieur Guizau, der kauft dir was Süßes.«

Die Kleine starrte mich wütend an. Tränen liefen ihr übers Gesicht, aber es waren Tränen der Wut, nicht der Trauer. »Krähenfuß«, schrie sie und kreuzte ihre kleinen Finger. »Krähenfuß, Krähenfuß, du sollst verflucht sein!«

Das hat mir gerade noch gefehlt, dachte ich beim Wegfahren, dass eine Fünfjährige mich verhext. Möchte wissen, warum sich überhaupt jemand ein Kind wünscht; Zwerge sind wesentlich pflegeleichter und vor allem amüsanter. Aber sie ist ein mutiges kleines Ding, egal, wer ihr Vater ist. Ich glaube, ich kann verstehen, dass meine Juliette so an ihr hängt.

Warum dann dieses plötzliche Gefühl von Verdruss? Ihre Liebe, auch wenn es eine Schwäche ist, macht es mir so viel leichter. Sie glaubt, sie könne mir etwas vorspielen, meine Flügellose, wie eine Schnepfe, die den Feind von ihrem Nest fortlockt. Sie stellt sich dumm, meidet es, mir zu begegnen, es sei denn, es sind genug andere in der Nähe; Sie arbeitet allein draußen in den Salzfeldern, weil sie ganz genau weiß, dass es mir unmöglich ist, mich ihr dort auf dem offenen Gelände auf diskrete Weise zu nähern. Vierundzwanzig Stunden. Ich hätte eigentlich gedacht, dass sie früher zu mir kommen würde. Ihre Sturheit ist ein Charakterzug, der mich zugleich ärgert und amüsiert. Vielleicht bin ich ja pervers, aber ich genieße es, wie sie sich mir widersetzt, und wahrscheinlich wäre ich sogar enttäuscht gewesen, wenn sie leichter nachgegeben hätte.

Außerdem habe ich bereits meine Verbündeten. Sœur Piété, die es nicht wagt, mir in die Augen zu sehen, Sœur Alfonsine, die schwindsüchtige Nonne, die mir wie ein Hündchen überall hin folgt, Sœur Germaine, die mich verabscheut, und Sœur Bénédicte, das Klatschmaul. Oder die fette Nonne Sœur Antoine, die sich immer wie ein verschrecktes Schaf an der Küchentür herumdrückt. Ich habe sie beobachtet, und ich glaube, in ihr steckt einiges an Potenzial. Nach den neuen Regeln arbeitet sie jetzt im Garten. Ich habe sie graben sehen, die Wangen fleckig von der ungewohnten Anstrengung. Eine andere hat jetzt an ihrer Stelle die Verantwortung für den Vorratskeller übernommen: die hagere, nervöse Nonne mit den leuchtenden, traurigen Augen. Jetzt gibt's keine Pasteten und Kuchen mehr, keine unbegleiteten Ausflüge zum Markt und keine heimlichen Weinproben. Sœur Antoines Arme sind dick und rot, ihre Füße in den engen Stiefeln ungewöhnlich zierlich für ihre Körperfülle. Mit ihrem großen Busen hat sie etwas

Mütterliches, in der Küche zwischen den Würsten und Braten konnte sie ihre Großzügigkeit frei entfalten. Wo wird sie die jetzt ausleben? Bereits nach einem einzigen Tag haben ihre Wangen etwas von ihrer Rundlichkeit verloren. Ihre Haut schimmert kränklich und käsig. Sie hat noch nicht mit mir gesprochen, aber sie möchte es gern. Ich sehe es an ihren Augen.

Gestern Abend, als sie mir mein Essen brachte, habe ich mich ganz arglos nach ihrem Abendmahl erkundigt. Kartoffelsuppe gab's, sagte sie, ohne mich anzusehen. Aber *mon père* braucht natürlich etwas Nahrhafteres. Eine leckere Taubenpastete und ein Glas Rotwein dazu. Pfirsiche aus unserem Garten, wie schade, dass uns wegen der Trockenheit nur so wenige geblieben sind. Ein kurzer, flehender Blick. Ha, du alte Schachtel! Glaub ja nicht, ich hätte dich nicht durchschaut. Von wegen Kartoffelsuppe. Deine Lippen wurden ganz feucht, als du von Pfirsichen und Wein gesprochen hast. Ein Geschöpf mit Gelüsten, die gute Antoine. Worauf wird sie ihre Leidenschaft richten, jetzt, wo sie von den Gaumenfreuden abgeschnitten ist?

Ein Fastentag hat ihrer naiven Frohnatur einen Dämpfer verpasst. Sie wirkt verwirrt und missmutig, aber ihr Missmut hat etwas Verzweifeltes, das an Trotz grenzt. Sie ist beinahe reif für mich. Noch ein Tag, sage ich mir. Noch ein Tag, dann weiß sie, was sie verloren hat. Ich hätte mir ein schärferes Werkzeug gewünscht, um mein Werk zu beginnen. Aber vielleicht reicht dieses auch.

Schließlich muss ich irgendwo anfangen.

5

♥

20. Juli 1610

Der tägliche Gottesdienst ist wieder eingeführt worden. Um zwei Uhr weckte uns die alte Glocke für die Vigil, und im ersten Augenblick glaubte ich, sie kündigte ein schreckliches Ereignis an: ein Schiffsunglück, einen Sturm oder einen plötzlichen Todesfall. Dann sah ich Mouche auf dem Kopfkissen liegen und wurde von unerträglichem Schmerz überwältigt. Ich biss in meine Pritsche, damit mich niemand hören konnte, und schluchzte in die Matratze aus Stroh. Tränen der Wut liefen mir übers Gesicht, so heiß, als könnten sie jeden Moment ein Feuer entfachen.

So fand mich Perette, die so still zu mir ins Bett kroch, dass ich sie nicht gleich bemerkte. Wäre es jemand anders gewesen, hätte ich wie ein wildes Tier in der Falle um mich geschlagen. Aber Perettes kleines Gesicht wirkte so einfältig und jämmerlich im schwachen Fackellicht, dass ich meinen Zorn nicht an ihr auslassen konnte.

Ich weiß, ich habe meine kleine Freundin in den letzten Tagen vernachlässigt. Wichtigere Dinge haben mich beschäftigt, Dinge, die das wilde Mädchen nicht begreifen würde. Aber ich frage mich, ob ich Perette nicht manchmal unterschätze. Mit ihrer vogelartigen Stimme spricht sie eine Sprache, die ich nicht verstehe, doch ihre leuchtenden Augen drücken Klugheit und eine tiefe, bedingungslose Treue aus. Sie versuchte zu lächeln, deutete fragend auf meine tränennassen Wangen.

Ich wischte mir das Gesicht mit dem Handrücken ab. »Es ist alles gut, Perette. Geh zur Vigil.« Aber Perette kuschelte sich an mich, schob ihre kleine Hand in meine. Einen Augenblick lang erinnerte sie mich an einen Welpen, der sich still und ergeben an sein Herrchen schmiegt, und gleichzeitig schämte ich mich für den Anflug von Verachtung, der dem Gedanken innewohnte.

Ich riss mich zusammen und erwiderte ihr Lächeln. »Keine Sorge, Perette, ich bin nur müde, das ist alles.«

Es stimmte. Ich hatte Stunden gebraucht, um einzuschlafen. Perette hob den Kopf und deutete mit dem Kinn auf die leere Stelle neben meiner Pritsche, wo Fleurs Bettchen gestanden hatte. Als ich nicht reagierte, kniff sie mich zärtlich in den Arm und zeigte wieder auf das Bettchen.

»Ich weiß.« Ich wollte nicht darüber reden. Doch sie wirkte so traurig und besorgt, dass ich es nichts übers Herz brachte, sie vor den Kopf zu stoßen. »Sie wird nicht lange fortbleiben. Ich versprech's dir.«

Das Mädchen schaute mich an. Sie hatte den Kopf schräg gelegt und wirkte mehr denn je wie ein Vogel. Dann legte sie beide Hände an ihre Wange und setzte ein Gesicht auf, mit dem sie die neue Äbtissin so treffend nachahmte, dass es mich unter anderen Umständen vielleicht zum Lachen gebracht hätte.

Ich lächelte matt. »Ja, das ist richtig. Mère Isabelle hat sie fortgeschickt. Aber wir bekommen sie zurück, du wirst schon sehen. Wir bekommen sie bald zurück.«

Ich fragte mich, ob ich Selbstgespräche führte oder ob Perette meine Worte verstand. Noch während ich redete, war ihre Aufmerksamkeit schon wieder woanders hingewandert, und sie spielte mit dem Medaillon, das sie an einer Schnur um den Hals trug. Es war ein Emailbild der heiligen Christina Mirabilis in Orange und Rot und Blau und Weiß. Wahrscheinlich trug sie den Anhänger, weil sie bunte Farben liebte. Die Heilige schwebte unverletzt in ihrem Feuerring, Perette gurrte zufrieden und betrachtete das Bild. Sie war immer noch mit dem Medaillon beschäftigt, als wir in der Kapelle eintrafen und unsere Plätze einnahmen.

Die Vigil dauerte länger, als ich erwartet hatte. Die neue Äbtissin hatte für minimale Beleuchtung gesorgt und ging hin und wieder mit der Laterne herum, um sich zu vergewissern, dass niemand einschlief. Zweimal fauchte sie eine Nonne an, der die Augen zufielen – ich glaube, Sœur Antoine war die eine, und Sœur Piété die andere –, denn der Singsang des Gebets war leise und beinahe einschläfernd, und nach achtzehn Stunden Sonnenwärme war die Nachtluft noch nicht so kühl, dass es ungemütlich wurde. Fast zwei Stunden vergingen, bis die Glocke die Matutin einläutete, und erst da fiel mir auf, dass die übliche Ruhepause zwischen den beiden Gebetsstunden ausgelassen worden war. Trotz meiner wollenen Strümpfe zitterte ich mittlerweile vor Kälte. Zwischen den losen Dachpfannen sah ich das erste Licht der Morgendämmerung. Zweimal ertönte die Glocke für die Laudes, und ein Murmeln ging durch die Reihen der Nonnen, als LeMerle die Kapelle betrat.

Innerhalb von Sekunden war alle Schläfrigkeit von uns gewichen. Überall um mich herum spürte ich, wie die Nonnen sich rührten und ihm wie Sonnenblumen ihre Gesichter zuwandten. Ich glaube, ich war die Einzige, die nicht aufschaute. Den Blick fest auf meine gefalteten Hände geheftet, hörte ich ihn kommen, hörte seinen vertrauten, leisen Schritt auf den Marmorfliesen, spürte, wie er seinen Platz auf der Kanzel einnahm, wie er reglos dastand in seiner dunklen Robe, eine Hand an das silberne Kreuz gelegt, das er immer trägt.

»Meine Kinder. *Iam lucis orto sidere.* Der Morgenstern ist aufgegangen. Erhebt eure Stimmen, um ihn zu begrüßen.«

Ohne den Kopf zu heben, sang ich die Hymne mit, die Worte hallten seltsam in meinem Schädel wider. *Iam lucis orto sidere …* Aber Luzifer war vor seinem Fall der Morgenstern gewesen, der leuchtendste aller Engel, dachte ich, und bei dem Gedanken warf ich unwillkürlich einen kurzen Blick auf LeMerle.

Zu spät wandte ich die Augen wieder ab. *Iam lucis orto sidere …* Er schaute mich direkt an und lächelte, als hätte ich meine Gedanken verraten. Ich wünschte, ich hätte nicht hingesehen.

Die Hymne war zu Ende. Die Predigt begann. Vage vernahm ich, wie er von Fasten und Buße sprach, doch ich war in meinem Kummer gefangen. Nichts konnte mich erreichen. Einzelne Wörter summten an mir vorbei wie Bienen – *Reue – Stolz – Schmuck – Demut – Buße*. Doch sie bedeuteten mir nichts. Ich konnte nur an Fleur denken, die ganz allein war, noch nicht einmal Mouche bei sich hatte, die sie hätte trösten können. Ich musste daran denken, dass ich nicht einmal Zeit gehabt hatte, ihr die Nase zu putzen oder ihr eine Schleife ins Haar zu binden, bevor sie sie holten.

Schsch! Fort mit euch! Ich kreuzte die Finger. Fort mit den düsteren Gedanken, die nur Unglück bringen. Egal, was er plante, LeMerle hatte nicht vor, auf Dauer im Kloster zu bleiben, sagte ich mir. Sobald er fort war, würde ich meine Tochter suchen. Bis dahin würde ich sein Spiel mitspielen. Ich würde jeden Zauberspruch einsetzen, den ich kannte, um sie vor Unglück zu bewahren, und wenn ihr durch sein Verschulden etwas zustoßen sollte, würde ich ihn umbringen. Er wusste, dass ich dazu fähig war, und deswegen würde er dafür sorgen, dass ihr kein Leid geschah. Vorerst jedenfalls.

Eine Bewegung in meiner Nähe riss mich aus meinen Gedanken, und ich blickte auf. Ich stand ziemlich weit hinten in der Kapelle. Alle traten einzeln mit gesenktem Haupt nach vorne, und anfangs dachte ich, sie wollten das Sakrament empfangen. Eine Nonne kniete vor dem Altar, den Kopf gebeugt, die Haube in der Hand. Hinter ihr standen die anderen Nonnen und warteten, nahmen ihre Haube ab, wenn sie vortraten. Ich tat es ihnen nach, denn ich vermutete, dass man das von mir erwartete. Die Nonnen, die vom Altar zurückkamen, zitterten wie Lämmer, als sie mit unschlüssigen Mienen an mir vorbeigingen, sie bewegten sich wie im Traum und vermieden es, mich anzusehen. Dann sah ich die Schere in LeMerles Hand und begriff. Die Reform hatte begonnen.

Vor mir kniete Alfonsine nieder, ließ sich mit einem demütigen Schauder das Haar abschneiden. Als Nächste war Antoine an der Reihe. Ich hatte sie noch nie ohne ihre Haube gesehen und war verblüfft über ihr schönes, volles schwarzes Haar. Nun fiel es der Schere zum Opfer, und sie war wieder die alte Antoine, bleich wie eine gestrandete Qualle, bewegte hilflos die Lippen, während LeMerle die Segensworte sprach. »Hiermit entsage ich allem weltlichen Luxus. Im Namen des Vaters, des Sohnes und des heiligen Geistes.«

Die arme Antoine. Welchen Luxus hatte sie in ihrem traurigen, ängstlichen Leben gekannt außer den Gaumenfreuden von Küche und Keller? Der Augenblick ihrer Schönheit, so flüchtig geschaut, war vorbei. Sie wirkte vollkommen eingeschüchtert, ihre Haare standen in unregelmäßigen Büscheln ab, sie verdrehte die Augen und rang ihre dicken Finger, als sehnte sie sich nach der vertrauten Umgebung ihrer Küche.

Anschließend kniete Clémente nieder. Ihr flachsblondes Haar schimmerte im Licht, als sie den Kopf beugte. Seltsamerweise war es ausgerechnet die mürrische Germaine, die aufschrie, als die Schere ihre Arbeit tat. Clémente schaute LeMerle einfach schräg von unten an, wirkte mit den kurz geschnittenen Haaren noch jünger als zuvor. Eine Kokotte mit dem Gesicht eines Jünglings.

Aber die Haare waren nicht der einzige Luxus, dem wir entsagen sollten. Ich sah, wie die alte Rosamonde, den halbkahlen Schädel entblößt, zögernd das goldene Kreuz hergab, das sie immer um den Hals trug. Ihre Lippen bewegten sich, aber ihre Worte erreichten mich nicht. Wenige Minuten später kam sie zu mir, suchte mit den Augen die Kapelle ab, als wollte sie sich vergewissern, dass niemand fehlte. Dann war Perette an der Reihe, die ihr Haar ohnehin kurz geschnitten trug. Verdrießlich leerte sie ihre Taschen: Ein Stückchen buntes Band, ein rundgewaschener Stein, ein bisschen Stoff – kleine, harmlose Schätze, die nur einem Kind etwas bedeuten. Sie konnte sich nur schwer von ihrem emaillierten Anhänger trennen, und es wäre ihr beinahe gelungen, ihn heimlich verschwinden zu lassen. Doch Sœur Marguerite machte LeMerle darauf aufmerksam, und er wurde der Kleinen zusammen mit dem anderen Kram abgenommen. Wütend bleckte Perette ihre kleinen Zähne, doch Marguerite blickte demütig zu Boden. Aus dem Augenwinkel sah ich, dass LeMerle große Mühe hatte, nicht laut zu lachen.

Schließlich war ich an der Reihe. Teilnahmslos schaute ich auf den Boden, während meine Locken eine nach der anderen auf den Berg Haare fielen. Ich hatte heftige Gefühle erwartet – Wut vielleicht oder Scham –, aber ich spürte nichts außer dem Brennen seiner Finger in meinem Nacken, als er mir in die Haare fuhr, Strähne für Strähne abschnitt und dabei mit einer Bestimmtheit und Präzision zu Werke ging, die den Blick von den vertrauteren Berührungen ablenkte – ein Daumen an mein Ohrläppchen gedrückt, die Fingerkuppen an meinem Hals, welche er sich heimlich herausnahm, ohne dass jemand etwas davon bemerkte.

Er sprach zu mir mit zwei Stimmen, der offiziellen, mit der er den Segen herunterleierte, und einem leisen, schnellen Flüstern, bei dem er die Lippen kaum bewegte.

»Dominus vobiscum. *Du gehst mir aus dem Weg, Juliette.* Agnus Dei, *das ist sehr unklug,* qui tollis peccata mundi, *wir müssen reden,* miserere nobis. *Ich kann dir helfen.*«

Ich warf ihm einen verächtlichen Blick zu.

»O felix culpa, *du bist wunderschön, wenn du wütend bist.* Quae talem ac tanctum, *wir treffen uns im Beichtstuhl,* meruit habere Redemptorem – *morgen nach der Vesper.*«

Dann war es vorbei, und ich ging zurück auf meinen Platz. Mir war schwindlig, ich fühlte mich ganz seltsam, das Herz schlug mir bis zum Hals, und die Geister seiner Finger flatterten wie Motten um meine Kehle.

Schließlich saßen wir alle wieder, alle fünfundsechzig Nonnen, frisch geschoren und demütig. Meine Wangen fühlten sich immer noch heiß an, und mein Herz pochte wie wild, doch ich versuchte es so gut ich konnte zu verbergen und hielt den Blick gesenkt. Rosamonde und einige der älteren Nonnen waren gezwungen worden, ihre *quichenotte* gegen die gestärkte Haube einzutauschen, die von der neuen Äbtissin bevorzugt wurde, und sie wirkten im Halbdunkel wie ein Schwarm schwarzer Möwen. Jedes kleinste Schmuckstück, jeder Ring, jede Halskette, jedes harmlose Stückchen buntes Band, alles, was die alte Mutter Oberin geduldet hatte, war verschwunden. Eitelkeit, erklärte uns LeMerle mit ernster Stimme, sei die Perle aus Gold in der Schnauze des Schweins, und wir waren seiner Verlockung erlegen. Das Zisterzienserinnenkreuz auf unserem Habit solle uns Schmuck genug sein, sagte er – während sein silbernes Kreuz im Licht glänzte wie ein kleines, boshaftes Auge.

Nach dem Segen und dem allgemeinen Reuegelöbnis, das ich mit den anderen im Chor sprach, stand die neue Äbtissin auf und ergriff das Wort. »Dies ist die Erste von vielen Änderungen, die ich einführen werde«, sagte sie. »Heute werden wir fasten und beten, um uns auf die Aufgabe vorzubereiten, die uns morgen erwartet.« Sie ließ einen Augenblick verstreichen, vielleicht, um sich an den vielen Blicken zu weiden, die auf sie gerichtet waren. »Die Beerdigung meiner Vorgangerin«, fuhr sie fort. »Wir werden sie dort beisetzen, wo es sich für sie geziemt. In unserer Krypta.«

»Aber wir …«, entfuhr es mir, bevor ich mich beherrschen konnte.

»Sœur Auguste?« Ihr Blick war voller Verachtung. »Hast du etwas gesagt?«

»Es tut mir Leid, *ma mère*. Ich hätte meine Stimme nicht erheben dürfen. Doch die Mutter Oberin war … eine einfache Seele, die nichts übrig hatte für kirchlichen Pomp. Wir haben getan, was wir für das Beste hielten, als wir sie begraben haben. Es wäre doch sicher freundlicher, wenn wir ihren Frieden nicht stören würden.«

Mère Isabelles Hände ballten sich zu Fäusten. »Willst du damit sagen, es wäre *freundlicher*, den Leichnam einer Frau in einem verwilderten Stück Erde zu belassen?«, fragte sie. »Ich glaube, an der Stelle war tatsächlich einmal ein Gemüsegarten oder so etwas Ähnliches! Was ist nur in dich gefahren?«

Es hatte keinen Zweck, sich mit ihr zu streiten. »Wir haben getan, was wir zu dem Zeitpunkt für richtig hielten«, erwiderte ich fügsam. »Jetzt sehe ich, dass es ein Fehler war.«

Einen Augenblick lang beäugte Mère Isabelle mich zutiefst misstrauisch. Dann wandte sie sich ab. »Ich darf nicht vergessen«, sagte sie, »dass an einem derart abgelegenen Ort immer noch alte Bräuche und Sitten gepflegt werden. Ein Missverständnis muss nicht *notwendigerweise* mit einer Sünde verbunden sein.«

Kluge Worte. Aber das Misstrauen war nicht verschwunden, und ich wusste, dass sie mir nicht vergeben hatte. Solange ich blieb, war die Sicherheit der Abtei in Gefahr. Bereits zweimal war ich der neuen Äbtissin unangenehm aufgefallen. Meine Tochter war mir weggenommen worden. Und jetzt hatte LeMerle mich in der Hand. Wahrscheinlich wusste er, dass ein weiterer Fehltritt – eine ketzerische Bemerkung, eine Anspielung auf Dinge, die ich längst vergessen glaubte – dazu führen konnte, dass ich vor ein Inquisitionsgericht gestellt wurde. Ich musste bald handeln. Ich musste bald fliehen. Aber nicht ohne Fleur.

Also wartete ich ab. Man gab uns Zeit, uns aufzuwärmen, dann folgten die Prime und die Terz. Endloses Singen und Beten, während LeMerle uns die ganze Zeit mit seinen spöttischen Augen beobachtete. Anschließend berief er eine Versammlung ein. In der folgenden Stunde wurden Pflichten zugewiesen, Gebetsstunden und Fastentage angekündigt, mit militärischer Präzision Vorschriften betreffend Schicklichkeit, Verhalten und Kleidung festgelegt. Die Große Reform hatte begonnen.

Man teilte uns mit, dass die Kapelle renoviert werden solle. Handwerker aus dem Dorf würden die Arbeiten am Dach übernehmen, aber die Innengestaltung würde unsere Aufgabe sein. Die Dörfler, die bisher die niederen Arbeiten für uns erledigt haben, sollen entlassen werden. Es hieß, es sei unschicklich, Diener zu beschäftigen, während wir uns dem Müßiggang hingeben. Von nun an sollen wir uns in erster Linie auf den Wiederaufbau des Klosters konzentrieren, und es wird wohl von allen erwartet, dass sie zusätzliche Arbeiten übernehmen.

Zu meinem Kummer erfuhr ich, dass unsere freie Zeit auf eine halbe Stunde nach der Komplet beschränkt wird, eine halbe Stunde, die wir mit Gebet und stiller Betrachtung verbringen sollen, und dass unsere Ausflüge an den Hafen und in die Stadt ab sofort gestrichen sind. Auch mit meinem Lateinunterricht ist es vorbei. Mère Isabelle ist der Meinung, es sei für junge Novizinnen nicht ziemlich, Latein zu lernen. Die Lehre der Heiligen Schrift zu befolgen, reiche vollkommen aus, meinte sie, alles, was darüber hinausgehe, sei gefährlich und unnötig. Sie stellte einen neuen Arbeitsplan auf, der alle unsere Gewohnheiten über Bord wirft. Ohne Verwunderung nahm ich zur Kenntnis, dass Antoine von nun an nicht mehr für Küche und Keller verantwortlich ist und dass mein Kräutergarten fortan von anderen gepflegt werden soll. Doch in dem Bewusstsein, dass meine Tage im Kloster gezählt sind, nahm ich all das mit Gleichgültigkeit hin.

Dann kamen die Bußauflagen. Zu Mère Maries Zeiten hat die Beichte nie länger als ein paar Minuten in Anspruch genommen, diesmal dauerte sie über eine Stunde, und Alfonsine machte den Anfang.

»Ich hatte respektlose Gedanken in Bezug auf die neue Mutter Oberin«, murmelte sie mit einem Seitenblick auf LeMerle. »Ich habe beim Gottesdienst unaufgefordert die Stimme erhoben, als Sœur Auguste hereinkam.« Typisch, dachte ich, dass sie auf mein Zuspätkommen aufmerksam macht.

»Welcher Art waren deine Gedanken?«, fragte LeMerle mit funkelnden Augen.

Alfonsine wand sich unter seinem Blick. »Ich habe dasselbe gedacht, was Sœur Auguste gesagt hat. Sie ist zu jung. Sie ist noch ein Kind. Sie wird der Aufgabe nicht gewachsen sein.«

»Sœur Auguste scheint ihre Meinungen sehr frei zu äußern«, sagte LeMerle.

Ich starrte stur auf meinen Schoß, weigerte mich aufzublicken.

»Ich hätte nicht auf sie hören sollen«, stammelte Alfonsine.

LeMerle sagte kein Wort, doch ich wusste, dass er lächelte.

Die anderen taten es Alfonsine schon bald nach, das anfängliche Zögern wich einer Art Beflissenheit. Ja, wir beichteten unsere Sünden, und Sünden waren beschämend. Aber es war auch für die meisten von uns das erste Mal, dass ihnen so viel Aufmerksamkeit zuteil wurde. Es war ein unwiderstehlicher Reiz, wie das Bedürfnis, sich zu kratzen, wenn man sich an Brennnesseln verbrannt hatte, und es war ansteckend.

»Ich bin während der Vigil eingeschlafen«, sagte Sœur Piété, eine farblose Nonne, die kaum mit anderen spricht. »Ich habe ein böses Wort ausgesprochen, als ich mir auf die Zunge gebissen habe.«

Sœur Clémente: »Ich habe mich selbst betrachtet beim Waschen. Ich habe mich selbst betrachtet und dabei unkeusche Gedanken gehabt.«

»Ich habe eine P-pastete aus dem Keller gestohlen.« Das war Antoine mit hochrotem Gesicht. »Sie war mit Schweinefleisch und Zwiebeln gefüllt. Ich habe sie heimlich hinter dem Torhaus gegessen und Bauchschmerzen davon bekommen.«

Als Nächste leierte Germaine ihre offenbar willkürliche Liste von Sünden herunter – *Völlerei, Lüsternheit, Begehrlichkeit*. Sie zumindest ließ sich nicht von LeMerle einschüchtern – auf ihrem Gesicht lag ein beherrschter, schwer zu deutender Ausdruck, in dem ich Verachtung sah. Dann kamen Sœur Bénédicte mit einer tränenreichen Geschichte über vernachlässigte Pflichten und Sœur Pierre mit einer gestohlenen Apfelsine. Bei jeder neuen Beichte ging ein Murmeln durch die Reihen, wie um die Sprecherin anzufeuern. Sœur Tomasine weinte, als sie lüsterne Gedanken beichtete, mehrere andere Nonnen weinten aus Sympathie, und Sœur Alfonsine beäugte LeMerle, während Mère Isabelle mürrisch und zunehmend gelangweilt dreinblickte. Offenbar hatte sie mehr von uns erwartet. Gehorsam gaben wir ihr, was sie wollte.

Im Laufe einer Stunde wurden die Beichten ausführlicher. Jeder noch so unbedeutende Vorfall wurde für die besondere Gelegenheit hervorgekramt: fast vergessene Erinnerungen an vergangene Verfehlungen, an gestohlene Pasteten und erotische Träume. Diejenigen, die als Erste gebeichtet hatten, fühlten sich nun von anderen übertrumpft. Böse Blicke wurden ausgetauscht, das Murmeln schwoll zu einem Grollen an.

Jetzt war Marguerite an der Reihe. Sie warf Alfonsine einen kurzen Blick zu, und da wusste ich, dass es Ärger geben würde. Heimlich kreuzte ich die Finger, um das Schlimmste abzuwehren. Um mich herum herrschte erwartungsvolle Spannung, die mir fast den Atem raubte. Marguerite blickte ängstlich in LeMerles Gesicht, zuckte wie ein Kaninchen in der Falle.

»Nun?«, sagte Isabelle ungeduldig.

Marguerite öffnete den Mund und schloss ihn wieder, ohne ein Wort zu sagen. Alfonsine schaute sie mit unverhohlener Feindseligkeit an. Dann, zögernd, ohne sich von LeMerle abzuwenden, begann sie zu sprechen.

»Ich träume von Dämonen«, sagte sie leise. »Sie verfolgen mich in meinen Träumen. Sie sprechen zu mir, wenn ich im Bett liege. Sie berühren mich mit ihren feurigen Fingern. Sœur Auguste gibt mir Medizin, damit ich schlafen kann, aber die Träume kommen trotzdem.«

»Medizin?« Einen Augenblick lang herrschte betretenes Schweigen, und obwohl ich das Gesicht abgewendet hatte, spürte ich Isabelles scharfen Blick.

»Einen Schlaftrunk, das ist alles«, sagte ich, während die anderen Nonnen mich anstarrten. »Lavendel und Baldrian, um ihre Nerven zu beruhigen. Mehr nicht.« Zu spät bemerkte ich meinen gereizten Unterton.

Mère Isabelle legte ihre Hand auf Marguerites Stirn und lächelte kühl. »In Zukunft wirst du Sœur Augustes Schlaftrunk nicht mehr brauchen. Père Colombin und ich sind jetzt hier, von nun an werden wir uns um dich kümmern. In Reue und Demut werden wir alles Übel verscheuchen, das dich peinigt.«

Danach drehte sie sich mir zu und sagte: »Sœur Auguste, du hast ja zu beinahe jedem Thema etwas zu sagen. Möchtest du nicht auch die Beichte ablegen?«

Ich sah die Gefahr auf mich zukommen, wusste jedoch nicht, wie ich sie abwenden sollte. »Ich … ich glaube nicht, *ma mère*.«

»Was? Nicht eine Sünde? Keine Schwäche, keine unfreundliche Tat, kein böser Gedanke? Nicht einmal ein Traum?«

Wahrscheinlich hätte ich mir etwas ausdenken sollen, genau wie die anderen. Aber LeMerle fixierte mich mit seinem Blick, und ich spürte, wie meine Wangen vor Wut heiß wurden. »Ich … vergebt mir, *ma mère*. Ich kann mich an nichts erinnern. Ich … ich bin es nicht gewöhnt, öffentlich zu beichten.«

Mère Isabelles Gesicht verzog sich zu einem sarkastischen Lächeln. »Verstehe«, sagte sie. »Sœur Auguste hat ein Recht auf ihre Privatsphäre. Eine öffentliche Beichte ist unter ihrer Würde. Ihre Sünden gehen nur sie und den Allmächtigen etwas an. Sœur Auguste spricht direkt mit Gott.«

Alfonsine kicherte. Clémente und Germaine grinsten einander an. Marguerite hob den Blick fromm zum Himmel. Selbst Antoine, die während ihrer eigenen Beichte hochrot angelaufen war, konnte sich ein Grinsen nicht verkneifen. In diesem Augenblick wusste ich, dass sämtliche Nonnen in der Kapelle sich auf perverse Weise daran ergötzten, wenn eine der ihren gedemütigt wurde. Und hinter Mère Isabelle stand LeMerle mit seinem engelhaften Lächeln, so als hätte all das nichts mit ihm zu tun.

6

♥

21. Juli 1610

Als Buße wurde mir Schweigen auferlegt. Zwei Tage Sprechverbot, wobei die anderen Nonnen angewiesen wurden, jede noch so geringe Übertretung des Verbots sofort zu melden. Für mich war es keine Strafe. Im Gegenteil, es war mir eine willkommene Ruhepause. Außerdem, wenn meine Vermutung stimmte, würden Fleur und ich schon bald von hier verschwinden. *Wir treffen uns im Beichtstuhl, morgen nach der Vesper*, hatte er gesagt. *Ich kann dir helfen.*

Er würde mir Fleur zurückgeben. Was sonst sollte er gemeint haben? Warum sonst sollte er ein Treffen mit mir riskieren? Bei dem Gedanken wurde mir so warm ums Herz, dass ich alle Vorsicht vergaß. Zum Teufel mit dem Taktieren. Ich wollte meine Tochter wiederhaben. Keine Buße, wie schwer sie auch sein mochte, konnte mich im Entferntesten so sehr quälen wie der Schmerz, den ihre Abwesenheit mir bereitete. Was auch immer LeMerle von mir haben wollte, ich war bereit, es ihm zu geben.

Alfonsine, das alte Klatschmaul, der man dieselbe Buße auferlegt hatte wie mir, war viel schlimmer dran. Sie lief mit einem Ausdruck tiefster Zerknirschung herum, den jedoch – sehr zu ihrem Leidwesen – niemand bemerkte. Ihr Husten hat sich in den letzten Tagen verschlimmert, und gestern hat sie ihr Essen verweigert. Ich erkannte die Zeichen und hoffte, dass der heilige Eifer keinen ihrer Anfälle hervorrufen würde. Um Marguerite von ihren nächtlichen Heimsuchungen zu heilen, wurde ihr für einen Monat die Verantwortung für die Nachtwache übertragen. Von nun an muss sie die Glocke für die Vigil läuten, allein in einer Kiste schlafen, die an Seilen im Turm aufgehängt ist, und jede Stunde läuten. Ich bezweifle, dass es funktionieren wird, aber Marguerite ist von ihrer Strafe offenbar begeistert. Allerdings sind ihre Zuckungen wieder schlimmer geworden, und auf ihrer linken Seite hat sie sich so steif gelegen, dass sie beim Gehen humpelt.

Noch nie sind so viele Bußen auferlegt worden. Mindestens die Hälfte der Nonnen bekam irgendeine Bußübung aufgetragen, von Antoine, die fasten – was allein schon Buße genug für sie war – und im überhitzten Backhaus arbeiten muss, bis zu Germaine, der man befohlen hat, die neuen Latrinengruben auszuheben.

Eine seltsame Trennung zwischen den Tugendhaften und den Büßerinnen ist entstanden. Sœur Tomasine warf mir einen verächtlichen Blick zu, als ich ihr gestern im Kreuzgang begegnete, und Clémente tat ihr Bestes, um mich zum Sprechen zu verführen, was ihr jedoch nicht gelang.

Der heutige Tag verging mit schrecklicher Langsamkeit. Zwischen den Gottesdiensten habe ich zwei Stunden im Refektorium damit verbracht, die Wände frisch zu weißen und den Boden zu schrubben, auf dem sich eine rutschige Fettschicht gebildet hatte. Anschließend bin ich in die Kapelle gegangen, um bei den Renovierungsarbeiten zu helfen, und habe den gut gelaunten Arbeitern, die mit nacktem Oberkörper auf dem Dach standen, schweigend Eimer mit Mörtel hinaufgereicht. Dann fand die Zeremonie beim Kartoffelbeet statt. Mit viel Weihrauch und feierlicher Miene sprach LeMerle die Gebete der Letzten Ölung, die der Ehrwürdigen Mutter nie gespendet worden war, während mir, Germaine, Tomasine und Berthe die unangenehme Aufgabe zufiel, das noch frische Grab zu öffnen.

Es war noch nicht Mittag, doch die Sonne brannte schon heiß, und die Luft flimmerte vor Hitze, während wir uns mit Schaufeln und Spaten bewaffnet auf den Weg machten. Schon bald waren wir nass geschwitzt. Die Erde ist trocken und sandig hier, weißlich an der Oberfläche, aber rot, wenn man tiefer gräbt. Leicht feuchte Erdklumpen klebten am Leichentuch und an unseren Röcken, während wir den Leichnam freilegten. Die Arbeit war gar nicht so schwierig, wenn einem so etwas nichts ausmachte; die Erde hatte noch keine Zeit gehabt, um sich zu setzen, und war noch so leicht, dass man sie ohne große Mühe mit der Schaufel ausheben konnte. Der Leichnam war in ein Leintuch eingenäht worden, das sich inzwischen an den Stellen, wo Kopf, Rippen, Ellbogen und Füße dagegendrückten, schwarz verfärbt hatte. Sœur Tomasine zögerte, als sie es bemerkte, aber ich habe in meinem Leben schon zu viele Leichen gesehen, um mich von so einem Anblick beeindrucken zu lassen. Vorsichtig und mit so viel Ehrfurcht, wie ich aufbringen konnte, machte ich mich an die Arbeit. Durch die feuchte Erde, die an ihr klebte, war Mère Marie schwerer als zu Lebzeiten. Ich mühte mich ab, um sie würdevoll aus dem Grab zu heben, packte sie an den Schultern. Sie fühlte sich seltsam zerbrechlich an, wie ein Stück Treibholz, das an den Strand gespült wurde und halb im Sand begraben lag. Das Leichentuch war auf der Rückseite stark geschwärzt, die Abdrücke des Rückgrats und der Rippen waren deutlich zu erkennen, und als ich sie aus ihrer ungeweihten Ruhestätte hob, kamen massenhaft braune Käfer zum Vorschein, die wie heißes Blei im Boden verschwanden, als das Sonnenlicht sie traf. Beim Anblick der Krabbeltiere stieß Berthe einen spitzen Schrei aus und hätte beinahe das andere Ende des Leichnams fallen lassen. Einige Käfer krabbelten an ihrem Arm hoch und in den Ärmel hinein. Ich sah, wie Alfonsine zugleich angewidert und fasziniert zuschaute. Nur Germaine wirkte völlig ungerührt. Mit ausdruckslosem Gesicht, die kräftigen Schultern angespannt, half sie mir, die Leiche aus dem Grab herauszuhieven. Es roch nach Erde und Asche, gar nicht so unangenehm, doch als wir die Mutter Oberin umdrehten, nahm uns der Gestank nach verfaulendem Fleisch und Exkrementen, der uns in der brütenden Mittagshitze entgegenschlug, fast den Atem.

Ich hielt die Luft an und versuchte, meinen Brechreiz zu unterdrücken, aber es war zwecklos. Meine Augen tränten, ich war völlig verschwitzt. Germaine hielt sich einen Zipfel ihrer Haube vor den Mund, doch es reichte nicht, und ich merkte ihr die Not an, als sie den Leichnam auf Schulterhöhe hob.

Aus dem Augenwinkel sah ich, dass Mère Isabelle uns beobachtete, ein blütenweißes Taschentuch in der Hand, das sie sich vor die Nase hielt. Ich bin mir nicht sicher, ob sie lächelte, aber ihre Augen wirkten ungewöhnlich leuchtend, ihr Gesicht gerötet von mehr als nur der Sommerhitze.

Ich glaube, es war Genugtuung.

Wir setzten die Ehrwürdige Mutter im Beinhaus im hinteren Teil der Krypta bei, in einer der engen Grabkammern, die die Dominikaner hinterlassen haben. Sie erinnern fast an Backöfen, jede mit einer Verschlussplatte versehen. Einige tragen Zahlen, Namen und Inschriften in Latein. Mehrere der Grabkammern waren anscheinend aufgebrochen worden, und ich bemühte mich, nicht allzu genau hinzusehen. Alles war voller Staub und Sand, und es war kalt und muffig. Mère Marie hätte es hier unten sicher überhaupt nicht gefallen, aber das war nicht mehr meine Sorge.

Nach der kurzen Zeremonie gingen die Nonnen hinauf in die Kapelle, während ich noch damit beschäftigt war, die Grabkammer zu versiegeln. Eine Kerze auf dem Boden spendete mir Licht zum Arbeiten, daneben standen ein Eimer Mörtel und eine Maurerkelle. Über mir hörte ich die Nonnen eine Hymne singen. Mir war ein bisschen schwindlig. Die schlaflosen Nächte, die Mittagshitze, der Gestank, die plötzliche Kälte in der Krypta, das Fasten, all das zusammen machte mich benommen. Ich griff nach der Maurerkelle, doch sie fiel mir aus der Hand, und ich spürte, dass ich kurz davor stand, in Ohnmacht zu fallen. Als ich das Gesicht gegen die Wand lehnte, stieg mir der Geruch nach Salpeter und porösem Gestein in die Nase, der mich an Epinal erinnerte, und plötzlich wurde mir ganz kalt vor Angst.

In diesem Augenblick blies ein Lufthauch die Kerze aus, und um mich herum wurde es stockdunkel. Panik überkam mich. Ich wollte nur noch raus. Ich spürte die Dunkelheit in meinem Rücken, spürte, wie die tote Nonne in ihrer Grabkammer grinste und wie die anderen Toten, die Dominikaner, sich heimlich im Staub regten und ihre verrotteten Finger nach mir ausstrecken … Ich musste raus!

Als ich zitternd einen vorsichtigen Schritt machte, stolperte ich über den Eimer mit dem Mörtel und stieß ihn um. Das Beinhaus schien sich zu einem riesigen Schlund aufzutun, ich spürte keine Wände mehr. Am liebsten hätte ich laut gelacht, geschrien. Ich musste raus! Ich stürzte zu Boden, hörte irgendetwas unglaublich laut scheppern und stieß mir dabei den Kopf an einer Steinplatte, sodass mir fast die

Sinne schwanden. Dunkelrote Rosen erblühten hinter meinen Augenlidern. Der Litaneigesang über mir hörte abrupt auf.

Alfonsine war die Erste, die herunterkam. Mittlerweile hatte meine Panik sich gelegt, ich hatte mich aufgesetzt und befühlte meine geschwollene Schläfe. Im Licht der Kerze sah ich, wie klein die Krypta war, kaum größer als ein Küchenschrank. Die ordentlich nebeneinander angeordneten Grabkammern und das niedrige Gewölbe ließen sie noch winziger erscheinen. Alfonsine schaute mich mit großen Augen an.

»Sœur Auguste?« Ihre Stimme klang streng. »Sœur Auguste, ist alles in Ordnung?« Vor lauter Aufregung hatte sie vollkommen vergessen, dass man uns Schweigen zur Buße auferlegt hatte.

Wahrscheinlich war ich weniger gefasst, als ich glaubte. Einen Augenblick lang konnte ich mit dem Namen, mit dem sie mich angesprochen hatte, nichts anfangen. Auch ihr Gesicht erkannte ich nicht gleich, ihre im Kerzenlicht verschwommenen Züge waren die einer Fremden.

»Wer bist du?«, fragte ich.

»Sie kennt mich nicht!«, schrie sie unangenehm schrill. »Sœur Auguste, rühr dich nicht von der Stelle. Wir werden dir gleich helfen.«

»Ist schon in Ordnung, Alfonsine«, sagte ich. Plötzlich war mir der Name wieder eingefallen und mit ihm meine im Lauf der Jahre erworbene Vorsicht. »Ich muss über eine zerbrochene Grabplatte gestolpert sein. Die Kerze ist ausgegangen. Ich war einen Augenblick lang wie betäubt.«

Aber meine Worte kamen zu spät. Die Aufregung der vergangenen Tage, die Dunkelheit im Beinhaus, die Exhumierung, die Grablegung und jetzt dieser neue Schreck – Alfonsine hatte auf solche Dinge schon immer heftiger reagiert als die anderen. Außerdem hatte ihr am Tag zuvor Sœur Marguerite die Schau gestohlen, als sie von ihren Dämonen berichtete …

»*Hast du das gespürt?*«, zischte Alfonsine.

»Was?«

»*Schsch!* Wie ein kalter Wind«, flüsterte sie.

»Ich hab nichts gespürt.« Mühsam stand ich auf. »Komm. Gib mir deinen Arm.«

Sie zuckte zusammen, als ich sie berührte. »Du bist schon ziemlich lange hier unten. Was ist passiert?«

»Nichts. Ich hab's dir doch gesagt. Mir ist schwindlig geworden.«

»Hast du nicht … etwas Geisterhaftes gespürt?«

»Nein.« Ich sah, dass mehrere Nonnen in die Krypta hinunterlugten. Im Halbdunkel waren ihre Gesichter verschwommen. Alfonsines Finger fühlten sich kalt an. Ihr Blick schien auf etwas fixiert, das sich hinter mir befand. Ich erkannte die Anzeichen, und mir wurde ganz beklommen zu Mute. »Hör zu, Alfonsine …«

»Ich habe es genau gespürt.« Sie begann zu zittern. »Es ist einfach durch mich durchgegangen. Und es war kalt. Ganz kalt!«

»Also gut.« Ich stimmte ihr zu, um sie dazu zu bringen, dass sie sich endlich bewegte. »Vielleicht war da etwas. Aber das hat nichts zu bedeuten. Komm jetzt!«

Ich hatte ihr den Wind aus den Segeln genommen. Sie warf mir einen vorwurfsvollen Blick zu, und fast hätte ich laut gelacht. Die arme Alfonsine. Es war gemein, ihr so den Spaß zu verderben. Seit dem Tod der Ehrwürdigen Mutter wirkt sie lebendiger als in den fünf Jahren davor. Es ist das dramatische Geschehen, das sie anfeuert, das Haareraufen, die Buße, die öffentlichen Beichten. Aber jede Vorstellung hat ihren Preis. Sie hustet mehr denn je, ihre Augen sind fiebrig, und sie schläft fast so schlecht wie ich. Sie schläft auf der Pritsche neben mir, und ich höre sie im Rhythmus von Gebeten oder Flüchen flüstern, manchmal geht das Flüstern in ein Wimmern oder in ein Weinen über, doch meistens wiederholt sie immer dieselben Worte wie eine endlose Litanei, sodass sie fast ihre Bedeutung verloren haben.

Mon père … Mon père …

Ich musste sie fast die Treppen hinauftragen.

Plötzlich wurde sie ganz steif. »Heilige Muttergottes! Das Schweigen! Die Buße!« Wütend bedeutete ich ihr, den Mund zu halten, doch es war zu spät. Inzwischen standen lauter Nonnen um uns herum, unsicher, ob sie uns ansprechen sollten oder nicht. LeMerle hielt sich im Hintergrund. Diese Vorstellung war ihm gewidmet, und er wusste es. Mère Isabelle stand neben ihm und beobachtete uns, die Lippen leicht geöffnet. Das gefällt ihr, dachte ich wütend. Genau das hatte sie sich gewünscht.

»*Ma mère*«, blökte Alfonsine und fiel vor ihr auf die Knie. »*Ma mère,* es tut mir Leid. Gebt mir eine neue Buße auf, gebt mir *hundert* Bußen auf, aber bitte verzeiht mir!«

»Was ist passiert?«, fauchte Isabelle. »Was hat Sœur Auguste gesagt, dass du dein Schweigegebot gebrochen hast?«

»Heilige Muttergottes!« Alfonsine wollte Zeit gewinnen. Ich hörte es am Ton ihrer Stimme, dass sie allmählich ihr Publikum wahrnahm. »Ich habe es in der Krypta gespürt, *ma mère*! Wir haben es beide gespürt! Ich habe seinen eisigen Atem gefühlt!« Wie zum Beweis dafür war ihre Haut ganz kalt. Auch mir lief ein eisiger Schauer über den Rücken.

»*Was* hast du gespürt?«

»Nichts.« Ich wollte auf keinen Fall zu viel Aufmerksamkeit auf meine Person lenken, doch ich konnte das nicht unwidersprochen durchgehen lassen. »Es war ein Luftzug, mehr nicht. Ihre Nerven sind überstrapaziert. Sie ist immer …«

»Schweig!«, fauchte Isabelle. Dann wandte sie sich wieder an Alfonsine und flüsterte: »*Was* hast du gespürt?«

»Den Dämon, *ma mère*. Ich habe seine Gegenwart gespürt wie einen kalten Wind.« Alfonsine schaute mich an, und ich meinte, Genugtuung in ihrem Blick zu erkennen. »Ein kalter Wind.«

Isabelle drehte sich zu mir um, und ich zuckte die Achseln.

»Ein Luftzug aus der Krypta«, sagte ich noch einmal. »Er hat meine Kerze ausgeblasen.«

»Ich weiß, was ich gespürt habe.« Alfonsine begann wieder zu zittern. »Und du hast es auch gespürt, Auguste! Du hast es mir selbst gesagt!« Sie verzog das Gesicht und hustete zweimal. »Er ist in mich gefahren, versichere ich Euch, der Dämon ist direkt in mich gefahren und …« Plötzlich musste sie würgen, fasste sich an den Hals. »Er ist immer noch da!«, schrie sie. »*Er ist immer noch da!*« Dann sank sie zuckend zu Boden.

»Halt sie fest!«, rief Mère Isabelle, die einen Augenblick lang die Beherrschung verlor.

Aber Alfonsine ließ sich nicht halten. Sie biss, spuckte, kreischte, trat mit den Füßen nach mir, wann immer ich mich ihr näherte. Drei Nonnen mussten mir helfen – Germaine, Marguerite und eine taube Nonne namens Clothilde –, um sie zu bändigen, ihr mit Gewalt den Mund zu öffnen, damit sie ihre Zunge nicht verschluckte. Doch sie hörte nicht auf zu schreien, bis Père Colombin kam und sie segnete, worauf sie sich steif und still an ihn lehnte.

In diesem Augenblick sprach Isabelle mich noch einmal an. »Was hat Alfonsine damit gemeint, als sie sagte, er ist noch da?«

»Ich weiß es nicht«, erwiderte ich.

»Was ist in der Krypta vorgefallen?«

»Meine Kerze ist ausgegangen. Ich bin gestolpert und hingefallen.«

»Und was war mit Sœur Alfonsine?«

»Ich weiß es nicht.«

»Sie behauptet, du wüsstest es.«

»Mag sein«, sagte ich. »Sie erfindet alles Mögliche. Sie liebt die Aufmerksamkeit. Fragt die anderen.«

Aber Isabelle war noch lange nicht zufrieden. »Sie hat versucht, mir etwas zu sagen«, beharrte sie. »Du hast sie davon abgehalten. Also, was wollte sie ...«

»Um Himmels willen, kann das nicht warten?« Ich hatte LeMerle fast vergessen. Er stand publikumswirksam in einem Streifen Sonnenlicht, in den Armen hielt er Sœur Alfonsine, die wie ein Fisch an Land nach Luft schnappte. »Wir müssen diese arme Frau ins Krankenzimmer bringen. Ich gehe davon aus, dass ich befugt bin, ihre Buße aufzuheben?« Mère Isabelle zögerte, ohne den Blick von mir abzuwenden. »Oder möchtet Ihr Euch noch etwas Zeit lassen, um über die Sache zu reden?«

Isabelle errötete ein bisschen. »Die Sache muss geprüft und besprochen werden«, sagte sie.

»Selbstverständlich. Sobald Sœur Alfonsine in der Lage ist zu sprechen.«

»Und Sœur Auguste?«

»Vielleicht morgen.«

»Aber *mon père* ...«

»Bis zur morgigen Vollversammlung werden wir mehr wissen. Wir sind uns doch einig, dass es unziemlich wäre, überstürzt zu handeln.«

Es entstand ein langes Schweigen. »Also gut. Morgen. Bei der Vollversammlung.«

Ich schaute ihn an und sah seinen Blick, der auf mir ruhte, seine Augen hell und beängstigend. Einen Augenblick lang fragte ich mich, ob er gewusst hat, was in der Krypta passieren würde, ob er es irgendwie arrangiert hat, um noch mehr Macht über mich zu gewinnen … Mittlerweile traue ich ihm alles zu. Er ist mir unheimlich. Und er kennt mich zu gut.

Ob er es nun geplant hatte oder nicht, dies war eine Demonstration gewesen. LeMerle hatte mir gezeigt, dass ich ohne ihn hilflos war, dass meine Sicherheit an einem seidenen Faden hing. Ob es mir gefiel oder nicht, ich brauchte seine Hilfe. Und LeMerle, das wusste ich nur zu gut, ließ sich seine Gefälligkeiten teuer bezahlen.

7

♠

21. Juli 1610

»Segnet mich, Vater, denn ich habe gesündigt.«

Endlich. Die Beichte. Wie gut es tut, sie so gefangen zu halten, meine Wilde, meinen Raubvogel. Ich spüre ihren Blick durch das Gitter, und einen unangenehmen Moment lang bin ich der Gefangene. Ein seltsames Gefühl. Ich höre ihren beschleunigten Atem, erkenne die ungeheure Willensanstrengung, mit der sie ihre Stimme im Zaum hält, während sie die rituellen Worte spricht. Aus dem Fenster über uns fällt fahles Licht in den Beichtstuhl, malt schwarze und rosafarbene Rauten auf ihr Gesicht.

»Na, wenn das nicht meine kleine Ailée ist, die ihre Flügel gegen himmlische Schwingen eintauschen will.«

Ich bin solche Art der Intimität nicht gewöhnt, die flüchtige Bloßstellung im Beichtstuhl. Sie macht mich ungeduldig, lässt meine Gedanken auf überwucherten Wegen wandern, die besser vergessen bleiben. Vielleicht weiß sie das; ihr Schweigen ist das eines Beichtvaters, nicht das einer Sünderin. Ich merke es, wie sie mir unbesonnene Worte entlockt, die ich gar nicht sagen wollte.

»Ich nehme an, du bist mir immer noch böse.« Schweigen. »Wegen Epinal.«

Sie hat ihr Gesicht vom Gitter zurückgezogen, und ihre Stimme kommt aus der Dunkelheit, ausdruckslos und beharrlich. Ihr Blick hält mich fest wie eiserne Fesseln. Einen Moment lang fühle ich seine Glut. Dann gibt sie auf, genau wie ich es erwartet hatte.

»Ich will meine Tochter wiederhaben.«

Gut. Das ist tatsächlich ihr Schwachpunkt; sie hat Glück, dass wir nicht um Geld spielen. »Ich bin leider gezwungen, eine Weile hier zu bleiben«, sage ich ihr. »Ich kann nicht riskieren, dass du fortgehst.«

»Warum nicht?« Ihre Stimme hat einen zornigen Unterton angenommen, den ich genieße. Mit ihrem Zorn weiß ich umzugehen. Ich kann ihn benutzen. Behutsam schüre ich die Flamme.

»Du wirst mir vertrauen müssen. Ich habe dich nicht verraten, oder?«

Schweigen. Ich weiß, sie denkt an Epinal.

Sie ist hartnäckig. »Ich will Fleur.«

»So heißt sie also? Du könntest sie jeden Tag sehen. Würde dir das gefallen?« Verschlagen: »Bestimmt vermisst sie ihre Mutter. Das arme Ding.«

Sie zuckt zusammen – ich habe das Spiel in der Hand. »Was willst du von mir, LeMerle?«

»Dein Schweigen. Deine Loyalität.«

Das klang zu rau, um als Lachen durchzugehen. »Bist du verrückt geworden? Ich muss von hier fort. Dafür hast du schließlich gesorgt.«

»Unmöglich. Ich kann nicht zulassen, dass du mir alles vermasselst.«

»Dass ich was vermassele?« Zu schnell, LeMerle, zu schnell. »Hier gibt es für dich keine Reichtümer zu gewinnen. Was hast du vor?«

Ach Juliette! Wenn ich es dir nur erzählen könnte. Ich

bin mir sicher, du würdest mich verstehen. Du bist die Einzige, die es verstehen würde. »Später, mein Vögelchen, später. Komm heute Abend zu mir ins Torhaus, nach der Komplet. Kannst du dich unbemerkt aus dem dem Schlafsaal schleichen?«

»Ja.«

»Gut. Bis dann, Juliette.«

»Was ist mit Fleur?«

»Bis dann.«

Sie kam kurz nach Mitternacht. Ich saß an meinem Schreibtisch mit der *Politika* von Aristoteles, als ich hörte, wie die Tür leise geöffnet wurde. Das Licht der Kerze fiel auf ihr Kleid und ihr kurz geschorenes, kupferfarbenes Haar.

»Juliette.«

Sie hatte ihren Habit und ihre Haube abgelegt. Wahrscheinlich im Schlafsaal gelassen, um keinen Verdacht zu erregen. Mit dem kurzen Haar sah sie aus wie ein schöner Jüngling. Wenn wir das nächste Mal ein klassisches Stück aufführen, lasse ich sie den Ganymed oder den Hyacinthus spielen. Sie sagte kein Wort und lächelte auch nicht, und den kalten Luftzug von der offenen Tür schien sie nicht wahrzunehmen.

»Komm herein.« Ich legte das Buch weg und zog einen Stuhl heran, den sie jedoch ignorierte.

»Ich hielte es für angemessener, wenn du ein Buch lesen würdest, mit dem du dich weiterbilden kannst«, sagte sie. »Machiavelli vielleicht, oder Rabelais. Ist *Tu, was du willst* nicht dein neues Motto?«

»Jedenfalls besser als *dein Wille geschehe*«, erwiderte ich grinsend. »Außerdem … seit wann steht es dir zu, Moralpredigten zu halten? Du bist nicht weniger Hochstapler als ich.«

»Das streite ich nicht ab«, sagte sie. »Aber was ich auch

immer getan haben mag, ich bin mir stets treu geblieben. Und ich habe noch nie einen Freund verraten.«

Mit Mühe verkniff ich mir eine entsprechende Antwort. Sie hatte mich kalt erwischt. Darin war sie schon seit jeher gut. »Bitte, Juliette«, sagte ich. »Müssen wir denn Feinde sein? Hier.« Ich zeigte auf eine Kristallflasche auf dem Bücherbord neben meinem Schreibtisch. »Trink ein Glas Madeira.«

Sie schüttelte den Kopf.

»Möchtest du etwas essen? Obst und Honigkuchen?«

Schweigen. Ich wusste, dass sie den ganzen Tag gefastet hatte, doch sie zeigte keine Regung. Ihr Gesicht war eine Maske. Nur ihre Augen funkelten. Ich streckte die Hand aus, um ihr Gesicht zu berühren. Noch nie konnte ich der Versuchung widerstehen, mit dem Feuer zu spielen. Schon als Kind haben mich vor allem die gefährlichen Spiele gereizt: mit einer Schlinge um den Hals über ein Hochseil zu balancieren, ein Wespennest auszuräuchern, mit Messern zu jonglieren, in Stromschnellen zu schwimmen. Le Borgne nannte das den Tiger jagen und verachtete mich dafür. Aber wenn die Beute keine Gefahr darstellt, worin liegt dann der Spaß der Jagd?

»Du hast dich nicht verändert«, bemerkte ich lächelnd. »Eine falsche Bewegung, und du würdest mir die Augen auskratzen. Gib's ruhig zu.«

»Komm zur Sache, LeMerle.«

Ihre Haut fühlte sich weich an unter meinen Händen. Ihr kurzes Haar duftete schwach nach Lavendel. Ich ließ die Finger über ihre nackte Schulter wandern. »Ist es *das*?«, fragte sie verächtlich. »Ist es das, was du willst?«

Wütend zog ich die Hand zurück. »Immer noch misstrauisch, Juliette? Ist dir nicht klar, um was es hier geht? Das ist kein gewöhnliches Spiel. Es ist ein solch verwegener und ehrgeiziger Plan, dass selbst ich …« Sie seufzte, unterdrückte ein Gähnen hinter ihren Fingern. Ich schwieg gekränkt. »Meine Erklärung scheint dich zu langweilen.«

»Ganz und gar nicht«, erwiderte sie in einer perfekten Parodie meines Tonfalls. »Aber es ist schon spät. Und ich will meine Tochter.«

»Die alte Juliette hätte mich verstanden.«

»Die alte Juliette ist in Epinal gestorben.«

Das tat weh, auch wenn ich damit gerechnet hatte. »Du hast nicht die geringste Ahnung von dem, was sich in Epinal zugetragen hat. Wer weiß, vielleicht bin ich sogar vollkommen unschuldig.«

»Das sagtest du bereits.«

»Hast du mich etwa für einen Heiligen gehalten?« Ich konnte nicht verhindern, dass ich gereizt klang. »Ich wusste, dass du irgendwie freikommen würdest. Wenn es dir nicht gelungen wäre, hätte ich etwas unternommen. Irgendetwas wäre mir schon eingefallen.« Sie wartete höflich ab, den Blick abgewandt, einen Fuß abgewinkelt wie eine Tänzerin. »Sie waren mir zu dicht auf den Fersen, verdammt. Ich hatte sie bereits einmal ausgetrickst, und jetzt wollten sie meinen Kopf. Ich konnte es deutlich spüren: Meine Glückssträhne war zu Ende. Ich hatte Angst. Und der Zwerg wusste es. LeBorgne hat die Hunde auf mich gehetzt, Juliette. Er muss es gewesen sein. Auf jeden Fall war er nur allzu gern bereit, euch zu opfern, um seine eigene Haut zu retten, und mich mit seinem vergifteten Messer anzugreifen. Hast du etwa geglaubt, ich hätte dich so einfach im Stich gelassen? Ich wäre zurückgekommen, um dich zu holen, wenn es mir möglich gewesen wäre. Aber ich lag noch Tage nach deiner Flucht krank und verletzt in einem Graben. Du warst vielleicht ein bisschen gekränkt. Ein bisschen sauer. Behaupte jetzt bloß nicht, du hättest mich gebraucht. Du hast mich noch nie gebraucht.«

Ich muss überzeugend geklungen haben – ja, ich hatte mich beinahe selbst überzeugt. Doch ihre Stimme verriet nichts, als sie noch einmal sagte: »Ich will Fleur.«

Erneut schluckte ich meinen Zorn herunter. Er schmeckte metallisch, wie eine falsche Münze. »Bitte, Juliette. Ich habe es dir bereits gesagt, ich werde dafür sorgen, dass du Fleur morgen siehst. Ich kann sie nicht zurückholen, noch nicht jedenfalls, aber ich kann es in die Wege leiten. Alles, was ich als Gegenleistung verlange, ist ein Waffenstillstand. Und einen Gefallen. Einen kleinen Gefallen.«

Sie trat einen Schritt auf mich zu und legte mir die Hände auf die Schultern. Wieder bemerkte ich den Duft von Lavendel.

»Nein, nicht das.«

»Was dann?«

»Einen Scherz. Einen Streich. Es wird dir gefallen.«

Sie zögerte. »Warum?«, fragte sie schließlich. »Was machst du hier? Was könnten wir besitzen, das dich interessiert?«

Ich lachte. »Eben noch hat es dich gar nicht interessiert.«

»Das tut es auch nicht. Ich will nur meine Tochter wiederhaben.«

»Warum fragst du dann?«

Sie hob die Schultern. »Ich weiß nicht.«

Mir kannst du nichts vormachen, Juliette. Diese armen Geschöpfe, die ängstlich im Dunkeln hocken, liegen dir am Herzen. Sie sind deine neue Familie, so wie wir vom *Théâtre des Cieux* es damals waren. Ich muss sagen, diese Nonnen sind ein jämmerlicher Ersatz, aber jeder nach seinem Geschmack. »Nenn es ein Spiel, wenn du willst«, sagte ich. »Ich wollte schon immer den Priester mimen. Hier nimm.« Ich reichte ihr die Färbetabletten. »Pass auf, dass die Farbe nicht an deine Hände gelangt.«

Sie musterte mich argwöhnisch. »Was soll ich damit machen?«

Ich erklärte es ihr.

»Und dann kann ich Fleur sehen?«

»Gleich morgen früh.« Plötzlich wollte ich nur noch, dass sie ging. Ich war müde und mein Kopf schmerzte.

»Bist du sicher, dass das harmlos ist? Es wird niemandem schaden?«

»Selbstverständlich nicht.« Na ja, jedenfalls nicht direkt.

Sie betrachtete die Tabletten in ihrer Hand. »Und das … ist alles?«

Ich nickte.

»Ich will, dass du es sagst, LeMerle.«

Ich wusste, sie wollte mir glauben. Das liegt in ihrer Natur, so wie es in meiner Natur liegt, zu betrügen. Gott hat mich so gemacht. Ich legte meinen Arm um ihre Schultern, und diesmal schreckte sie nicht zurück.

»Vertrau mir, Juliette«, flüsterte ich mit sanfter Stimme

Bis morgen.

8

♥

22. Juli 1610

Ich eilte zurück in den Schlafsaal. Es war nicht stockdunkel, eine Mondsichel stand am klaren Himmel, und die Sterne leuchteten so hell, dass ihr Licht Schatten auf den Weg hinter dem Torgebäude warf. In der Ferne, über dem Meer, sah ich dicke Wolken, die dunkler waren als der Himmel. Regen, vielleicht. Als ich den Schlafsaal betrat, lauschte ich angestrengt auf das Atmen der Schwestern, um festzustellen, ob eine von ihnen noch wach war, doch ich hörte nichts.

In fünf Jahren sind mir die Atemgeräusche der neben mir schlafenden Nonnen vertraut geworden. Ich kenne die Art, wie sie sich im Schlaf unter ihren rauen Decken ausstrecken, ihre nächtlichen Bewegungen, die Seufzer, die sie im Traum ausstoßen. Ich ging an Sœur Tomasine vorbei, deren Platz gleich neben der Tür ist; sie schnarchte wie üblich. Dann Sœur Bénédicte, wie immer auf dem Bauch, die Arme ausgestreckt. Anschließend Piété, im Schlaf ebenso steif wie im Wachen, danach Germaine, Clémente und schließlich Marguerite. Um unbemerkt an ihr vorbeizukommen, brauche ich all meine tänzerische Behändigkeit. Dennoch rührte sie sich, eine Hand ausgestreckt wie zu einer stummen Bitte. Ich schlich mich an Alfonsines leerer Pritsche vorbei, und gegenüber schlief Antoine, die Hände sittsam auf der Brust gefaltet. Ihr Atem ging leicht. War sie wach? Eigentlich ließ nichts darauf schließen. Aber sie wirkte zu still, zu reglos, ihre Haltung war würdevoller, als es normalerweise im Schlaf der Fall ist.

Es ließ sich nichts daran ändern. Falls sie wach war, konnte ich nur hoffen, dass sie keinen Verdacht geschöpft hatte. Als ich in mein Bett schlüpfte, kam mir das Geräusch der Decke, die über meine Haut glitt, schrecklich laut vor in dem stillen Schlafsaal. Beim Umdrehen hörte ich Antoine laut schnarchen, was meine Angst ein wenig verscheuchte, doch gleichzeitig kam mir das Schnarchen unecht vor, es klang zu einstudiert, und mir fiel auf, dass es genau zur rechten Zeit einsetzte. Entschlossen machte ich die Augen zu. Es war egal. Außer Fleur interessierte mich nichts. Nicht Antoine, nicht Alfonsine – nicht mal LeMerle, der allein inmitten seiner Bücher in seinem kleinen Studierzimmer hockte. Doch es war nicht meine Tochter, sondern LeMerle, der mich bis in meine Träume verfolgte. Seine Spiele bedeuten mir nichts, sagte ich mir beim Einschlafen. Trotzdem träumte ich von ihm, sah ihn mit ausgebreiteten Armen am anderen Ufer eines reißenden Flusses stehen; er rief mir über das tosende Wasser etwas zu, das ich nicht verstand.

Ich erwachte mit tränennassem Gesicht. Die Glocke läutete zur Vigil, und Sœur Marguerite stand mit einer Lampe in der Hand am Fußende meines Betts. Ich murmelte das übliche *Gelobt sei der Herr* und sprang auf. Hastig tastete ich unter meiner Matratze nach den Färbetabletten, die LeMerle mir gegeben hatte. Sie waren in ein Stück Stoff eingewickelt, damit sie keine verräterischen Spuren an meinen Händen hinterließen. Ich wusste, es würde ein Kinderspiel sein, die Tabletten an der Stelle zu deponieren, die er mir beschrieben hatte. Wenn ich das erst erledigt hatte, würde ich meine Tochter sehen.

Trotzdem zögerte ich. Ich hob das kleine Päckchen hoch und roch daran. Ein harziger, süßlicher Duft entströmte dem Tuch, ich konnte den Geruch von Gummiarabikum und von dem roten Pigment, das Giordano Drachenblut genannt hatte, durch das Gewebe ausmachen. Aber da war noch etwas anderes, etwas Würziges, das an Ingwer oder Anis erinnerte. Harmlos, hatte er mir versichert.

LeMerle nahm nicht an der Vigil teil, weder an der Matutin noch an der Prim. Zur Vollversammlung erschien er endlich, erklärte jedoch, er habe etwas Wichtiges in Barbâtre zu erledigen, und wählte zwei Nonnen aus – scheinbar willkürlich –, die ihn begleiten sollten. Ich war die eine, Antoine die andere.

Während Père Colombin zu den versammelten Nonnen sprach und Antoine die Hühner und Enten fütterte, machte ich LeMerles Pferd bereit für den Ausflug nach Barbâtre. Antoine und ich würden natürlich zu Fuß gehen, aber der neue Beichtvater würde, seinem Status entsprechend, reiten. Ich bürstete die gescheckten Flanken des Gauls, sattelte ihn und legte ihm das Zaumzeug an. Derweil versorgte Antoine die anderen Tiere – ein Maultier, zwei Ponys und ein halbes Dutzend Kühe – mit frischem Heu. Wir warteten über eine Stunde auf LeMerle, und als er schließlich kam, fiel mir auf, dass er seine Priesterrobe gegen Reithose und Stiefel eingetauscht hatte. Zum Schutz gegen die Sonne trug er einen breitkrempigen Hut. In diesem Aufzug erinnerte er mich so sehr an den LeMerle aus früheren Zeiten, dass mir fast das Herz stehen blieb.

Es war Markttag, und als wir aufbrachen, erklärte er uns, wir sollten für ihn Lebensmittel kaufen und noch einige andere Dinge besorgen. Antoines Augen leuchteten, sobald er den Markt erwähnte, doch ich hielt den Blick gesenkt. Ich fragte mich, welchen Gefallen Antoine ihm getan hatte – oder würde tun müssen –, als Gegenleistung für diesen Ausflug. Oder hatte er sie tatsächlich zufällig ausgewählt? Vielleicht amüsierte es ihn einfach, die dicke Nonne schwitzend und keuchend neben seinem Pferd herlaufen zu lassen. Aber das spielte alles keine Rolle. Bald würde ich Fleur wiedersehen.

Wir gingen langsamer, als mein sehnsüchtiges Herz es sich gewünscht hätte, und dennoch machte die Hitze Antoine zu schaffen. Ich war das Laufen viel mehr gewöhnt, und obwohl ich einen großen Korb mit Kartoffeln auf dem Rücken trug, die wir auf dem Markt verkaufen wollten, empfand ich keine Müdigkeit. Die Sonne stand hoch am Himmel und brannte heiß, als wir Barbâtre erreichten. Im Hafen und auf dem Marktplatz wimmelte es bereits von Menschen. Die Händler kommen von der ganzen Insel, manche sogar vom Festland, wenn der Damm offen ist, was heute wohl der Fall war. Die Ebbe hatte ihren tiefsten Stand erreicht, und überall herrschte reges Treiben.

Auf der Hauptstraße angekommen, banden wir das Pferd neben einem Wassertrog an. Dann machte sich Antoine mit dem Korb unter dem Arm auf den Weg, um ihre Besorgungen zu erledigen, und ich folgte LeMerle in die Menge.

Auf dem Markt herrschte bereits reges Treiben. Es roch nach gebratenem Fleisch, nach Gebäck, Heu, Fisch, Leder und frischen Pferdeäpfeln. Von einem Wagen, der den Weg halb versperrte, hievten zwei Männer Käfige mit Hühnern auf die Straße. Fischer luden Hummerkörbe und Kisten mit frischem Fisch von ihren Karren. Ein paar Frauen waren dabei, einige Netze von Tang zu säubern und zu reparieren. Kinder hockten auf der Friedhofsmauer und begafften die Vorbeigehenden. Die Luft war heiß und stickig, und überall schwirrten Fliegen. Der Lärm war überwältigend. Nach fünf Jahren des Lebens in fast völliger Abgeschiedenheit war ich dieses Gedränge, das Geschrei, die Gerüche nicht mehr gewöhnt. Hier waren einfach zu viele Menschen, zu viele Marktschreier, Händler, Klatschmäuler, Verteiler von Flugschriften. Ein einbeiniger Mann hinter einem Tisch, auf dem sich Tomaten, Zwiebeln und Auberginen türmten, zwinkerte mir zu und machte eine zotige Bemerkung, als wir vorbeigingen. Am Stand eines Metzgers standen Leute Schlange und hielten sich die Nase zu. Das Fleisch, das er verkaufte, war voller Fliegen und schwarz von getrocknetem Blut. Ein einarmiger Bettler ohne Beine saß auf einer zerschlissenen Decke auf dem Boden, ihm gegenüber spielte jemand auf der Flöte, und ein kleines, verwahrlostes Mädchen verkaufte Päckchen mit Salz aus einem Korb, den eine kleine, braune Ziege auf dem Rücken trug. Alte Frauen, die im Kreis beieinander saßen, klöppelten Spitze, ihre braunen Hände schienen sich fast ineinander zu verhaken, während ihre welken Finger tanzten und hüpften. Sie hätten bestimmt geschickte Taschendiebe abgegeben! Irgendwann verlor ich die Orientierung in dem Gewühl. Bei einem Mann, der bebilderte Flugschriften verkaufte, auf denen über die Exekution von François Ravaillac, dem Mörder Henris, berichtet wurde, blieb ich stehen. Eine dicke, mürrische Frau mit einem Korb Erbsen unter dem Arm versuchte, sich an mir vorbeizuschieben. Eine der Erbsenschoten fiel zu Boden und sprang auf. Die dicke Frau schrie wütend auf mich ein, und mit hochrotem Gesicht ergriff ich die Flucht.

In diesem Augenblick sah ich Fleur. Seltsam, dass ich sie vorher nicht bemerkt hatte. Sie stand keine zehn Fuß von mir entfernt hinter einem Fischstand, den Kopf leicht abgewandt, die Locken von einer schmuddelige Mütze bedeckt und um den Bauch eine viel zu große Schürze. In ihrem Gesicht lag ein Ausdruck kindlichen Ekels, und ihre Hände und Arme waren besudelt mit Fischabfällen. Am liebsten hätte ich meine Tochter beim Namen gerufen und wäre zu ihr hingerannt, um sie in die Arme zu nehmen, doch die Vorsicht hielt mich zurück. Ich schaute LeMerle an, der plötzlich neben mir auftauchte und mich scharf beobachtete. »Was hat das zu bedeuten?«, fragte ich.

Er zuckte mit den Schultern. »Du wolltest sie doch sehen, oder nicht?«

Eine missmutig dreinschauende Frau stand neben Fleur. Auch sie trug eine Schürze und Ärmelschoner zum Schutz gegen die stinkende Ware, die sie feilbot. Während ich zuschaute, zeigte eine andere Frau auf einen Fisch, den sie kaufen wollte, und die Händlerin reichte ihn Fleur zum Ausnehmen. Angewidert verzog sie das Gesicht, als sie den Fisch mit einem Messer aufschlitzte, doch sie bewältigte die ungewohnte Aufgabe mit erstaunlicher Geschicklichkeit. An ihrer Hand entdeckte ich einen völlig verschmutzten Verband. Vielleicht war sie nicht von Anfang an so geschickt mit dem Messer gewesen.

»Herrgott, sie ist fünf Jahre alt! Wie können diese Leute sie so eine Arbeit verrichten lassen?«

LeMerle schüttelte den Kopf. »Sei vernünftig. Die Kleine muss sich ihre Unterkunft und Verpflegung verdienen. Sie haben eine große Familie. Ein zusätzlicher Mund, der gefüttert werden muss, ist keine Kleinigkeit für einen Fischer.«

Ein Fischer! Antoine hatte also tatsächlich Recht gehabt. Ich schaute die Frau an, überlegte, ob ich sie schon einmal gesehen hatte. Wahrscheinlich stammt sie aus Noirs Moustiers, dachte ich, sie hat so etwas Typisches. Andererseits konnte sie genauso gut aus Pornic oder Fromentine kommen, womöglich sogar von Le Devin oder einer der kleineren Inseln.

LeMerle merkte, dass ich die Frau betrachtete. »Keine Sorge«, sagte er trocken. »Deine Tochter ist in guten Händen.«

»Wo?«

»Vertrau mir.«

Ich antwortete nicht. Stattdessen registrierte ich jede noch so kleine Veränderung an meiner Tochter, und jede einzelne versetzte mir einen Stich. Ihre eingefallenen Wangen, die alles Rosige verloren hatten. Ihr stumpfes Haar unter der hässlichen Mütze. Ihr Kleid, nicht das, das sie getragen hatte, als man sie aus dem Kloster entführt hatte, sondern ein abgelegtes Kleid aus braunem, kratzigem Wollstoff. Und ihr Gesicht: das Antlitz eines Kindes, das seine Mutter verloren hat.

Schließlich drehte ich mich zu LeMerle um. »Was willst du von mir?«

»Das hab ich dir bereits gesagt. Dein Schweigen. Deine Loyalität.«

»Abgemacht. Versprochen.« Ich schrie regelrecht und konnte nichts dagegen tun. »Ich habe es gestern Abend versprochen.«

»Gestern Abend hast du es nicht ernst gemeint«, entgegnete er. »Jetzt schon.«

»Ich will mit ihr reden. Ich will sie mit zurück ins Kloster nehmen!«

»Ich fürchte, das kann ich dir nicht gestatten. Jedenfalls vorerst noch nicht. Nicht, solange ich mir nicht sicher bin, dass du nicht bei der nächsten Gelegenheit mit deiner Tochter verschwindest.« Er muss den Hass in meinen Augen gesehen haben, denn er lächelte plötzlich. »Und falls du auf dumme Gedanken kommen solltest … es gibt genaue Anweisungen für den Fall, dass mir etwas zustößt«, fügte er dann hinzu. »Und zwar sehr genaue Anweisungen.«

Mühsam beherrschte ich mich. »Dann lass mich mit ihr reden. Nur einen Augenblick. Bitte, Guy.«

Es war schwerer, als ich erwartet hatte. LeMerle hatte mir erklärt, wenn ich auf irgendeine Weise Ärger oder Argwohn verursachte, würde ich keine weitere Gelegenheit mehr bekommen, Fleur zu sehen. Aber ich musste das Risiko eingehen. Ganz langsam, wobei ich meine Ungeduld im Zaum hielt, ging ich auf den Fischstand zu. Rechts und links neben mir standen zwei Frauen. Die eine verlangte fünfzig rote Meeräschen, die andere diskutierte mit der Fischverkäuferin über Kochrezepte. Hinter mir drängelten sich noch mehr Kunden. Fleur schaute zu mir hoch, und zuerst glaubte ich, sie hätte mich nicht erkannt. Dann hellte sich ihre Miene auf.

»Schsch«, flüsterte ich. »Sag nichts.«

Fleur wirkte verwirrt, doch zu meiner großen Erleichterung nickte sie dann.

»Hör zu«, sagte ich ganz leise. »Ich habe nicht viel Zeit.«

Wie um das zu bestätigen, warf die Fischverkäuferin mir einen misstrauischen Blick zu, bevor sie sich daranmachte, die Meeräschen einzuwickeln. Im Stillen dankte ich dem Herrn für die Kundin, die eine solch ungewöhnlich große Menge Fisch verlangte.

»Hast du Mouche mitgebracht?«, fragte Fleur. »Bist du gekommen, um mich abzuholen?«

»Noch nicht.« Ihr kleines Gesicht war blass vor Kummer, und erneut unterdrückte ich den Impuls, sie in die Arme zu nehmen. »Hör zu, Fleur. Wo halten sie dich gefangen? In einem Haus? Einem Wagen? Auf einem Bauernhof?«

Fleur schaute kurz zu der Fischhändlerin hinüber. »In einem Haus. Mit Kindern und Hunden.«

»Seid ihr über den Damm gegangen?«

»*Verzeihung.*« Eine dicke Frau schob sich zwischen uns und streckte die Hand nach einem Paket Fische aus. Ich trat zur Seite in die Warteschlange; hinter mir wurden die Leute ungeduldig.

»Ein bisschen Beeilung, Schwester! Wir müssen uns um unsere Familien kümmern!«

»Fleur. Ist es auf dem Festland? Ist es auf der anderen Seite des Damms?«

Fleur reckte den Hals, damit ich sie hinter der dicken Frau erkennen konnte, und nickte. Dann schüttelte sie den Kopf. Jemand trat vor mich, und ich konnte meine Tochter nicht mehr sehen.

»Fleur!« Vor Verzweiflung war ich den Tränen nahe. Die dicke Frau stand immer noch vor mir, hinter mir drängelten die anderen Kunden, und die Frau, die sich eben schon einmal über mich aufgeregt hatte, ließ sich lauthals über Leute aus, die an Marktständen herumstanden und tratschten und damit andere daran hinderten, ihre Besorgungen zu erledigen. »Liebes. Seid ihr über den Damm gegangen?«

Einen Augenblick lang dachte ich, sie würde es mir sagen. Es schien, als versuchte sie, mir etwas zu erklären oder sich an etwas zu erinnern, das mir einen Hinweis darauf geben würde, wo man sie untergebracht hatte. Hatte sie das Wort »Damm« nicht verstanden? Hatte man sie in einem Boot aufs Festland gebracht?

Da drehte sich die Frau mit den Meeräschen zu mir um, und ich wusste, dass ich meine Chance, etwas in Erfahrung zu bringen, verpasst hatte. Sie schaute mich lächelnd an und hielt mir mit ihren fleischigen Armen den Korb mit den Fischen entgegen. »Was meinst du?«, fragte sie. »Wird das für das Abendessen reichen?«

Es war Antoine.

Der Rückweg war anstrengend. Ich trug den Korb mit den Fischen auf dem Rücken, und in der Sommerhitze wurde der Gestank trotz des vielen Seetangs, der auf dem Fisch lag, um ihn kühl zu halten, immer durchdringender. Der Korb war schwer, fischiges Wasser tropfte mir auf die Schultern und Haare, durchnässte meinen Habit mit Salzlake. Antoine war gut gelaunt und erzählte ohne Unterlass von ihren Erlebnissen auf dem Markt, von dem Klatsch, den sie aufgeschnappt hatte, den wundersamen Dingen, die sie gesehen und von den Neuigkeiten, die sie erfahren hatte. Ein Händler hatte von einem Schlachtopfer zu Ehren von Christina Mirabilis berichtet, in Angers war eine Frau gehängt worden, weil sie sich als Mann verkleidet hatte, und es kursierten Gerüchte über einen Mann aus Le Devin, der angeblich einen Fisch mit zwei Köpfen gefangen hatte – ein sicheres Anzeichen für bevorstehendes Unheil. Fleur erwähnte sie mit keinem Wort, und dafür zumindest war ich ihr dankbar. Ich wusste jedoch, dass sie meine Kleine gesehen hatte. Ich konnte nur hoffen, dass sie den Mund halten würde.

Auf dem Rückweg zum Kloster nahmen wir den Weg an der Küste entlang. Es war weiter, aber LeMerle bestand darauf – schließlich saß er auf einem Pferd, und eine Meile mehr oder weniger machte für ihn keinen Unterschied. In glücklicheren Zeiten hatte es mir Spaß gemacht, anstatt über den Damm durch die Dünen zu gehen, doch mit dem schweren Korb voller Fische auf dem Rücken durch den weichen Sand zu wanken, war weiß Gott kein Vergnügen. LeMerle dagegen genoß offensichtlich den Ausblick auf das Meer, er stellte uns eine Menge Fragen über die Gezeiten und wollte genau wissen, zu welchen Tageszeiten man den Damm überqueren konnte. Ich ignorierte seine Fragen, aber Antoine war in ihrem Eifer kaum zu bremsen.

Es war schon spät am Nachmittag, als wir im Kloster eintrafen. Ich war völlig erschöpft, halb blind vom Blinzeln im grellen Sonnenlicht, und vom Fischgestank war mir regelrecht übel. Erleichtert lieferte ich meine stinkende Last in der Küche ab, dann ging ich zum Brunnen. Mein Kopf dröhnte von der Hitze, und meine Kehle war ausgebrannt. Ich wollte gerade den Eimer hinunterlassen, als ich hinter mir einen Aufschrei hörte. Ich drehte mich um und erblickte Alfonsine.

Sie hatte sich offenbar von ihrem Anfall vom Vortag vollständig erholt. Ihre Augen leuchteten, und ihre Wangen waren vor Aufregung gerötet, als sie auf mich zugelaufen kam. »Um Himmels willen, rühr das Wasser nicht an!«, keuchte sie. »Weißt du denn nicht, was passiert ist?«

Ich blinzelte in ihre Richtung. Ich hatte LeMerles Färbetabletten und die Anweisungen, die er mir gegeben hatte, völlig vergessen. Über allem, was ich sah, lag das Gesicht meiner Tochter, so wie die Nachempfindung auf der Netzhaut, die entsteht, wenn man zu lange in die Sonne geschaut hat.

»Der Brunnen, Gott steh uns bei, der Brunnen!«, rief Alfonsine. »Als Sœur Tomasine heute Morgen Wasser zum Kochen holen wollte, hatte sich das *Wasser in Blut verwandelt*! Mère Isabelle hat allen verboten, es zu benutzen.«

»Blut?«

»Es ist ein Zeichen«, sagte Alfonsine. »Es ist die Strafe für uns, weil wir Mère Marie in einem Kartoffelbeet beerdigt haben.«

Trotz meiner Müdigkeit bemühte ich mich, nicht zu lächeln. »Vielleicht ist der Sand eisenoxidhaltig«, erwiderte ich. »Oder vielleicht gibt es da unten roten Lehm.«

Alfonsine schüttelte verächtlich den Kopf. »Ich habe mir schon gedacht, dass du so etwas sagen würdest«, erwiderte sie. »Man sollte meinen, du *glaubst* nicht an die Existenz des Teufels, so wie du immer versuchst, für alles eine Erklärung zu finden.«

Nein, es war das Werk des Teufels, da war sie sich ganz sicher. Mère Isabelle sei sich auch ganz sicher, berichtete Alfonsine, und zwar so sehr, dass sie Père Colombin bitten wolle, den Brunnen und wenn nötig das ganze Klostergelände zu segnen. Sie selbst fühle sich ebenfalls unrein, fuhr Alfonsine fort. Offenbar hat sie Père Colombin erklärt, dass sie nicht eher ruhen wird, bis er sie gründlich untersucht hat, um sich zu vergewissern, dass kein Makel an ihr haftet. Auf diese Erklärung hin, so Alfonsine, hat Sœur Marguerite plötzlich Zuckungen in ihrem linken Bein festgestellt, die der neue Beichtvater ebenfalls untersuchen soll. Wenn das so weitergeht, dachte ich, wird dieser Ort bald eher an ein Irrenhaus als an ein Frauenkloster erinnern.

»Was ist nun mit dem Wasser?«, fragte ich. »Was werden wir deswegen unternehmen?«

Ihre Augen begannen zu leuchten. »Ein Wunder! Gegen Mittag ist ein Fuhrmann mit fünfundzwanzig Fass Bier hier eingetroffen. Ein Geschenk, sagte er, für die neue Äbtissin. Niemand wird verdursten, während der neue Brunnen gegraben wird.«

Zum Abendessen gab es Brot, Bier und Meeräschen. Das Essen war gut, doch ich hatte kaum Appetit. Irgendetwas stimmte nicht – mit der Anordnung der Tische, der ungewöhnlichen Stille im Raum, den Speisen auf unseren Tellern –, und das beunruhigte mich. Als wir damals nach dem Auftritt für König Henri im Palais-Royal durch den Spiegelsaal geführt wurden, hatte ich dasselbe Gefühl. Es kam mir vor, als wäre alles auf den Kopf gestellt, als würde man uns eine verdrehte Wahrheit vorführen. Andererseits kann es aber auch sein, dass ich mir das alles bloß eingebildet habe.

Mère Isabelle sprach das Tischgebet, und danach sagte niemand mehr ein Wort – es war wirklich kaum ein Geräusch zu hören bis auf Rosamondes zahnloses Schlürfen und Schmatzen, das nervöse Klopfen von Marguerites linkem Fuß und das leise Klappern des Bestecks. Ich bedeutete Sœur Antoine, sie solle sich ruhig von meinem Teller nehmen, was ich nicht hinunterbekam, und sie tat es mit gierig leuchtenden Augen. Während sie aß, schaute sie mehrmals kurz zu mir herüber, und ich fragte mich, ob sie die zusätzliche Portion wohl als Schweigegeld betrachtete, als Bezahlung dafür, dass sie Fleur mit keinem Wort erwähnte. Ich überließ ihr auch das meiste von meinem Bier, aß nur das Brot. Der Fischgeruch drehte mir den Magen um.

Vielleicht war es das, vielleicht war es auch die Sorge um Fleur, was mich an dem Abend so langsam reagieren ließ. Ich saß schon eine ganze Weile am Tisch, als mir mit einem Mal klar wurde, was mich so nervös machte. Perette war nicht an ihrem üblichen Platz unter den Novizinnen. LeMerle war ebenfalls nicht zugegen, was ich allerdings auch nicht erwartet hatte. Aber ich fragte mich, wo Perette sein mochte. Ich hatte sie zuletzt bei der Beerdigung am Vortag gesehen und seitdem nicht mehr – weder im Kreuzgang noch während meiner Arbeit im Backhaus oder später bei der Sext in der Kapelle, auch nicht bei der Vollversammlung oder jetzt beim Abendessen. Nirgendwo war ich meiner kleinen Freundin begegnet.

Schuldgefühle wegen meiner Unaufmerksamkeit trieben mir die Hitze in die Wangen. Seit Fleurs Verschwinden hatte ich Perette wenig Aufmerksamkeit geschenkt – ja, ich hatte sie kaum noch wahrgenommen. Womöglich war sie krank, ich hoffte es fast. Das würde wenigstens ihre Abwesenheit erklären. Aber tief in meinem Herzen wusste ich, dass sie nicht krank war. Ich konnte mir nicht vorstellen, was er mit ihr vorhatte, sie war zu jung für seinen Geschmack und zu kindlich, um ihm nützlich zu sein. Dennoch wusste ich, Perette war bei LeMerle.

9

♠

23. Juli 1610

Es ist immerhin ein Anfang. Der erste Akt, wenn man so will, einer Tragikomödie in fünf Akten. Die Hauptrollen sind bereits besetzt – der edle Held, die schöne Heldin, der Narr und ein Chor von Jungfrauen im Stil der Antike, alle auf ihren Plätzen – bis auf den Bösewicht, der zweifellos zum rechten Zeitpunkt auftauchen wird.

Das Blut im Brunnen war ein kleiner, poetischer Auftakt. Jetzt sind sie alle ständig auf der Suche nach Omen und Vorzeichen – Vögel, die nach Norden fliegen, Eier mit zwei Dottern, seltsame Gerüche, ein plötzlicher Windhauch –, und all das dient meinen Zwecken. Der Witz an der Sache ist, dass ich kaum etwas zu tun brauche, um alles in Gang zu bringen. Die Nonnen, die so lange hier eingesperrt waren und nichts hatten, um ihre Langeweile zu mildern, werden – mit ein bisschen Unterstützung meinerseits – genau das sehen, was sie sehen sollen.

Sœur Antoine ist für mich von unschätzbarem Wert. Ich brauche ihr nur die kleinste Gunst zu erweisen – einen Apfel, ein bisschen Gebäck oder auch nur ein freundliches Wort –, und sie berichtet mir, was man sich im Kloster erzählt, gibt mir alle kleinen Geheimnisse preis. Auf meine Anweisung hin hat Antoine die sechs schwarzen Katzen gefangen und auf dem Klostergelände freigelassen, wo sie in der Milchküche ein Riesenchaos anrichteten und nicht weniger als zweiundvierzig Nonnen, denen sie über den Weg liefen, Unglück gebracht haben. Sie hat auch die monströse Kartoffel in Form des gehörnten Teufels gefunden und sie Mère Isabelle zum Mittagessen serviert, und sie hat die Frösche im Mehlkorb versteckt und Sœur Marguerite halb zu Tode erschreckt. Ihr eigenes kleines Geheimnis – dass sie ein Kind hatte, das sehr früh gestorben ist – hat mir Sœur Clémente verraten, die die dicke Nonne verachtet und versucht, sich bei mir einzuschmeicheln. Das wird ihr nichts nützen, aber sie ist so leicht zu beeindrucken, und auf jeden Fall ist sie mir lieber als Alfonsine, die so flachbrüstig ist wie ein Waschbrett, oder die saftlose Marguerite mit ihren Ticks und Zuckungen.

Sœur Anne ist weniger kooperariv. Schade, denn eine Komplizin zu haben, die stumm ist, kann von großem Nutzen sein, und wenn mich nicht alles täuscht, ist die Kleine klüger, als sie aussieht. So leicht zu dressieren wie ein guter Hund oder ein Affe. Juliette hat sie natürlich ins Herz geschlossen – ein zusätzlicher Bonus, falls mir das Kind irgendwie entwischen sollte.

Ach, Juliette! Meine Geflügelte findet meine kleinen Scherze überhaupt nicht lustig. Insgeheim jedoch ist sie empört über die Aufregung, die sie verursachen. Typisch. All die Zaubersprüche, auf die sie immer wieder zurückgreift, haben nichts an ihrer praktisch veranlagten Natur geändert. Ich wusste, dass sie sich von meinen Tricks nicht hinters Licht führen lassen würde, doch sie hat ebenso wie ich zu der allgemeinen Verwirrung beigetragen, und sie wird mich nicht verraten. Ich bin fast versucht, sie in meine Pläne einzuweihen. Aber ich bin schon genug Risiken eingegangen. Außerdem hat sie eine bedauernswerte Tendenz zur Loyalität, und wenn sie wüsste, was ich vorhabe, würde sie wahrscheinlich versuchen, mich daran zu hindern. O nein, meine Liebe. Das Letzte, was ich jetzt gebrauchen kann, ist ein Gewissen.

Heute bin ich nach Barbâtre hinausgeritten und habe den halben Nachmittag auf dem Damm verbracht und die Gezeiten beobachtet. Es ist ein Vergnügen, das mich jedes Mal beruhigt. Außerdem bietet es eine willkommene Abwechslung zum Alltag im Kloster und den wachsenden Anforderungen, die die guten Nonnen an mich stellen. Wie können sie das nur aushalten? Eingesperrt zu sein wie Hühner und ewig im immer gleichen Hof herumzulaufen? In geschlossenen Räumen habe ich es noch nie lange ausgehalten. Ich brauche Luft, den Himmel über mir, Straßen, die in alle Richtungen gehen. Außerdem habe ich einige Briefe zu verschicken, die besser ohne Wissen meiner kleinen Isabelle zugestellt werden sollten. Ein Ritt von einer Woche dürfte reichen; Bezahlung bei Antworterhalt. Eine Gezeitenperiode vollzieht sich in elf Stunden – eine Tatsache, die bisher nur wenigen Insulanern aufgefallen ist, obwohl es sehr nützlich ist, das zu wissen –, und der Damm ist jedes Mal knapp drei Stunden lang begehbar. Manche behaupten, der Mond verursache die Gezeiten, so wie andere Häretiker meinen, die Sonne ziehe die Erde an. Auf jeden Fall steigt die Flut bei Vollmond höher, während sie bei Neumond niedriger bleibt. Als Kind bin ich immer wieder für mein Interesse an solchen Dingen bestraft worden – *sinnlose Neugier* nannten sie es, wahrscheinlich zum Vergleich mit der beflissenen Apathie meiner frommen Lehrer –, aber es ist ihnen nicht gelungen, mir diese Neugier auszutreiben. Man mag mich vielleicht pervers schelten, aber das Argument *Gott hat es so gemacht* hat mich noch nie so sehr überzeugt, dass es mir als Erklärung für irgendetwas ausgereicht hätte.

10

♥

24. Juli 1610

Gestern und heute herrschte den ganzen Tag hektisches Treiben im Kloster. Die Gottesdienste in der Kapelle finden zurzeit nicht statt, weil LeMerle sich um die speziellen Riten kümmern muss, aber zur Vigil und zur Laudatio versammelten wir uns wie üblich. Mir wurde die Aufgabe zugeteilt, zusammen mit Sœur Germaine den neuen Brunnen zu graben, eine Arbeit, die uns so in Anspruch nimmt, dass wir bis auf die allernötigsten von allen Pflichten befreit sind. Perette ist immer noch verschwunden, aber niemand redet darüber, und irgendetwas hält mich davon ab, zu viele Fragen zu stellen; mit LeMerle wage ich natürlich erst recht nicht, darüber zu sprechen. Die anderen reden inzwischen über nichts anderes mehr als über Teufel und Verfluchungen. Jedes Buch im Scriptorium wird zu Rate gezogen, jedes Ammenmärchen aufgewärmt. Piété erinnert sich an einen Mann aus ihrem Dorf, der vor Jahren verhext wurde und daraufhin verblutete. Marguerite faselt dauernd von dem Meer aus Blut in der Offenbarung des Johannes und ist davon überzeugt, dass der Weltuntergang bevorsteht. Alfonsine berichtet von einem Bettler, der irgendeinen Spruch gemurmelt hat, als sie sich weigerte, ihm Geld zu geben, und fürchtet nun, er könnte sie verhext haben. Tomasine hat ihr geraten, es mal mit einem Talisman aus Vogelbeeren und einem roten Faden zu versuchen. Das Ganze hätte zum Lachen sein können, wenn es nicht so beängstigend gewesen wäre. Obwohl die neue Äbtissin unsere Inselheilige nicht offiziell anerkannt hat, brannten bis zum Mittag mindestens fünfzig Kerzen zu Füßen der Statue von Marie-de-la-mer, daneben lagen alle möglichen Opfergaben – zumeist Blumen, Kräuter und Früchte –, und die Luft war blau vor Weihrauch.

Mère Isabelle war außer sich. »Es steht euch nicht zu, solche Dinge selbst in die Hand zu nehmen!«, fauchte sie, als Bénédicte erklärte, wir hätten nur versucht zu helfen. »In einer solchen Situation ist es nicht angebracht, die Heilige – falls sie denn tatsächlich eine Heilige ist – um Hilfe zu bitten. Und was diesen Plunder angeht«, sie zeigte auf die Opfergaben, »das grenzt an heidnische Götzenverehrung, und ich verlange, dass das alles auf der Stelle verschwindet!«

LeMerle fühlt sich anscheinend so wohl wie ein Fisch im Wasser. Den ganzen Vormittag über war seine Stimme im Hof zu hören, unablässig ist er dabei, irgendwelche Befehle zu erteilen, jemanden einzuschüchtern, jemanden aufzumuntern … einmal redet er mit den Arbeitern, ein andermal mit einem Bauern, der eine Wagenladung Lebensmittel liefert: Säcke mit Mehl und Korn, Grünkohl und Weißkohl vom Markt, eine Kiste voller Junghennen. Sœur Marguerite ist mittlerweile sowohl für die Küche als auch für die Vorratshaltung verantwortlich und weidet sich offenbar an Antoines neidischen Blicken. Auch an LeMerle findet sie Gefallen; immer wieder bittet sie ihn um seine Meinung zu allem Möglichen – wie man Getreide am besten lagert, wie man Kräuter trocknet und ob der Verzehr von Fisch als Fasten gilt.

Später trieb LeMerle den Teufel aus dem Brunnen. Nach endlosen Gebeten und Gesängen wurde der Brunnen mit Flechtwerk und Mörtel versiegelt. Anschließend begab LeMerle sich wieder in die Kapelle, diskutierte über Dacharbeiten und die Reparaturen an den Stützbögen. Danach zurück zum Torhaus und zu Isabelle, die ihm auf Schritt und Tritt folgt wie ein kleines, missmutiges Gespenst.

In der glühenden Hitze war die Arbeit am Brunnen mühsam und ging nur langsam voran, und gegen Mittag war mein Habit verklebt mit dem gelben Lehm, der unter dem Sand eine dicke Schicht bildet. Dieser Lehm verhindert, dass das Wasser, das von unten hochsteigt, verdampft. Sobald man ihn durchsticht, tritt das Wasser an die Oberfläche. Anfangs ist es brackig, aber dann, wenn es den Brunnen allmählich füllt, wird es klar und süß. Es ist Meerwasser, dessen Salzgehalt von dem feinen Sand, auf dem die Insel ruht, herausgefiltert wird. Wir haben jetzt die Hälfte geschafft, und wir heben den Lehm sorgfältig auf für Sœur Bénédicte, unsere Töpferin, die daraus die Schüsseln und Tassen herstellt, die wir im Refektorium benutzen.

Nach den neuen Regeln von Mère Isabelle nehmen wir unsere Hauptmahlzeit nach der Sext ein und bekommen normalerweise zu Mittag nur eine Hand voll Schwarzbrot und Salz. Da Germaine und ich jedoch zurzeit so schwere Arbeit leisten, bekamen wir Fleisch und Bier. Dennoch war ich völlig erschöpft, meine Hände waren aufgeweicht von dem brackigen Wasser, und meine Augen brannten. Von meinen Füßen schälte sich die Haut, und spitze Steinchen bohrten sich in die Wölbung meiner Fußsohlen, während ich in dem immer tiefer werdenden Loch herumwatete. Das Wasser stand inzwischen recht hoch, statt in dem gelben Lehm gruben wir jetzt in schwarzem, mit Glimmer versetztem Schlamm. Sœur Germaine zog die Eimer mit dem

Schlamm nach oben, wo er in Kübeln gesammelt wird für die Gemüsebeete, denn dieses stinkende Zeug ist kaum salzhaltig und so fruchtbar wie Löss.

Als es gegen Abend dunkel wurde und die Luft abkühlte, half Sœur Germaine mir, aus dem Brunnen zu klettern. Auch ihr Habit war mit Schlamm verschmiert, aber ich war von oben bis unten verdreckt, meine Haare trotz eines Kopftuchs vom Schlamm verkrustet, und mein Gesicht sah aus wie das einer Wilden.

»Das Wasser ist gut«, sagte ich. »Ich habe es probiert.«

Germaine nickte. Sie war noch nie besonders redselig, aber seit der Ankunft der neuen Äbtissin spricht sie kaum noch ein Wort. Es kam mir auch ganz seltsam vor, sie ohne Clémente zu sehen. Vielleicht haben sie sich gestritten, sagte ich mir, denn in den alten Zeiten waren sie unzertrennlich gewesen. Die Ehrwürdige Mutter ist kaum drei Wochen tot, und schon sind es für mich *die alten Zeiten*. Wirklich bitter.

»Der Lehm drückt sich durch ins Wasser und verdirbt es. Wir müssen die Wände abdichten«, sagte ich zu Germaine. »Erst mit Holz, dann mit Steinen und Mörtel, anders ist es nicht zu machen.«

Sie beäugte mich mit einem mürrischen Blick, der mich an LeBorgne erinnerte. »Du kennst dich wohl mit allem aus, was?«, knurrte sie. »Aber wenn du glaubst, damit kannst du dich beliebt machen, dann hast du dich getäuscht. Da würde ich dir eher raten, in der Kapelle einen Anfall zu bekommen oder bei der Beichte jemanden anzuschwärzen. Aber am besten entdeckst du eine monströse Kartoffel oder dreizehn Elstern auf einem Feld.«

Ich schaute sie verblüfft an.

»Das erwartet man doch neuerdings von uns, oder nicht?«, fuhr Germaine fort. »All dieses Gerede, dieser Blödsinn über Teufel und Verfluchungen. Das will sie hören, und genau das erzählen sie ihr auch.«

»Wem erzählen sie das?«

»Diesem Mädchen.« Germaines Worte erinnerten mich auf unheimliche Weise an das, was Antoine an dem Tag gesagt hatte, als Fleur entführt wurde. »Diesem schrecklichen kleinen Mädchen.« Sie schwieg einen Augenblick lang, ein seltsames Lächeln auf den schmalen Lippen. »Das Glück ist so vergänglich, nicht wahr, Sœur Auguste? Einmal hat man's, und am nächsten Tag hat man es schon wieder verloren, und man weiß noch nicht einmal, wie es passiert ist.«

Das war eine lange, seltsame Rede für Germaines Verhältnisse, und ich wusste nicht, wie ich darauf antworten sollte oder ob ich das überhaupt wollte. Sie muss meine Gedanken gelesen haben, denn sie begann laut zu lachen, drehte sich auf dem Absatz um und ließ mich in der Abenddämmerung am Brunnen stehen. Am liebsten hätte ich sie zurückgerufen, aber ich wusste nicht, was ich ihr sagen sollte.

Ernst und schweigend aßen wir zu Abend. Marguerite, die jetzt anstelle von Antoine in der Küche arbeitet, kann längst nicht so gut kochen wir ihre Vorgängerin, und diesmal hatte sie uns eine dünne, versalzene Suppe vorgesetzt, dazu verwässertes Bier und trockenes, dunkles Brot. Mir machte das nicht viel aus, aber einige andere waren wohl darüber verärgert, dass es an einem normalen Wochentag kein Fleisch gab. Niemand wagte es jedoch, sich offen zu beklagen. In den alten Zeiten wäre bei der Vollversammlung lebhaft über das magere Essen debattiert worden, jetzt dagegen hüllten sich alle in Schweigen, so unzufrieden sie auch waren. Sœur Antoine, die rechts von mir saß, schlang ihr Essen mit grimmiger Miene hinunter. Sie sieht neuerdings ganz verändert aus, ihr fleischiges Mondgesicht ernst und mürrisch. Von der Arbeit an den Steinöfen sind ihre Hände mit Brandblasen bedeckt.

Am Nebentisch saß Rosamonde und löffelte friedlich ihre Suppe, ohne sich um die missbilligenden Blicke der Äbtissin zu kümmern. Der Kummer der alten Nonne über die Veränderungen im Kloster war nicht von Dauer. Sie lebt inzwischen in einem Zustand glücklicher Verwirrung, erledigt ihre Pflichten bereitwillig, aber nachlässig und wird von einer Novizin, der man aufgetragen hat, darauf zu achten, dass Rosamonde sich nicht zu weit vom Kloster entfernt, zu den Gottesdiensten gerufen. Rosamonde lebt in einer Halbwelt zwischen Vergangenheit und Gegenwart, verwechselt Namen, Gesichter, Uhrzeiten. Häufig erzählt sie von längst Verstorbenen, als würden sie noch leben, ruft andere Nonnen beim falschen Namen, zieht Kleider an, die ihr nicht gehören. Einmal hat sie sich auf den Weg gemacht, um Vorräte aus einer Scheune zu holen, die vor zwanzig Jahren bei einem Sturm zerstört wurde. Sie scheint sich dabei ganz wohl zu fühlen, was mich eigentlich nicht wundert, denn ich habe so etwas schon mehrmals bei ganz alten Leuten erlebt.

Aber die Äbtissin ärgert sich darüber, wie Rosamonde sich benimmt, wie sie beim Essen schmatzt und schlürft, wie sie das Schweigegebot vergisst oder die Texte von Gebeten durcheinander bringt, dass sie sich so schlampig kleidet – bis einer Novizin die Aufgabe übertragen wurde, auf Rosamonde aufzupassen, ist sie sogar mehrmals halb nackt zum Gottesdienst erschienen.

Vor allem die Trachtenhaube ist ein lästiges Kleidungsstück für eine alte Frau, die sechzig Jahre lang eine *quichenotte* getragen hat, und warum die ihr plötzlich verboten ist, kann Rosamonde sowieso nicht verstehen. Ganz besonders ärgert sich die neue Äbtissin darüber, dass Rosamonde ihre Autorität nicht anerkennt und dauernd nach Mère Marie fragt. Gut, Angélique Saint-Hervé Désirée Arnault hat in ihrem kurzen Leben sicherlich nicht viel Gelegenheit gehabt, sehr alte Menschen zu beobachten. Sie wird die meiste Zeit in einem Kinderzimmer verbracht haben, wo mechanisches Spielzeug ihr die Spielkameraden und Diener die Familie ersetzt haben. Das Einzige, was sie von der Welt gesehen hat, waren Priester und Ärzte. Vor Armut und Elend hat man sie stets sorgfältig abgeschirmt. Alte, Kranke und Schwache gehörten in den Augen von Mère Isabelle nicht zu Gottes Schöpfung.

Sœur Tomasine sprach das Tischgebet. Wir aßen schweigend, nur Rosamondes Schlürfen war zu hören. Mère Isabelle schaute einmal auf, dann richtete sie ihren zornerfüllten Blick wieder auf ihren eigenen Teller. Sie löffelte das Essen, und nach jedem kleinen Häppchen presste sie die Lippen fest zusammen.

Als plötzlich ein ungewöhnlich lautes Schmatzen ertönte, beugten die Novizinnen sich tief über ihre Teller, um nicht in schallendes Gelächter auszubrechen. Die Äbtissin schien etwas sagen zu wollen, doch dann kniff sie wie zuvor die Lippen zusammen und schwieg.

Es war das letzte Mal, dass Rosamonde mit uns anderen zusammen gegessen hat.

Am Abend ging ich wieder zu LeMerle. Ich bin mir nicht sicher warum, aber ich konnte einfach nicht schlafen, und meine Sehnsucht zerriss mir das Herz. Sehnsucht wonach, weiß ich selbst nicht. Ich klopfte, doch niemand meldete sich. Als ich durch das Fenster spähte, sah ich, dass im Kamin ein schwaches Feuer brannte, und auf dem Teppich davor entdeckte ich eine Gestalt – nein, zwei Gestalten, die vom Feuerschein beleuchtet wurden.

Der Mann war LeMerle. Ich erkannte den schwarzen Schal an seinem Arm, der das alte Brandmal verdeckte. Die Frau war jung, schlank wie ein Jüngling. Ihr Gesicht war von mir abgewandt, ihr kurz geschorenes Haar unter seinen Händen, unter seinem Mund, hatte die Farbe roher Seide.

Clémente.

Hastig schlich ich zurück zum Schlafsaal, wollte mich nur noch in mein Bett verkriechen. Alle anderen schliefen tief und fest. Dennoch verfolgte mich ein hämisches Lachen wie ein Geist, als ich mit klopfendem Herzen durch die Reihen der Betten zu meinem Bett an der Wand eilte, an Clémentes Pritsche vorbei … Plötzlich blieb ich wie angewurzelt stehen. Germaine saß kerzengerade und reglos auf Clémentes Bett. Ein Streifen Mondlicht fiel auf ihr vernarbtes Gesicht, und ich sah, dass ihre Augen feucht waren. Sie schien mich nicht einmal wahrzunehmen, und ich ging weiter, ohne ein Wort zu sagen.

11

♥

25. Juli 1610

Heute Morgen ist Perette wieder aufgetaucht, als wäre nichts geschehen. Es ist bezeichnend für die neue Ordnung im Kloster, dass niemand ein Wort über ihre Abwesenheit verloren hat, nicht einmal in der Vollversammlung. Wenn es eine andere gewesen wäre, hätte vielleicht jemand etwas gesagt. Aber Perette ist ja auch eigentlich keine Ordensschwester – nicht einmal eine Novizin – von Sainte Marie-de-la-mer. Etwas Seltsames haftet ihr an, eine Distanziertheit, die keine von uns bisher zu durchdringen vermochte. Selbst ich war so sehr mit meinem eigenen Kummer beschäftigt, dass ich nicht allzu viele Gedanken daran verschwendet habe, wieso meine kleine Freundin verschwunden war. Es war, als wäre Perette nie da gewesen, sie war so vollständig aus unserem Gedächtnis getilgt wie aus unserem täglichen Leben. Heute Morgen war sie plötzlich wieder da: Sittsam wie eine Heiligenstatue setzte sie sich an ihren üblichen Platz am Tisch, ohne irgendjemanden anzusehen.

Doch irgendetwas an ihrem Verhalten irritierte mich. Sie war zu still, ihr Gesicht so ausdruckslos, wie ich es nur von Perette kenne, ihre bernsteinfarbenen Augen so leer und glänzend wie das Gold an unserem Altar. Am liebsten hätte ich mit ihr gesprochen, sie gefragt, wo sie die letzten drei Tage gesteckt hatte – aber Sœur Marguerite hatte bereits zur Vigil geläutet, und es blieb keine Zeit für Fragen, selbst wenn Perette bereit gewesen wäre, sie zu beantworten.

LeMerle ließ sich erst zur Prim blicken. Er war noch nie ein Frühaufsteher, selbst in den alten Tagen, hatte es schon immer vorgezogen, erst um acht oder neun aus den Federn zu kriechen, nachdem er bis Mitternacht gelesen und Kerzen vergeudet hatte – die guten aus Wachs, nicht solche aus Talg –, während wir anderen kaum genug zu essen hatten. So machte er es immer, und alle akzeptierten es, als stünde es ihm zu, als wäre er der Herr und wir seine Diener. Das Schlimmste daran war, dass es uns *gefiel;* wir dienten ihm freudig und meistens ohne Groll, wir logen für ihn, wir stahlen für ihn, entschuldigten sein Benehmen, und wenn es noch so unverschämt war. »So ist er nun mal«, sagte Le Borgne einmal zu mir, als ich die Beherrschung verlor. »Der eine hat's, der andere nicht, das ist alles.«

»Hat was?«

Der Zwerg grinste mich an. »Charme, meine Liebe, oder das, was man heutzutage dafür hält. Dieser Glanz, mit dem manche geboren werden. Der besondere Glanz, der einen wie ihn von einem wie mir unterscheidet.«

Ich verstand nicht, was er damit meinte, und sagte ihm das.

»O doch, du verstehst das sehr gut«, erwiderte Le Borgne mit ungewöhnlicher Geduld. »Du weißt, dass er ein Nichtsnutz ist, du weißt, dass er über Leichen geht und dass er dich eines Tages verraten wird. Aber du willst trotzdem an ihn glauben. Er ist wie diese Statuen, die in den Kirchen stehen, außen Gold und Glitzer und innen Gips. Wir wissen, woraus sie in Wirklichkeit gemacht sind, doch wir tun so, als wüssten wir es nicht, denn es ist besser, an einen falschen Gott zu glauben als an gar keinen.«

»Trotzdem hältst du ihm die Treue«, sagte ich. »Nicht wahr?«

Er schaute mich mit seinem einen Auge an. »Ja«, antwortete er. »Aber ich bin ein Narr. In jedem Zirkus gibt's einen Narren.«

Also, LeMerle, dachte ich, als sich bei seinem Eintreten alle Blicke sehnsüchtig auf ihn richteten, heute Morgen kannst du dir deine Närrinnen beliebig auswählen. Im Gegensatz zu uns ist er nicht von langen Nächten und den Entbehrungen gezeichnet, dachte ich. Er wirkte frisch und ausgeruht in seinem Priestergewand, das Haar im Nacken mit einer Schleife zusammengebunden. Der bestickte Überwurf über seiner schwarzen Soutane verlieh ihm die Würde, die seinem Amt gebührte, und seine blassen Hände ruhten auf dem silbernen Kreuz, das er wie immer um den Hals trug. Wie zufällig stand er unter dem einzigen Bleiglasfenster, durch das das erste Licht der Morgendämmerung fiel. Ich wusste sofort, dass irgendetwas im Gange war.

Alfonsine war bei ihm. Seit ihrem letzten Anfall hatte es verschiedene Gerüchte gegeben, allerdings kannten wir Alfonsine gut genug, um ihnen keine Beachtung zu schenken. Doch dass sie jetzt neben LeMerle stand, erregte allgemeine Aufmerksamkeit, die sie auch weidlich auskostete. Sie setzte einen gehetzten Blick auf, tat so, als sei sie nicht sicher auf den Füßen, und hustete mehrmals in ihre Hand. Sie benahm sich so, als hätte ihr hysterischer Anfall in der Krypta sie nicht beschämt, sondern eher interessanter gemacht, und sie wandte ihren schmachtenden Blick nicht ein einziges Mal von LeMerle ab.

Auch andere, unter ihnen Antoine, Clémente, Marguerite

und Piété, starrten ihn voller Hoffnung, Angst oder Bewunderung an. Aus Germaines Gesicht sprach nichts als völlige Gleichgüligkeit, aber in ihren Augen las ich etwas anderes. Ich kannte diesen Blick, und LeMerle musste ein Narr sein, wenn er die Gefahr nicht wahrnahm. Sollte sich Germaine die Gelegenheit bieten, würde sie ihm Schaden zufügen.

Dann breitete sich Schweigen aus, und LeMerle begann zu sprechen. »Meine Kinder«, sagte er, »die vergangenen Tage sind für uns alle eine Prüfung gewesen. Die geheimnisvolle Verseuchung unseres Brunnens, die Störung unserer Gottesdienste, die durch die Veränderungen hervorgerufene Unsicherheit.« Zustimmendes Gemurmel ging durch die Reihen der Nonnen. Sœur Alfonsine schien nahe daran, in Ohnmacht zu fallen. »Aber die Zeit der Prüfung ist vorbei«, fuhr LeMerle fort und ging auf den Altar zu. »Wir haben sie überstanden und sind gestärkt aus ihr hervorgegangen. Und zum Zeichen unserer Kraft, unserer Hoffnung, unseres Glaubens«, er ließ den Blick durch die Kapelle schweifen, und vor gespannter Erwartung schien die Luft zu knistern, »werden wir die heilige Kommunion austeilen, ein Sakrament, das hier viel zu lange vernachlässigt worden ist. *Quam oblationem, tu Deus, in omnibus quaesumus, benedictam …*«

Auf diese Worte hin ging Sœur Piété, die für die Sakristei zuständig ist, langsam zu dem kleinen Schrank, in dem die Schätze des Klosters aufbewahrt werden, und nahm den Kelch und die heiligen Gefäße für die Kommunion heraus. All diese Dinge haben wir nur selten benutzt. Seit meiner Ankunft im Kloster habe ich lediglich ein einziges Mal das Sakrament empfangen. Unsere alte Mutter Oberin war so voller Ehrfurcht für die Kunstschätze gewesen, die uns die Dominikanermönche hinterlassen haben, dass sie sie meist sicher unter Verschluss gehalten hat. LeMerle hob die Regel auf, wie er auch alle anderen aufgehoben hatte. Im hinteren Teil der Sakristei befindet sich ein Ofen zum Backen der Hostien, aber meines Wissens ist er seit zwanzig Jahren nicht mehr benutzt worden. Woher er die Hostien hatte, kann ich nur raten. Vielleicht hatte er sie selbst gebacken, oder Mère Isabelle hatte sie von einer der Nonnen backen lassen. Mit gebeugtem Kopf trug Sœur Alfonsine die Hostien zu LeMerle hinüber, der gerade dabei war, den Wein in einen silbernen, mit Edelsteinen geschmückten Kelch zu gießen.

Mère Isabelle trat als Erste an den Altar und kniete nieder, um das Sakrament zu empfangen. LeMerle legte ihr eine Hand auf die Stirn und nahm eine Hostie von der silbernen Schale.

»*Hoc est enim corpus meum.*«

Bei diesen Worten blieb mir fast das Herz stehen, und ich kreuzte die Finger, um Unheil abzuwehren. Irgendetwas führte LeMerle im Schilde. Erneut spürte ich es ganz deutlich. Es lag in der Luft wie ein nahendes Gewitter.

»*Hic est enim calix sanguinis mei …*«

Jetzt der Kelch. In ihren kleinen Händen wirkte er riesengroß. Der Rand war schwarz angelaufen, die ungeschliffenen Edelsteine glänzten kaum mehr als gewöhnliche Kieselsteine. Plötzlich wollte ich aufspringen und das Mädchen warnen, ihr sagen, sie solle nicht trinken, ihm nicht trauen, das ungültige Sakrament verweigern. Aber es war Wahnsinn. Ich war bereits in Ungnade gefallen, musste bereits Buße tun. Noch einmal kreuzte ich die Finger. Ich konnte nicht hinsehen, als Mère Isabelle den Kelch an die Lippen hob und …

»*Amen.*«

Der Kelch wurde weitergereicht. Jetzt nahm Marguerite

mit zitternden Knien Isabelles Platz am Altar ein. Dann Clémente. Danach Piété, Rosamonde und Antoine. Hatte ich mich geirrt? Hatte mein Instinkt mich getäuscht?

»Sœur Anne.« Perette, die neben mir stand, zuckte zusammen, als sie den ungewohnten Namen hörte, die unfreundliche Stimme. Der Ton der Äbtissin war knapp, herrisch. Perette machte einen Schritt rückwärts, ohne auf die Nonnen hinter ihr zu achten. Ich hörte eine Nonne aufstöhnen, als Perette ihr auf den Fuß trat.

»Sœur Anne, würdest du bitte nach vorn kommen und das Sakrament empfangen«, sagte LeMerle.

Perette warf mir einen flehenden Blick zu und schüttelte den Kopf.

»Perette, es ist in Ordnung. Geh einfach an den Altar.« Mein Flüstern blieb in der Menge unbeachtet. Doch das Mädchen rührte sich immer noch nicht vom Fleck. »Geh schon!«, zischte ich und schob sie nach vorne. »Vertrau mir.«

In ihrem Novizinnenhabit kniete Perette vor ihm nieder, ihre Nasenflügel bebten. Sie wimmerte leise, als LeMerle ihr die Hostie auf die Zunge legte. Nun reichte er ihr den Kelch. Sie nahm ihn mit beiden Händen entgegen und schaute sich nach mir um, wie um sich zu vergewissern. Anschließend trank sie.

Einen Augenblick lang glaubte ich, ich hätte mich geirrt. Sein *Amen* klang klar und deutlich durch die Kapelle. Er streckte einen Arm aus, um Perette auf die Füße zu helfen. Dann hustete sie.

Unvermittelt musste ich an den Mönch in der Prozession in Epinal denken. Die Leute waren mit dem gleichen Entsetzen zurückgewichen, als der Mönch zu Boden sank und der Kelch ihm aus der Hand glitt.

Perette hustete wieder, beugte sich vor, und plötzlich erbrach sie sich. Es wurde ganz still in der Kapelle. Perette drehte sich um, wie um sich zu vergewissern, dass wir noch da waren, danach begann sie wieder zu würgen, und zu spät versuchte sie, sich die Hand vor den Mund zu halten. Eine ekelhafte rote Brühe ergoss sich aus ihrem Mund und besudelte ihren weißen Rock.

»*Blut!*«, stöhnte Alfonsine.

Perette schlug die Hände vor den Mund. Sie wirkte völlig verängstigt, als wollte sie am liebsten die Flucht ergreifen. Ich versuchte, zu ihr hinzulaufen, aber Alfonsine kam mir in die Quere. »Sie hat das Sakrament befleckt!«, schrie sie hysterisch. »Das Sakrament!« Dann krümmte auch sie sich vor Krämpfen und begann zu husten, und mit einem Mal war ich wieder in Epinal, sah die Menschen vor dem von der Krankheit gezeichneten Mönch zurückweichen, hörte, wie die Menge wogte und alles unter sich zertrat. Einen Augenblick lang konnte ich kaum atmen, als ich gegen die Wand des Querschiffs gedrückt wurde.

Da trat LeMerle vor, und die Nonnen beruhigten sich ein wenig. Alfonsine hustete immer noch, ihre Wangen waren vor Aufregung ganz fleckig. Dann beugte sie sich vor und übergab sich, eine riesige Pfütze Blut breitete sich zwischen ihren Füßen aus.

Damit war alle Hoffnung auf eine vernünftige Erklärung dahin. Vergeblich versuchte ich, die Nonnen daran zu erinnern, dass Sœur Alfonsine schon früher Blut gespuckt hatte, dass es an ihrer Krankheit lag. Die Menge reagierte genauso wie in Epinal, und Panik brach aus.

»Die Blutpest!«, schrie Marguerite.

»Ein Fluch!«, rief Piété.

Ich versuchte, mich dagegen zu wehren, doch die Aufregung hatte mich angesteckt. Der Zauberspruch meiner Mutter – *Fort mit dir, böser Geist!* – beruhigte mich ein bisschen, obwohl ich genau wusste, dass es ein Mann und kein Geist war, der dieses Chaos ausgelöst hatte. Überall um mich herum bleiche Gesichter und rollende Augen. Marguerite hatte sich auf die Zunge gebissen, und an ihren Lippen klebte Blut. Clémente hatte so wild um sich geschlagen, dass sie Antoine, die sich fluchend die blutende Nase hielt, ins Gesicht getroffen hatte. Ich habe einmal ein Gemälde von einem Mann namens Bosch gesehen, auf dem sich die Seelen der Verdammten auf dieselbe Weise in Angst und Panik ineinander verkrallen. Es trug den Titel *Pandaemonium*.

Aber jetzt erhob LeMerle die Stimme, die durch unsere Kapelle dröhnte wie der Zorn Gottes. »Ich verlange Respekt vor diesem heiligen Ort!« Die Nonnen schwiegen, nur hier und da war ein leises Wimmern oder Schniefen zu hören. »Wenn es ein Zeichen ist und der Satan es gewagt haben sollte, über uns zu kommen.« Wieder ging ein Murmeln durch die Reihen, doch als er die Hand hob, trat wieder Stille ein. »Wenn der Teufel es gewagt hat, uns hier in unserer heiligen Kapelle heimzusuchen, so bin ich froh darüber.« Er schaute in die Runde. »Wie auch ihr *alle* froh darüber sein solltet! Denn wenn ein Wolf die Herde eines Bauern bedroht, dann ist es die Pflicht des Bauern, *diesen Wolf zu verjagen*! Und wenn ein Wolf, der in die Enge getrieben wird, zu beißen versucht, was macht der Bauer dann?«

Wir starrten ihn mit großen Augen an.

»Ergreift der Bauer etwa die Flucht?«

»*Nein.*« Die Antwort kam ziemlich zaghaft.

»Fängt der Bauer etwa an zu weinen und sich die Haare zu raufen?«

»*Nein!*« Diesmal klang die Antwort schon lauter, mehr als die Hälfte der Nonnen stimmte mit ein.

»Nein! Der Bauer greift sich alle Waffen, deren er habhaft werden kann – Stock, Speer, Mistgabel –, ruft seine

Freunde und Nachbarn und Brüder sowie seine guten, starken Söhne zusammen und jagt den Wolf, jagt ihn und tötet ihn. Wenn sich der Teufel tatsächlich hier eingenistet hat, dann sage ich, es ist an der Zeit, ihn mit eingezogenem Schwanz zurück in die Hölle zu schicken!«

Jetzt hatte er sie gepackt, sie wimmerten und schrien vor Erleichterung und Bewunderung. Einen Augenblick lang weidete LeMerle sich an dem Applaus – es war lange her, dass er vor einem jubelndem Publikum gestanden hatte –, dann begegneten sich unsere Blicke, und er grinste. »Aber seht euch bloß an«, fuhr er leise fort. »Wenn der Teufel eure Abwehr überwunden hat, so fragt euch, warum ihr nicht wachsam genug gewesen seid. Mit welchen ungebeichteten Sünden, mit welchen geheimen Lastern habt ihr ihn angelockt, an welchen schamlosen Praktiken hat er sich in all den unreinen Jahren gelabt?«

Wieder erhoben die Nonnen ihre Stimmen, doch das Gemurmel hatte einen anderen Ton angenommen. *Hilf uns,* so ertönte es aus ihren Mündern, *führe uns.*

»Der Satan kann überall sein«, fuhr LeMerle fast flüsternd fort. »In den Sakramenten unserer Kirche. In der Luft. In den Steinen. Sucht ihn!« Fünfundsechzig Augenpaare blickten sich furchtsam um. »Sucht bei euch selbst und bei euren Mitschwestern.«

Nach diesen Worten stieg er von der Kanzel, und ich wusste, dass die Vorstellung zu Ende war. Das war sein Stil: Eröffnung, Aufbau der dramatischen Spannung, Monolog, großes Finale, bis er schließlich aufs Geschäft zu sprechen kam. Ich hatte das Stück – in Variationen – oft genug gehört.

Seine Stimme, die vorher so eindringlich und aufrüttelnd geklungen hatte, nahm jetzt den knappen, unpersönlichen Ton eines Befehlshabers an. »Verlasst jetzt die Kapelle, alle. Es werden keine weiteren Gottesdienste stattfinden, bis dieser Ort gereinigt ist. Sœur Anne«, er drehte sich zu Perette um, »bleibt bei mir. Sœur Alfonsine wird sich zurück in die Krankenstation begeben. Alle anderen werden sich wieder ihren Pflichten und ihren Gebeten zuwenden. Gelobt sei der Herr!«

Ich konnte nicht umhin, ihn zumindest ein bisschen zu bewundern. Von Anfang an hatte er sie in der Hand gehabt, hatte sie raffiniert von einem emotionalen Extrem ins andere geführt – nur wozu? Er hatte von einem höheren Motiv gesprochen, hatte angedeutet, dass er diesmal von etwas anderem getrieben sei als bei seinen üblichen Diebereien und Betrügereien, aber ich konnte mir beim besten Willen nicht vorstellen, welche Art von Gewinn oder Reichtum er in einem kleinen, versteckt an der Küste gelegenen Kloster zu finden hoffte. Ich zuckte die Achseln. Was konnte ich schon tun? Er hatte meine Tochter. Das war im Augenblick das Einzige, was mir Sorgen bereitete. Um den Rest sollte sich die Kirche kümmern.

12

♥

26. Juli 1610

Den Vormittag über widmeten wir uns unseren Pflichten und dem Gebet und zerbrachen uns den Kopf darüber, wie es weitergehen sollte. Bei der Vollversammlung wurde eine öffentliche Beichte abgehalten, bei der sich herausstellte, dass fünf weitere Nonnen nach dem Empfang der Kommunion das unreine Blut in ihrem Mund geschmeckt hatten. Mère Isabelle ist zu dem Schluss gekommen, dass diese Verwirrung der Sinne durch den Genuss von Fleisch und Wein hervorgerufen wird, und hat angeordnet, dass nichts Rotes – kein rotes Fleisch, keine Tomaten, kein Rotwein, keine Äpfel oder rote Beeren – mehr in die Küche gelangen oder zu den Mahlzeiten serviert werden darf und dass wir nur noch die einfachsten Nahrungsmittel zu uns nehmen werden. Jetzt, wo der neue Brunnen fast fertig ist, wurde uns auch das Bier gestrichen, sehr zum Verdruss von Sœur Marguerite, die trotz der Beschwerden durch den Genuss des Biers regelrecht aufgeblüht ist. Sœur Alfonsine und Perette sind in der Krankenstation untergebracht. Sœur Virginie pflegt die beiden und hat den Auftrag, Mère Isabelle über alles Ungewöhnliche sofort Bericht zu erstatten. Ich kann mir nicht vorstellen, dass irgendeine von den Nonnen tatsächlich glaubt, die beiden seien vom Teufel besessen. Aber es kursieren die wildesten Gerüchte. Weitere Auswirkungen von LeMerles üblen Machenschaften.

Zwischen Abendessen und Gebet, Beichte und abendlichen Pflichten hatten wir heute eine halbe Stunde für uns. Ich bin in meinen Kräutergarten gegangen – der nicht länger meiner ist – und habe mit den Fingern die Rosmarin- und Salbeisträucher berührt, die ihren Duft in die milde Abendluft verströmten. Bienen summten um den violetten Lavendel und die winzigen Thymianblüten. Ein weißer Schmetterling ließ sich kurz auf einer Kornblume nieder. In diesem Augenblick wurde mir Fleurs Abwesenheit sehr schmerzhaft bewusst. Ich hatte ihr trauriges Gesicht so deutlich vor Augen, als hätte ich eine Unheil verkündende Karte gezogen. Ich spürte, wie mich der Kummer, den ich die ganze Zeit unterdrückt hatte, wieder mit aller Macht überkam. Ein paar Sekunden inmitten einer Menschenmenge, ein kurzer Blick. Das reicht nicht, sagte ich mir. Außerdem habe ich teuer dafür bezahlt. Vier Tage sind vergangen. Aber LeMerle hat noch kein zweites Treffen in Aussicht gestellt. Mir lief ein eiskalter Schauer über den Rücken, als ich überlegte, ob es jetzt, wo er Clémente hat, keinen Besuch bei Fleur mehr geben wird. Ich bin zu alt für seinen Geschmack, ich bin ihm zu vertraut. LeMerle gelüstet es nach jüngerem Fleisch. Ich bin zu kühl gewesen, bin mir zu sicher gewesen, zu starrsinnig. Ich habe meine Chance vertan.

Ich kniete auf den Weg nieder. Der Duft von Lavendel und Rosmarin war betörend und weckte Erinnerungen. Nicht zum ersten Mal und mit zunehmender Besorgnis fragte ich mich, was LeMerle im Schilde führt. Wenn es mir gelänge, ihn zu durchschauen, könnte ich vielleicht etwas Einfluss auf ihn nehmen. Gibt es Gold im Kloster, auf das er es abgesehen hat? Hat er irgendwie von einem geheimen Schatz erfahren, den er zu finden hoffte, während ich den Brunnen grub? Natürlich kennen wir alle möglichen Geschichten über irgendwelche von Mönchen hinterlassene Reichtümer, die unter Krypten vergraben oder in alten Mauern versteckt liegen. Aber das ist nur wieder meine romantische Phantasie. Giordano hat mich deswegen häufig getadelt, er bevorzugte die Poesie der Mathematik. *Du wirst ein böses Ende finden, Mädchen,* pflegte er zu sagen. *Du hast die Seele eines Freibeuters.* Wenn ich dann an dem Vergleich Gefallen zu finden schien, fügte er augenzwinkernd hinzu: *Die Seele eines Piraten und den Verstand eines Esels. Und jetzt zurück zu den Formeln …*

Ich weiß, was Giordano mir gesagt hätte. Es gibt kein Gold im Gemäuer der Abtei, und alles, was je im Treibsand vergraben gewesen sein mochte, ist längst verschwunden. Solche Dinge gab es nur im Märchen. Doch LeMerle ist mir ähnlicher als mein alter Lehrer; eher ein Freibeuter als ein Logiker. Ich weiß, was ihn antreibt. Gier. Schadenfreude. Ruhmsucht. Die Freude daran, Böses zu tun, diejenigen zu strafen, die seine Pläne durchkreuzen, Altäre umzustürzen, Gräber zu plündern. Ich weiß das, weil wir uns immer noch ähnlich sind, er und ich. Viele Leidenschaften kochen in seinem seltsamen Blut, und die Gier nach Reichtum zählt eher zu den weniger stark ausgeprägten. Nein, hier geht es ihm nicht um Geld.

Macht vielleicht? Die Vorstellung, so viele Frauen unter der Fuchtel zu haben, die er benutzen und manipulieren kann? Das würde eher zu dem LeMerle passen, den ich kannte, und auch seine geheimen Treffen mit Clémente erklären. Aber LeMerle konnte sich schon immer seine Frauen aussuchen; da hat er noch nie Mangel gelitten, weder auf dem Land noch in den Pariser Salons. Darauf hat er noch nie besonderen Wert gelegt, er hat noch nie irgendwelche

Anstrengungen unternommen, um daraus einen Nutzen zu ziehen. Was ist es also dann?, fragte ich mich. Was treibt einen Mann wie ihn an?

Aus dem von einer Mauer umgebenen Kräutergarten war plötzlich ein spitzer Schrei zu hören. Ich sprang auf. »*Miséricorde!*« Die Stimme klang so schrill, dass ich sie nicht gleich erkannte. Ich lief zur Gartenmauer und zog mich hoch, um hinüberschauen zu können.

Der Obst- und der Kräutergarten liegen direkt hinter der Westwand der Kapelle, sodass die Pflanzen und Bäume im Winter vor der Kälte geschützt sind. Als ich über die Mauer lugte, sah ich den Westeingang der Kapelle, und davor stand die arme alte Rosamonde mit vors Gesicht geschlagenen Händen und schrie wie am Spieß.

»*Aiii!*«, kreischte sie. »*Männer!*«

Ich zog mich noch ein Stückchen höher und setzte mich auf die Mauer. Am Westeingang standen sechs Männer. Vor der offenen Tür lagen Seile und Flaschenzüge, daneben mehrere Baumstämme, wie zurechtgelegt, um darauf einen schweren Gegenstand über den Boden zu rollen.

»Es ist alles in Ordnung, *ma sœur*«, rief ich Rosamonde zu. »Das sind nur Arbeiter. Die sind hier, um das Dach zu reparieren.«

»Welches Dach?« Die alte Nonne drehte sich verwirrt nach mir um.

»Es ist alles in Ordnung«, wiederholte ich und schwang mein Bein über die Mauer. »Das sind Handwerker. Das Dach ist undicht, und sie sollen es reparieren.« Ich nickte ihr freundlich zu und sprang ins Gras.

Rosamonde schüttelte verdattert den Kopf. Dann fragte sie: »Wer bist du, junge Frau?«

»Ich bin Sœur Auguste«, sagte ich. »Erkennst du mich denn nicht?«

»Ich habe keine Schwester«, erwiderte Rosamonde. »Bist du meine Tochter?« Sie blinzelte mich mit ihren kurzsichtigen Augen an. »Ich weiß, ich müsste dich eigentlich kennen, meine Liebe. Aber ich kann mich nicht recht erinnern …«

Ich legte ihr einen Arm um die Schultern. In der Kirchentür standen mehrere Nonnen, die uns beobachteten.

»Macht nichts«, sagte ich. »Komm, lass uns zum Versammlungsraum gehen und …«

Doch als ich sie unterhakte, stieß Rosamonde erneut einen schrillen Schrei aus. »Dort!«, kreischte sie. »Sainte Marie!«

Entweder waren Rosamondes Augen nicht so schlecht, wie ich angenommen hatte, oder sie war tatsächlich in der Kapelle gewesen, als die Arbeiten begonnen hatten, denn mir war an den Männern vor dem Westeingang nichts Merkwürdiges aufgefallen. Aber als ich jetzt noch einmal hinsah, bemerkte ich, dass dort zwar alle möglichen Gerätschaften herumlagen, allerdings nichts, was für Dacharbeiten benötigt wurde. Man hatte noch nicht mal ein Gerüst an der Wand errichtet, und auch eine Leiter war nirgends zu sehen. Einer der Männer war gerade dabei, die Baumstämme zurechtzurücken. Zwei andere legten die Statue darauf. Zwei weitere hielten sie in Position, während ein vierter Mann den Arbeitsablauf dirigierte. Dann wurde Marie-de-la-mer ganz langsam, Zoll für Zoll, aus der Tür geschoben.

Einige Nonnen sahen schweigend zu, unter ihnen Aldegonde und Marguerite. Rosamonde starrte die Männer entsetzt an. »Warum holen sie die Heilige nach draußen?«, wollte sie wissen. »Wo bringen sie sie hin?«

Ich schüttelte den Kopf. »Vielleicht schaffen sie sie an einen geeigneten Platz«, sagte ich ohne Überzeugung. Wo konnte sie besser aufgehoben sein als in unserer Kapelle, gleich neben dem Haupteingang, wo sie von überall her gesehen werden konnte, wo jeder, der die Kapelle betrat, sie berühren konnte?

So schnell sie konnte, ging Rosamonde auf die Arbeiter zu. »Ihr könnt sie nicht mitnehmen!«, schrie sie heiser. »Ihr könnt sie uns nicht wegnehmen!«

Ich eilte ihr nach. »Vorsicht, *ma soeur*, am Ende verletzt du dich noch.«

Doch Rosamonde hörte mir gar nicht zu. Sie humpelte auf den Eingang zu, wo die Männer sich große Mühe gaben, die Marmorstufen nicht zu beschädigen.

»Was macht ihr da?«, fragte Rosamonde.

»Vorsicht, Schwester«, sagte einer der Männer. »Steh uns nicht im Weg.« Er grinste, und ich bemerkte seine geschwärzten Zähne.

»Aber das ist die Heilige! Die *Heilige*!« Rosamondes Augen waren geweitet vor Entgeisterung.

Irgendwie konnte ich sie verstehen. Die Heilige – wenn sie denn eine Heilige war – gehörte seit Jahr und Tag zum Kloster. Ihr steinernes Gesicht hatte uns leben und sterben sehen. Zahllose Gebete waren unter ihrem stummen, teilnahmslosen Blick gemurmelt worden. Ihr runder Bauch, ihre breiten Schultern, ihre stille Anwesenheit waren immer ein Trost gewesen, sie war ein Fels in der Brandung gewesen, der uns durch Freud und Leid geleitet hatte. Sie jetzt zu entfernen, in dieser Zeit der Verunsicherung, bedeutete, dass man uns in einer Zeit, wo wir sie am dringendsten brauchten, zu Waisen machte.

»Wer hat das angeordnet?«, fragte ich.

»Der neue Beichtvater, Schwester.« Der Mann würdigte mich kaum eines Blickes. »Vorsicht, wir schieben sie jetzt die Stufen hinunter!«

Ich zog Rosamonde von der Treppe fort, als die Statue,

auf beiden Seiten von den Männern gestützt, auf den hölzernen Rollen herausgeschoben wurde und hart auf dem Weg landete. Staub wirbelte von der trockenen Erde auf. Der Mann mit den schlechten Zähnen sicherte die Heilige, während ein anderer, ein junger Kerl mit roten Haaren und einem vergnügten Lächeln, einen Wagen in Position brachte, auf den sie verladen werden sollte.

»Warum?«, fragte ich. »Warum wird sie fortgebracht?«

Der Rothaarige zuckte die Achseln. »Anweisungen«, sagte er. »Vielleicht bekommt ihr eine neue. Die hier sieht ja schon ziemlich alt aus.«

»Wo soll sie denn hingebracht werden?«

»Wir sollen sie ins Meer werfen«, erwiderte der Rothaarige.

Rosamonde klammerte sich an mir fest. »Das können sie nicht machen!«, sagte sie. »Die Ehrwürdige Mutter wird das niemals zulassen. Wo ist sie? Mutter Oberin?«

»*Ma fille*, ich bin hier.« Die Stimme war dünn und tonlos, fast so farblos wie ihre Besitzerin, doch Rosamonde hörte auf, sich an mich zu krallen, und starrte mit einem Ausdruck zwischen Angst und Hoffnung in die Richtung, aus der die Stimme gekommen war.

Mère Isabelle stand in der Kirchentür, die Hände ineinander verschränkt, die gestürzte Heilige zu ihren Füßen. »Es wird Zeit, dass wir dieses Götzenbild aus unserer Kapelle entfernen«, sagte sie. »Es steht schon viel zu lange hier, und die Insulaner sind abergläubische Leute. Sie nennen die Statue die Meerjungfrau. Sie beten zu ihr. Sie hat einen *Schwanz*, Herrgott noch mal!«

Ich konnte mich nicht länger beherrschen. »Aber *ma mère* …«

»Diese Statue … ist nicht die Muttergottes«, sagte Isabelle. »Und es gibt keine Heilige mit Namen Marie-de-la-mer. Es hat nie eine gegeben.« Ihre nasale Stimme wurde ein bisschen lauter. »Wie konntet ihr dieses Ding in unserer Kapelle ertragen? Dass Pilger herkamen, um es zu berühren? Dass Frauen – *schwangere* Frauen – den Staub davon abkratzen, um sich daraus Zaubertränke zu brauen!«

Jetzt begriff ich. Es war nicht die Heilige selbst, sondern das, wozu sie benutzt wurde, der Hauch von Fruchtbarkeit in diesem sterilen Gotteshaus.

Isabelle holte tief Luft. Jetzt, wo sie zu sprechen begonnen hatte, konnte sie die Worte wohl nicht länger zurückhalten. »Ich wusste es in dem Augenblick, als ich einen Fuß in dieses Kloster gesetzt habe. Die ungeweihte Beerdigung, die heimlichen Ausschweifungen, der Fluch des Bluts.« Sie war fast hysterisch, und dennoch war sie eiskalt. Angélique Saint-Hervé Désirée Arnault hatte ihre eigenen Vorstellungen, und an denen würde sie festhalten, komme, was da wolle.

»Und jetzt«, sagte sie, »wagt dieses Ding auch noch, mich anzugreifen. Mich! Beschmutzt mich mit Blut! Mein Beichtvater wird die Quelle ausfindig machen und sie reinigen. Aber das Übel bleibt. Das Übel bleibt.«

Einen Augenblick lang verharrte sie schweigend und dachte über das Übel nach. Dann, mit einem knappen *Gelobt sei der Herr!*, drehte sie sich auf dem Absatz um und verschwand.

Kurz darauf wurde zur Vesper geläutet, und es blieb kaum Zeit, um zu reden. Nicht dass ich es überhaupt gewagt hätte, meine Zweifel laut zu äußern, dafür hatte ich viel zu viel Angst, den Kontakt zu Fleur zu verlieren. Während der None musste ich immer wieder an Mère Isabelles Worte denken. Das, was sie da auf den Stufen der Kapelle gesagt hatte, war ihr offenbar selbst kaum bewusst.

Der Fluch des Bluts. Das Übel bleibt.

Der neue Brunnen ist jetzt fast fertig, das Wasser ist süß und klar. Nachdem LeMerle die Kapelle, den Taufstein, die Sakristei und alle heiligen Gegenstände beschworen hatte, verkündete er, er habe aus allem das Übel vertrieben. Auch Perette und Alfonsine hat er, sehr zu meiner Erleichterung, als gereinigt erklärt, obwohl immer noch Gerüchte kursieren. Alfonsine ist ziemlich betrübt darüber, dass sie jetzt keine Sonderrolle mehr spielt, und ihre deutlich sichtbare Enttäuschung hat Marguerite zu einer spöttischen Bemerkung über Schauspielerinnen verleitet, die um jeden Preis Aufmerksamkeit erregen wollen.

Doch *das Übel bleibt.*

Ich bemühe mich, nicht hinzusehen, aber immer wieder ertappe ich mich dabei, wie ich die gähnende Leere anstarre, die Marie-de-la-mer hinterlassen hat. Ein kleines Opfer, sage ich mir, verglichen mit dem Verlust meiner Tochter, denn was ist schon eine Statue im Vergleich zu einem lebenden, verängstigten Kind?

Natürlich steckt LeMerle dahinter. Was er mit der Statue im Sinn hat, kann ich mir beim besten Willen nicht vorstellen, aber ihre Entfernung – das Symbol unseres Zusammenhalts und unseres Glaubens – hat uns der Kapitulation einen Schritt näher gebracht. Jetzt wird er zum Symbol unserer Hoffnung werden, begriff ich plötzlich, jetzt wird er unsere einzige Rettung sein. Während des Gottesdienstes predigte er von Märtyrerinnen, von der heiligen Perpetua, der heiligen Catherine und von Christina Mirabilis, vom Mysterium des Todes und der reinigenden Kraft des Feuers. Und er hatte uns alle in der Hand.

13

♠

Abtei Sainte Marie la Mère
Île des Noirs Moustiers
26. Juli 1610

Monseigneur,

mit dem größten Vergnügen kann ich Euch nunmehr darüber in Kenntnis setzen, dass alles, was Ihr so weise vorausgesehen habt, ganz nach Plan verläuft. Mein Schützling legt bei allen Reformen, die sie eingeführt hat, einen lobenswerten Eifer an den Tag, und die Abtei erstrahlt schon fast wieder in ihrem alten Glanz. Am Dach der Kapelle müssen noch einige Reparaturen durchgeführt werden, und bedauerlicherweise ist das südliche Querschiff durch Wettereinflüsse stark beschädigt. Wir hoffen jedoch, bis zum Winter mit den Arbeiten fertig zu werden.

Auch der ursprüngliche Name der Abtei wurde, wie Monseigneur bemerkt haben werden, wieder eingeführt, und alles, was an den volkstümlichen Namen erinnern könnte, wurde entfernt. Der Bitte Eurer Nichte möchte ich mich hiermit anschließen, Monseigneur, und betonen, dass wir Euch, falls Euer Zeitplan es gestattet und Ihr uns in den kommenden Monaten mit Eurer erlauchten Gegenwart beehren würdet, zu tiefstem Dank verpflichtet wären.

Euer gehorsamer Diener

Bla, bla, bla.

Ich muss zugeben, ich habe einen eleganten Stil. *Eure erlauchte Gegenwart.* Das gefällt mir. Ich werde den Brief gleich morgen früh per Boten überbringen lassen. Oder vielleicht könnte ich auch selbst nach Pornic hinausreiten und den Brief von dort aus abschicken – mir ist jede Gelegenheit willkommen, die es mir ermöglicht, diesem stinkenden Loch hier für ein paar Stunden zu entfliehen. Wie Juliette das aushält, ist mir ein Rätsel. Ich ertrage es nur, weil ich muss und weil ich weiß, dass ich nicht lange hier sein werde. Diese Eingeschlossenen, diese Giftpilze verströmen einen ganz eigenen Duft, und der ranzige Geruch ihrer Scheinheiligkeit dreht mir schier den Magen um. Eingesperrt in diesen Mauern kann ich kaum atmen, kaum schlafen; ich muss Juliette bitten, mir einen Beruhigungstrank zu bereiten.

Die süße Juliette. Die kleine Blonde – wie heißt sie gleich? Clémente? – ist ganz brauchbar für meine Zwecke, und sie ist auf rührende Weise bemüht, mir zu Gefallen zu sein, aber sie ist nicht gerade eine wertvolle Fundgrube. Erstens sind ihre Augen zu groß, und dann diese Farbe, die an einen makellosen Sommerhimmel erinnert, dieser widerstreitende, aufreizende Ton von kaltem Schiefer und innerer Glut. Ihre Haare, so hell wie Schaum, sind ohne jeden Reiz. Ihre Haut ist zu weiß, ihre Beine sind zu glatt, ihr Gesicht zu wenig gezeichnet von Sonne und Schmutz. Vielleicht bin ich ja undankbar. Da habe ich so ein frisches, junges Ding im Bett, und dennoch gelüstet es mich nach dieser stocksteifen Bohnenstange mit ihren feurigen Augen. Vielleicht ist es ihr Hass, der sie mir so begehrenswert macht.

Clémente hat einfach kein Feuer. Ihre Farblosigkeit lässt mir das Blut in den Adern gefrieren. Dauernd flüstert sie mir irgendwelche romantischen Geschichten ins Ohr, Träume von Belle Yolande, von Tristan und Isolde, Abélard und Héloïse … Jedenfalls brauche ich nicht zu befürchten, dass Clémente redet. Die kleine Närrin ist verliebt. Ich strafe sie immer härter, aber sie scheint jede Demütigung zu genießen. Und für mich selbst erhöhe ich das Vergnügen, indem ich von rothaarigen Hexen träume.

Ich kann ihr nicht entrinnen. Neulich nachts kam sie zu mir in einer Vision, so glaubte ich es zumindest. Ich sah sie nur ganz kurz, ihr Gesicht ans Fenster gedrückt, in ihren Augen das Spiegelbild des verlöschenden Kaminfeuers, und in diesem Augenblick wirkte sie beinahe zart.

Derweil bewegte sich Clémente unter mir und stieß die kleinen, blökenden Schreie aus, die bei ihr Leidenschaft signalisieren sollen. Ihre Augen waren geschlossen, und ihre Haare und Schenkel glänzten im Schein des Feuers. Plötzlich durchfuhr meine Lenden ein Gefühl der Wollust, denn es war, als wären die Frau am Fenster und die in meinen Armen mit einem Mal ein und dieselbe. Dann verschwand das Gesicht am Fenster, und ich hatte nur noch Clémente, die in meinen Armen japste wie ein Fisch an Land. Meine Lust – das Liebesspiel mit Clémente war sowieso kein besonderes Vergnügen – wurde außerdem gedämpft durch die wachsende Gewissheit, dass Juliettes Erscheinen keine Einbildung gewesen war. Sie hatte uns zusammen gesehen. Ihr Blick – Entsetzen, Ekel und etwas, das Kummer oder sogar Zorn gewesen sein könnte – verfolgte mich. Einen Augenblick lang wäre ich ihr am liebsten nachgerannt, ein dummer Einfall, der all meine sorgfältig ausgeklügelten Pläne in Gefahr gebracht hätte. Wilde Gedanken schossen mir durch den Kopf. Ich stand auf und trat, obwohl Clémente sich beschwerte, nackt ans Fenster. War das etwa eine bleiche Gestalt, die sich dort im Schatten des Torhauses an die Mauer drückte? Ich war mir nicht sicher.

»Colombin, bitte.« Ich drehte mich um und sah Clémente am Feuer hocken, das blonde Haar schimmerte verführerisch im Schein des verglühenden Feuers. Wut überkam mich, und mit zwei Schritten war ich bei ihr.

»Ich habe dir nicht gestattet, mich beim Namen zu nennen.« Als ich sie an den Haaren zog und sie zwang aufzustehen, stieß sie einen unterdrückten Schrei aus. Ich schlug sie ins Gesicht, zweimal, nicht so hart, wie ich es gern getan hätte, aber es reichte, um ihre Wangen zu röten. »Für wen hältst du dich eigentlich? Eine Pariser Kurtisane in ihrem Salon? Für wen hältst du *mich*?«

Sie brach in Tränen aus, schluchzte laut. Aus irgendeinem Grund brachte mich das noch mehr in Rage, und ich zerrte sie zum Sofa hinüber.

Ich habe sie nicht wirklich verletzt. Ein roter Handabdruck oder zwei auf einer weißen Schulter, auf einem weißen Schenkel. Juliette hätte mir für weit weniger die Augen ausgekratzt. Clémente hingegen lag nur auf dem Sofa und starrte mich an, ihr Blick vorwurfsvoll, doch zugleich ergeben, als hätte sie nichts anderes erwartet.

»Vergebt mir, *mon père*«, hauchte sie. Eine kindliche Hand hielt eine Brust, die kaum größer war als eine grüne Aprikose, präsentierte mir die vermeintlich verführerische Brustwarze. Bei dem Gedanken daran, ihr weißes Fleisch noch einmal zu berühren, drehte sich mir der Magen um. Aber ich hatte vielleicht schon zu viel von mir preisgegeben. Ich trat auf sie zu und schob ihr zärtlich eine Strähne aus der Stirn.

»Also gut«, sagte ich. »Ich vergebe dir noch einmal.«

14

♥

27. Juli 1610

Sainte Marie-de-la-mer wurde im Wagen des Steinmetzen zur östlichen Landspitze der Insel gebracht, wo die Küste durch die Einwirkung der Gezeiten besonders zerklüftet ist. Dort wurden ihre Überreste dem Meer übergeben. Ich war nicht dabei – nur LeMerle und die Äbtissin waren zugegen –, aber später erzählte man uns, dass vom Meer her ein heftiger Wind aufkam, als die Statue ins Wasser stürzte, dass hohe Wellen über ihr zusammenschlugen und schwarze Wolken die Sonne verdunkelten. Da LeMerle selbst uns das berichtete, wagte niemand, offen daran zu zweifeln, doch mir entging Germaines sarkastischer Blick während der Vorstellung nicht.

Natürlich hat auch sie jemanden an ihn verloren. Ihr Gesicht wird immer schmaler, die Narben heben sich deutlich auf ihrer blassen Haut ab. Sie schläft ebenso wenig wie ich; im Schlafsaal höre ich, wie sie so tut, als schliefe sie, aber ihr Atem geht zu flach, ihre Reglosigkeit ist zu diszipliniert.

Gestern Abend vor der Vigil habe ich sie leise und heftig mit Clémente streiten hören, konnte jedoch nichts von dem verstehen, was sie sagte. Clémente schwieg – wahrscheinlich hatte sie Germaine den Rücken zugekehrt –, und während der langen Stunden zwischen der Matutin und den Laudes hörte ich Germaine leise schluchzen, wagte jedoch nicht, mich ihr zu nähern.

Was LeMerle angeht … Er hat mich nicht mehr angesprochen seit dem Besuch auf dem Markt, weswegen ich mehr und mehr zu der Überzeugung gelangt bin, dass Clémente – die immerhin sein Bett teilt – sein Herz erobert hat. Nicht dass mich das beunruhigt hätte. Es interessiert mich längst nicht mehr, wo er nachts sein Haupt bettet. Aber Clémente ist boshaft, und sie hegt keinerlei Sympathien für Fleur und mich. Allein der Gedanke daran, welche Macht sie über uns alle gewinnen könnte, falls LeMerle ihrem Charme tatsächlich verfiel, beunruhigte mich.

Ich arbeitete gerade in der Waschküche, als er schließlich nach mir suchen kam. Ich wusste, dass er da war, ich erkannte ihn an seinem Schritt, und aus dem Geräusch seiner Stiefel auf dem Steinboden schloss ich, dass er ausreiten wollte. Ich drehte mich nicht gleich nach ihm um, sondern tauchte einen Arm voll Laken in den Kübel mit heißem Wasser, hielt das Gesicht abgewandt und wagte nicht, etwas zu sagen. Meine Wangen glühten, aber das kann auch am Dampf gelegen haben, der die ganze Waschküche erfüllte. Eine Weile lang beobachtete er mich schweigend, doch ich erwiderte seinen Blick nicht, wartete darauf, dass er zuerst das Wort ergriff. Als er mich ansprach, tat er es in einem Ton und auf eine Art und Weise, die mich, wie er sehr wohl wusste, schon immer auf die Palme gebracht hat.

»Meine süße kleine Hexe«, sagte er. »Ich nehme an, ich störe dich nicht bei der Wäsche. Sauberkeit und Gottgefälligkeit, meine Liebe, müssen zu den Grundvoraussetzungen deiner Berufung gehören.«

Ich bearbeitete die Wäsche mit dem hölzernen Stampfer.

»Ich fürchte, ich habe heute keine Zeit für Spielchen. Ich muss arbeiten.«

»Ach, wirklich. Wie schade. Und das ausgerechnet am Markttag.«

Ich unterbrach meine Arbeit.

»Vielleicht habe ich ja auch gar keinen Grund, zum Markt zu gehen«, sagte LeMerle. »Das letzte Mal war der Gestank nach Fisch und gemeinem Volk fast unerträglich.«

Ich schaute ihn an und versuchte nicht, meinen Kummer zu verbergen. »Was willst du von mir, Guy?«

»Nichts, meine Liebe, außer deiner Gesellschaft. Was sonst sollte ich mir wünschen?«

»Ich weiß es nicht. Aber ich schätze, Clémente könnte es mir sagen.« Die Worte waren mir herausgerutscht, bevor ich es verhindern konnte. Er zuckte zusammen, doch dann grinste er.

»Clémente? Also, das ist …«

»Du kennst sie, LeMerle. Sie ist die Kleine, die nachts heimlich zu dir kommt. Ich hätte wissen müssen, dass es nicht lange dauert, bis du dir hier eine angenehme Bettgefährtin suchst.«

Er zuckte die Achseln. »Sie bietet mir ein bisschen Unterhaltung, das ist alles. Du ahnst gar nicht, wie mich das Klosterleben langweilt … und ob du es glaubst, oder nicht, Juliette, auch sie fängt bereits an, mich zu langweilen.«

Ja, dass passt zu ihm. Ich unterdrückte ein Lächeln. Aber an einem Ort wie diesem ist es schwer, ein Geheimnis zu wahren, und selbst Mère Isabelle kann nicht so verblendet sein, dass sie darüber hinwegsähe, wenn man ihm Lüsternheit vorwarf. »Sie werden es herausfinden. Du kannst dich nicht darauf verlassen, dass Clémente den Mund hält. Irgendjemand wird reden.«

»Aber du nicht«, sagte er.

Er fixierte mich mit seinem Blick, sodass mir ganz unwohl wurde. Hastig schüttete ich einen Eimer Wasser in den Bottich, und meine Augen tränten vom Dampf, der von der Lauge aufstieg. Ich wollte noch mehr Wasser nachgießen, doch LeMerle nahm mir den Eimer aus der Hand und stellte ihn sanft auf dem Boden ab.

»Lass mich in Ruhe.« Ich fauchte ihn regelrecht an, damit er nicht merkte, dass meine Stimme zitterte. »Die Wäsche wird nicht von allein sauber.«

»Dann soll jemand anders die Arbeit übernehmen. Ich will mit dir reden.«

Ich drehte mich um und schaute ihn an. »Worüber?«, fragte ich. »Was kannst du von mir wollen, das du dir nicht bereits genommen hast?«

LeMerle wirkte gekränkt. »Muss es immer darum gehen, was *ich* will?«

Ich lachte. »Darum ist es doch immer gegangen.«

Das gefiel ihm nicht, das wusste ich. Er presste die Lippen zusammen, und seine Augen begannen zu funkeln, dann seufzte er und schüttelte den Kopf. »Ach, Juliette«, sagte er. »Warum so unleidlich? Wenn du wüsstest, was ich in den vergangenen Monaten durchgemacht habe. Ganz allein, ohne eine Gefährtin, der ich mich anvertrauen konnte …«

»Erzähl das meinetwegen Clémente«, erwiderte ich knapp.

»Ich würde es lieber dir erzählen.«

»Du willst mir also etwas sagen?« Ich langte nach dem Wäschestampfer, um mit der Arbeit fortzufahren. »Dann erklär mir, warum du Fleur versteckst.«

Er lachte in sich hinein. »Das nicht, mein Herz. Tut mir Leid.«

»Ja, das wird dir noch eines Tages Leid tun«, erwiderte ich.

»Ich meine es ernst, Juliette.« Ich hatte für die Arbeit in der Waschküche meine Haube abgelegt, und er streichelte meinen Nacken mit den Fingerspitzen. »Ich wünschte, ich könnte dir vertrauen. Nichts würde mich mehr freuen, als dich und Fleur wiedervereint zu sehen. Sobald ich mein Anliegen hier erledigt habe …«

»Erledigt? Wann?«

»Bald, hoffe ich. In geschlossenen Räumen halte ich es nicht lange aus.«

Ich schüttete noch einen Eimer Wasser in den Bottich, sodass beißender Dampf aufstieg. Dann stampfte ich noch ein bisschen in der Wäsche herum, fragte mich, was er wohl vorhatte. »Es muss dir ja sehr wichtig sein«, sagte ich, »dieses Anliegen.«

»Muss es das?« Er grinste.

»Ich kann mir jedenfalls nicht vorstellen, dass du hergekommen bist, nur um ein paar Nonnen einen Streich zu spielen.«

»Da dürftest du Recht haben«, sagte LeMerle.

Ich nahm die hölzerne Greifzange, zog ein paar Tücher aus dem Bottich und warf sie ins Stärkebad. »Also?« Ich drehte mich wieder nach ihm um, die Greifzange in der Hand. »Warum bist du hier? Warum tust du das alles?«

Er trat auf mich zu, und zu meiner großen Verblüffung drückte er mir einen zarten Kuss auf die Stirn. »Deine Tochter ist auf dem Markt«, sagte er leise. »Möchtest du sie nicht sehen?«

»Keine Spielchen.« Meine Hand zitterte, als ich die Greifzange weglegte.

»Keine Spielchen, meine Liebe. Ich verspreche es.«

Fleur stand am Steg und wartete auf uns. Obwohl Markttag war, konnte ich weder den Fischwagen noch die Fischhändlerin irgendwo entdecken. Diesmal war ein Mann bei Fleur, ein weißhaariger Mann, der mit seinem flachen Hut und seiner Jacke aus grob gewebtem Stoff aussah wie ein Bauer. In der Nähe hockten zwei Kinder, beides Jungen. Ich fragte mich, was mit der Fischhändlerin geschehen war, ob Fleur überhaupt in ihrem Haus wohnte, oder ob das nur ein Trick gewesen war, um mich auf eine falsche Fährte zu locken. War dieser weißhaarige Mann der Hüter meiner Tochter? Er sagte nichts zu mir, als ich auf die beiden zuging und Fleur in die Arme nahm. Seine milchigblauen Augen waren ausdruckslos, er kaute auf einem Stück Lakritze herum, und seine wenigen verbliebenen Zähne waren von dem Saft braun verfärbt. Davon abgesehen rührte er sich überhaupt nicht. Er hätte genauso gut taubstumm sein können.

Wie ich befürchtet hatte, ließ LeMerle mich keinen Augenblick mit meiner Tochter allein, sondern saß die ganze Zeit mit abgewandtem Gesicht in der Nähe auf der Hafenmauer. Seine Anwesenheit beunruhigte Fleur, doch mir fiel auf, dass sie weniger blass war. Über ihrem grauen Kleid trug sie einen sauberen roten Trägerrock und Holzschuhe an den Füßen. Es war eine bittersüße Genugtuung. Sie ist erst seit etwas mehr als einer Woche fort, und schon fängt sie an, sich an ihre neue Situation zu gewöhnen, der verlorene Blick ist nicht mehr da. Dafür liegt jetzt ein Ausdruck in ihrem Gesicht, der mich ungleich mehr ängstigt. In dieser kurzen Zeit scheint sie sich verändert zu haben, sie ist irgendwie erwachsener geworden. Wenn das so weitergeht, wird sie mir bald vorkommen wie das Kind einer Fremden, das nur noch eine flüchtige Ähnlichkeit mit meiner Tochter hat.

Ich habe es nicht gewagt, sie direkt zu fragen, wo man sie gefangen hält. Ich habe sie nur in den Armen gehalten und mein Gesicht in ihr Haar gedrückt. Sie roch leicht nach Heu, was mich auf den Gedanken brachte, dass sie vielleicht auf einem Bauernhof lebt, doch dann nahm ich auch den Duft von Brot wahr, es könnte also auch eine Bäckerei sein. Ich riskierte einen kurzen Blick zu LeMerle hinüber, der auf das Meer hinausschaute, anscheinend in Gedanken verloren. »Willst du mich dem Monsieur nicht vorstellen?«, fragte ich Fleur schließlich und deutete mit einer Kopfbewegung auf den weißhaarigen Mann.

Der alte Mann hatte mich anscheinend nicht gehört, und LeMerle auch nicht.

»Ich würde mich gern bei ihm bedanken«, fuhr ich fort. »Wenn er derjenige ist, der sich um dich kümmert.«

Auf seinem Platz auf der Mauer schüttelte LeMerle den Kopf, ohne sich umzusehen.

»Mmm-mm. Vielleicht. Nimmst du mich diesmal mit nach Hause?«

»Heute nicht, Liebes. Aber bald. Ich versprech's dir.« Ich kreuzte die Finger.

»Gut.« Auch Fleur kreuzte ihre kleinen Kinderfinger. »Janick hat mir das Spucken beigebracht. Soll ich's dir mal zeigen?«

»Lieber nicht. Wer ist Janick?«

»Ein Junge, den ich kenne. Er ist nett. Er hat Kaninchen. Hast du mir Mouche mitgebracht?«

Ich schüttelte den Kopf. »Schau mal, das schöne Boot, Fleur. Kannst du von dort, wo du wohnst, Boote sehen?«

Ein Nicken von meiner Tochter – und ein Blick von LeMerle.

»Würdest du gern mal auf einem Boot fahren, Fleur?«

Sie schüttelte so heftig den Kopf, dass ihre Locken flogen.

»Seid ihr heute auf einem Boot hergekommen?«, fragte

ich eindringlich, um die Gelegenheit beim Schopf zu ergreifen. »Fleur? Seid ihr über den Damm gekommen?«

»Hör auf, Juliette«, sagte LeMerle scharf. »Oder ich sorge dafür, dass sie nicht mehr zurückkommt.«

Fleur sah ihn wütend an. »Ich *will* aber wieder zurück«, sagte sie. »Ich will wieder zurück ins Kloster zu dem Kätzchen und den Hühnern.«

»Das wirst du.« Ich drückte sie an mich, und einen Augenblick lang war ich den Tränen nahe. »Ich versprech's dir, Fleurette. Bald.«

Auf dem Rückweg war LeMerle ungewohnt freundlich zu mir. Ich saß hinter ihm auf dem Pferd, und eine Zeit lang erzählte er wehmütig von den alten Zeiten, von l'Ailée und dem *Ballet des Gueux*, von Paris, vom Palais-Royal, dem *Grand Carnaval*, dem *Théâtre des Cieux*, von unseren Triumphen und Niederlagen. Ich sagte wenig, doch das machte ihm nichts aus. Die übermütigen Geister der Vergangenheit zogen an uns vorüber, von seiner Stimme zum Leben erweckt. Ein- oder zweimal war mir fast zum Lachen, das ungewohnte Lächeln fühlte sich seltsam an auf meinen Lippen. Wenn der Kummer mit Fleur nicht gewesen wäre, hätte ich laut gelacht. Dennoch ist er mein Feind. Er ist wie der Rattenfänger von Hameln, der, als die Leute ihn nicht bezahlen wollten, alle Kinder mit seinem Flötenspiel aus der Stadt weg und in eine tiefe Höhle lockte. Er muss den Kindern wirklich eine mitreißende Melodie aufgespielt haben …

15

♥

27. Juli 1610

Als wir ins Kloster zurückkehrten, herrschte dort große Aufregung. Mère Isabelle erwartete uns am Tor, sie wirkte bleich und angespannt. Ein Unfall sei geschehen, sagte sie.

LeMerle sah sie besorgt an. »Was für ein Unfall?«

»Eine Heimsuchung.« Sie schluckte mühsam. »Eine verdammungswürdige Heimsuchung! Sœur Marguerite war in der Kapelle und hat für die Seele m-meiner Vorgängerin gebetet. Für die Seele von M-Mère Marie!«

LeMerle sah sie schweigend an, während sie ihm stammelnd berichtete, was vorgefallen war. Sie sprach in kurzen, abgehackten Sätzen, wiederholte sich dauernd, als versuchte sie, das Geschehene zu verstehen.

Marguerite, immer noch ganz aufgeregt wegen der Ereignisse des Vormittags, war allein in die Kapelle gegangen, um zu beten. Sie hatte sich vor der verschlossenen Tür zur Krypta auf das kleine *prie-dieu* gekniet, das neuerdings dort steht. Sie schloss die Augen. Nach einer Weile hörte sie plötzlich ein metallisches Geräusch. Als sie die Augen wieder öffnete, erblickte sie vor dem Eingang zur Krypta eine Gestalt im braunen Habit mit dem leinenen Brusttuch der

Zisterzienserinnen, deren Gesicht von einer weißen *quichenotte* verborgen war.

Marguerite sprang entsetzt auf, stieß einen Schrei aus und forderte die Gestalt auf, sich zu erkennen zu geben. Aber ihre Knie gaben nach, und sie sank zu Boden.

»Warum diese Aufregung?«, fragte LeMerle. »Vielleicht war es eine der älteren Nonnen, Sœur Rosamonde oder Sœur Marie-Madeleine. Die tragen doch hin und wieder eine *quichenotte*, vor allem bei dieser Hitze.«

Mère Isabelle sah ihn zornig an. »Keine der Nonnen trägt mehr eine *quichenotte*! Keine Einzige!«

Außerdem war das noch nicht alles. Die Spitzen der weißen Haube der seltsamen Nonne, das Brusttuch und selbst die Hände der Erscheinung waren rot verfärbt. Schlimmer noch – fügte Mère Isabelle im Flüsterton hinzu –, das Kreuz, das auf den Habit jeder Zisterzienserin aufgenäht ist, sei abgerissen gewesen, wobei die Nähte auf dem blutigen Stoff immer noch zu sehen gewesen waren.

»Es war Mère Marie«, sagte Isabelle tonlos. »Mère Marie, von den Toten auferstanden.«

Ich konnte mich nicht länger beherrschen. »Das ist unmöglich«, sagte ich scharf. »Wir wissen doch alle, wie Marguerite ist. Dauernd sieht sie irgendwelche Dinge. Letztes Jahr waren es Dämonen, die aus dem Kamin des Backhauses kamen, dabei waren es nur ein paar Dohlen, die unter dem Dachgesims nisteten. Niemand steht von den Toten auf.«

»O doch«, entgegnete Isabelle. Ihre Stimme klang hart. »Mein Onkel, der Bischof, hatte vor Jahren in Aquitanien mit einem ähnlichen Fall zu tun.«

»Was für ein Fall?« Es gelang mir nicht, den verächtlichen Tonfall zu unterdrücken. Sie schaute mich durchdringend an, zweifellos war sie schon dabei, sich eine Buße für mich auszudenken, die sie mir später auferlegen konnte.

»Ein Fall von Hexerei«, sagte sie.

Ich starrte sie entgeistert an. »Ich verstehe nicht«, brachte ich schließlich heraus. »Mère Marie war die liebenswürdigste Frau, die man sich vorstellen kann. Wie könnt Ihr glauben …«

»Der Teufel kann ein freundliches Wesen annehmen, wenn es ihm beliebt«, erwiderte sie kühl und bestimmt. »Die Zeichen … das böse Omen des Blutes, meine Träume, und jetzt diese Heimsuchung … Wer soll da noch zweifeln? Welche andere Erklärung kann es dafür geben?«

Ich musste irgendetwas tun, damit dieser Unsinn ein Ende hatte. »Ein Mensch, der zu Phantastereien neigt, sieht manchmal Dinge, die gar nicht da sind«, sagte ich. »Wenn irgendjemand anders das gesehen hätte, diese … Erscheinung …«

»Jemand anders hat sie gesehen«, verkündete sie triumphierend. »Wir alle haben sie gesehen.«

Das stimmte nicht ganz. Als Marguerite geschrien hatte, waren etwa ein halbes Dutzend Nonnen in Hörweite, unter ihnen Mère Isabelle. Als sie aus dem grellen Sonnenlicht in die düstere Kapelle rannten, konnten sie ziemlich wenig erkennen. Eine Gestalt, eine weiße Haube … Die Erscheinung hatte sich bei ihrem Auftauchen umgedreht und war in die Krypta geflüchtet. Inzwischen waren weitere Nonnen eingetroffen. Später behaupteten sie alle, die Erscheinung gesehen zu haben – sogar diejenigen, die später gekommen waren und allenfalls die allgemeine Aufregung mitbekommen haben konnten. Es gab sogar mehrere so genannte Zeuginnen des Vorfalls, die den ganzen Nachmittag auf dem Feld gearbeitet hatten. Aber Mère Isabelle, bewaffnet mit Kruzifix und Laterne, begleitet von Marguerite und Tomasine, hatte die Tür entriegelt, die kein Sterblicher hätte überwinden können, um nach Beweisen dafür zu suchen, dass jemand in die Krypta eingedrungen war. Die drei konnte nichts entdecken. Doch an Mère Maries Grabstätte, deren Versiegelung unversehrt war, fanden sie Spuren von demselben süßlich riechenden roten Ichor, welches das Brunnenwasser rot gefärbt hatte. Anscheinend war etwas von dem Zeug aus der steinernen Gruft getröpfelt, die Mère Maries Sarg birgt …

LeMerle schaute besorgt drein und bestand darauf, den Ort des Geschehens persönlich zu inspizieren. Ich widmete mich wieder meinen Pflichten. Zweifellos war Mère Isabelle verärgert darüber, dass ich LeMerle nach Barbâtre begleitet hatte – allerdings hatte sie widerwillig seine Erklärung akzeptiert, er habe mich gebraucht, um die Lebensmittel und Medikamente zu tragen, die er einer armen Familie dort versprochen hatte –, und sie schickte mich zur Arbeit in die Küche, wo ich das Gemüse für das Abendessen putzen sollte. Dort hatte ich viel Zeit, um über das, was vorgefallen war, nachzudenken.

Es sind mir einfach zu viele Zufälle. Als ich letzte Woche in Barbâtre war, ist Perette verschwunden und drei Tage lang nicht wieder aufgetaucht. Diesmal hatte Marguerite eine Erscheinung, ebenfalls während meiner Abwesenheit. Beide Male war ich mit LeMerle zusammen unterwegs. Hat er das absichtlich so arrangiert, damit ich nicht im Weg war? Wenn ich im Kloster gewesen wäre, hätte ich sicherlich in beiden Fällen zu intervenieren versucht. Aber welche Absichten kann er mit solchen Aktionen verfolgen? Er wolle den Nonnen einen Streich spielen, hat er behauptet, als er mir die Färbetabletten für den Brunnen gab. Das Auftauchen einer geheimnisvollen Nonne in einer weißen Haube mag ein ähnlicher Streich gewesen sein. Ich könnte mir gut vorstellen, dass Clémente so etwas bereitwillig mitmacht. Doch was in aller Welt bewegt ihn dazu, solche gemeinen

Streiche auszuhecken? Bestimmt hat er kein Interesse daran, allzu viel Aufmerksamkeit auf das Kloster oder gar auf sich selbst zu lenken. Immerhin, LeMerle ist raffiniert. Wenn er das alles geplant hat, dann muss er seine Gründe haben. Welche Gründe das sein mögen, ist mir ein Rätsel. Wenn ich nur herausfinden könnte, wer den Geist aus der Krypta gespielt hat und wie es ihm gelungen ist, sich scheinbar in Luft aufzulösen … Aber das Aufsehen, das dieses Ereignis bereits erregt hat, dürfte ausreichen, um auch die Redseligsten unter uns zum Schweigen zu bringen. Gehört das ebenfalls zu seinem Plan? Wie viele weitere kleine Gefälligkeiten hat er wohl verteilt, die er sich in Raten bezahlen lässt? Und wer sind hier seine treuen Anhänger? Alfonsine? Clémente? Antoine? Ich?

16

♥

29. Juli 1610

Ein Prozess der Zersetzung findet unter uns statt, unsere Gemeinschaft ist in Teile zerbrochen, die voneinander so weit entfernt sind wie die Teile unserer Schutzpatronin. Clémente wirkt abwesend, sie muss zur Strafe für zu viel Müßiggang eine Woche lang Latrinengruben ausheben. Ich frage mich, ob LeMerle wegen des Gestanks, der sie aufgrund ihrer Arbeit umgibt, plötzlich so angewidert von ihr ist oder ob solche Grausamkeit einfach in seiner Natur liegt. Ob sie ihn liebt? Ihr verträumter Blick, der gekränkte Ausdruck in ihrer Miene, wenn er keine Notiz von ihr nimmt, lässt jedenfalls darauf schließen. Diese arme Närrin. Mit Germaine will sie nichts mehr zu tun haben, obwohl diese ihr vor lauter Verzweiflung sogar angeboten hat, ihr bei der Arbeit an den Latrinen zu helfen, nur, um in ihrer Nähe sein zu können.

Heute Morgen habe ich endlich mit Perette gesprochen, aber sie war unruhig und abgelenkt und hat nur wirres Zeug von sich gegeben. Vielleicht ist sie sauer, das ist bei Perette immer so schwer zu sagen. Ich würde ihr gern von LeMerle erzählen, auch von Fleur und dem verseuchten Brunnen, andererseits bedeutet mein Schweigen für meine Tochter Sicherheit. Ich muss daran glauben, sonst werde ich verrückt. Also täusche ich meine kleine Freundin und versuche, mir nichts daraus zu machen, dass sie mich verachtet. Sie fehlt mir, aber Fleur fehlt mir noch viel mehr. Vielleicht ist nur für eine von den beiden Platz in meinem Herzen.

Rosamonde ist nicht mehr bei uns. Vor zwei Tagen hat man sie auf die Krankenstation gebracht, wo die Kranken und die Sterbenden untergebracht werden. Sœur Virginie, die junge Novizin, die bisher als ihre Aufpasserin eingeteilt war, hat inzwischen ihr Gelübde abgelegt und jetzt die Aufgabe der Krankenpflegerin übernommen. Sie ist eine unscheinbare Frau, das ist mir schon während des Lateinunterrichts aufgefallen, mit wenig Energie und noch weniger Phantasie, und in ihren kantigen Gesichtszügen zeigt sich schon jetzt der grobe, mürrische Ausdruck, der so vielen Insulanerinnen eigen ist. Ich glaube, Mère Isabelle hat sie vor mir gewarnt. Ich merke es an ihrem durchdringenden Blick und ihren ausweichenden Antworten. Sie ist gerade erst siebzehn. Rosamonde ist ihr völlig fremd. Dafür verehrt sie die neue Äbtissin, die sie sklavisch nachahmt.

Gestern habe ich Rosamonde im Garten hinter der Krankenstation gesehen. Sie saß auf einer kleinen Bank, völlig in sich zusammengekauert, als würde sie so der Welt weniger Angriffsfläche für alle ihre Grausamkeit bieten. Sie wirkte verwirrter denn je. Sie schaute zu mir herüber, als ich an der Mauer stand, doch sie erkannte mich nicht. Ihres geregelten Tagesablaufs beraubt, der sie wie ein dünner Faden mit der Realität verband, ist sie ihren Ängsten hilflos ausgeliefert. Ihre einzigen Kontakte mit dem Klosterleben sind die Nonne, die ihr das Essen bringt, und die unfreundliche Sœur Virginie.

Der erbärmliche Anblick hat mich so wütend gemacht, dass ich Rosamondes Fall heute Morgen bei der Vollversammlung zur Sprache gebracht habe. Normalerweise ist

LeMerle bei der Vollversammlung nicht zugegen, und ich hoffte, die Äbtissin in seiner Abwesenheit beeinflussen zu können.

»Sœur Rosamonde ist nicht krank, *ma mère*«, erklärte ich demütig. »Ihr die wenigen Freuden zu verwehren, die sie noch genießen kann, ist unbarmherzig. Die kleinen Aufgaben, die sie hatte, ihre Freundinnen …«

Die Äbtissin schaute mich von ihrem zwölf Jahre entfernten Kontinent aus an. »Sœur Rosamonde ist zweiundsiebzig«, sagte sie. Zweiundsiebzig Jahre – das muss ihr vorkommen wie eine Ewigkeit. »Sie weiß kaum noch, welcher Tag heute ist. Sie erkennt niemanden.« Aha, dachte ich. Das war also das Problem. Die alte Frau hatte *sie* nicht erkannt. »Außerdem ist sie schwach und gebrechlich«, fuhr Isabelle fort. »Selbst die leichtesten Arbeiten sind für sie zu schwer. Es ist doch sicherlich barmherziger, ihr zu gestatten, dass sie sich ausruht, anstatt sie in ihrem Zustand zur Arbeit zu verpflichten. Und diese wohlverdiente Ruhe«, sagte sie mit verschlagen funkelnden Augen, »wirst du ihr doch sicherlich nicht missgönnen, Sœur Auguste?«

»Ich missgönne ihr überhaupt nichts«, erwiderte ich gekränkt. »Aber in der Krankenstation eingesperrt zu sein, bloß weil sie alt ist und manchmal beim Essen kleckert …«

Ich hatte schon zu viel gesagt. Die Äbtissin reckte das Kinn vor. »*Eingesperrt?*«, wiederholte sie. »Willst du damit sagen, dass unsere arme Schwester Rosamonde wie eine Gefangene gehalten wird?«

»Selbstvertändlich nicht.«

»Nun denn …« Sie schaute aus dem Fenster. »Denjenigen von euch, die unsere arme, kranke Schwester besuchen wollen, sei es gestattet, vorausgesetzt, Sœur Virginie befindet Rosamonde für kräftig genug, um Besuch zu empfangen. Dass sie nicht mehr bei uns am Tisch sitzt, liegt nur daran, dass sie eine gesündere Ernährung braucht als wir und sie ihre Mahlzeiten in Abständen bekommt, die ihrem Alter und ihrem Zustand angemessen sind.« Sie warf mir einen hämischen Blick zu. »Sœur Auguste, diese kleinen Privilegien wirst du deiner alten Freundin doch wohl nicht vorenthalten wollen. Wenn du einmal so alt bist wie sie, wirst du dich sicherlich auch darüber freuen.«

Das kleine Biest ist wirklich schlau. LeMerle hat eine gute Schülerin in ihr. Alles, was ich jetzt noch sagte, würde nur nach Neid und Missgunst riechen. Ich lächelte, obwohl ich innerlich vor Wut kochte. »Das gilt bestimmt für uns alle, *ma mère*«, sagte ich und freute mich, als ich sah, wie sie die Lippen zusammenkniff.

Tja, das war das Ende meines Rettungsversuchs. Ich bin sowieso schon fast zu weit gegangen. Während der ganzen Stunde beobachtete mich Mère Isabelle aus dem Augenwinkel. Es hat nicht viel gefehlt, und ich hätte mir noch eine Buße eingehandelt. Ich kam ihr zuvor, indem ich eine Woche Arbeit im Backhaus akzeptierte – eine anstrengende, unangenehme Arbeit bei diesem schwülen Wetter –, und sie gab sich damit zufrieden. Vorerst zumindest.

Das Backhaus ist ein rundes, niedriges Gebäude im hinteren Teil des Klosters. Die Fenster sind unverglaste Mauerschlitze, und das meiste Licht kommt aus den riesigen Öfen, die in der Mitte stehen. Wir backen in Lehmöfen, so wie die Dominikaner es damals taten, auf flachen Steinen, die von dem darunter brennenden Holzfeuer erhitzt werden, bis sie rot glühen. Der Rauch aus den Öfen entweicht durch einen Kamin, der so breit ist, dass man den Himmel sehen kann, und wenn es regnet, tropft das Wasser durch den Kamin herein und verwandelt sich zischend in Dampf.

Zwei junge Novizinnen waren gerade dabei, den Teig vorzubereiten, als ich eintraf. Die eine sammelte Rüsselkäfer aus einem Mehlkrug, die andere setzte in einem Becken Hefe an. Die Öfen waren bereits eingeheizt, und die Hitze schlug mir entgegen wie eine schimmernde Wand. Hinter der Wand stand Sœur Antoine, die Ärmel über ihren dicken, roten Armen aufgekrempelt, die Haare unter einem Tuch verborgen.

»*Ma sœur.*« Antoine sah irgendwie anders aus, ihr sonst so freundliches, nichts sagendes Gesicht wirkte härter, entschlossener. In dem roten Licht machte sie einen regelrecht gefährlichen Eindruck, die Muskeln an ihren massigen Schultern spannten sich prall unter ihrem Fett, während sie den Teig knetete.

Ich machte mich an die Arbeit, knetete Brotteig in riesigen Schüsseln und legte die Laibe zum Backen in den Ofen. Das Brotbacken will gekonnt sein. Die Steine müssen immer gleich heiß gehalten werden, denn bei zu großer Hitze wird das Brot außen schwarz, bevor das Innere durchgebacken ist, und bei zu geringer Hitze geht das Brot nicht auf und wird so hart wie Stein. Eine Zeit lang arbeiteten wir schweigend nebeneinander. Das Holz im Ofen knackte und knisterte. Jemand hatte grüne Zweige ins Feuer geworfen, sodass stinkender, beißender Rauch das ganze Backhaus erfüllte. Zweimal verbrannte ich mir die Hände an den glühend heißen Steinen und fluchte leise vor mich hin. Antoine tat so, als bemerkte sie es nicht, doch ich bin mir sicher, dass sie grinste.

Wir backten den ersten Schub Brot und begannen gleich darauf mit dem zweiten. Im Kloster werden täglich mindestens sechs Schübe Brot gebraucht, wobei jeder einzelne entweder aus fünfundzwanzig Weißbroten oder dreißig Schwarzbroten besteht. Außerdem wird während des Sommers das Hartgebäck für den Winter gebacken, weil dann nicht so viel Brennholz zur Verfügung steht, sowie Kuchen für besondere Gelegenheiten. Trotz des Rauchs, der mir in den Augen brannte, genoss ich den köstlichen Duft des frischen Brots, und ich spürte, wie mir der Magen knurrte. Seit Fleurs Verschwinden hatte ich mich kaum jemals satt gegessen. Schweiß sickerte mir in die Haare, durchnässte das Tuch, das ich mir um den Kopf gebunden hatte. Auch mein Gesicht war schweißnass. Plötzlich flimmerte mir alles vor den Augen. Als ich eine Hand ausstreckte, um mich irgendwo abzustützen, griff ich aus Versehen nach dem heißen Backblech. Es war zwar inzwischen schon ein bisschen abgekühlt, aber immer noch so heiß, dass ich mir die zarte Haut zwischen Daumen und Zeigefinger verbrannte und vor Schmerz laut aufschrie. Antoine drehte sich nach mir um. Diesmal war nicht zu übersehen, dass sie grinste.

»Anfangs ist es schlimm.« Sie sprach gerade so laut, dass ich sie hören konnte. Die jungen Novizinnen saßen in der Nähe der offenen Tür, zu weit weg, um zu verstehen, was sie sagte. »Doch mit der Zeit gewöhnt man sich dran.« Ihre Lippen waren tiefrot, viel zu sinnlich für eine Nonne, und in ihren Augen spiegelte sich das Feuer. »Irgendwann gewöhnt man sich an alles.«

Ich schüttelte die verbrannte Hand, um sie abzukühlen, entgegnete jedoch nichts.

»Was für eine Schande, wenn jemand über dich Bescheid wüsste«, fuhr Antoine fort. »Dann würdest du wahrscheinlich nur noch hier arbeiten.«

»Über mich Bescheid wüsste?«

Antoine musterte mich voller Häme. Ich fragte mich, wie ich sie je für dumm halten konnte. Aus ihren kleinen, funkelnden Augen blitzte eine boshafte Intelligenz, und ich bekam regelrecht Angst vor ihr. »Über deine geheimen Besuche bei Fleur natürlich. Oder glaubst du etwa, ich hätte nichts davon bemerkt?«, fragte sie voller Verbitterung. »Alle glauben, die fette Sœur Antoine kriegt nichts mit. Die fette Sœur Antoine hat nur ihr eigenes leibliches Wohl im Sinn. Ich hatte auch mal ein Kind, aber ich durfte es nicht behalten«, sagte sie. »Warum solltest du deins behalten dürfen? Bist du vielleicht etwas Besseres als wir anderen?« Sie senkte die Stimme zu einem Flüstern, das rote Licht aus dem Ofen tanzte noch immer in ihren Augen. »Wenn Mère Isabelle davon erfährt, ist es vorbei, dann siehst du deine Fleur nie wieder, egal, was Père Saint-Amand sagt. Dann siehst du sie nie wieder.«

Ich schaute sie an. Sie hatte nun nichts mehr gemein mit der dicken, weichen Frau von vor einem Monat, die in Tränen ausgebrochen war, als ich sie in den Arm gekniffen hatte. »Bitte verrate mich nicht, Antoine«, flüsterte ich. »Ich gebe dir …«

»Sirup? Kuchen?«, fauchte sie so heftig, dass die Novizinnen neugierig aufblickten. Antoine bellte einen Befehl in ihre Richtung, und augenblicklich senkten sie wieder die Köpfe. »Du bist mir was schuldig, Auguste«, sagte sie leise. »Vergiss das nicht. Du schuldest mir einen Gefallen.«

Dann drehte sie sich um und kümmerte sich um ihre Brote, als wäre nichts geschehen, und von da an sah ich den ganzen Tag nichts als ihren breiten Rücken.

Vielleicht hätte mich das beruhigen sollen. Offenbar hatte Antoine nicht vor, mein Geheimnis auszuplaudern. Aber dass sie sich nicht kaufen lassen wollte, machte mich nervös. Noch mehr beunruhigte mich, was sie zum Schluss gesagt hatte: *Du schuldest mir einen Gefallen.* Das war die Währung, in der LeMerle sich stets bezahlen ließ.

Heute Abend bin ich nach der Komplet zum Brunnen gegangen, um mir einen Krug Wasser zu holen. Die Sonne war schon untergegangen, und der dunkelviolette Himmel war mit roten Streifen durchsetzt. Der Hof war menschenleer, da die meisten Nonnen sich bereits zurückgezogen hatten und sich für die Nachtruhe vorbereiteten. Der Brunnen ist immer noch nicht ganz fertig, die Wände müssen noch durch Mauerwerk ausgekleidet werden, und der gemauerte Rand fehlt auch noch. Im Halbdunkel ist er fast nicht zu sehen, nur ein primitiver Holzzaun verhindert, dass jemand unversehens hineinfällt. Der quer über den Zaun gelegte Balken, der mit einem Flaschenzug und einem Seil versehen ist, damit man den Wassereimer heraufziehen kann, wirkte im Dunkeln wie eine seltsame, hagere Gestalt. Zwölf Schritte. Sechs. Vier. Plötzlich löste die hagere Gestalt sich vom Brunnen. Ich sah in ein schmales, bleiches Gesicht mit vor Verblüffung – und schlechtem Gewissen, wie ich schwören könnte – weit aufgerissenen Augen.

»Was machst du denn hier?« Misstrauen lag in ihrer Stimme. »Warum bist du nicht bei den anderen? Warum stellst du mir nach?«

Sie hielt etwas in den Händen, das aussah wie ein Bündel nasse Lappen. Als mein Blick darauf fiel, versuchte sie, das Bündel zwischen den Falten ihres Habits zu verstecken. Ich meinte, schwarze Flecken auf den Lappen zu erkennen. Ich zeigte ihr meinen Krug.

»Ich brauche etwas Wasser, *ma mère*«, sagte ich tonlos. »Ich habe Euch nicht gesehen.«

Jetzt erst bemerkte ich den Eimer mit Wasser zu ihren Füßen und die Pfütze auf dem Boden. Auch in dem Eimer befanden sich offenbar Lappen und Kleider. Isabelle folgte meinem Blick und fischte die Lappen aus dem Eimer. Sie schlugen gegen ihren Rock, doch sie machte nicht einmal den Versuch, sie auszuwringen.

»Dann hol dir dein Wasser«, sagte sie knapp und schob

den Eimer mit dem Fuß in meine Richtung. Er kippte um, und sein Inhalt hinterließ einen dunklen Fleck.

Ich hätte getan, wie mir geheißen, aber ich spürte ihre Anspannung und fühlte mich gehemmt. Ihre Augen waren geweitet und glänzten seltsam, und ich sah, dass ihr Gesicht feucht war. Dann nahm ich einen Geruch wahr, einen stumpfen, süßlichen Geruch, den ich gut kannte.

Blut.

»Stimmt irgendetwas nicht?«

Einen Moment lang hielt sie meinem Blick stand, versuchte verzweifelt, ihre Würde zu wahren. Ihre Brust hob sich einmal und senkte sich wieder. Ihr Habit war nass von den nassen Lappen.

Dann begann sie zu schluchzen, es waren die Tränen eines bedauernswerten Kindes, das so bitterlich und schon so lange weint, dass ihm egal ist, ob es jemand hört.

Ich vergaß völlig, mit wem ich es zu tun hatte. Das war nicht länger Mère Isabelle, die Äbtissin von Sainte-Marie de la Mère. Als ich mich ihr näherte, klammerte sie sich an mich, und einen Augenblick lang war mir, als hielte ich Fleur in den Armen oder Perette, ein kleines Mädchen, das vor Verzweiflung über einen Kummer weinte, wie nur Kinder ihn kennen. Ich streichelte ihr übers Haar. »Schsch, meine Kleine. Es wird alles gut. Du brauchst keine Angst zu haben.«

Ihr Gesicht in meinen Habit gedrückt, begann sie zu sprechen. Ich spürte die nassen Lappen, die sie immer noch in den Händen hielt, Wasser lief mir den Rücken hinunter. »Was ist passiert?« Ein dumpfer Geruch nach Fieber umgab sie, wie der Geruch, der über dem Sumpf liegt. Ihre Stirn war so heiß, dass ich überlegte, ob sie tatsächlich krank war. Ich fragte sie danach.

»Krämpfe«, brachte sie mühsam heraus. »Bauchkrämpfe. Und Blut. *Blut!*«

Während der vergangenen Tage war so viel die Rede von Blut gewesen, dass ich nicht gleich begriff. Dann wurde mir alles klar. Ihre Worte – *der Fluch des Bluts* – und die befleckten Lappen, die sie zu verstecken versucht hatte. Die Krämpfe. Natürlich. Ich drückte sie an mich.

»Werde ich sterben?«, fragte sie mit zitternder Stimme. »Werde ich in die Hölle kommen?«

Niemand hatte es ihr je gesagt. Ich hatte seinerzeit Glück gehabt, meine Mutter kannte keine falsche Scham. Das Blut sei weder böse noch unsauber, hatte sie mir erklärt. Es war ein Geschenk Gottes. Während sie mir zeigte, wie man die Binde faltet und festbindet, flüsterte sie geheimnisvoll, es handle sich um *weises* Blut. Magisches Blut. Mit ihren geschickten Händen mischte sie die Karten, die neuen Tarotkarten, die Giordano aus Italien mitgebracht hatte. Ihre Augen waren trüb vom grauen Star, doch sie hatte den durchdringendsten Blick, den ich kannte. Siehst du diese Karte? Der Mond. Giordano sagt, die Gezeiten folgen der Umlaufbahn des Monds, niedrig und hoch, Ebbe und Flut. Auch Frauen haben Gezeiten. Die Schmerzen gehen vorbei. Um das Geschenk zu erhalten, muss man ein bisschen leiden, aber nur ein bisschen.

Natürlich konnte ich Isabelle nichts davon erzählen. Also erklärte ich ihr den Sachverhalt, so gut ich konnte, bis ihr Schluchzen nachließ und ihr schlaffer Körper ganz steif wurde. Schließlich löste sich sich aus meinen Armen. »Eure Mutter hätte Euch das alles erklären müssen«, sagte ich. »Kein Wunder, dass Ihr euch so erschrocken habt. Das passiert mit allen Mädchen, wenn sie zu Frauen werden. Es ist keine Schande.«

Sie sah mich an, doch ich merkte, dass ihre Züge bereits wieder verhärteten. Ihr Gesicht war verzerrt vor Wut und Ekel.

»Es ist nichts Schlimmes.« Ich gab mir Mühe, es ihr begreiflich zu machen. »Das hat nichts mit dem Teufel zu tun.« Ich versuchte zu lächeln, aber ihr Blick war anklagend und hasserfüllt. »Es passiert einmal im Monat, und es dauert nur ein paar Tage. Man faltet die Binde so …« Ich zeigte es ihr am Saum meines Habits, sie hörte mir allerdings gar nicht mehr zu.

»Du Lügnerin!« Sie wich vor mir zurück, trat so heftig gegen den Wassereimer, dass er in den Brunnen fiel. »Du *Lügnerin*!«

Ich wollte sie beruhigen, aber Isabelle schlug wild mit den Fäusten um sich. »Das ist nicht wahr! Das ist nicht wahr! Das ist nicht wahr!«

In dem Augenblick wusste ich, dass ich eine unverzeihliche Sünde begangen hatte. Ich hatte sie hilflos erlebt. Ich hatte Mitgefühl gezeigt. Schlimmer noch, jetzt kannte ich ihr Geheimnis, ein Geheimnis, das sie als so schändlich betrachtete, dass sie ihre beschmutzten Lappen nachts heimlich am Brunnen auswusch …

All das sah ich in ihrem Blick, als sie sich umdrehte und mich mit funkelnden Augen anstarrte. »Du Lügnerin! Du dreckige Hexe! Du bist die Schuldige! Du bist die Hure des Teufels, und ich kann es beweisen!«

Vergeblich versuchte ich, sie zurückzurufen.

Selbst in diesem Augenblick empfand ich Mitleid mit ihr. Sie war so jung, so schutzlos, so schrecklich einsam … »Ich werde nicht auf dich hören, nein, ich werde nicht auf dich hören! Du hast mich von Anfang an gehasst!«, rief sie. »Ich sehe, wie du mich frech beobachtest! Wie du Vergleiche anstellst!« Sie schluchzte laut auf. »Aber ich lasse mich nicht täuschen! Ich weiß, was du vorhast, aber ich lasse mich nicht täuschen … niemals!«

Dann war sie verschwunden.

TEIL DREI

Isabelle

1

♥

1. August 1610

Die letzten drei Tage sind vergangen wie in einem Albtraum. Seit der Begegnung am Brunnen spricht Mère Isabelle kaum noch mit mir. Sie erwähnt auch mit keinem Wort, was zwischen uns vorgefallen ist, aber ich spüre ihren Argwohn und ihren Hass. Die Vorhaltungen und Drohungen, die sie an dem Abend vorbrachte, hat sie nicht wiederholt, weder unter vier Augen noch in der Öffentlichkeit. Tatsächlich behandelt sie mich mit einer gewissen Toleranz, ganz im Gegensatz zu ihrer anfänglichen Haltung mir gegenüber.

Dennoch wirkte sie mitgenommen: Ihr Gesicht ist fleckig, ihre Augen sind gerötet, ihre Lider schwer. LeMerle hat mich noch zweimal zu sich ins Torhaus eingeladen. Er spricht von Gefälligkeiten, die er mir tun könnte, aber ich fürchte mich vor dem, was er diesmal von mir verlangen wird. Marguerites Erscheinung wurde inzwischen an verschiedenen Stellen im Kloster gesichtet, jedes Mal, wenn sie auftaucht, werden neue Einzelheiten berichtet – mittlerweile besitzt die geisterhafte Nonne Furcht erregende Gesichtszüge, hat rote Augen und sieht überhaupt so aus, wie das abergläubische Volk sich einen bösen Geist vorstellt.

Natürlich hat auch Alfonsine sie gesehen, und zwar so deutlich wie vor ihr noch niemand. Allmählich frage ich mich, ob das Gespenst nicht eine Erfindung meiner ehrwürdigen Schwestern ist, die sie ihrer Rivalität zu verdanken haben. Alfonsine, die von Tag zu Tag bleicher und entrückter wirkt, schwört sogar, sie habe das freundliche Gesicht von Mère Marie unter der geheimnisvollen Haube erkannt, allerdings verzerrt von Hass und dämonischer Schadenfreude. Es wird wohl nicht mehr lange dauern, bis Marguerite noch bedrohlichere Beobachtungen zu berichten hat und damit Alfonsine erneut aussticht. In ihrer freien Zeit ist sie mit Putzen und Beten beschäftigt, während ihre Rivalin fastet und betet – und unablässig hustet.

Was ist nur aus uns geworden? Wir reden fast nur noch von Blut und Heimsuchungen. Wir können gar nicht mehr normal miteinander umgehen. Zudem werden Bußen von bisher ungeahntem Ausmaß verhängt. Sœur Marie-Madeleine musste zwei Nächte hintereinander in der Kapelle ohne Unterbrechung wachen, weil sie es gewagt hatte, den haarsträubenden Bericht einer Novizin infrage zu stellen. Zu essen bekommen wir inzwischen nichts mehr außer Schwarzbrot und Suppe, nachdem Mère Isabelle erklärt hat, alles andere werde nur die niederen Instinkte wecken. Solche Dinge verkündet sie mit derart heiligem Zorn, dass jede derbe Bemerkung, die so etwas zu Mère Maries Zeiten provoziert hätte, einem im Hals stecken bleibt.

Wir ergötzen uns an Klatsch und im Flüsterton kolportierten Skandalen. Clémente hat sich bei den Versammlungen als eifrige Informantin entpuppt. Kaum jemand entgeht ihrer als Unschuld getarnten Bosheit. Wenn Sœur Antoine vor dem Tischgebet in ihr Brot beißt, sieht Clémente es sofort. Wenn Tomasine während der Vigil die Augen schließt, wenn Piété unwirsch reagiert, da man sie beim Beten stört, wenn Germaine abfällig über neue Berichte von Erscheinungen spricht – Clémente bekommt alles mit. Im Vertrauen Ausgesprochenes wird mit selbstgefälliger Demut öffentlich ausgeplaudert. Mère Isabelle lobt Clémente für ihr ausgeprägtes Pflichtbewusstsein. LeMerle nimmt von all dem wohl keine Notiz.

Germaine nimmt die ihr auferlegte Buße mit kühler Gleichgültigkeit. Sie wirkt wie versteinert, ihr vernarbtes Gesicht erinnert an die aus Stein gehauene Marie-de-la-mer, die Heilige, die nie eine Heilige war. Aber in unserer dem rauen Westwind ausgesetzten Abtei fällt es uns leichter, an eine Meeresgöttin zu glauben, eine wachsame, gefährliche Göttin mit steinernen Augenhöhlen. Leichter jedenfalls, als an die Muttergottes zu glauben, diese Jungfrau, die trotz allem behauptet, unser aller Mutter zu sein.

Vor drei Tagen brachte ein Wagen vom Festland eine Marmorstatue der Muttergottes, die unsere alte Heilige ersetzen soll. Ein Geschenk, sagte Mère Isabelle, von Ihrem Lieblingsonkel, für den in unserem Kloster vierzig Messen gelesen werden sollen zum Dank für seine Großzügigkeit. Sie ist ganz weiß, diese neue Maria, glatt und makellos wie eine geschälte Kartoffel. Sie sitzt im Eingang der Kapelle, wo die alte Maria früher stand, die Lippen zu einem ausdruckslosen Lächeln verzogen, eine Hand lässig zum Segen erhoben.

Am Morgen nach ihrer Ankunft fanden wir die neue Maria verunstaltet vor, jemand hatte mit einem schwarzen Fettstift obszöne Worte auf ihr Gesicht gekritzelt. Germaine – die während der Nacht in der Kapelle gewacht hatte – behauptete, sie habe nichts bemerkt, doch mir fiel auf, dass sie die Mundwinkel verächtlich verzog, während sie das sagte. Vielleicht habe eine geheimnisvolle Nonne die Schandtat begangen, meinte sie spöttisch, oder ein Affe aus dem fernen Osten, oder vielleicht sogar der Heilige Geist. Dann fing sie an zu lachen, zuerst ganz leise. Wir starrten sie verlegen und ängstlich an. Rote Flecken erschienen auf ihren Wangen. Einen Augenblick lang sah sie Clémente flehend an. Dann stürzte sie rückwärts zu Boden, die Hände in die Luft gestreckt, wie um dort Halt zu finden.

Germaine wurde ins Krankenzimmer verfrachtet. Sœur Virginie erklärte, Germaine leide an *cameras de sangre* und gab sich öffentlich zuversichtlich, dass die Patientin sich bald wieder erholen werde, während sie im Vertrauen kopfschüttelnd flüsterte, sie bezweifle, dass Germaine den Monat überleben werde.

Auch Sœur Rosamonde bereitet uns Sorgen. Im Verlauf der letzten Woche hat ihr Zustand sich dramatisch verschlechtert. Sie bleibt jetzt nur noch im Krankenzimmer, bewegt sich kaum noch und weigert sich zu essen. Natürlich ist sie sehr alt – fast so alt wie die arme Mère Marie –, aber solange die Heilige da war, war sie einigermaßen frohgemut und wenn auch nicht geistig, so doch körperlich gesund, und genoss die kleinen Freuden, die ihr geblieben waren.

Seltsamerweise fühle ich mich für sie verantwortlich, und ich würde mich gern für sie einsetzen, doch ich weiß, dass ich nichts erreichen würde. Ich glaube sogar, Mère Isabelle wird sich Rosamonde gegenüber mitfühlender verhalten, wenn ich kein Interesse an der alten Nonne zeige.

Natürlich gehört das zu der Falle, die er mir gestellt hat. Mit jedem Tag, den ich hier verbringe, vertieft sich die Grube, die ich mir selbst gegraben habe. Und LeMerle weiß das. Zweifellos hat er es genau so geplant. Er verachtet meine Loyalität gegenüber den Nonnen, aber er weiß, dass ich sie nicht verlassen werde, solange Fleur in Sicherheit ist und sie nicht. Ich bin meine eigene Gefängniswärterin, und obwohl mein Instinkt mich zur Flucht drängt, fürchte ich mich vor dem, was passieren könnte, wenn ich hier nicht aufpasse. Jede Nacht befrage ich meine Karten, doch sie sagen mir nur, was ich bereits weiß: der brennende Turm, von dem die Frau mit ausgestreckten Armen stürzt, der Einsiedler mit der Kapuze und die grausame Sechs der Schwerter. Das Unheil, das über uns schwebt wie ein Felsen, und ich kann nichts tun, um zu verhindern, dass er auf uns herabstürzt und uns zermalmt.

2

♠

1. August 1610

Endlich, eine Antwort auf meine Briefe. Monseigneur lässt sich Zeit und hat offenbar keinen Grund, sich bei mir zu bedanken für all die harte Arbeit. Anscheinend betrachtet er es als eine Ehre für mich, dass ich mein Leben in den Dienst des Hauses Arnault stellen darf. Andererseits deute ich das Geschenk, die Marmorstatue, die mit dem Brief zusammen kam, als Zeichen seiner Zufriedenheit. Monseigneur ist hocherfreut über die Reformen, die seine Nichte eingeführt hat. Dazu hat er schließlich auch allen Grund. Ich habe ihm die junge Äbtissin in den schillerndsten Farben beschrieben, nicht nur ihre Unschuld und Ausstrahlung, ich habe ihm auch geschildert, wie die Nonnen sie bewundern, wie selbst die Vögel herbeigeflogen kommen, um ihrer Stimme zu lauschen. Ich habe von Wundern berichtet, von Rosenblättern, die vom Himmel fallen, von spontanen Heilungen. Sœur Alfonsine wird sich freuen zu hören, dass sie von einer tödlichen Krankheit genesen ist. Sœur Rosamonde kann plötzlich ihren verkrüppelten Arm wieder bewegen. Zwar sollte man nicht vorschnell von wundersamen Heilungen sprechen, andererseits darf man die Hoffnung nie aufgeben, und wenn Gott es so will …

Der Köder ist ausgeworfen. Ich zweifle nicht daran, dass Monseigneur anbeißen wird. Ich habe ihm den fünfzehnten August als Datum vorgeschlagen. Der Marienfeiertag scheint mir angemessen, um die Übernahme der Abtei durch uns zu begehen.

Bis dahin muss ich rund um die Uhr arbeiten, um alles vorzubereiten. Zum Glück habe ich meine treuen Helferinnen: Antoine, die zwar langsam ist, aber kräftig und anspruchslos, Alfonsine, meine Visionärin und Verbreiterin von Gerüchten, Marguerite, die Kontakte für mich herstellt. Nicht zu vergessen Piété, die gern Besorgungen für mich macht, meine kleine Sœur Anne und Clémente …

Vielleicht war sie ein Fehlgriff. Trotz ihrer sanftmütigen Erscheinung ist Clémente die bei weitem Anspruchsvollste meiner Jüngerinnen, und ihre Launenhaftigkeit geht mir auf die Nerven. Heute schnurrt sie wie ein Kätzchen, nur um mir morgen die kalte Schulter zu zeigen. Sie findet wohl Vergnügen daran, mich zu Gewalttätigkeit zu provozieren und sich anschließend in Beteuerungen von Liebe und Reue zu ergehen. Wahrscheinlich glaubt sie, dass ich das aufreizend finde. Bei vielen hätte sie damit Erfolg, da bin ich mir ziemlich sicher. Aber ich bin kein siebzehnjähriger Jüngling, der sich von einem hübschen Gesicht und mädchenhaftem Getue betören lässt. Außerdem habe ich sowieso sehr wenig Zeit für sie. Mittlerweile habe ich mindestens so viel Arbeit wie die Nonnen. Nachts gehe ich meinen heimlichen Geschäften nach, während meine Tage ausgefüllt sind mit Segnungen, Teufelsaustreibungen, öffentlichen Beichten und anderen gotteslästerlichen Tätigkeiten.

Nachdem die geheimnisvolle Nonne zum ersten Mal gesichtet wurde, haben sich weitere Vorfälle ereignet, die womöglich auf das Wirken des Satans zurückzuführen sind:

Von den Habits mehrerer Nonnen wurden nachts die aufgenähten Kreuze entfernt, auf der Heiligenstatue in der Kapelle wurden obszöne Kritzeleien entdeckt, rote Farbe im Taufstein und auf den Stufen vor dem Altar. Doch Père Colombin lässt sich von solchen kleinen Skandalen nicht beeindrucken, sondern verbringt täglich mehrere Stunden beim Gebet. Ein kleines Nickerchen zwischendurch bewahrt mich davor, dass ich vor Erschöpfung zusammenbreche, und Sœur Antoine sorgt dafür, dass ich nicht verhungere.

Was ist mir dir, meine kleine Juliette? Wie weit wirst du mir folgen, und wie lange wirst du mir die Treue halten? Der Markt in Barbâtre hat seinen Zweck erfüllt. Wir können keinen weiteren Ausflug dorthin unternehmen, ohne Verdacht zu erregen. Isabelle beobachtet mich fast eifersüchtig, sie lässt mich kaum einen Augenblick aus den Augen. Père Saint-Amand ist trotz seiner Weltläufigkeit ein argloser Mann, ein leichtes Opfer weiblicher Schliche. Sie, die mit ihrem eigenen Geschlecht viel härter umgeht, als jeder Mann es könnte, kennt meine Schwäche und betrachtet sie als Beweis dafür, dass ich auch nur ein Mensch bin. Wenn sie von meinen Eskapaden mit Clémente erführe, würde sie mich verteidigen und davon ausgehen, dass die junge Nonne mich schamlos in Versuchung geführt hat. Aber sie hat einzig und allein Juliette im Visier. Ihr Instinkt sagt ihr, wo der Feind im Hinterhalt liegt. Meine Ailée arbeitet jetzt im Backhaus – ziemlich harte Arbeit, wie man mir sagt, aber immerhin leichter, als einen Brunnen zu graben. Sie kommt nicht auf mich zu, obwohl sie sich bestimmt nach Nachrichten von ihrer Tochter sehnt, sondern legt eine Unterwürfigkeit an den Tag, die so wenig zu meiner kleinen Juliette passt. Nur ein einziges Mal, als die alte Nonne auf die Krankenstation geschafft wurde, hat sie sich vergessen und unnötige Aufmerksamkeit auf sich gezogen. Ja, ich habe davon gehört. Ein dummer Fehler, und was hat er ihr eingebracht? Welche Art von Loyalität kann eine Frau wie sie mit diesen Nonnen haben? Sie hat einfach ein zu weiches Herz. Außer natürlich mir gegenüber.

Heute Morgen habe ich zwei Stunden, die ich mir eigentlich gar nicht leisten konnte, mit Isabelle bei der Beichte und beim Gebet verbracht. Sie hat neben ihrem Schlafzimmer eine eigene Betstube mit Schrein, Kerzen, einem Porträt von sich, das der Maler Toussaint Dubreuil gemalt hat, und einer silbernen Madonna aus dem Sakristeischatz. Es gab Zeiten, da hätte es mich nach der Madonnenstatue gelüstet, ebenso wie nach dem Klosterschatz, aber diese Zeiten sind vorbei. Mit ernster, mitfühlender Miene lauschte ich stattdessen dem Gejammer der verwöhnten Göre, während ich innerlich grinsen musste.

Mère Isabelle macht sich Sorgen. Sie erzahlt mir davon mit der unbewussten Arroganz ihres Standes, mit dem Stolz einer Erwachsenen, der die Ängste des Kindes verbergen soll. Sie hat Angst, so sagt sie. Um ihre Seele, um ihre Erlösung. Sie hat Albträume. Sie schläft nur drei, vier Stunden pro Nacht – das Meeresrauschen, hört es denn nie auf? –, und das bisschen Schlaf, das sie findet, wird getrübt durch unruhige Träume, wie sie sie noch nie gehabt hat.

»Wovon handeln die Träume?« Ich kniff die Augen zusammen, damit sie nicht merkte, wie sehr mich das alles amüsierte. Sie mag vielleicht ein Kind sein, aber ihre Sinne sind geschärft, ihr Instinkt ist wach. In einem anderen Leben hätte ich bestimmt aus ihr eine gute Kartenspielerin machen können.

»Von Blut.« Sie flüstert fast. »In meinem Traum ist aus den Steinen der Krypta Blut in die Kapelle geflossen. Plötzlich stand die schwarze Statue in der Tür, und unter ihren Füßen stieg Blut aus dem Boden. Dann habe ich von Sœur Auguste geträumt und von dem Brunnen. Das Blut kam aus dem Brunnen, den Sœur Auguste grub, und *ich war über und über damit besudelt*!«

Sehr gut. Ich hätte meiner kleinen Schülerin nie eine derart lebhafte Phantasie zugetraut. Mir fiel auf, dass sie rote Flecken um den Mund und am Kinn hatte, ein Zeichen für eine angeschlagene Gesundheit. »Ihr dürft Euch nicht so sehr anstrengen, *ma fille*«, sagte ich sanft. »Wenn Ihr Euch so sehr verausgabt, bis Ihr zusammenbrecht, werden wir unsere Aufgabe hier nicht bewältigen können.«

»In Träumen liegt Wahrheit«, murmelte sie trotzig. »Ist nicht das Brunnenwasser besudelt worden? Und auch das Sakrament?«

Ich nickte ernst. Kaum zu glauben, dass sie erst zwölf Jahre alt ist; mit ihrem kleinen, verhärmten Gesicht wirkt sie uralt, verbraucht.

»Sœur Alfonse hat in der Krypta etwas gesehen.« Wieder dieses halb trotzige Murmeln.

»Schatten«, erwiderte ich, um sie anzustacheln.

»Nein!« Instinktiv zog sie die Schultern ein, legte eine Hand auf den Magen und verzog das Gesicht.

»Was ist los?« Ich berührte sie im Nacken, doch sie wich vor mir zurück.

»Nichts. *Nichts!*«, rief sie zweimal, als hätte ich ihr widersprochen. Ein Krampf, sagt sie. Ein Schmerz, der sie seit einigen Tagen plagt. Es wird vorübergehen. Ich hatte den Eindruck, als wollte sie mir noch mehr erzählen, einen Augenblick lang schien es, als würde ihre Maske fallen und das Kind zum Vorschein kommen. Dann hatte sie sich wieder in der Gewalt, und sie erinnerte mich an ihren Onkel. Die Ähnlichkeit gefällt mir, sie sagt mir, dass Isabelle kein normales Kind ist, sondern der Spross einer boshaften, degenerierten Linie. »Lasst mich jetzt allein«, sagte sie. »Ich möchte beten.«

Ich nickte. Sprich deine Gebete, kleine Schwester. Das Haus Arnault wird sie früher brauchen, als du ahnst.

3

♥

3. August 1610

Vergangene Nacht hat Germaine sich das Leben genommen. Wir fanden sie heute Morgen. Sie hatte sich am Querbalken über dem Brunnen aufgehängt. Ihr Gewicht hatte den hölzernen Balken halb in den Brunnen gezogen, sodass sie fast im Wasser hing. Ein paar Zoll tiefer, und ihre Leiche hätte das Brunnenwasser wesentlich schlimmer vergiftet als LeMerles rote Farbe. Jedenfalls ist Germaines Selbstmord ebenso geheimnisvoll wie ihr Leben es war. In der Nähe fanden wir obszöne, kaum leserliche Botschaften an den Wänden der Kapelle und auf mehreren Heiligenstatuen. Sie waren mit demselben schwarzen Fettstift geschrieben wie die Schmierereien auf der neuen Marienstatue. Außerdem hatte Germaine das Zisterzienserinnenkreuz von ihrem Habit entfernt und sorgfältig die feine Naht aufgetrennt, als wollte sie uns den Anblick des Kreuzes auf der Brust einer Selbstmörderin ersparen.

Ich konnte nur einen kurzen Blick auf ihr Gesicht erhaschen, als man sie aus ihrem senkrechten Grab zog, doch es kam mir unverändert vor. Selbst im Tod hatte sie diesen zynischen Zug um die Mundwinkel, diesen Ausdruck, der zu sagen schien, dass sie immer nur mit dem

Schlimmsten rechnete. Aber darunter verbarg sich ein Herz, das verletzlicher war, als irgendjemand auch nur geahnt hat.

Vor der Prim wurde sie ohne Zeremonie an der Wegkreuzung außerhalb des Klosters beerdigt. Ich habe das Grab selbst ausgehoben und musste dabei daran denken, wie wir beide zusammen den Brunnen gegraben haben. Am Schluss habe ich ein kurzes Gebet an Sainte-Marie-de-la-mer gerichtet. Tomasine wollte einen Holzpflock in das Herz der Leiche stoßen, um zu verhindern, dass sie wieder aus dem Grab kommt, aber das habe ich nicht zugelassen. Germaine soll in Frieden ruhen. Wir sind Nonnen und keine Wilden.

Tomasine knurrte irgendetwas Unverständliches vor sich hin.

»Was hast du gesagt?«

»Nichts.«

Doch ich spürte die allgemeine Unruhe. Den ganzen Tag begleitete sie mich, ich spürte sie im Kloster, im Garten, in der Kapelle, während der Arbeit im Backhaus und auf dem Feld. Dass das Wetter umgeschlagen war, trug auch nicht gerade zur Verbesserung der Stimmung bei. Über Nacht war es schwül und drückend geworden, die Sonne schimmerte wie eine angelaufene Münze hinter einer dicken Wolkendecke. Wir schwitzten und stanken. Niemand sprach laut über Germaines Selbstmord, nicht einmal von der geheimnisvollen Nonne, aber es lag in der Luft: das Gemurmel von Aufruhr, eine Angst, die sich von Stunde zu Stunde steigerte. Immerhin war dies der zweite Todesfall innerhalb von zwei Monaten – und beide haben sich unter ungewöhnlichen Umständen ereignet. Offenbar ist es nur eine Frage der Zeit, bis die nächste Katastrophe über uns hereinbricht.

Am Abend geschah sie dann tatsächlich. Sœur Virginie kam aus dem Krankenzimmer und berichtete, dass Sœur Rosamonde während der Vollversammlung gestorben war. Zwar ist das in ihrem Alter nichts Außergewöhnliches, dennoch traf es uns wie ein Schlag. Sofort gingen die wildesten Gerüchte um: Rosamonde sei vor Schreck gestorben, als die geheimnisvolle Nonne ihr erschienen war; sie sei von demselben bösen Geist verhext worden, der Mère Marie getötet hat; sie habe sich das Leben genommen; sie sei an der Cholera gestorben, und man versuche nur, das zu vertuschen; sie sei an einem unnötigen Aderlass gestorben, den Mère Isabelle angeordnet hatte.

Ich neige eher zu der Annahme, dass es von Anfang an ein Fehler war, Virginie mit der Pflege der alten Nonne zu beauftragen, und dass es mit Rosamondes Gesundheit, nachdem man sie von ihren Freundinnen und dem Klosterleben isoliert hat, einfach immer mehr bergab gegangen ist. Aber ihr Tod ist zu einem sehr ungünstigen Zeitpunkt eingetreten. Die anderen Nonnen lassen sich durch nichts davon überzeugen, dass sie nicht in Gefahr sind. Der Tod ist nicht ansteckend, habe ich ihnen zu erklären versucht, nur Krankheiten übertragen sich. Piété hat mich dazu überredet, ihr ein Kräutersäckchen zu machen zum Schutz gegen üble Körpersäfte, und Alfonsine und Marguerite, die unter Virginies Pflege immer magerer geworden ist, habe ich versprochen, einen stärkenden Trank zu brauen. Nach dem Abendessen haben mich mehrere Novizinnen angesprochen und um Rat und Unterstützung gebeten. Ich habe ihnen empfohlen, nicht zu viel zu fasten, nur Brunnenwasser zu trinken und sich morgens und abends mit Seife zu waschen.

»Wozu soll denn *das* gut sein?«, wollte Tomasine wissen, als sie davon hörte.

Ich erklärte ihr, dass regelmäßiges Waschen helfen könne, Krankheiten vorzubeugen.

Sie schaute mich skeptisch an. »Das kann ich mir nicht vorstellen«, meinte sie. »Um das Übel abzuwehren, braucht man geweihtes Wasser, keine Seife.«

Ich seufzte. Diese Dinge zu erläutern, ist manchmal sehr schwierig, wenn man nicht ketzerisch klingen möchte. »Manche Übel liegen im Wasser«, sagte ich vorsichtig. »Andere in der Luft. Wenn das Wasser oder die Luft verseucht sind, können sich Krankheiten ausbreiten.« Ich zeigte ihr die Duftkugel, die ich angefertigt hatte, um Gestank und Insekten zu vertreiben, und sie drehte sie misstrauisch in der Hand.

»Du scheinst eine Menge über diese Dinge zu wissen«, sagte sie.

»Nur das, was ich gehört habe.«

Heute Abend nach der Vesper hat LeMerle zu uns gesprochen. Er hatte den Tag mit Fasten und Beten verbracht und wirkte müde. Die Mienen der erschöpften und verängstigten Nonnen hellten sich ein bisschen auf, aber Père Saint-Amand war nicht geneigt, auf unsere Sorgen einzugehen, sondern ließ sich mit falscher Begeisterung, die niemanden überzeugte, über die Versuchungen der heiligen Felicitas aus.

Dann hielt Mère Isabelle eine Ansprache. In letzter Zeit fällt mir immer wieder auf, dass Isabelle, je mehr LeMerle uns ermahnt, Zurückhaltung und Verzicht zu üben, zunehmend unruhiger wird, als sei sie wild entschlossen, sich dem neuen Beichtvater zu widersetzen. Ihr heutiger Vortrag war viel länger als gewöhnlich und verworrener denn je, und obwohl sie uns vom Licht Gottes vorschwärmte, das die Finsternis erleuchtet, waren ihre Worte alles andere als erleuchtet.

»Wir müssen das Licht suchen«, sagte sie mit vor Erschöpfung bebender Stimme. »Aber so sehr wir uns auch bemühen, scheint es so, als seien wir von etwas befallen, als seien wir bis in unsere Herzen, ja sogar bis in unsere Seelen infiziert. Wir meinen es gut. Doch auch die besten Vorsätze können in die Hölle führen. Die Sünde lauert überall. Niemand ist frei von ihr. Selbst ein Einsiedler, der fünfzig Jahre allein in seiner dunklen Höhle verbringt, ist nicht frei davon. Die Sünde ist eine Seuche, sie ist ansteckend.

Böse Träume haben uns heimgesucht«, flüsterte sie, und ein Murmeln erhob sich aus der Menge wie giftige Dämpfe, »Träume und Blut«, und wieder ertönte das Gemurmel wie die Stimme unserer Sehnsüchte – *Blut, ja* – »und der Ichor der Hölle fließt um uns herum, erfüllt uns mit monströsen Gedanken, monströsen Gelüsten …« Ja, flüsterte es im ganzen Raum, *O ja, ja, ja*!

LeMerle, der neben ihr stand, schien zu lächeln – oder war es das Kerzenlicht? –, das Gesicht umgeben vom Licht der Laterne, sodass es aussah, als hätte er einen Heiligenschein.

»Mehrere Fälle von Lüsternheit hat es gegeben!«, rief Mère Isabelle. »Gotteslästerung! Heimlich begangene, verabscheuungswürdige Handlungen! Kann eine von euch es leugnen?«

Sœur Alfonsine hob die Arme und begann laut zu jammern. Auch Clémente streckte die Arme aus wie in einer flehenden Geste. Ein Dutzend Nonnen riefen im Chor: »Wir sind alle schuldig!«

Schuldig, jaaaa! Ein Rausch der Erleichterung.

»Wir sind alle verdorben!«

Verdorben, ja!

Die Kerzen, der Weihrauch, der Gestank nach Angst und Erregung. Die Dunkelheit, die zuckenden Schatten. Ein

Windstoß ließ die Tür gegen die Wand schlagen und die Kerzenflammen erzittern. Die Schatten an den Wänden schienen sich zu verdoppeln, zu verdreifachen, erst waren es Hunderte, dann Tausende, eine Heerschar der Hölle. Jemand begann laut zu schreien. Die beschwörende Kraft von Mère Isabelles Rede war so groß, dass weitere Nonnen in das Geschrei einfielen.

»Da! Er kommt! Er kommt! Er ist hier!«

Alle drehten sich um, um zu sehen, wer die Worte gerufen hatte. Etwas abseits von uns allen stand Sœur Marguerite, die Arme hoch erhoben. Sie hatte sich die Haube abgerissen und den Kopf nach hinten geworfen, sodass ihr verzerrtes Gesicht deutlich zu erkennen war. Ihr linkes Bein zuckte unter den Falten ihres Habits, und sie zitterte am ganzen Körper.

»Sœur Marguerite?«, sagte LeMerle mit klarer, ruhiger Stimme. »Sœur Marguerite, stimmt etwas nicht?«

Mit sichtlicher Mühe richtete die dünne Nonne den Blick auf ihn. Ihr Mund öffnete sich, doch kein Ton kam heraus. Das Zucken in ihrem Bein wurde schlimmer.

»Rühr mich nicht an!«, schrie Marguerite, als Virginie versuchte, ihr zu helfen.

LeMerle wirkte besorgt. »Sœur Marguerite. Komm her zu mir. Wenn du kannst.«

Offensichtlich wollte sie seiner Aufforderung Folge leisten. Aber ihre Glieder gehorchten ihr nicht. Ich habe einmal einen ähnlichen Fall in Montauban in der Gascogne gesehen, wo mehrere Leute vom Veitstanz befallen waren. Doch das hier war nicht dasselbe. Marguerites Bein zuckte und zappelte, als würde ein unsichtbarer Puppenspieler es an Fäden bewegen. Dabei schnitt sie wilde Grimassen.

»Sie tut nur so«, befand Alfonsine.

Marguerite drehte sich um und starrte sie an. Ihr Körper

blieb in derselben, grotesk unnatürlichen Haltung. »Hilf mir«, sagte sie.

Isabelle hatte das Geschehen die ganze Zeit schweigend verfolgt. Jetzt ergriff sie das Wort. »Könnt ihr noch Zweifel haben?«, fragte sie leise. »Sie ist besessen!«

LeMerle sagte nichts, doch in seinem Gesicht lag ein Ausdruck der Genugtuung.

Um die beiden herum entstand ein Raunen. Das Wort – zum ersten Mal ausgesprochen – schwirrte in der Luft wie eine Mottenplage.

Nur Alfonsine wirkte skeptisch. »Das ist doch lächerlich«, sagte sie. »Das sind bloß nervöse Muskelzuckungen oder eine Schüttellähmung. Ihr wisst doch, wie sie ist.«

Im Stillen musste ich ihr Recht geben. Bei der Aufregung, die seit einigen Wochen im Kloster herrschte, war es kein Wunder, dass eine so leicht beeinflussbare Nonne wie Sœur Marguerite in Raserei geriet. Außerdem hatte Alfonsine während der vergangenen Tage immer wieder Blut gehustet, und für Marguerite wurde es allmählich schwer, dem etwas entgegenzusetzen.

Doch Isabelle war nicht ihrer Meinung. »Es hat schon andere Fälle gegeben«, fauchte sie. »Für wen hältst du dich, dass du diesen Fall anzweifelst? Was weißt du denn schon von solchen Dingen?«

Alfonsine schaute verlegen zu Boden und begann zu husten. Ich hörte, wie sie sich bewusst dazu zwang. Wenn sie vernünftig gewesen wäre, hätte sie den Hustensaft genommen, den ich für sie bereitet hatte, und sich den Hals mit Leintüchern umwickelt. Diese Mittel konnten ihre Krankheit zwar nicht heilen, aber sie konnten ihr Linderung verschaffen. Schwindsucht lässt sich nun mal nicht mit Hustensaft kurieren.

Marguerites Anfall hatte sich nicht gelegt. Inzwischen

hatte auch ihr rechtes Bein angefangen zu zucken. Verzweifelt verdrehte sie die Augen, während ihre Füße sich unabhängig von ihrem Körper zu bewegen schienen und sie hin und her schwanken ließen. Das Wort *besessen* wogte durch den Raum und gewann allmählich immer mehr an Dynamik.

Isabelle wandte sich an LeMerle. »Nun?«

Er schüttelte den Kopf. »Es ist noch zu früh, um dazu etwas zu sagen.«

»Wie könnt Ihr noch Zweifel hegen?«

LeMerle schaute sie an. »Ich hege Zweifel, mein Kind«, erwiderte er mit einem gereizten Unterton, »weil ich im Gegensatz zu Euch viele Dinge erlebt habe und weil ich weiß, wie leicht das Urteilsvermögen durch Ungeduld und Leichtsinn getrübt werden kann.«

Einen Augenblick lang hielt Isabelle seinem Blick trotzig stand, danach schaute sie zu Boden. »Vergebt mir, *mon père*«, stieß sie zwischen zusammengebissenen Zähnen hervor. »Was soll ich tun?«

Er überlegte. »Wir müssen sie untersuchen«, entschied er dann scheinbar zögernd. »Auf der Stelle.«

4

♥

4. August 1610

Ich begriff als Einzige, mit welchem Geschick LeMerle die Situation am gestrigen Abend in die Hand genommen hatte. Indem er so tat, als halte er sich zurück, indem er sich betont besonnen zeigte; ganz im Gegensatz zu der von Angst und Misstrauen bestimmten Atmosphäre, die er erzeugt hatte, vermittelte er den Nonnen dadurch den Eindruck, nicht er, sondern sie träfen die Entscheidungen. Sœur Marguerite wurde in die Krankenstation gebracht, wo sie unter Obhut von LeMerle und Sœur Virginie die Nacht und den folgenden Tag verbrachte. Den Gerüchten zufolge hielt das Zucken in Marguerites Beinen noch über eine Stunde lang an. Zweimal wurde sie auf Anraten von Sœur Virginie zur Ader gelassen, woraufhin sie zu erschöpft war, um untersucht zu werden, und im Bett bleiben musste.

Während ich den Berichten lauschte, hatte ich große Mühe, meinen Ärger zu unterdrücken. Sœur Virginie ist eine dumme Gans, der man nie die Verantwortung für die Krankenstation hätte übertragen dürfen. Marguerite ist vom vielen Fasten und von all der Aufregung schon geschwächt genug, und das Letzte, was ihr jetzt hilft, ist ein Aderlass. Sie braucht Ruhe und gutes, nahrhaftes Essen: Fleisch, Brot und ein bisschen Rotwein – alles, was Mère Isabelle verboten hat. Dämonen fühlten sich zu gesunden, blutvollen Naturen hingezogen, behauptet Sœur Virginie, und um zu verhindern, dass Dämonen von jemand Besitz ergreifen, müsse man das Blut verdünnen. Am liebsten hätte Mère Isabelle die Farbe Rot nur noch an den Kreuzen auf unseren Habiten gestattet und sie ansonsten gänzlich verboten, und jede Nonne, die kein ebenso bleiches Gesicht hat wie sie, wird von ihr argwöhnisch beäugt. Rot ist die Farbe des Teufels, sie ist gefährlich, unanständig, aufdringlich. Zum ersten Mal bin ich froh, dass ich eine Haube trage, und hoffe, dass Isabelle meine Haarfarbe vergessen hat.

In dieser schwülen Hitze gedeihen Missmut und Argwohn wie die Pest. Zwar gibt es Zaubersprüche, um es regnen zu lassen, aber ich wage nicht, sie anzuwenden. Sœur Tomasine und die anderen würden das nicht gutheißen, und ich möchte nicht noch mehr Aufmerksamkeit auf mich ziehen. Stattdessen habe ich heute Abend zu Füßen der neuen Maria eine Kerze für Germaine und Rosamonde angezündet und versucht, meine Gedanken zu ordnen.

Schsch, fort mit dir! Doch die Sechs der Schwerter lässt sich nicht so leicht verscheuchen. Sie hängt über mir wie ein Fluch. Ich schaute zu der Stelle hinüber, wo Marguerite gestern Abend ihren Anfall bekommen hat, und empfand eine Mischung aus bösen Vorahnungen und Neugier. War es das, was LeMerle wollte? War das vielleicht Teil seines geheimnisvollen Plans?

Ich versuchte es mit einem kleinen Gebet – ein ketzerischer Akt vielleicht, aber die alte Heilige hätte es verstanden. Die neue jedoch stand einfach da und ließ nicht erkennen, ob sie mich gehört hatte. Sie versteht nur Latein, diese neue Maria, und die Gebete von meinesgleichen interessieren sie nicht. Ich musste an Le Borgne denken – ebenso an Germaine und Rosamonde, und auf einmal konnte ich den Wunsch nachvollziehen, diese makellose Heilige anzugreifen, sie umzustürzen, zu besudeln, sie uns ähnlicher zu machen.

Als ich sie näher betrachtete, bemerkte ich, dass sie nicht ganz und gar weiß ist, wie ich anfangs angenommen hatte. Der Mantel der Jungfrau hat einen schmalen goldenen Rand, und auch ihr Heiligenschein ist in Gold eingefasst. Aus feinstem Marmor gehauen steht sie auf einem marmornen Sockel, in den ihr Name und der unserer Abtei in Gold eingraviert sind. Darunter ist ein Wappen in den Stein gemeißelt, das sich als das des Hauses Arnault entpuppte, als ich es genauer betrachtete. Diesmal fiel mir ein zweites, kleineres Wappen auf, das sich gleich darunter befindet – eine weiße Taube und die Lilie der Muttergottes vor einem vergoldeten Hintergrund –, und das mir plötzlich seltsam bekannt vorkam …

Ein Geschenk ihres Onkels, hatte Isabelle gesagt, von ihrem Lieblingsonkel, für den wir zum Dank vierzig Messen feiern sollen. Warum nur kam mir dieses Wappen so bekannt vor? Warum hatte ich das Gefühl, etwas entdeckt zu haben, das mir erklären kann, was während der vergangenen Wochen hier im Kloster passiert ist? Noch verwirrender war eine vage Erinnerung, die dieses Gefühl begleitete: die Erinnerung an den Geruch von Schweiß und Wachs, an helles Licht und Hitze. Plötzlich wurde mir ganz schwindlig, und ich musste an das Théâtre-Royal denken, an das schöne Jahr in Paris …

Paris! Mit einem Mal konnte ich die Erinnerung einordnen. Jetzt sah ich ihn deutlich vor mir: einen hoch gewachsenen, hageren Mann, blass und ausgezehrt von all den vornehmen Entbehrungen, die Augen so hell, dass sie wirkten wie vergoldet, als hätte er zu viele Altäre ehrfurchtsvoll angeschaut. Nur ein einziges Mal habe ich ihn sprechen gehört, aber seine Worte habe ich nicht vergessen, die Worte, die er voller Zorn aussprach, als er am Abend unseres *Ballet des Gueux* mitten im tosenden Applaus aus dem Saal stürmte.

Die Stimme einer schwarzen Krähe lässt sich leicht zum Verstummen bringen, hatte er gesagt. *Solche Beute lässt man von den Vasallen jagen, wenn ihr Gesang das Ohr beleidigt …*

Ein Mann mit einem seltsamen Stolz, mein schwarzer Vogel, trotz seines Mangels an Moral. Eine seltsame Mischung aus Arroganz und Schurkerei. So viele Dinge sind für ihn nichts als ein Spiel, so viele Dinge haben in seinem Leben keinerlei Bedeutung. Aber Rache ist etwas, das er versteht. Dieses Gefühl kenne ich schließlich selbst, und wenn ich es heute aufgegeben habe, dann nur, weil meine Fleur mir wichtiger ist als solche eitlen Gefühle. LeMerle hat keine Fleur, und soweit ich weiß, auch kein Herz. Stolz ist alles, was er besitzt.

Schweigend kehrte ich in den Schlafsaal zurück. Endlich ist mir alles klar. Jetzt weiß ich, warum LeMerle in dieses Kloster gekommen ist. Jetzt weiß ich, warum er die Rolle des Père Saint-Amand spielt, warum er mir aufgetragen hat, das Brunnenwasser zu färben, warum er den Wahnsinn in der Kapelle anheizt und warum er so große Anstrengungen unternommen hat, um zu verhindern, dass ich die Flucht ergreife. Doch zu wissen warum, reicht noch nicht. Ich muss genau herausfinden, was der schwarze Vogel im Schilde führt. Welche Rolle er mir bei diesem Spiel zugedacht hat. Und welches Ende er vorgesehen hat – eine Tragödie oder eine Farce.

5

♠

5. August 1610

Gut gemacht, meine Ailée. Wusste ich doch, dass es nur eine Frage der Zeit sein konnte, bis du zwei und zwei zusammenzählen würdest. Du erinnerst dich also an den Bischof? Monseigneur war so dumm, mein *Ballet Travesti* zu verdammen. Auf seinen Befehl hin wurde ich aus Paris vertrieben. Er hat mir eine große Schmach zugefügt.

Mein *Ballet des Gueux* hat ihn empört wegen meiner mit Pailletten behängten Tänzerinnen, und mein *Ballet Travesti* mit dem als Bischof verkleideten Affen und den in Unterröcke und Korsetts gekleideten Höflingen hat ihn erst recht entrüstet. Aber, um die Wahrheit zu sagen, das war von mir beabsichtigt. Welches Recht hatte er, meine Arbeit zu zensieren? Schließlich ist niemand zu Schaden gekommen. Gut, ein paar Leute haben sich beleidigt gefühlt, die meisten davon Frömmler und Heuchler. Doch der Applaus! Er wollte überhaupt nicht mehr aufhören. Fünf Minuten lang haben wir wie lächerliche Figuren auf der Bühne gestanden, während die Schminke auf unseren Gesichtern in der Hitze der Lampen schmolz und verlief. Die Bretter unter unseren Füßen waren übersät mit glitzernden Münzen, die die Leute uns zugeworfen hatten.

Und du, meine Ailée, noch zu jung, um dir deine Flügel verdient zu haben, aber wunderschön in deinem skandalösen Kostüm, du standest mit leuchtenden Augen neben mir, den Hut in der Hand. Es war unser großer Triumph. Erinnerst du dich?

Doch dann, eh wir wussten, wie uns geschah, kam das Ende. Evreux' offener Brief an de Béthune. Die flüchtigen Blicke, die genuschelten Entschuldigungen von denen, die ich für Freunde gehalten hatte. Die heuchlerischen Ausflüchte – *Madame ist bei Verwandten auf dem Land; Monsieur ist leider heute Abend nicht zu sprechen* –, während andere Besucher höflich empfangen wurden und mir unverhohlen verächtliche Blicke zuwarfen.

Man erwartete von mir, dass ich mich still und diskret aus Paris zurückzog und meine Blamage einfach hinnahm. Als sie auf den Stufen des Arsenal eine Puppe von mir verbrannten, habe ich mir eine neue Garderobe zugelegt. Mit vulgärem Exhibitionismus bin ich in der Stadt herumstolziert. Ich führte meine Frauen vor wie Modeschmuck, je zwei an einem Arm. In Madame de Scudérys Salon hatte ich inzwischen Hausverbot, dennoch gab es viele andere, die nicht so wählerisch waren. Der Bischof beobachtete mich voller Zorn, aber was konnte er schon tun?

Das erfuhr ich nur zu bald. Er ließ mich von seinen Lakaien zusammenschlagen, als ich eines Abends betrunken von einem Gelage nach Hause zurückkehrte. Ohne meinen Wohltäter de Béthune war ich wehrlos, nicht einmal durch das Gesetz geschützt, denn wer würde es wagen, sich gegen den Bischof auf meine Seite zu stellen? Ich hatte keine Waffe, nicht einmal einen zum Anzug gehörenden Degen. Sie kamen zu sechst. Aber ich war weniger betrunken – oder auch verzweifelter –, als sie gedacht hatten. Ich ergriff die Flucht, versteckte mich in rattenverseuchten Gassen, kauerte mich in Wassergräben, schlich mit rasendem Herzen und trockenem Mund durch nächtliche Schatten.

Es war fast wie ein Bühnenstück, wie eine italienische Farce: Guy LeMerle auf der Flucht vor den Lakaien des Bischofs, in seinen Schuhen mit den silbernen Schnallen rutscht er auf dem Pflaster aus, sein seidener Rock ist völlig verdreckt. Immerhin besser, sage ich mir, als LeMerle mit gebrochenen Rippen im Straßengraben. Aber es reichte. Ich hatte das Spiel verloren. Monseigneur würde jederzeit noch eine weitere Gelegenheit wahrnehmen. Und noch eine. Ich hatte meinen Kredit verspielt, und wir wussten es beide.

Wenn man auf der Straße lebt, nur in Begleitung von Zwergen und Huren, entwickelt man ein gutes Gedächtnis. Die Straße ist lang, und unsere Wege kreuzen sich immer wieder. Wir begegneten uns in einem Dorf in der Nähe von Montauban, wenn Ihr Euch erinnert, und später in einem Kloster bei Agen. Alle Straßen führen nach Paris, und auch dort sind wir uns mehrmals über den Weg gelaufen. Bei einer solchen Gelegenheit habe ich Euch um ein silbernes Kreuz erleichtert – es wird Euch freuen zu hören, dass ich es immer noch trage –, nur leider hieltet Ihr wieder einmal die Trümpfe in der Hand, und die Rache folgte auf dem Fuße. Ihr solltet Euch schämen, *mon père*. Ich habe zwar einen Mitspieler verloren und einen Wagen. Doch der schwarze Vogel hat nur wenige Federn gelassen, und seitdem hat sich der Spieleinsatz erhöht.

Jeder hat seine Schwäche, Monseigneur Bischof. Ich habe eine ganze Weile gebraucht, um die Eure zu entdecken. Aber mein dunkler Stern hat mich schließlich zur Wiege Eures Ehrgeizes geführt. Übrigens kann ich Euch zu Eurer frommen Familie nur beglückwünschen. Zwei Brüder in hohen geistlichen Ämtern, eine Schwester Äbtissin in einem

Kloster im Süden. Zahllose Vettern und Kusinen in Klöstern und Kathedralen überall in Frankreich. Man müsste schon blind sein, um zu übersehen, dass die Familie Arnault zur Vetternwirtschaft neigt. Aber als eine Linie mit so vielen Jungfrauen ist das Haus Arnault früher oder später zum Aussterben verdammt. Es muss Euch doch zutiefst wurmen, dass Ihr nicht einen einzigen Sohn gezeugt habt, der Euren Namen fortführen könnte. Stattdessen habt Ihr Euch mit verschwenderischer Großzügigkeit um die Tochter Eures verstorbenen Bruders gekümmert: Angélique Saint-Hervé Désirée Arnault, genannt Mère Isabelle, Äbtissin von Sainte-Marie la Mère.

Sie sieht Euch ähnlich. Sie hat denselben argwöhnischen Blick und die gleichen silberhellen Augen. Gewöhnliche Menschen betrachtet sie ebenso mit Verachtung wie Ihr, und sie teilt Euren Hochmut – unter der frömmlerischen Oberfläche verbergt ihr Arnaults ein Ausmaß an Hybris, das einer klassischen Tragödie alle Ehre machen würde. In allem, bis auf den Namen, ist sie Eure Tochter. Ihr habt sie gut erzogen. Sie liest Eure Briefe mit der Hingabe einer Héloïse. Schon als kleines Kind hat sie eine Frömmigkeit an den Tag gelegt, die alle Erwartungen überstieg. Sie isst kein Fleisch, trinkt keinen Wein außer bei der Kommunion, fastet am Freitag. Sie macht Euch alle Ehre, und so etwas kann man zu seinem Vorteil nutzen – warum auch nicht? Schließlich kann man nicht sein Leben lang Bischof bleiben. Ein Kardinalshut würde Monseigneur auch gut stehen, aber das Mindeste wäre wohl die Mitra eines Erzbischofs. Mit weiser Voraussicht habt Ihr Eurer Nichte den Weg in den Schoß von Mutter Kirche geebnet: geschickt platzierte Gerüchte von Visionen, von Engelserscheinungen, von wundersamen Heilungen. Insgeheim wünscht Ihr Euch nichts sehnlicher als die Heiligsprechung eines Familienmitglieds – ohne männliche Nachkommen ist das die einzige Möglichkeit, dafür zu sorgen, dass Euer Name nicht in Vergessenheit gerät –, und mit Mère Isabelle könnte dieser Traum tatsächlich in Erfüllung gehen. Ihre kürzlich verstorbene Mutter war zwar der Meinung, sie sei zu jung, um das Gelübde abzulegen, aber Ihr habt das Mädchen unter Eure Fittiche genommen und ihm beigebracht, von einer Abtei zu träumen wie andere Kinder sich eine Puppenstube wünschen.

Ihr hättet sie sehen sollen, als ich ihr die Nachricht überbracht habe! Gott, ich hätte sie küssen können, wie sie vor Wut die Augen zusammenkniff und die Mundwinkel trotzig nach unten zog.

»Äbtissin von *wo?*«, fragte sie entgeistert. »Aber das ist doch am Ende der Welt!«

Ihr habt sie verwöhnt, Monseigneur. Habt sie ermuntert, nach Höherem zu streben. Vielleicht hat das kleine Biest mit Paris geliebäugelt, der großen Stadt mit ihren Türmen und Eitelkeiten und den sehr weltlichen Huren, die vor ihr auf Knien herumrutschen würden. Das wäre wohl nach ihrem Geschmack gewesen.

Aber vielleicht war es auch die Buße, die ich ihr wegen ihres Zorns auferlegt habe, oder mein Tadel und meine liebevolle Absolution nach ihrer Beichte, denn in Isabelle schlummert ein Verlangen, das Ihr sicherlich nie bemerkt habt, sie hat eine Seite, wo Sünde und Heiligkeit sich aneinander reiben und sich zu einer scharfen Klinge vereinigen. Eines Tages wird diese Klinge scharf genug sein, um damit zu schneiden, Monseigneur d'Evreux. Bis es so weit ist, seid auf der Hut.

Wie erwartet, ist Juliette heute Abend wieder zu mir gekommen. Es war ein Risiko. Sie muss vermutet haben, dass Clémente bei mir war, aber nachdem sie mein Geheimnis einmal entdeckt hatte, konnte sie nicht widerstehen, mich aufzusuchen.

Typisch auch, dass sie mich sofort zur Rede stellte. An ihrer Stelle hätte ich mich zurückgehalten und das Spiel ein bisschen ausgereizt. Doch meine kleine Juliette lässt sich natürlich vom Augenblick hinreißen und spielt alle ihre Trümpfe auf einmal aus vor lauter Ungeduld. Es ist ein Fehler – ein Anfängerfehler noch dazu –, und obwohl er in diesem Fall für mich zweckdienlich ist, bin ich ein bisschen enttäuscht. Ich dachte, ich hätte sie etwas Besseres gelehrt.

»*Deswegen* bist du also hier«, sagte sie, als ich die Tür öffnete. »Wegen des Bischofs von Evreux.«

»Welcher Bischof?« Ich tat so, als wüsste ich nicht, wovon sie redet, nur um den triumphierenden Blick in ihren Augen zu sehen.

»Du hast schon mal besser gelogen«, erwiderte sie und schob sich an mir vorbei ins Haus.

Ich zuckte bescheiden die Achseln. »Vielleicht bin ich aus der Übung.«

»Das glaube ich nicht.«

Sie setzte sich auf die Lehne meines Sessels. Ihre nackten braunen Füße waren staubig, ihr Gesicht leuchtete vor Freude über den vermeintlichen Sieg. »Und?«, fragte sie. »Wann erwarten wir ihn? Was wirst du tun, wenn er hier ist?«

»Erwarten wir ihn denn?«, entgegnete ich lächelnd.

»Wenn nicht, bist du nicht mehr der Alte.«

Ich hob die Schultern, musste ihr Recht geben. »Du wirst doch wohl nicht etwa damit gerechnet haben, dass ich dir reinen Wein einschenke«, bemerkte ich. »Schließlich bringst du *mir* auch nicht gerade viel Vertrauen entgegen, nicht wahr?«

»Warum sollte ich?«, erwiderte sie. »Nach Epinal …«

»Juliette, du gehst mir auf die Nerven. Das habe ich dir bereits erklärt.«

»Erklärt ja.« Ihr Ton war schroff, aber ich entdeckte noch etwas anderes in ihrem Verhalten, sie war auf einmal weicher geworden – als hätte ihre Entdeckung sie nicht noch mehr gegen mich aufgebracht, sondern eher beruhigt. »Erzähl mir von dem Bischof«, sagte sie in einem versöhnlicheren Ton. »Du weißt, dass ich dich nicht verraten werde.«

Ich lächelte. »Soll das heißen, du bietest mir deine Loyalität an? Ich bin gerührt. Ich …«

»Du hast meine Tochter.«

Das saß. Andererseits kann in einem langwierigen Spiel eine wohlkalkulierte Kapitulation ebenso dienlich sein wie ein Sieg. »Also gut«, sagte ich und zog sie an mich. Sie ließ es geschehen.

Ich erzählte ihr genug, um ihre Ängste zu besänftigen und um ihr zu schmeicheln – auch wenn sie glaubte, ihr Gesicht sei ausdruckslos, während sie mir zuhörte. Frauen hören meistens nur das, was sie hören wollen, sogar meine kleine Hexe, die jeden Grund hätte, das Schlimmste anzunehmen. Eine Halbwahrheit ist eben häufig wesentlich effektiver als eine komplette Lüge.

Natürlich hatte sie das nahe Liegende längst erraten. Vielleicht kann sie mich sogar ein bisschen verstehen – sie hat ein rachsüchtiges Herz, trotz ihrer geheuchelten Frömmigkeit, und ebenso wie ich hat sie keinen Grund, den Bischof zu lieben. Alles, was ich jetzt noch von ihr erwarte, ist etwas Zeit. Wie ein guter Wein braucht ein guter Skandal Zeit, um zu gären. Château d'Evreux – kein gewöhnlicher Jahrgang, sondern ein kräftiger Tropfen, der dir, meine kleine Juliette, gut schmecken könnte. Lassen wir das Gebräu noch ein bisschen gären. Wenn der Bischof kommt, soll er in dem Sud ersaufen.

Ich war sehr überzeugend. Juliette hörte mir erst skeptisch, dann voller Genugtuung und schließlich mit einer gewissen Sympathie zu. Als ich geendet hatte, nickte sie langsam und schaute mir in die Augen. »Mit so etwas hatte ich gerechnet. Eine Sondervorstellung, um ihn für die Schmach in Paris bezahlen zu lassen? Eine Revanche?«

Es gelang mir, reumütig dreinzublicken. »Ich verliere nicht gern.«

»Und *das* betrachtest du als Sieg?«, fragte sie. »Hast du überhaupt eine Ahnung, wie viel Schaden du angerichtet hast? Wie großen Schaden du immer noch anrichtest?«

»Ich?« Ich zuckte mit den Achseln. »Ich habe nicht mehr getan, als die Bühne vorzubereiten. Den Rest habt ihr selbst erledigt.«

Ihre Lippen spannten sich; sie wusste, dass ich Recht hatte. »Was passiert nach der Vorstellung?«, wollte sie wissen. »Was dann? Werdet ihr beide anschließend in zwei verschiedene Richtungen davonreiten und uns in Frieden lassen?«

»Warum nicht?«, antwortete ich. »Es sei denn, du möchtest mit mir kommen.« Darauf ging sie nicht ein, aber das hatte ich auch nicht erwartet. »Komm schon, Juliette«, sagte ich, als ich ihren Blick bemerkte. »Du musst immerhin zugeben, dass ich das schlau eingefädelt habe. Was glaubst du wohl, wie weit ich kommen würde, wenn ich dem Bischof tatsächlich etwas zuleide täte? Hast du gehört, was sie mit Ravillac gemacht haben? Und überhaupt, wenn ich vorgehabt hätte, d'Evreux zu töten, meinst du nicht, ich hätte längst eine Möglichkeit dazu gefunden?« Ich ließ ihr einen Augenblick Zeit, darüber nachzudenken. »Ich will ihn demütigen«, erklärte ich ruhig. »Monseigneur ist sehr ehrgeizig. Er träumt davon, dass seine Familie in die Geschichte eingeht. Diesen Traum werde ich zerstören. Die Arnaults sollen zusammen mit uns normal Sterblichen im Staub kriechen, und er soll wissen, dass ich ihm das eingebrockt habe. Ein toter Bischof ist schon so gut wie heilig gesprochen. Ich will, dass Monseigneur noch lange, lange lebt.«

Ich schaute sie an, und eine ganze Weile schwieg sie. Schließlich nickte sie. »Du gehst ein großes Risiko ein«, sagte sie. »Ich glaube kaum, dass der Bischof dir dasselbe wünschen würde.«

»Deine Besorgnis rührt mich«, erwiderte ich. »Doch ein Spiel, bei dem es um nichts geht, langweilt mich.«

»Muss es immer ein Spiel sein?«, fragte sie so ernst, dass ich sie hätte küssen können.

»Aber Juliette«, flüsterte ich. »Was sonst?«

6

♥

6. August 1610

Gestern Abend kam endlich der Regen, aber er ist im Westen gefallen, auf Le Devin – uns hat er nicht erfrischt. Stattdessen schwitzten wir im Schlafsaal und beobachteten die Blitze des Hitzegewitters, die über den Himmel zuckten. Das schwüle Wetter hat uns eine Mückenplage beschert, und letzte Nacht kamen die Biester scharenweise durch die Fenster herein, ließen sich auf jedes Fleckchen ungeschützte Haut nieder, saugten unser Blut. Wir haben alle schlecht – oder überhaupt nicht – geschlafen; manche schlugen die ganze Zeit nach den Mücken, andere lagen einfach nur erschöpft und resigniert da. Ich hatte mich zum Schutz gegen die Insekten mit einer Mischung aus Zitronenmelissen- und Lavendelöl eingerieben und habe trotz der Hitze ein bisschen geschlafen. Zu meinem großen Glück hatte ich fast keinen einzigen Mückenstich, als ich heute Morgen aufwachte, doch Tomasine war in einem bedauernswerten Zustand, und Antoine mit ihrem süßen Blut war über und über mit roten Pusteln bedeckt. Zu allem Überfluss war auch die Kapelle voller Mücken, denen offenbar weder der Weihrauch noch der Qualm von den vielen Kerzen etwas anhaben kann.

Nach der Matutin und den Laudes brach der Tag an, und die Mücken zogen sich in den Sumpf zurück. Aber bis zur Prim war die Luft wieder drückend und schwül, und der weiße, diesige Himmel ließ Schlimmeres befürchten. Niemand konnte sich stillhalten. Alle zappelten herum, kratzten sich ununterbrochen, und selbst mir, obwohl ich weitgehend verschont geblieben war, juckte die Haut aus lauter Sympathie. Als LeMerle sich endlich zeigte, wirkte er kühl und ernst. Er war in Begleitung von Sœur Marguerite und Mère Isabelle.

Ein Raunen ging durch die Kapelle. Es war das erste Mal seit ihrem Anfall, dass Marguerite an einem Gottesdienst teilnahm, und wir warteten immer noch auf eine offizielle Erklärung ihres Leidens. Die Meinungen gingen auseinander. Manche tippten auf Veitstanz, andere auf eine Art Lähmung, aber die meisten waren davon überzeugt, dass sie entweder verhext worden oder der Teufel in sie gefahren war. Auf jeden Fall wirkte sie ziemlich ruhig – das Zucken war verschwunden, und ihre Augen waren ungewöhnlich dunkel und weit. Das könnte an den Mohnsamen gelegen haben, die ich ihr in den Stärkungsstrank geschmuggelt habe, sagte ich mir. Ich hoffte, dass die Dosis ausreichte.

Am liebsten hätte ich allen fünfundsechzig Nonnen einen mit Mohnsamen angereicherten Trank verpasst. Alfonsine war erhitzt und unruhig. Tomasine war so von Mückenstichen übersät, dass sie keine ruhige Minute fand. Antoine hörte nicht auf, sich an den Beinen zu kratzen. Selbst Clémente, die sonst so sanftmütig ist, machte einen nervösen Eindruck. Vielleicht hat Germaines Tod ihr mehr zugesetzt, als wir ahnen, denn ihre Augen waren geschwollen und ihre Wangen hohl. Mir fiel auf, dass sie LeMerle nicht aus den Augen ließ, während er sie keines Blickes würdigte. Vielleicht hat er also tatsächlich genug von ihr, dachte ich und ärgerte mich gleichzeitig über die Genugtuung, die dieser Gedanke mir bereitete.

»Meine geliebten Töchter«, sagte er. »Seit drei Tagen wartet ihr geduldig auf Nachrichten von unserer Schwester Marguerite.«

Wir nickten, traten von einem Fuß auf den anderen. Drei Tage waren eine lange Zeit. Drei Tage voller Vermutungen und Unsicherheit. Mehrfach hatten wir versucht, uns mithilfe von allen möglichen Stärkungstränken zu beruhigen. Aberglauben hat es im Kloster schon immer gegeben, selbst in den Tagen, als Mère Marie noch lebte, aber jetzt, wo man uns unserer Heiligen beraubt hat, macht er sich besonders breit. Was wir brauchen, ist Ordnung, Ordnung und eine feste Hand, in dieser Zeit der Krise. Instinktiv erwarteten wir beides von LeMerle.

Aber Père Colombin wirkte besorgt. »Ich habe Sœur Marguerite gründlich untersucht«, sagte er. »Und ich konnte nicht feststellen, dass ihr irgendetwas fehlt. Sie ist an Leib und Seele gesund.«

Einige Nonnen begannen miteinander zu flüstern. Irgendetwas Ungewöhnliches *musste* Sœur Marguerite zugestoßen sein. Er selbst hatte uns darauf gestoßen, hatte uns mit Andeutungen gefüttert, die uns nach seinen Worten lechzen ließen. Das Böse hatte die Abtei heimgesucht – wer konnte noch daran zweifeln?

»Ich weiß«, sagte LeMerle. »Ich verstehe eure Zweifel. Ich habe gebetet und gefastet. Ich habe viele Bücher zu Rate gezogen. Doch falls ein böser Geist in Sœur Marguerite gefahren sein sollte – ich kann ihn nicht zum Sprechen bringen. Ich bin zu dem Schluss gekommen, dass die bösen Mächte, die Gewalt über unsere Abtei gewonnen haben, zu stark sind. Allein werde ich nicht mit ihnen fertig. Ich habe versagt.«

Nein! Ein Raunen ging durch die Menge wie der Wind durch ein Weizenfeld. LeMerle, der den Kopf in gespielter Demut senkte, konnte sich ein Grinsen nicht verkneifen. »Ich dachte, ich könnte den Teufel allein mit meinem Glauben und mit eurem Vertrauen in mich bezwingen«, sagte er, »aber es ist mir nicht gelungen. Es bleibt mir nichts anderes übrig, als die zuständigen Autoritäten zu informieren und das Problem – ebenso wie mich selbst – in ihre Hände zu geben. Gelobt sei der Herr.« Nach diesen Worten trat er von der Kanzel und bedeutete Isabelle, seinen Platz einzunehmen.

Wir anderen sahen einander an, mussten an das letzte Mal denken, als die Äbtissin zu uns gesprochen hatte, und ein unwilliges Gemurmel ging durch die Reihen. Isabelle würde nicht in der Lage sein, für Ordnung im Kloster zu sorgen, das wussten wir. Nur LeMerle konnte uns unter Kontrolle halten.

Sie selbst war völlig verblüfft. »Warum geht Ihr?«, fragte sie mit zitternder Stimme.

»Ich bin hier nicht mehr von Nutzen«, erwiderte LeMerle. »Wenn ich bei Ebbe aufbreche, müsste es mir gelingen, innerhalb einer Woche Hilfe zu holen.«

Isabelle war kurz davor, in Panik zu geraten. »Ihr könnt nicht gehen«, sagte sie.

»Aber ich muss. Was bleibt mir anderes übrig?«

»*Mon père!*« Auch Clémente wirkte verängstigt. Antoine, die neben ihr stand, schaute LeMerle flehend an. Das Gemurmel um mich herum wurde lauter. Wir hatten alles verloren, wir wollten nicht auch noch Père Colombin verlieren. Ohne ihn würde das Chaos über uns kommen wie ein Schwarm Vögel.

LeMerle versuchte, sich über den Lärm hinweg Gehör zu verschaffen. Wenn das Böse nicht ausfindig gemacht werden könne, rief er, wenn der Schuldige nicht zu ermitteln sei … Die Vorstellung, dass er sie verlassen und diesem Bösen schutzlos ausliefern würde, hatte die Nonnen in Aufruhr versetzt, und sie begannen laut zu wehklagen. Ein unheimliches Geräusch wie Katzengejaule entrang sich ihren Kehlen, schwoll an, bis alle einstimmten, und erfüllte bald die ganze Kapelle.

Mère Isabelle geriet restlos außer sich. »Böse Geister, zeigt euch!«, kreischte sie. »Zeigt euch und sprecht zu uns!«

Das Geschrei wurde immer lauter, und Perette, die neben mir stand, hielt sich die Ohren zu. Ich kreuzte die Finger hinter meinem Rücken, um das Böse abzuwehren. Isabelles Schrei hatte in meinen Ohren allzu sehr wie eine Verwünschung geklungen. Fast lautlos murmelte ich einen Zauberspruch meiner Mutter vor mich hin, bezweifelte allerdings, dass er in einer solchen Umgebung viel nützte.

LeMerle jedoch beobachtete das Ganze mit kühler Genugtuung. Jetzt hatte er sie vollkommen in der Hand, das wusste ich; sie würden alles tun, was er von ihnen verlangte. Die Frage war nur: Wer würde die Erste sein? Ich sah mich um. Ich bemerkte Clémentes flehenden Blick, Antoines verträumtes Gesicht, Marguerite, deren Mundwinkel, jetzt, wo die Wirkung des Mohns nachließ, schon wieder nervös zuckten, und Alfonsine …

Alfonsine. Zuerst stand sie absolut reglos da. Dann ging ein Zittern durch ihren Körper, sie bebte wie die Flügel einer Motte. Sie nahm gar nicht mehr wahr, was um sie herum geschah. Mit einem Mal, ganz langsam, fing sie an zu tanzen.

Es begann in ihren Füßen. Mit winzigen Schritten, die Arme ausgestreckt, wie um die Balance zu halten, bewegte sie sich wie eine Seiltänzerin, die mit nackten Füßen Halt suchte. Danach kamen die Hüften: ein kaum wahrnehmbares Kreisen. Anschließend die Finger, die sehnigen Arme, die fleischigen Schultern.

Ich war nicht die Einzige, die es bemerkt hatte. Hinter mir atmete Tomasine erschrocken ein. Irgendjemand stieß einen schrillen Schrei aus. »Seht!«

Plötzlich wurde es ganz still. Aber es war eine gefährliche Stille, wie ein Felsen, der jeden Augenblick in die Tiefe stürzen konnte.

»Verhext!«, stöhnte Bénédicte.

»Genau wie Sœur Marguerite!«

»Besessen!«

Ich konnte das nicht mit ansehen. »Alfonsine, hör auf damit, das ist einfach lächerlich!«

Doch Alfonsine war nicht mehr zu bremsen. Ihr ganzer Körper zuckte und wand sich in einem Rhythmus, den niemand hörte; sie bog sich nach rechts und nach links, drehte sich um sich selbst, sodass ihre Röcke sich über die Knöchel hoben. Aus ihrem Mund kam ein Geräusch, das fast wie ein Wort klang. »*Mmmmmm …*«

»Sie sind hier!«, rief Antoine.

»Sie sprechen zu uns …«

»*Mmmmm …*«

Hinter mir betete jemand vernehmlich. Ich meinte, das *Ave Maria* zu hören, seltsam verzerrt und gedehnt. »*Marie! Marie!*«

Die Nonnen in der ersten Reihe vor der Kanzel hatten den Singsang aufgegriffen. Ich beobachtete, wie Clémente, Piété und Virginie fast gleichzeitig die Köpfe in den Nacken warfen und sich im Takt zu wiegen begannen.

»*Marie! Marie!*«

Sie wiegten sich langsam und schwer wie ein riesiges Schiff auf dem Meer. Aber es war ansteckend. Nacheinander fielen alle Nonnen ein, es war wie eine Welle, die von vorne nach hinten durch die Kapelle wogte, bis alles in Bewegung geriet. Ich spürte es selbst, die Reflexe der Tänzerin in mir erwachten zu neuem Leben, Ängste, Geräusche, Gedanken verschmolzen in diesem Schwindel erregenden Strudel. Ich warf den Kopf zurück. Einen Augenblick lang sah ich Sterne im Kuppelgewölbe der Kapelle, und die Welt um mich herum wankte verführerisch. Überall um mich herum spürte ich warme Körper. Meine Stimme ging in dem allgemeinen Geraune unter. Trotz aller Raserei wirkte dieser Tanz unglaublich koordiniert. Die Flut schien uns einmal nach rechts, einmal nach links zu tragen, und wir setzten unsere Schritte, als beherrschten wir instinktiv den richtigen Rhythmus. Ich spürte, wie der Tanz mich lockte, ich war drauf und dran, mich mit Leib und Seele in diese schwarze Brandung sich wiegender Körper zu stürzen.

Ich hörte Mère Isabelle immer noch in die Menge hineinkreischen, konnte ihre Worte jedoch nicht verstehen. Sie war wie ein einzelnes Instrument in einem chaotischen Orchester, in einem Meer von Stimmen, aus dem sich die ihre gegen ein dumpfes Grollen wie ein schriller Kontrapunkt abhob. Einige Stimmen des Protests waren zu hören – darunter auch meine –, die jedoch in diesem Höllenlärm aus heiseren Kehlen untergingen.

Doch ein Teil von mir blieb völlig klar, schwebte über dem Geschehen wie ein Vogel. Ich konnte LeMerles Stimme ausmachen, ohne genau zu verstehen, was er sagte, es klang wie ein Refrain, der diesem Nonnenballett seinen Rhythmus gab.

Sollte das seine Sondervorstellung sein? Vor mir stolperte Tomasine und sank auf die Knie. Die Tänzerinnen neben ihr gerieten kurz aus dem Gleichgewicht, eine fiel über Tomasine. Gemeinsam stürzten die beiden zu Boden, und jetzt erkannte ich Perette, die bäuchlings auf dem Marmor lag, während die anderen Nonnen sich weiter im Takt um sie herum drehten und wiegten, ohne auf sie zu achten.

»Perette!« Ich kämpfte mich zu meiner Freundin vor. Sie war bei dem Sturz mit dem Kopf auf den Boden geschlagen, und an ihrer Schläfe bemerkte ich einen blauen Fleck. Rasch zog ich sie auf die Füße, und gemeinsam schoben wir uns durch die Menge auf die offene Tür zu. Durch die Störung, die wir verursachten – oder vielleicht auch einfach infolge der Erschöpfung –, kamen einige der Nonnen wieder halbwegs zur Besinnung, sodass die Welle ins Stocken geriet und abebbte. Ich spürte, dass Isabelle mich beobachtete, hatte jedoch keine Zeit, mir den Kopf darüber zu zerbrechen, was ihr argwöhnischer Blick bedeuten könnte. Perette war nass geschwitzt und blass. Ich ermahnte sie, tief einzuatmen, den Kopf zwischen die Beine zu stecken und an dem Duftsäckchen zu riechen, das ich immer bei mir trage.

»Was ist das?«, fragte Mère Isabelle in die plötzlich eintretende Stille hinein.

Ich bemerkte, dass mehrere Nonnen mich anstarrten. »Das?«, erwiderte ich. »Ach, das ist nur ein bisschen Lavendel, Anis und Melisse und …«

»Was hast du damit vor?«

Ich zeigte ihr das Säckchen. »Das ist ein Duftkissen. Nichts Besonderes.«

Alle schwiegen. Sechzig Augenpaare waren auf mich gerichtet. Jemand – ich glaube, es war Clémente – sagte leise, aber deutlich vernehmbar: »*Hexerei!*«

Danach vernahm ich ein zustimmendes Geraune, nicht erzeugt von Stimmen, sondern von den vielen Händen, die hastig das Kreuzzeichen schlugen. Es war das Schaben von Haut auf Stoff, das Geräusch von Zungen, die Lippen befeuchteten, von beschleunigtem Atem. *Ja,* flüsterte es, und mir blieb fast das Herz stehen.

Ja.

7

♠

6. August 1610

Ich hätte die ganze Aufregung mit einem Wort beenden können. Aber die Szene war einfach zu überzeugend, dass ich es nicht übers Herz gebracht habe einzugreifen. Die bösen Omen, die Visionen, der unheilvolle Tod und nun die dramatische Offenbarung inmitten der Verwüstung… Es war phantastisch, beinahe biblisch. Die Szene hätte nicht besser sein können, wenn ich sie selbst geschrieben hätte.

Ich frage mich, ob ihr bewusst war, welches Bild sie abgab: den Kopf hoch erhoben, die Haube verrutscht, sodass man das feurige Rot ihrer Haare sehen konnte, das Mädchen an sich gedrückt. Schade nur, dass diese Art Tableau so sehr aus der Mode gekommen ist, und schade auch, dass nur so wenige hier sind, die es zu schätzen wissen. Doch ich setze große Hoffnungen in meine kleine Isabelle. Trotz ihrer engstirningen Erziehung ist sie eine gelehrige Schülerin, und eine bessere Vorstellung hätte ich ihr nicht bieten können.

Natürlich habe ich ihr alles beigebracht, was sie weiß, ich habe sie von einem sanftmütigen Lamm zu dem erzogen, was sie heute ist. Ich fühle mich zum Lehrer berufen. Wenn ich an das demütige Geschöpf denke, das sie einmal gewesen ist, erfüllt mein Herz sich mit Stolz. Aber die guten Kinder, so heißt es, sind immer diejenigen, vor denen man auf der Hut sein muss. Irgendwann kommt der Augenblick, da selbst die Fügsamsten unter ihnen einen Punkt erreichen, an dem kein Seelenforscher noch etwas erklären kann. Es ist wie eine Dokumentation ihrer Unabhängigkeit, eine Entdeckung des eigenen Ich.

Isabelle denkt in absoluten Begriffen, genau wie ihr Onkel. Träumt von Heiligkeit, von Kämpfen mit Dämonen. Ein phantasiebegabtes Kind, gequält von visionären Sehnsüchten und den Ängsten, die jeden in ihrem Alter plagen, geknebelt von den rigiden Verhaltensnormen ihrer Familie. Ich hatte damit gerechnet, dass sie sich heute zu erkennen geben würde. Man könnte sagen, dass sie es in Szene gesetzt hat: ein bisschen *divertissement* zwischen zwei Akten eines Dramas. Dennoch hat sie mich überrascht. Nicht zuletzt mit ihrer perversen Entscheidung, ausgerechnet die Frau zum Sündenbock zu machen, die ich eigentlich aus der Sache heraushalten wollte.

Das Mädchen kann unmöglich Verdacht geschöpft haben. Sie handelt instinktiv, aus kindlichem Trotz. Sie hat das Bedürfnis, mir zu beweisen, dass sie zu Recht das Böse am Werk vermutet – mir, der ich stets die Ruhe bewahrt und ihrer wachsenden Überzeugung fast skeptisch gegenübergestanden habe –, denn sie sehnt sich danach, von mir gelobt zu werden, und auch danach, mich zu verunsichern. Was sie antreibt, ist mehr als unterwürfige Bewunderung. Die Entdeckung ihres Ich hat sie stark gemacht, hat einen Widerspruchsgeist in ihr geweckt, den ich nähren muss, ohne die Kontrolle über sie zu verlieren. Sie blickt immer noch zu mir auf, aber ihre Bewunderung ist jetzt gefärbt von einer Art Trotz, von neu erwachtem Argwohn … Ich muss mich vorsehen. Renitent wie sie ist, könnte sie sich genauso auf mich stürzen, wie sie sich auf dich gestürzt hat, meine kleine Ailée, und in diesem Punkt seid ihr beide euch ähnlicher, als ihr wisst. Sie ist eine Klinge, die ich mit Geschick handhaben muss. Bisher war sie stets närrisch genug, um meine Demütigungen zu erdulden, aber in ihren Adern fließt das Blut der Arnaults, und ihr Stolz ist unerbittlich.

Du verstehst sicher, Juliette, dass dies alles zwischen uns ändert. Auf keinen Fall darf ich mich dir gewogen zeigen. Dann würden nämlich unser beider Köpfe rollen. Von jetzt an sollte ich sehr diskret vorgehen, sonst werden alle meine Pläne vereitelt. Allerdings muss ich gestehen, dass du mir ein bisschen Leid tust. Vielleicht, wenn alles vorüber ist … Vorerst ist das Risiko einfach zu groß. Die Waffe, die du gegen mich in der Hand hast, ist jetzt nutzlos geworden, selbst wenn du dich entschließen solltest, sie einzusetzen. Das Wort, das gerade in der Kapelle geraunt und geflüstert wird, reicht aus, um jede Anschuldigung, die du gegen mich vorbringen könntest, abzuschmettern. Und das weißt du genau; ich sehe es an deinen Augen. Aber trotz allem wurmt es mich, der kleinen Arnault gegenüber klein beigeben zu müssen, selbst wenn es meine Pläne begünstigt. Meine Autorität ist infrage gestellt. Das ist eine große Herausforderung, und wie du weißt, kann ich einer Herausforderung nur selten widerstehen …

»Bisher gibt es keinen Grund, unsere Schwester der Hexerei zu bezichtigen«, rief ich mit strenger Stimme. »Ihr seid unwissend, nur getrieben von eurer Furcht. Im Angesicht der Angst wird ein Lavendelsäckchen zu einem Instrument des Bösen. Eine mitfühlende Geste nimmt eine finstere Bedeutung an. Das ist mehr als dumm.«

Einen Augenblick lang spürte ich, wie sie sich gegen meine Worte auflehnten. »Aber es sind böse Geister hier gewesen«, rief Clémente. »Und irgendjemand muss sie geschickt haben!«

Mehrere Nonnen stimmten ihr zu.

»Ja, ich habe sie auch gespürt!«

»Ich auch!«

»Ein kalter Windhauch …«

»Und das Tanzen …«

»Das Tanzen!«

»Ja, es sind böse Geister hier gewesen!«, rief ich. Ich begann zu improvisieren, benutzte meine Stimme als Zaumzeug, um diese wild gewordene Stute unter Kontrolle zu bringen. »Dieselben bösen Geister, die freigelassen wurden, als wir die Krypta geöffnet haben!« Schweiß lief mir in die Augen. Schnell wischte ich ihn fort, darauf bedacht, niemanden sehen zu lassen, dass meine Hände zitterten. »*Vade retro, Satanas!*«

Das Lateinische besitzt eine Autorität, die gewöhnlichen Sprachen leider fehlt. Zu schade, dass die Notwendigkeit mich zwingt, die Landessprache zu benutzen, aber diese Nonnen besitzen einfach keine Bildung. Für solche Unterschiede haben sie kein Gespür. Außerdem waren sie sowieso viel zu sehr außer sich, um für irgendwelche Feinheiten empfänglich zu sein. »Ich will euch etwas sagen!« Meine Stimme übertönte das Geraune. »Wir sitzen auf einem Brunnen der Verderbnis! Eine jahrhundertealte Festung des Bösen sieht sich durch unsere Reformen bedroht, und nun fürchtet Satan den Verlust seiner Bastion! Seid trotz allem guten Mutes, meine Schwestern! Der Teufel kann denen, die reinen Herzens sind, nichts anhaben. Er versucht, die Seelen zu verderben, aber über diejenigen, die wahren Glaubens sind, hat er keine Macht!«

»Père Colombin hat wohl gesprochen.« Mère Isabelle schaute mich mit ihren kleinen, farblosen Augen an. In ihrem Gesichtsausdruck lag etwas, das mir nicht gefiel – ein berechnender Blick, fast so etwas wie Trotz. »Mit seiner Weisheit beschämt er uns in unseren weiblichen Ängsten. Mit seiner Stärke bewahrt er uns vor dem Sturz.«

Seltsame Worte, und nicht von mir vorgegeben. Ich fragte mich, worauf sie hinauswollte. »Aber auch die Frömmigkeit kann Gefahren bergen. Die Unerfahrenheit unseres ehrwürdigen Vaters hindert ihn daran, die Dinge klar zu sehen und zu verstehen. Er hat nicht gespürt, was wir heute gespürt haben!«

Ihr Blick wanderte zum Eingang der Kapelle, wo unsere neue Maria, frisch gereinigt, in huldvoller Teilnahmslosigkeit auf ihrem Podest steht. »Hier herrscht Fäulnis«, fuhr sie fort. »Eine so tiefe Fäulnis, dass ich es bisher nicht gewagt habe, meinen Verdacht offen zu äußern. Jetzt …« Sie senkte die Stimme wie ein Kind, das gleich ein Geheimnis preisgeben will. Offenbar habe ich ihr mehr beigebracht, als mir bewusst war, denn ihre Stimme war kaum hörbar und doch klar und deutlich, ein Bühnenflüstern, das bis in die letzten Winkel der Kapelle trug. »Jetzt kann ich darüber sprechen.«

Atemlos harrten sie alle dessen, was die Äbtissin ihnen zu sagen hatte.

»Alles hat mit Mère Marie angefangen. Ist nicht die erste Erscheinung aus der Krypta gekommen, in der wir sie begraben haben? Trugen die Erscheinungen, die ihr gesehen habt, nicht ihre Züge? Und haben die bösen Geister nicht in ihrem Namen zu uns gesprochen?«

Ein zustimmendes Gemurmel kam von den Nonnen.

»Nun?«, fragte Isabelle.

Mir gefiel das alles überhaupt nicht. »Nun, was?«, erwiderte ich. »Wollt Ihr damit etwa sagen, Mère Marie sei mit dem Teufel im Bunde gewesen? Das ist doch absurd. Das ist …«

Sie fiel mir – *mir!* – ins Wort, stampfte mit ihrem kleinen Fuß auf. »Wer hat denn angeordnet, Mère Marie in ungeheiligter Erde zu begraben?«, fauchte sie. »Wer stellt immer wieder meine Autorität in Frage? Wer braut Tränke und Säfte wie eine Dorfhexe?«

Das war es also. Die Nonnen um sie herum tauschten Blicke aus, mehrere kreuzten die Finger, um das Böse abzuwehren. »Sollte es etwa purer Zufall sein«, fuhr Isabelle fort, »dass Sœur Marguerite einen von diesen Wundertränken zu sich genommen hat, bevor sie ihren Anfall bekam? Oder dass Sœur Alfonsine angefangen hat, Blut zu husten, nachdem sie *sie* um Hilfe gebeten hat?« Isabelle erbleichte, als ich sie anschaute, ließ sich jedoch nicht beirren. »Sie hat ein Geheimfach in der Wand hinter ihrem Bett. Darin bewahrt sie ihre Zauberutensilien auf. Seht selbst nach, wenn Ihr mir nicht glaubt!«

Ich beugte das Haupt. Sie hatte ihre Entscheidung getroffen, und ich konnte nichts dagegen unternehmen. »Also gut«, sagte ich mit zusammengebissenen Zähnen. »Wir werden eine Durchsuchung vornehmen.«

8

♥

7. August 1610

LeMerle ging mit ihr zum Schlafsaal, gefolgt von den Nonnen, die hinter den beiden herliefen wie eine Schar Hühner. Er konnte seinen Zorn schon immer gut verbergen, doch an seinem Gang erkannte ich, dass er wütend war. Er sah mich nicht an. Stattdessen schaute er immer wieder aus dem Augenwinkel zu Clémente hinüber, die mit demütig abgewandtem Gesicht neben Isabelle hertrottete. Soll er doch seine eigenen Schlüsse ziehen, sagte ich mir. Ich wusste genau, wer mich verraten hatte. Vielleicht hatte sie mich in der Nacht zuvor aus seinem Haus kommen sehen, vielleicht war es einfach ihre instinktive Bosheit. Jedenfalls setzte sie eine trügerisch sanftmütige Miene auf, als Mère Isabelle, die nervös, aber trotzig wirkte, uns direkt zu dem losen Stein in der Mauer hinter meinem Bett führte.

»Dort ist es«, verkündete sie.

»Zeig es mir.«

Sie griff nach dem Stein und ruckelte mit ihren kleinen, ungeschickten Fingern daran herum. Der Stein ließ sich nicht bewegen. In Gedanken ging ich die Sachen durch, die ich dort versteckt hatte. Die Tarotkarten, meine Tinkturen und Heilmittel, mein Tagebuch. Das allein würde ausreichen, um mich zu verurteilen – um uns beide zu verdammen. Ich fragte mich, ob LeMerle von dem Tagebuch wusste. Er wirkte ruhig, doch sein ganzer Körper war angespannt, wie bereit zur Flucht. Ich überlegte, ob er versuchen würde zu fliehen – er hatte mehr als eine faire Chance – oder ob er ein Täuschungsmanöver riskieren würde. Letzteres ist eher sein Stil, dachte ich. Immerhin – dieses Spiel konnte man auch zu zweit spielen.

»Sollen wir alle durchsucht werden?«, fragte ich laut und deutlich. »Wenn ja, möchte ich vorschlagen, dass wir uns als Nächstes Clémentes Matratze vornehmen.«

Clémente funkelte mich mit zornigen Augen an, und mehrere Nonnen schauten nervös zu Boden. Ich weiß ganz sicher, dass mindestens die Hälfte meiner Mitschwestern irgendetwas in ihrem Bett versteckt.

Isabelle ließ sich nicht beirren. »Ich entscheide, wessen Sachen durchsucht werden«, erklärte sie. »Erst einmal …« Sie runzelte ungeduldig die Stirn, während sie sich mit dem Stein abmühte.

»Lasst mich das machen«, sagte LeMerle. »Ihr scheint es nicht zu schaffen.«

Unter den geschickten Fingern des Kartenspielers löste sich der Stein ohne Schwierigkeiten aus der Wand, LeMerle zog ihn heraus und legte ihn auf mein Bett. Dann langte er in den Hohlraum. »Das Versteck ist leer«, sagte er.

Isabelle und Clémente starrten ihn ungläubig an. »Lasst mich selbst nachsehen«, sagte Isabelle.

Mit einem kaum wahrnehmbar spöttischen Zug um den Mund trat LeMerle zur Seite. Isabelle schob sich an ihm vorbei, und als sie das leere Versteck erblickte, verzerrte sich ihr Gesicht. Clémente, die hinter ihr stand, schüttelte den Kopf. »Aber es war alles da drin …«, stammelte sie.

LeMerle musterte sie. »Du verbreitest hier also Gerüchte.«

Clémentes Augen weiteten sich.

»Boshafte, unbegründete Gerüchte, um Argwohn zu stiften und unsere Gemeinschaft zu zerstören.«

»Nein«, flüsterte Clémente.

Aber LeMerle war schon unterwegs, suchte nach ihrem Bett. »Wollen wir doch mal sehen, was du zu verbergen hast, Sœur Clémente. Was werden wir wohl unter *deiner* Matratze entdecken?«

»Bitte«, flüsterte Clémente, die kreidebleich geworden war.

Die Nonnen um sie herum hatten bereits angefangen, ihr Bett auseinander zu nehmen. Clémente begann zu wehklagen. Mère Isabelle sah mit zusammengebissenen Zähnen zu.

Plötzlich ein triumphierender Aufschrei. »Seht!« Es war Antoine. Sie hielt einen Stift in der Faust. Einen schwarzen Fettstift von der Sorte, mit der die Statue in der Kapelle bekritzelt worden war. Dann brachte sie noch mehr zum Vorschein: ein paar Fetzen roten Stoff, die schwarzen Nähte noch sichtbar – die Kreuze, die von unseren Habits abgerissen worden waren, während wir schliefen.

Schweigen legte sich über uns alle, als die Nonnen, denen wegen der fehlenden Kreuze Bußen auferlegt worden waren, ihre Blicke auf Clémente richteten. Dann fingen sie alle auf einmal an zu schreien. Antoine, die schon immer eine lockere Hand gehabt hatte, schlug Clémente so hart ins Gesicht, dass sie gegen ihr Bett taumelte.

»Du Miststück!«, schrie Piété und packte Clémente an der Haube. »Das hat dir wohl auch noch Spaß gemacht, was?«

Clémente wehrte sich laut jammernd und schaute instinktiv zu LeMerle, in der Hoffnung, dass er ihr zu Hilfe eilen würde. Aber Antoine hatte sich schon auf sie gestürzt und warf sie zu Boden. Die beiden haben sich erst kürzlich gestritten, fiel mir plötzlich ein, wegen irgendeiner Kleinigkeit bei der Vollversammlung.

Isabelle wandte sich Hilfe suchend an LeMerle. »Gebietet ihnen Einhalt!«, rief sie. »Oh, *mon père*, bitte, gebietet ihnen Einhalt!«

LeMerle sah sie kühl an. »Ihr habt damit angefangen«, sagte er. »Ihr habt sie so weit getrieben. Habt Ihr nicht bemerkt, dass ich versucht habe, sie zu beruhigen?«

»Aber Ihr habt doch gesagt, es gebe keine Dämonen …«

»Selbstverständlich gibt es keine Dämonen«, zischte er. »Trotzdem ist dies nicht der richtige Zeitpunkt, um alles zu offenbaren. Wenn Ihr bloß auf mich gehört hättet!«

»Es tut mir Leid. Bitte, gebietet ihnen Einhalt. *Bitte!*«

Doch das Gerangel hatte bereits von allein ein Ende gefunden. Clémente kauerte am Boden, die Hände vors Gesicht geschlagen, und Antoine stand vor ihr mit hochroten Wangen und blutender Nase. Beide waren außer Atem. Die Nonnen um sie herum, die keinen Finger gekrümmt hatten, um einer der beiden beizustehen, keuchten aus Sympathie. Ich riskierte einen kurzen Blick zu LeMerle hinüber, doch sein Gesichtsausdruck war unergründlich. Seine Überraschung, als er das Versteck leer vorfand, hatte ich mir dennoch nicht eingebildet, das wusste ich. Irgendjemand hatte es ohne sein Wissen leer geräumt, da war ich mir ganz sicher.

Clémente und Antoine wurden beide auf LeMerles Anordnung hin auf die Krankenstation gebracht, während ich für den Rest des Tages zur Arbeit im Backhaus abgestellt wurde, wo ich drei Stunden lang so hart schuftete, dass ich kaum zum Nachdenken kam. Ich machte mehrere Schübe Brotteig, formte die langen Laibe und schob sie in die schmalen Öfen, die mich so sehr an die dunklen Zellen in der Krypta erinnern, wo die Särge aufbewahrt werden.

Ich versuchte, nicht an die Ereignisse des Vormittags zu denken, doch sie kamen mir immer wieder in den Sinn. Alfonsines Veitstanz, die sich wiegenden Körper, die Raserei. Der Moment, als ich zu LeMerle hinüberschaute und unsere Blicke sich trafen – er schien sich das Lachen verkneifen zu müssen, doch zugleich sah ich in seinen Augen so etwas wie Angst. Er wirkte wie ein Reiter auf einem galoppierenden Pferd, der weiß, dass er gleich abgeworfen wird, aber vor lauter Freude über die wilde Jagd immer noch lachen kann.

Eine Zeit lang war ich davon überzeugt, dass er sich nicht für mich einsetzen würde. Irgendwie war ihm die Sache entglitten, obwohl ich mir ziemlich sicher war, dass die Raserei zu seinem Plan gehörte. Es wäre so leicht für ihn gewesen, zuzulassen, dass sie mich zum Sündenbock machten, die Situation auszunutzen, um seine Anhängerinnen in den Griff zu bekommen. Aber das hatte er nicht getan. Deswegen Dankbarkeit zu empfinden, wäre absurd. Ich sollte ihn hassen für das, was er mir angetan hat, was er uns allen angetan hat. Und doch …

Ich war fast mit meiner Arbeit fertig. Ich war allein im Backhaus und gerade dabei, mit einem langen hölzernen Schieber die Asche aus den Öfen zu entfernen. Als ich hinter mir Schritte hörte, drehte ich mich um. Irgendwie hatte ich schon vorher gewusst, wer es war.

Sie war gekommen, um mit mir zu sprechen – ein Risiko, wenn auch kein großes. Die Krankenstation liegt gleich neben dem Backhaus, wahrscheinlich war sie über die Mauer geklettert. Die Mittagshitze war immer noch unerträglich, und die meisten Nonnen hielten sich drinnen auf. »Niemand hat mich gesehen«, sagte Sœur Antoine, wie um meine Gedanken zu bestätigen. »Wir müssen reden.«

Die Veränderung, die mir schon vor einer Woche bei ihr aufgefallen ist, war nun deutlicher wahrnehmbar. Ihr Gesicht ist schmaler geworden, ihre Wangenknochen treten stärker hervor, ihr Mund wirkt hart und entschlossen. Sie wird nie schlank sein, aber ihre Erscheinung ist jetzt eher muskulös als weich und schlaff.

»Du dürftest gar nicht hier sein«, sagte ich. »Wenn Sœur Virginie dich hier findet …«

»Clémente wird reden«, sagte Antoine. »Ich höre mir schon den ganzen Vormittag ihr Geschwätz an. Sie weiß über Fleur Bescheid. Sie weiß auch über dich Bescheid.«

»Antoine, ich habe nicht die geringste Ahnung, wovon du redest. Geh wieder zurück …«

»Hör mir gefälligst zu!«, zischte sie. »Ich bin auf deiner Seite. Was glaubst du wohl, wer deine Sachen aus deinem Versteck geholt hat?« Ich starrte sie ungläubig an. »Was denn?«, sagte Antoine. »Glaubst du etwa, ich bin zu blöd, um von deinem Versteck zu wissen? Die arme, fette, dumme Sœur Antoine, die jeden Quatsch glaubt, den man ihr erzählt? Ich sehe jedenfalls mehr, als du ahnst, Sœur Auguste.«

»Wo hast du meine Sachen hingebracht? Meine Karten und meine …«

Antoine fuchtelte mit dem Zeigefinger vor meinem Gesicht herum. »Die sind sicher untergebracht, *ma sœur*, gut versteckt. Aber ich bin noch nicht bereit, sie dir zurückzugeben. Schließlich bist du mir einen Gefallen schuldig.«

Ich nickte. Ich hatte nicht erwartet, dass sie das vergessen würde.

»Clémente wird reden, Auguste«, wiederholte sie. »Vielleicht noch nicht gleich. Sie mag heute in Ungnade gefallen sein, aber Mère Isabelle vertraut ihr. Früher oder später wird sie gegen uns aussagen. Und wenn ihr klar wird, dass Père Colombin sie nicht verteidigt, dann wird sie auch ihn zu Fall bringen.«

Sie ließ einen Augenblick verstreichen, um sich zu vergewissern, dass ich sie richtig verstanden hatte. In meinem Kopf drehte sich alles. »Antoine«, sagte ich. »Wie hast du …«

»Das spielt jetzt keine Rolle«, erwiderte sie heiser. »Die Kleine wird Clémente glauben. Ich kenne mich mit kleinen Mädchen aus. Schließlich war ich selber mal eins. Und ich weiß«, sie verzog das gerötete Gesicht zu einem gequälten Lächeln, »ich weiß, dass sich auch das süßeste und fügsamste kleine Mädchen eines Tages gegen seinen Vater auflehnen wird.«

Ich sah sie schweigend an. »Was willst du von mir?«, fragte ich schließlich.

»Du kennst dich mit Kräutern aus.« Mit einem Mal klang Antoines Stimme sanft und betörend. »Du weißt, was man damit macht. Ich könnte … ich könnte ihr, solange sie auf der Krankenstation ist, etwas ins Essen tun. Niemand würde etwas davon bemerken.«

Ich starrte sie ungläubig an. »Du willst Clémente *vergiften?*«

»Niemand würde es erfahren. Du könntest mir genau sagen, was ich tun muss.« Sie spürte mein Entsetzen und packte mich am Arm. »Es ist zu unser aller Nutzen, Auguste! Wenn sie dich verrät, wirst du Fleur verlieren. Wenn sie gegen mich aussagt …«

»Was?«

Schweigen. »Germaine«, fuhr sie dann fort. »Sie wusste

über Clémente und Père Colombin Bescheid. Sie wollte alles auffliegen lassen.«

Ich versuchte zu verstehen. Aber es war heiß, ich war erschöpft, und was Antoine sagte, klang wie sinnlose Wortfetzen. »Das konnte ich nicht zulassen«, fuhr sie fort. »Ich konnte einfach nicht zulassen, dass sie gegen ihn aussagte. Ich bin stark – jedenfalls stärker als Germaine war. Es ist sehr schnell gegangen.« Antoine deutete ein Lächeln an.

Ich konnte es kaum fassen. Dennoch ergab es irgendwie Sinn. LeMerles großes Geschick liegt darin, sich den Menschen genauso darzustellen, wie sie ihn sehen wollen. Die arme Antoine. Seitdem man ihr das Kind geraubt hat, ist ihre einzige Leidenschaft das Essen, und nun hat sie endlich ein Ventil für ihre mütterlichen Gefühle gefunden.

Plötzlich schoss mir ein fürchterlicher Gedanke durch den Kopf. »Antoine«, sagte ich, »hat *er* von dir verlangt, es zu tun?«

Ich weiß nicht, warum die Vorstellung mich so sehr entsetzte. Er hat schon mehrmals getötet, und zwar aus geringerem Anlass. Aber Antoine schüttelte den Kopf. »Er weiß nichts davon. Er ist ein guter Mann. Er ist kein Heiliger«, fügte sie hinzu und machte eine wegwerfende Handbewegung. »Er ist ein Mann mit der Natur eines Mannes. Aber wenn dieses kleine Mädchen sich gegen ihn wendet ...« Sie musterte mich mit zusammengekniffenen Augen. »Du siehst also, warum es getan werden muss, nicht wahr, Auguste? Ein schmerzloser Schlaftrunk ...«

Ich konnte mir das nicht länger anhören. »Antoine, hör zu.« Sie schaute mich an wie ein treuer Hund, den Kopf zur Seite gelegt. »Es wäre eine Todsünde. Bedeutet dir das denn gar nichts?« Zugegeben, mir bedeutete das auch nicht besonders viel, aber ich hatte Antoine immer für eine wahre Gläubige gehalten.

»Das ist mir egal!« Ihre Wangen waren gerötet, und sie wurde gefährlich laut. Mir fiel wieder ein, dass allein ihre Anwesenheit im Backhaus mich in Gefahr bringen konnte.

Ich bedeutete ihr, still zu sein. »Hör zu, Antoine. Selbst wenn ich wüsste, welche Kräuter ich benutzen müsste … Was glaubst du wohl, wen sie als Ersten verdächtigen würden? Ein Gift braucht Zeit, um zu wirken, und jeder Narr kann die Symptome erkennen.«

»Aber wir können nicht zulassen, dass sie alles ausplaudert!«, erwiderte Antoine störrisch. »Wenn du mir nicht hilfst, werde ich die Sache eben allein in die Hand nehmen.«

»Was meinst du damit?«

»Ich habe deine Sachen versteckt, Auguste«, sagte sie. »Ich weiß, wo sie sind. Jetzt, wo du offiziell unter Verdacht stehst, wird man dich ständig beobachten. Glaubst du etwa, er wird dich noch einmal in Schutz nehmen? Und falls man dich einem Verhör unterzieht, was wird dann wohl mit Fleur passieren?«

In Aquitanien kommt der gesamte Besitz einer Hexe mit ihr zusammen auf den Scheiterhaufen. Schweine, Schafe, Hauskatzen, Hühner … Einmal habe ich in Lothringen eine Radierung von einer Hexenverbrennung gesehen. Oben auf dem Scheiterhaufen stand die Hexe, und darunter in kleinen Käfigen waren primitiv gezeichnete kleine Gestalten zu sehen, die ihre Hände durch die Gitterstäbe streckten. Ich fragte mich, was der Brauch auf den Inseln vorschreiben mag.

Antoine schaute mich mit entsetzlicher Geduld an. »Du hast keine Wahl«, sagte sie.

Ich nickte.

9

♠

7. August 1610

Die Äbtissin gehört wieder mir, wenn auch vielleicht nur vorübergehend. Während sie mit gebeugtem Kopf vor mir kniete, und lautlos ihr Reuegebet sprach, weinte sie, aber das waren keine Tränen der Reue, sondern eher Tränen der Wut. Sie hat sich mir bereits einmal widersetzt; ich sollte immer daran denken, dass sie es wieder tun könnte.

»Dieses Fiasko hast du dir selbst zuzuschreiben!« Meine Stimme hallte hart von den steinernen Wänden der Zelle wider. Das silberne Kreuz glänzte im Kerzenlicht. Aus einem winzigen silbernen *encensoir* stieg Weihrauch auf. »Nur weil du zu stolz bist, um meinen Beistand zu erbitten, hast du unschuldige Seelen in Gefahr gebracht!«

»*Mea culpa, mea culpa, mea maxima culpa*«, murmelte sie fast trotzig.

»Sœur Germaine hat es das Leben gekostet!«, fuhr ich gnadenlos fort. »Und Sœur Clémente wird es womöglich die Seele kosten!«

Ich senkte die Stimme ein wenig. Grausamkeit ist ein Präzisionsinstrument, es taugt besser zum Auspeitschen als zum Totknüppeln. »Und was deine eigene Seele angeht«, sie sah mich ängstlich an, und da wusste ich, dass ich fast gewonnen hatte, »nur du selbst kennst die Schwere deiner Sünde und das Ausmaß der Befleckung deiner Seele. Der Schlimmste aller Dämonen hat dich geschändet. Luzifer, der Dämon des Stolzes.«

Isabelle zuckte zusammen und schien etwas sagen zu wollen, doch dann senkte sie den Kopf und weigerte sich, mich anzusehen. »Stimmt es etwa nicht?«, fragte ich kühl und leise. »Hast du nicht geglaubt, du könntest alle deine Probleme selbst lösen, allein und ohne Hilfe? Hast du nicht in Gedanken bereits den Triumph des Sieges ausgekostet, die Huldigungen, die die katholische Kirche der zwölfjährigen Äbtissin zollen würde, die im Alleingang die Heerscharen der Hölle besiegt hat?« Ich näherte mich ihr und flüsterte ihr ins Ohr. Der Geruch der heißen Tränen war berauschend. »Was hat der Höllenfürst dir versprochen, Angélique?«, fragte ich. »Mit welchen Versprechungen hat er dich geblendet? Geht es dir um Ruhm? Um Macht? Oder gar um Heiligsprechung?«

»Ich dachte …«, stammelte sie wie ein kleines Kind. »Ich dachte …«

»*Was* hast du gedacht?« Ich verlieh meiner Stimme einen betörenden Ton, gab mich ähnlich verführerisch, wie diese dummen Jungfrauen sich den Teufel vorstellen. »Was hast du gedacht, Angélique?« Sie schien gar nicht zu bemerken, dass ich sie bei ihrem früheren Namen nannte. »Wolltest du eine Heilige werden? Wolltest du dieses Kloster zu einem Wallfahrtsort machen? Damit die Gläubigen vor dir auf Knien im Staub rutschten?«

Sie wand sich unter meinen Worten. Ich kenne sie einfach zu gut. Ich habe ihre Ambitionen erkannt, bevor sie ihr selbst klar waren, und um ihren Ehrgeiz in einem Augenblick wie diesem ausnutzen zu können, habe ich ihn stets genährt und gefördert. »Ich …«, schluchzte sie, heiße Kinderträgen liefen ihr über die Wangen. »Ich wollte nicht … Ich wusste nicht …«

Ich nahm sie in die Arme, ließ sie sich an meiner Schulter ausweinen. Zwar empfinde ich mit ihresgleichen kein Mitgefühl, aber es war zweckdienlich, notwendig. Dies könnte das letzte Mal gewesen sein, dass ich solche Macht über sie besaß. Schon morgen könnte sie sich erneut auflehnen. Ich meinte bereits etwas Musterndes, fast etwas Wissendes in ihren farblosen kleinen Augen zu sehen … Doch vorerst bin ich noch ihr guter Vater, der warmherzige, vergebende, tadelnde Vater …

»Was muss ich tun?« Ihre Augen waren wässrig, vertrauensvoll.

Ich schlug sofort zu.

10

♥

8. August 1610

Zusammen mit etwas Öl aus der Küche, zu der Antoine immer noch einen Schlüssel hat, mahlte ich die Ackerwindensamen zu einer Paste, die man, wenn sie unter das Essen gemischt wird, fast nicht herausschmecken kann. Um die bittere Note zu mildern, gab ich noch ein paar gemahlene süße Mandeln hinein, versteckte die Paste in einem Brot und ließ sie Antoine zukommen. Sie werde Clémente das Zeug beim Abendessen verabreichen, sagte sie mir.

Sie hatte anscheinend keinerlei Zweifel an der Wirksamkeit meiner Mixtur, ebenso wenig befürchtete sie, dass ich es mir anders überlegt haben könnte. Ich kann nur beten, dass ihr Vertrauen in mich noch eine Weile anhalten und mir Zeit geben wird, mir eine Strategie zu überlegen. Die Ackerwindensamen, wenn auch gefährlich, sind auf keinen Fall tödlich. Ich hoffe, dass Antoine, wenn sie das bemerkt, den Mund halten wird. Zumindest vorerst.

Mein Täuschungsmanöver ist ziemlich einfach. Die gemahlenen Windensamen, selbst wenn sie zwölf Stunden im Voraus verabreicht werden, dürften ausreichen, um Clémente so lange außer Gefecht zu setzen, dass sie morgen bei der Vollversammlung nicht verhört werden kann. Die

Symptome, die das Mittel verursacht, sind heftig; sie reichen von Erbrechen über Halluzinationen bis hin zu Bewusstlosigkeit, und das vierundzwanzig Stunden lang. Das ist also die Zeit, die mir bleibt.

Am Abend dauerte es lange, bis alle eingeschlafen waren. Perette drückte sich noch eine Weile in der Nähe meines Betts herum – abwartend, so schien es mir, als ich das Funkeln in ihren vogelartigen Augen sah –, bis ich ihr schließlich bedeutete, sich schlafen zu legen. Sie zögerte, schnitt eine Grimasse – vielleicht aus Angst, vielleicht auch aus Unwillen –, und ich hatte das Gefühl, dass sie mir etwas mitteilen wollte. Doch dies war nicht der richtige Zeitpunkt. Ich wiederholte die Handbewegung, um sie ins Bett zu schicken, dann drehte ich mich um und tat so, als würde ich schlafen. Aber nachdem das Licht gelöscht war, waren in der Dunkelheit noch ziemlich lange die Geräusche der Schlaflosigkeit zu hören – leise Seufzer, rastloses Herumwälzen, das Klicken von Marguerites Rosenkranz –, sodass ich schon überlegte, ob ich es überhaupt riskieren sollte, den Schlafsaal zu verlassen. Das kleine Stückchen Himmel über meinem Bett schimmerte blauviolett – im August wird der Himmel hier nie richtig dunkel –, am Firmament waren blasse Sterne zu sehen, und vom Meer her hörte ich das Rauschen der Wellen. In meiner Nähe stöhnte Alfonsine leise auf, und ich fragte mich, ob sie mich vielleicht beobachtete. Bei ihrem Stöhnen konnte es sich durchaus um echte Schlafgeräusche handeln, aber genauso gut konnte es sein, dass sie mich damit in Sicherheit wiegen wollte; ich blieb fast eine Stunde länger im Bett, als ich vorgehabt hatte, bis mich am Ende die Verzweiflung hinaustrieb. Schließlich kann ich nicht ewig warten, sagte ich mir, und bis zum Morgen war meine einzige Chance zur Flucht vielleicht vertan.

Mit angehaltenem Atem stand ich auf und schlich barfuß durch den Schlafsaal. Niemand bewegte sich. Leise lief ich die Stufen hinunter und über den Hof. Jeden Augenblick rechnete ich damit, hinter mir jemanden meinen Namen rufen zu hören, aber nichts rührte sich in der Dunkelheit, nur der Mond schob sich hinter einer Wolke hervor und beleuchtete das Gemäuer und die verdunkelten Fenster.

In LeMerles Haus brannte kein Licht, doch ich sah den schwachen Widerschein eines Feuers an der Decke seines Zimmers, woraus ich schloss, dass er noch wach war. Ich klopfte an die Tür. Als er sie wenige Sekunden später vorsichtig öffnete, weiteten sich seine Augen. Er trug ein weißes Hemd und an Stelle der Priesterrobe eine schwarze Hose. An seinem achtlos über einen Stuhl geworfenen Mantel und den mit Schlamm verschmutzten Stiefeln erkannte ich, dass auch er rastlos um das Kloster herum unterwegs gewesen war. Er sagte jedoch nichts dazu.

»Was fällt dir ein?«, zischte er, als er mich ins Haus zog und die Tür hinter mir verriegelte. »Reicht es nicht, dass ich meinen Hals für dich riskiere?«

»Die Dinge haben sich geändert, Guy. Wenn ich bleibe, werde ich womöglich angeklagt werden.«

Ich berichtete ihm von meiner Begegnung mit Antoine und ihrem mörderischen Plan und erklärte ihm meinen Trick mit der Ackerwinde. »Begreifst du jetzt?«, fragte ich. »Begreifst du, warum ich Fleur abholen und fliehen muss?«

LeMerle runzelte die Stirn und schüttelte den Kopf.

»Du musst mir helfen!« Meine Stimme klang schrill. »Glaub ja nicht, dass ich den Mund halten werde, falls man mich vor Gericht zerrt. Ich schulde dir nichts, LeMerle. Überhaupt nichts.«

Er setzte sich, ein Bein lässig über die Sessellehne gelegt.

Sein Zorn war verflogen, er wirkte nur noch müde und – noch nicht einmal gespielt, so fand ich – gekränkt. »Was ist los?«, fragte er. »Vertraust du mir noch immer nicht? Glaubst du wirklich, ich würde tatenlos zusehen, wie du vor ein Gericht gestellt wirst?«

»Es wäre nicht das erste Mal, hast du das vergessen?«

»Das war alles in der Vergangenheit, Juliette. Und ich habe darunter gelitten, glaub mir.«

Längst nicht genug, dachte ich und sagte es auch.

»Tut mir Leid. Ich kann dich nicht gehen lassen.« Er klang sehr bestimmt.

»Ich würde dich nicht verraten.«

Schweigen.

»*Wirklich* nicht, Guy.«

Er stand auf und legte mir die Hände auf die Schultern. Plötzlich nahm ich seinen Geruch wahr, eine Mischung aus Schweiß und feuchtem Leder, merkte wieder einmal, dass ich mir trotz meiner Größe ihm gegenüber jedes Mal wie eine Zwergin vorkomme.

»Bitte«, sagte ich leise. »Du brauchst mich nicht.«

Die Berührung seiner Hand fühlte sich an wie die heiße Luft aus den Öfen im Backhaus, es war, als würde er mir die Nackenhaare versengen. »Glaub mir«, sagte er. »Ich brauche dich.«

Vor zehn Jahren hätte ich alles dafür gegeben, diese Worte von ihm zu hören. Entsetzt spürte ich, dass ein Teil von mir sich immer noch danach sehnte, und ich schloss die Augen, um seinem Blick auszuweichen. Es ist eine Falle, sagte ich mir. Mittlerweile müsste ich ihn wirklich gut genug kennen. Seine Haut fühlte sich zart an, so zart wie meine Träume.

»Wozu? Als Figur in deinem Bischofsspiel?« Ich schob ihn von mir fort, aber irgendwie zog mein Körper ihn näher an mich heran, und wir standen ineinander verschlungen da, seine Finger in meinem Nacken, wo er feurige Buchstaben auf meine Haut malte.

»Nein«, erwiderte er sehr sanft.

»Warum dann?«

Er zuckte die Achseln und sagte nichts.

»*Warum*, LeMerle?«, rief ich aufgebracht. »Was zum Teufel soll diese Scharade? Willst du wegen deiner Rachegelüste unser beider Leben aufs Spiel setzen? Bloß weil ein Mann dich irgendwann mal aus Paris verjagt hat? Wegen eines Balletts?«

»Nein, Juliette. Nicht deswegen.«

»Warum dann?«

»Du würdest es nicht verstehen.«

»Versuch's doch einfach.«

Es muss Hexerei gewesen sein. Oder Wahnsinn. Ich kämpfte dagegen an, kratzte ihm mit den Fingernägeln die Handgelenke blutig, während ich mich an ihn klammerte und seinen Mund mit meinen Lippen verschloss, als könnte ich ihn dadurch vollständig in mir aufnehmen. In grimmigem Schweigen rissen wir einander die Kleider vom Leib. Sein Körper ist immer noch genauso straff und muskulös, wie ich ihn in Erinnerung hatte, und verwundert stellte ich fest, dass ich mich an jede Einzelheit, jede Narbe erinnerte. Das alte Brandmal an seinem Arm schimmerte silbrig im Mondlicht. Eine innere Stimme schrie mir verzweifelt zu, dass ich im Begriff war, einen unwiderruflichen Fehler zu begehen, aber sie wurde vom Rauschen in meinem Kopf übertönt. Eine Zeit lang war ich mehr als Fleisch. Ich war Schwefel, ich war eine Feuersäule, die wütete und brannte und dürstete. Genau davor hatte mich Giordano immer gewarnt, vor der verborgenen Wildheit in meiner Natur, die er immer zu unterdrücken bemüht war – mit wenig Erfolg.

Zwar wusste Giordano so vieles über die Eigenschaften der Elemente, dachte ich in diesem Augenblick, aber es gibt noch viel mächtigere Elemente als die, die er kannte, nämlich die geheimen Mittelchen der Alchimisten, die mit einem einfachen Zauberspruch Leiber zum Verschmelzen bringen, die Vergangenheit auslöschen und Hass in Liebe zurückverwandeln können.

Nachdem das Feuer der Leidenschaft verraucht war, lagen wir einander in den Armen wie Liebende. Mein Zorn hatte mich verlassen, und eine Trägheit hatte sich meiner Glieder bemächtigt, als wären die vergangenen fünf Jahre ein Traum gewesen, weiter nichts, ein düsteres Schattenspiel auf einer Wand, das sich als das Spiel einer Jungenhand im Sonnenlicht entpuppt.

»Erklär's mir, LeMerle«, sagte ich schließlich. »Ich möchte es verstehen.«

Im fahlen Mondlicht sah ich ihn lächeln. »Das ist eine lange Geschichte«, murmelte er. »Wenn ich sie dir erzähle, wirst du dann bleiben?«

»Erzähl sie mir.«

Immer noch lächelnd tat er es.

11

♠

8. August 1610

Irgendetwas musste ich ihr ja erzählen, irgendwann hätte sie es sowieso herausgefunden. Eine Schande, dass sie eine Frau ist; wäre sie ein Mann, würde ich sie fast als ebenbürtig betrachten. Aber da es nun einmal so ist, hatte ich immer noch eine Waffe zur Verfügung, das Geplänkel mit ihr war amüsant, wenigstens eine Zeit lang. Ihre Haare dufteten nach karamellisiertem Zucker, der Geruch des Backhauses und der Duft von Lavendel lagen auf ihrer Haut. Diesmal war ich fest entschlossen, mein Versprechen zu halten. Während meine Lippen die ihren berührten, konnte ich es fast glauben. Gemeinsam würden wir wieder über die Straßen ziehen, versprach ich ihr, gemeinsam würden wir uns in die Lüfte erheben. L'Ailée würde wieder fliegen – daran zumindest habe ich nie gezweifelt. Süße Phantasien, mein Herz. Süße Lügen.

Sie wollte die Geschichte hören, und ich erzählte sie ihr in Worten, die ihr garantiert gefielen. Eingelullt von ihren Streicheleien, habe ich ihr vielleicht mehr erzählt als beabsichtigt. Mehr, als ich hätte riskieren sollen. Aber tief in ihrem Herzen ist meine Ailée eine Romantikerin, sie möchte immer das Gute in allem sehen. Selbst in dieser Geschichte. Selbst in mir.

»Ich war siebzehn, der Sohn eines Mädchens aus dem Dorf und eines adeligen Herrn: ungewollt, verleugnet. Es verstand sich von selbst, dass ich als Bastard Eigentum der Kirche war. Niemand hat mich je gefragt, ob *ich* das verstand. Ich wurde in der Nähe von Montauban geboren, und als ich fünf Jahre alt war, schickte man mich ins Kloster – dort habe ich Latein und Griechisch gelernt. Der Abt war ein kraftloser, aber freundlicher Mann, der zwanzig Jahre zuvor dem weltlichen Leben entsagt hatte und dem Orden der Zisterzienser beigetreten war. Zwar hatte er einen neuen Namen angenommen, doch es hieß, er stamme aus einer einflussreichen Familie, und er besaß immer noch gute Verbindungen zur säkularen Welt. Auf jeden Fall war die Abtei unter seiner Leitung sehr wohlhabend, und sie war groß. Ich bin in gemischter Gesellschaft aufgewachsen, denn im Kloster gab es sowohl Mönche als auch Nonnen.«

Die Geschichte ist beinahe wahr – der Name der Protagonistin ist mir entfallen, aber ich erinnere mich an ihr halb unter dem Novizinnenschleier verborgenes Gesicht, an die Sommersprossen auf ihrer Nase, an ihre dunkelbraunen, gold gesprenkelten Augen.

»Sie war vierzehn. Ich musste Gartenarbeit verrichten, denn ich war noch nicht reif für die Tonsur. Sie war ein kleines Biest, lächelte mir immer wieder über die Gartenmauer hinweg zu.«

Wie gesagt, beinahe wahr. Aber das ist noch nicht alles, meine kleine Juliette, die Geschichte hat hässlichere und dunklere Aspekte, die du nicht verstehen würdest. In der Bibliothek las ich das Hohe Lied Salomos und versuchte, nicht an sie zu denken, während meine Oberen mich argwöhnisch beobachteten und auf Anzeichen von Verzückung lauerten.

Ich bin eine Blume in Sharon und eine Lilie im Tal.

Später konnte ich weder den Anblick noch den Duft dieser Blume ertragen. Ein Sommergarten birgt für mich stets bittere Erinnerungen.

»Eine Zeit lang war es idyllisch.«

Genau das möchte sie hören, eine Geschichte von verlorener Unschuld, von verbotener Liebe. Wie gesagt, sie ist eine Romantikerin, meine Ailée, trotz ihrer scharfen Krallen. Wer behütet zwischen gemalten Tigern aufwächst, meine kleine Juliette, versteht nun mal solche Geschichten.

Für mich hatte das Idyll etwas Düsteres, die Düfte jenes Sommers mischen sich mit den Erinnerungen an meine Einsamkeit, meine Eifersucht, meine Gefangenschaft. Ich vernachlässigte mein Studium. Ich tat Buße für die Sünden, die sie entdeckten, und ich verbrachte viele Stunden mit Grübeln, während mein Zorn und meine Sehnsucht wuchsen. Hinter den Mauern des Klosters hörte ich Wasser plätschern und fragte mich, wohin der Bach führen mochte.

»Es war Sommer.« Du sollst ruhig glauben, dass es Liebe war. Warum auch nicht? Fast war ich selbst davon überzeugt. Ich war trunken vom Mondlicht und von Gefühlen: eine Locke von ihrem Haar, heimlich abgeschnitten und mir in einem Gebetbuch zugesteckt, ihre Fußabdrücke im Gras, die Vorstellung ihres Dufts, wenn ich abends auf meiner Pritsche lag und das kleine Quadrat des Sternenhimmels betrachtete …

Meine Schwester, liebe Braut, du bist ein verschlossener Garten, eine verschlossene Quelle, ein versiegelter Born.

Wir trafen uns heimlich hinter der Gartenmauer, tauschten scheue Küsse und Zeichen unserer Liebe aus wie zwei in der Kunst der Intrige geübte Liebende. Wir waren unschuldig … selbst ich, in gewisser Weise.

»Es konnte nicht von Dauer sein.« Hier, meine Ailée, treffen sich unser beider Geschichten. »Sie haben uns zusammen gefunden, vielleicht waren wir, berauscht von dem verbotenen Vergnügen, unvorsichtig geworden …«

Sie hat plötzlich geschrien, die kleine Närrin. Sie nannten es Vergewaltigung.

»Ich habe versucht, alles zu erklären.« Ich hatte ihr Haar gelöst, sodass die Locken ihr bis auf ihr Taille fielen. Unter ihrem Habit konnte ich ihre kleinen Brüste fühlen. Salomo hat es so schön ausgedrückt: *Deine beiden Brüste sind wie junge Zwillinge von Gazellen, die unter den Lilien weiden.*

Woher hätte ich wissen sollen, dass sie sich so prüde anstellen würde? Als sie anfing zu schreien, habe ich ihr die Arme an den Körper gedrückt, ihr mit einer Hand den Mund zugehalten.

»Zu spät.« Ich wurde abgeführt, obwohl ich lauthals protestierte. Ich schwor ihnen, dass es nicht meine Schuld war; wenn einer schuld war, dann höchstens Salomo mit seinen Gazellenzwillingen. Meine klösterliche Passionsblume erklärte, sie sei unschuldig, schob mir alles in die Schuhe, behauptete, sie kenne mich kaum, und bestritt, mich verführt zu haben. Ich wurde in meiner Zelle eingeschlossen. Den Brief, den ich ihr heimlich zukommen ließ, brachten sie mir ungeöffnet zurück. Zu spät erkannte ich, dass wir einander missverstanden hatten. Mein sich sträubendes Liebchen träumte von Abélard, nicht von Pan.

»Drei Tage lang saß ich als Arrestant in meiner Gefängniszelle und wartete auf den Urteilsspruch. Während dieser ganzen Zeit redete niemand mit mir. Der Bruder, der mir das Essen brachte, reichte es mir mit abgewandtem Gesicht. Zu meiner Überraschung ließ man mich nicht hungern, und geschlagen wurde ich auch nicht. Für eine normale Strafe war meine Verfehlung viel zu groß.«

Geschlossene Räume sind mir jedoch schon immer ein Graus gewesen, und die Düfte aus dem Garten vor meiner

Zelle ebenso wie die Geräusche hinter der Gartenmauer machten mir die Gefangenschaft noch schmerzlicher. Vielleicht hätten sie mich freigelassen, wenn ich Reue gezeigt hätte, aber mein Mangel an Reue und Scham stieß bei ihnen auf völliges Unverständnis. Ich weigerte mich, meine Darstellung des Vorfalls zu widerrufen, ich weigerte mich, ihr Urteil anzuerkennen. Wer waren sie überhaupt, dass sie über mich urteilen wollten?

Am vierten Tag gelang es einem Freund, mir eine Nachricht zukommen zu lassen, in der er mich darüber informierte, dass der Abt in der Frage meiner Bestrafung den Rat eines im Kloster zu Besuch weilenden Geistlichen, eines hoch angesehenen Mannes aus adligem Haus, eingeholt hatte. Die Neuigkeit beunruhigte mich nicht allzu sehr. Ein paar Peitschenhiebe konnte ich verkraften, wenn es sein musste – allerdings war der Abt mir gegenüber stets milde gewesen und griff nur selten zu solchen Maßnahmen.

Es war schon später Nachmittag, als man mich schließlich aus meiner Zelle holte. Unruhig, missmutig und zu Tode gelangweilt blinzelte ich im grellen Sonnenlicht, als der Abt mich aus dem dunklen Gang in sein Studierzimmer führte, wo ein hoch gewachsener, vornehmer Mann von etwa Mitte dreißig auf mich wartete.

Er trug den schwarzen Habit und Mantel eines einfachen Priesters und um den Hals ein silbernes Kreuz. Sein Haar war nicht grau wie das des Abts, sondern schwarz, aber er hatte die gleichen hohen Wangenknochen und die gleichen hellen, fast silbrigen Augen. Als ich die beiden Männer dort nebeneinander stehen sah, wusste ich sofort, dass sie Brüder waren.

Der Neuankömmling musterte mich mit ausdruckslosem Gesicht. »Das ist er also. Wie heißt du, mein Junge?«

»Guy, *mon père*.«

Er presste die Lippen wie missbilligend zusammen. »Du hast ihn verwöhnt, Michel«, sagte er zum Abt. »Ich hätte vorher erkennen müssen, dass du das tun würdest.«

Der Abt erwiderte nichts, doch ich sah, dass es ihn Mühe kostete.

»Die natürliche Veranlagung eines Menschen kann man nicht ändern«, fuhr der Fremde fort. »Aber man kann – man *muss* – sie unterdrücken. Durch deine Nachlässigkeit ist ein unschuldiges Mädchen verführt worden, der Ruf unseres Hauses …«

»Ich habe sie nicht verführt!«, rief ich. Es stimmte. Wenn, dann hatte sie mich verführt.

»Er ist noch jung«, sagte der Abt.

»Das ist keine Entschuldigung.«

Da ich mich erneut weigerte, mein Verbrechen zu gestehen, wurde ich in meine Zelle zurückgebracht. Ich wehrte mich dagegen, dass ich wieder eingesperrt werden sollte, rang mit den Brüdern, die mich holten, fluchte und beschimpfte sie. Der Abt kam herbei, um mich zur Vernunft zu bringen, und ich hätte vielleicht auf ihn gehört, wenn er allein gewesen wäre, aber sein Gast war bei ihm, und irgendetwas in mir sträubte sich dagegen, mich diesem Mann zu fügen, der mich offenbar auf den ersten Blick verurteilt und verabscheut hatte. Erschöpft und wütend schlief ich ein; im Morgengrauen wurde ich geweckt – für die Matutin, so dachte ich – und von zwei Brüdern, die mir nicht in die Augen sehen wollten, nach draußen geführt.

Der Abt erwartete mich im Hof. Um ihn herum hatten sich die Mönche und Nonnen im Kreis versammelt. Neben dem Abt stand der Priester mit gefalteten Händen, sein silbernes Kreuz schimmerte im fahlen Licht. Unter den Nonnen entdeckte ich meine kleine Novizin, aber sie hatte das Gesicht abgewendet. Andere schauten mitleidig, bekümmert oder aufgeregt drein; es herrschte eine Atmosphäre erwartungsvoller Spannung.

Dann trat der Abt zur Seite, und zum Vorschein kam, was er bisher mit seinem Körper verborgen hatte: ein Kohlenbecken mit rot glühenden Kohlen und ein Mönch mit riesigen Schutzhandschuhen, der das Eisen aus der Glut hervorzog.

Ein beinahe wollüstiges Seufzen ging durch die Menge. *Ahhh.*

Dann ergriff der Fremde das Wort. Ich erinnere mich nicht mehr genau an das, was er sagte, denn ich war viel zu sehr beschäftigt mit dem, was sich vor meinen Augen abspielte. Immer und immer wieder starrte ich ungläubig zu dem Kohlenbecken hinüber, zu dem kleinen, viereckigen Brandeisen, das so rot glühte wie dein Haar, meine kleine Juliette. Allmählich begriff ich. Vergeblich versuchte ich, mich loszureißen. Einer der Mönche schob mir den Ärmel hoch, um die nackte Haut zu zeigen.

In diesem Augenblick widerrief ich. Es gibt Stolz, und es gibt Dummheit. Aber es war zu spät. Der Abt verzog das Gesicht und wandte sich ab, während sein Bruder just in dem Augenblick, als das Eisen sich in mein Fleisch brannte, auf mich zutrat und mir etwas ins Ohr flüsterte.

Hin und wieder brüste ich mich damit, dass ich mich geschickt auszudrücken weiß. Trotzdem gibt es Dinge, die lassen sich einfach nicht beschreiben. Deswegen begnüge ich mich damit zu sagen, dass ich den Schmerz heute noch spüre und dass die Worte, die er mir damals ins Ohr flüsterte, ein Feuer in mir entfachten, das immer noch brennt.

Vielleicht, Monseigneur, bin ich Euch etwas schuldig, schließlich habt Ihr mein Leben geschont. Aber ein Leben im Kloster ist kein Leben, wie Juliette Euch zweifellos bestätigen wird, und aus dem Kloster ausgewiesen zu werden war wahrscheinlich das Beste, was mir passieren konnte. Nicht dass Ihr diese Entscheidung aus Wohlwollen getroffen habt. Wahrscheinlich habt Ihr nicht damit gerechnet, dass ich überleben würde. Welche Fähigkeiten besaß ich schon? Ich beherrschte Latein, war des Lesens mächtig, besaß einen irgendwie verschlagenen Charakter. *Der* zumindest hat mir gute Dienste erwiesen: Ihr wolltet meinen Tod, also beschloss ich zu leben. Schon damals war ich schamlos. So wurde der schwarze Vogel geboren, frech und unbezähmbar, der Vogel, der all jenen, die ihn verachten, sein Lied entgegenschmettert und ihre Obstgärten vor ihren Nasen plündert.

Als Guy LeMerle kehrte ich an den Hof zurück. Mein Feind war mittlerweile Bischof, der Bischof von Evreux. Ich hätte wissen müssen, dass eine einfache Gemeinde ihm auf Dauer nicht ausreichen würde. Monseigneur wollte mehr. Er wollte den Hof, und nicht nur das, er wollte das Ohr des Königs. Es gab zu viele Hugenotten an Henris Hof, das war wie ein Dorn in Eurem Fleisch. Welche Ehre wäre es für die Arnaults gewesen, wenn Ihr ein königliches Lamm zur Herde zurückgeführt hättet?

Gebranntes Kind meidet das Feuer. Nicht in meinem Fall. Ich bin ein zweites Mal davongekommen, wenn auch knapp. Ich konnte den Geruch von verbrannten Federn beinahe riechen. Nun gut, diesmal ziehe ich die Fäden. Es heißt, Nero habe die Fiedel gespielt, während Rom brannte. Er muss ein armseliger Bursche gewesen sein, falls er tatsächlich nur eine einzige Fiedel besaß. Wenn meine Zeit gekommen ist, werde ich Monseigneur Evreux mit einem kompletten verdammten Orchester begrüßen.

Ich schwitzte. Meine Hand lag unsicher auf ihrer Brust. Mein Schmerz wurde durch den süßen Duft von Blumen erträglicher. Er verlieh meiner Geschichte einen wahrhaftigen Anstrich. Ich sah, wie Juliettes Augen sich voller Mitleid und Verständnis weiteten. Der Rest war einfach. Von Rache verstehen wir schließlich beide etwas.

»Rache?«, sagte sie.

»Ich will ihn demütigen.« Antworte wohl überlegt, LeMerle. Antworte so, dass sie dir glaubt. »Ich möchte ihn in einen Skandal verwickeln, den er selbst mit seinem Einfluss nicht vertuschen kann. Ich will ihn ruinieren.«

Sie sah mich durchdringend an. »Warum ausgerechnet jetzt? Warum jetzt, nach all den Jahren?«

»Die Gelegenheit ist eben günstig.« Dies entspricht ebenso wie der Rest meiner Geschichte fast der Wahrheit. Doch ein kluger Mann schafft sich seine Gelegenheiten selbst, genauso wie ein guter Kartenspieler sein Glück selbst in die Hand nimmt. Und ich bin ein sehr guter Spieler, Juliette.

»Du kannst es dir immer noch anders überlegen«, sagte sie. »Ein solcher Plan richtet nur Schaden an. Du schadest Isabelle, dem Kloster, dir selbst. willst du die Dinge nicht lassen, wie sie sind, und dich von der Vergangenheit befreien?« Sie senkte den Blick. »Ich würde vielleicht mit dir kommen, wenn du dich entschließen könntest zu gehen.«

Ein verführerisches Angebot. Aber ich habe zu viel in diese Sache investiert, um einen Rückzieher zu machen. Ich schüttelte bedauernd den Kopf. »Eine Woche«, sagte ich leise. »Gib mir eine Woche.«

»Was ist mit Clémente? Ich möchte sie nicht ewig unter Drogen setzen.«

»Von Clémente hast du nichts zu befürchten.«

Juliette schaute mich argwöhnisch an. »Ich werde nicht zulassen, dass du ihr ein Leid zufügst. Oder sonst jemandem.«

»Das werde ich nicht. Vertrau mir.«

»Ich meine es ernst, Guy. Wenn noch irgendjemandem hier etwas zustößt – auf deinen Befehl hin oder durch deine eigene Hand …«

»Vertrau mir.«

Beinahe undenkbar, dass sie mir doch noch vergibt. Aber ihr Lächeln sagte mir, dass vielleicht alles wieder so sein könnte, wie es einmal war. Guy LeMerle – wenn ich nur er wäre – hätte das Angebot vielleicht angenommen. Nächste Woche wird es zu spät sein; bis dahin werde ich so viel Blut an den Händen haben, dass selbst sie mir nicht mehr vergeben kann.

12

♥

9. August 1610

Die Luft war kühl, und die ersten Streifen der Morgendämmerung erhellten den Himmel. Schon bald würde die Glocke zur Vigil läuten. Aber mein Kopf war so voller Gedanken, dass ich kaum schlafen konnte, ich war noch viel zu aufgeregt von dem, was LeMerle mir erzählt hatte.

Was war das? Hexerei? Oder hatte er mir im Schlaf irgendeine Droge eingeflößt? War es möglich, dass ich ihm jetzt glaubte, dass er irgendwie mein Vertrauen wiedergewonnen hatte? Im Stillen schalt ich mich. Was ich gesagt – und getan – hatte, hatte ich für Fleur getan. Was auch immer ich LeMerle versprochen hatte, hatte ich für uns beide versprochen. Den Rest – LeMerle und ich wieder zusammen unterwegs, wieder Freunde, womöglich Liebende –, diese Vorstellung schüttelte ich hastig ab. Das würde niemals geschehen. Niemals.

Ich wünschte, ich hätte meine Karten, aber Antoine hatte sie gut versteckt; beim Durchsuchen ihres Betts und ihres Fachs im Backhaus hatte ich nichts zutage gefördert. Ich dachte an Giordano und versuchte, mir seine Stimme zu vergegenwärtigen. Mehr denn je brauche ich jetzt dein logisches Denken, alter Freund. Nichts vermochte deine geordnete, geometrische Welt durcheinander zu bringen. Verlust, Tod, Hungersnot, Liebe … Die Kräfte, die das Universum in Bewegung halten, haben dich nie beeindruckt. In deinen Zahlen und Kalibrierungen hast du die Existenz Gottes erkannt.

Schsch, fort mit dir! Aber gegen höhere Magie sind meine Zaubersprüche wirkungslos. In der kommenden Nacht, wenn der Mond aufgeht, werde ich Rosmarin und Lavendel pflücken; sie werden mir helfen, klare Gedanken zu fassen. Ich werde ein kleines Säckchen mit Rosenblüten und Seesalz füllen, es mit rotem Band zubinden und immer bei mir tragen. Ich werde an Fleur denken. Und ich werde seinem Blick ausweichen.

Clémente war nicht bei der Matutin heute Morgen und auch nicht bei den Laudes. Ihre Abwesenheit wurde nicht offiziell gerügt, doch mir fiel auf, dass Sœur Virginie ebenfalls vom Gebet entschuldigt war, woraus ich meine Schlüsse zog. Das Mittel, das ich Clémente verabreicht hatte, scheint also zu wirken. Fragt sich nur, wie lange.

Den ganzen Vormittag über war Sœur Clémente alleiniges Gesprächsthema, es wurde getuschelt und spekuliert, und erst Stunden später bemerkte ich, dass Alfonsine ebenfalls fehlte. Anfangs dachte ich mir nicht viel dabei; Alfonsine hat sich in letzter Zeit mit Sœur Virginie angefreundet und ihr mehrfach ihre Unterstützung angeboten. Außerdem hielt LeMerle sich so häufig im Krankenzimmer und in dessen Nähe auf, dass dies allein für Alfonsine schon Grund genug war, sich dort herumzudrücken.

Zur Prim erschien Virginie allein, und sie brachte Neuigkeiten mit. Clémente sei sehr krank, sagte sie, sie sei völlig lethargisch und habe seit dem frühen Morgen hohes Fieber. Piété schüttelte den Kopf und meinte, sie hätte von

Anfang an schwören können, Clémente sei an der Cholera erkrankt. Antoine lächelte gelassen. Marguerite verkündete, wir seien allesamt verhext, und verlangte nach härteren Bußen.

Aber es gab noch mehr unangenehme Nachrichten. Auch Alfonsine war wieder krank. Sie habe zwar kein Fieber, sei jedoch ungewöhnlich blass und habe fast die ganze Nacht lang gehustet, erklärte Virginie. Ein Aderlass habe sie etwas beruhigt, doch sie sei immer noch lustlos und wolle nichts essen. Mère Isabelle ist im Krankenzimmer gewesen und zu dem Schluss gekommen, dass Alfonsine vorerst nicht arbeiten kann. Zwar hat Alfonsine versucht, sie vom Gegenteil zu überzeugen, doch Virginie meint, jeder Narr könne sehen, dass es sich um *cameras de sangre* handelt, und sie prophezeite, die Patientin werde innerhalb einer Woche sterben, wenn es nicht gelinge, das schlechte Blut zu entfernen.

Das beunruhigte mich mehr als die Nachrichten über Clémente. Alfonsine ist jetzt schon geschwächt von all der Aufregung und den selbst auferlegten Bußen. Aderlässe und zusätzliches Fasten werden sie schneller umbringen als jede Krankheit, dachte ich und sagte es Sœur Virginie.

»Ich möchte dich bitten, dich nicht in meine Angelegenheiten einzumischen«, entgegnete sie. »Sœur Marguerite hat meine Methode sehr geholfen.«

»Sœur Marguerite wäre beinahe gestorben, außerdem ist sie wesentlich kräftiger als Alfonsine. Ihre Lunge ist nicht gefährdet.«

Virginie musterte mich verächtlich. »Wenn wir schon von Gefärdung reden, *ma sœur*, dann solltest gerade du dich in Zurückhaltung üben.«

»Wie meinst du das?«

»Nicht wenige unter uns hegen den Verdacht, dass deine Leidenschaft für Tränke und Pülverchen gar nicht so harmlos ist, wie Père Colombin glaubt – auch wenn du jetzt noch einmal davongekommen bist.«

Darauf wagte ich nichts mehr zu sagen, weder zum Thema Alfonsine, noch zu Clémentes Behandlung. Virginie war der Wahrheit zu nahe gekommen. LeMerle mag die Gefahr herunterspielen, aber ich weiß nur zu gut, wie schmal der Grat ist, auf dem ich mich bewege. Virginie genießt das Vertrauen der Äbtissin; die beiden sind sich in vielerlei Hinsicht ähnlich, einmal ganz abgesehen davon, dass Virginie von uns allen mit Abstand die Jüngste ist. Mich konnte sie noch nie leiden. Es bedarf also nur einer Kleinigkeit – irgendetwas, das Clémente im Delirium vor sich hin murmelt –, und ich werde erneut beschuldigt.

Am liebsten hätte ich mit LeMerle darüber gesprochen, doch er hat sich heute den ganzen Tag nicht blicken lassen, sondern über seinen Büchern gebrütet und nur ab und zu das Krankenzimmer aufgesucht. Die Wirkung des Mittels, das ich Clémente verabreicht habe, wird schon bald nachlassen, ihr Fieber wird rasch sinken, und sie wird das Bewusstsein wiedererlangen. Was dann geschieht, liegt in LeMerles Hand. Er hat behauptet, er könne Clémente unter Kontrolle halten; aber ich teile seinen Optimismus nicht. Er hat sich öffentlich für sie und gegen mich entschieden, und das ist etwas, was eine Frau niemals vergeben kann.

Ich schlief schlecht und träumte heftig. Meine eigene Stimme riss mich aus dem Schlaf, und danach wagte ich nicht mehr, die Augen zu schließen, aus Angst, ich könnte wieder im Schlaf sprechen und mich selbst verraten. In LeMerles Haus brannte ein kleines Licht. Ich wollte mich gerade auf den Weg zu ihm machen, als Antoine aufstand und zur Latrine ging. Ich blieb also liegen, hielt die Augen geschlossen und tat so, als schliefe ich. Noch zweimal ist sie im Lauf der Nacht aufgestanden – unsere Diät aus dunklem Brot und Suppe scheint ihr nicht zu bekommen –, und so waren wir beide schon wach, als im Krankenzimmer die Alarmglocke ertönte.

Endlich ist Clémente wohl aufgewacht.

13

♥

9. August 1610

Antoine und ich trafen als Erste im Krankenzimmer ein. Wir sahen einander nicht an, als wir durch den Kreuzgang auf den Garten zuliefen, aber wir konnten schon von weitem Clémentes fiebrige Schreie hören. In einem Fenster brannte Licht, und wir eilten auf den Lichtschein zu, gefolgt von Tomasine, Pieté, Benedicte und Marie-Madeleine.

Im Krankenzimmer, einem riesigen, muffigen Raum, stehen sechs Betten, und es ist sogar noch Platz für mehr. Bei all dem Stöhnen, Husten und Wimmern der Patienten ist hier an Schlaf kaum zu denken. Sœur Virginie hatte Clémente im letzten Bett in der Reihe untergebracht und einen Vorhang aufgehängt, um das Lampenlicht zu dämpfen und den Bereich ein bisschen abzutrennen. Alfonsine lag gleich neben der Tür, so weit wie möglich entfernt von Clémente, und ich sah ihre geöffneten Augen im Vorbeigehen: zwei hell strahlende Punkte in der Dunkelheit.

Die Äbtissin war schon da. Neben ihr Virginie und Marguerite, die auf ihre Anordnung hin Alarm geschlagen haben musste; beide wirkten ängstlich und aufgeregt. LeMerle, eine ernste Erscheinung in seinem schwarzen Priestergewand, stand ein bisschen abseits, das silberne Kreuz in der

Hand. Clémente lag auf dem Rücken, die Fußgelenke an die Bettpfosten gefesselt. Auf dem kleinen Nachttisch war ein kleiner Wasserkrug umgekippt, ein stinkender Nachttopf war halb unter das Bett geschoben. Clémentes Gesicht war kreidebleich, ihre Pupillen waren so stark geweitet, dass die blaue Iris kaum noch zu sehen war.

»Hilf Sœur Virginie, sie festzubinden«, befahl die Äbtissin Marguerite. »Du, ja, du, Sœur Auguste! Geh einen Beruhigungstee holen.«

Ich zögerte. »Ich … vielleicht wäre es besser, wenn …«

»Sofort, du Närrin!«, fauchte Isabelle. »Einen Tee zur Beruhigung und frische Bettwäsche! Beeil dich!«

Ich zuckte die Achseln. Um Nebenwirkungen der Ackerwindenpaste zu vermeiden, sollte der Magen möglichst lange leer sein. Dennoch gehorchte ich. Zehn Minuten später brachte ich ihr einen mit Honig gesüßten Aufguss aus Helmkrautblättern und eine frische Decke.

Clémente war im Delirium. »Lasst mich in Frieden! Lasst mich in Frieden!«, kreischte sie und schlug mit der freien linken Hand nach dem Becher mit dem Tee.

»Haltet sie fest!«, rief Mère Isabelle.

Als Clémente erneut den Mund öffnete, um zu schreien, flößte Sœur Virginie ihr einen Großteil des Tees ein. »So, *ma sœur*, das wird dir gut tun«, schrie sie so laut, dass sie den allgemeinen Lärm übertönte. »Versuch einfach, dich auszuruhen …«

Kaum hatte sie die Worte ausgesprochen, übergab sich Clémente so heftig, dass die stinkende Flüssigkeit gegen die Wand des Krankenzimmers spritzte. Ich sagte nichts. Virginie, die von oben bis unten besudelt war, fing an zu kreischen, und Mère Isabelle, völlig außer sich, versetzte ihr eine Ohrfeige, wie ein verwöhntes Kind, das sein Kindermädchen in einem Wutanfall schlägt.

Clémente übergab sich erneut, spuckte auf die frische Decke. »Holt Père Colombin«, krächzte sie heiser. »Holt Père Colombin!«

LeMerle hatte die ganze Zeit schweigend zugesehen. Jetzt trat er näher, wobei er sorgfältig darauf achtete, nicht in das Erbrochene zu treten. »Lasst mich vorbei.« Eigentlich stand ihm niemand im Weg, aber wir reagierten auf die Stimme der Autorität. Auch Clémente reagierte; sie schaute ihn an und begann leise zu wimmern.

LeMerle hielt sein Kruzifix hoch.

»*Mon père!*« Einen Augenblick lang schien die Kranke bei klarem Verstand zu sein. »Ihr habt versprochen, mir zu helfen«, flüsterte sie. »Ihr habt versprochen …«

Das Kruzifix immer noch wie eine Waffe auf Clémente gerichtet, begann LeMerle, auf Lateinisch mit ihr zu sprechen. Ich erkannte die Worte, sie gehörten zur Liturgie des Exorzismusrituals, das er zweifellos später in ganzer Länge durchführen würde.

»*Praecipio tibi, quicumque es, spiritus immunde, et omnibus sociis tuis hunc Dei famulum obsidentibus …*«

Clémentes Augen weiteten sich. »Nein!«

»*Ut per mysteria incarnationis, passionis, resurrectionis, et ascensionis Domini nostri …*«

Trotz allem fühlte ich mich plötzlich schuldig an Clémentes Leid.

»*Per missionem Spiritus Sancti, et per adventum ejusdem Domini.*«

»Bitte, ich wollte das nicht, ich werde mit niemandem darüber sprechen …«

»*Dicas mihi nomen tuum, diem, et horam exitus tui, cum aliquo signo …*«

»Es war Germaine. Sie war eifersüchtig, sie wollte mich für sich allein …«

Wenn Janette die Ackerwindenpaste bei der Wahrsagerei benutzte, dann nur in winzigen Mengen und nach vorheriger, intensiver Meditation. Clémente war unvorbereitet gewesen. Ich versuchte, mir das Ausmaß ihres Entsetzens vorzustellen. Jetzt endlich erreichte die Wirkung der Droge ihren Höhepunkt. Das Delirium würde bald vorüber sein, dann würde Clémente wieder schlafen. LeMerle schlug das Kreuzzeichen über ihrem Gesicht. »*Lectio sancti Evangelii secundum Ioannem.*«

Aber seine Weigerung, ihr beizustehen, versetzte sie erst recht in Aufruhr. Sie schnappte mit den Zähnen nach seinem Ärmel, sodass ihm fast das Kreuz aus der Hand fiel. »Ich werde ihnen alles erzählen«, zischte sie. »Ich werde dich auf den Scheiterhaufen bringen.«

»Seht nur, wie sie vor dem Kreuz zurückweicht!«, rief Marguerite.

»Sie ist krank«, sagte ich. »Sie phantasiert. Sie weiß nicht, was sie tut.«

Marguerite schüttelte trotzig den Kopf. »Sie ist besessen«, flüsterte sie mit leuchtenden Augen. »Besessen vom Geist Germaines. Hat sie das nicht selbst gesagt?«

Es hatte keinen Zweck, sich mit ihr zu streiten. Aus dem Augenwinkel sah ich, dass Mère Isabelle uns beobachtete, und ich wusste, dass sie jedes Wort gehört hatte. Doch LeMerle ließ sich nicht beirren. »Ihr Dämonen, die ihr in diese Frau gefahren seid, gebt euch zu erkennen!«

Clémente wimmerte. »Es gibt keine Dämonen. Ihr habt selbst gesagt …«

»Gebt euch zu erkennen!«, wiederholte LeMerle. »Ich befehle es euch! Im Namen des Vaters!«

»Ich wollte nur … Ich wollte nicht …«

»Des Sohnes!«

»Nein … bitte …«

»Und des Heiligen Geistes!«

In diesem Augenblick brach Clémentes Widerstand zusammen. »Germaine!«, schrie sie. »Mère Marie! Behemoth! Beelzebub! Ashtaroth! Belial! Sabaoth! Tetragrammaton!« Inzwischen schluchzte sie, und die Namen – die ich aus Giordanos Texten kannte und die Clémente zweifellos aufgeschnappt hatte, als Alfonsine ihre Anfälle hatte – kamen stoßartig mit jedem Atemzug aus ihrem Mund. »Hades! Belphegor! Mammon! Asmodeus!«

LeMerle legte ihr eine Hand auf die Schulter, doch sie war so außer sich, dass sie aufschrie und vor ihm zurückwich.

»Besessen!«, flüsterte Marguerite erneut. »Seht, wie sie zuckt, wenn das Kreuz sie berührt! Hört, wie die Dämonen ihre Namen nennen!«

LeMerle drehte sich zu uns um. »Das ist in der Tat schrecklich«, sagte er. »Gestern war ich noch so blind, dass ich glaubte, es gebe eine andere Erklärung für ihre Krankheit. Aber jetzt haben wir es aus ihrem eigenen Mund gehört. Sœur Clémente ist von bösen Geistern besessen.«

»Bitte, lasst mich ihr helfen.« Es war unklug, die Aufmerksamkeit auf mich zu ziehen, das wusste ich, dennoch konnte ich das nicht länger mit ansehen. Ich spürte genau, wie Virginie mich anstarrte und auch unsere kleine Äbtissin, die hinter ihr stand.

LeMerle schüttelte den Kopf. »Ich muss allein sein.« Er wirkte erschöpft; die ausgestreckte Hand mit dem Kruzifix zitterte. »Wer hier bleibt, bringt seine Seele in Gefahr.«

Clémente begann, immer noch schluchzend, das Vaterunser zu beten.

LeMerle trat einen Schritt von ihrem Bett zurück. »Seht, wie die Dämonen uns verspotten!«, sagte er. »Du hast uns deinen Namen genannt, Dämon, jetzt zeig uns dein Gesicht!«

Während er sprach, kam ein kalter Windstoß durch die offene Tür und ließ die Flammen der Kerzen in den Wandlampen flackern. Instinktiv drehte ich mich um, andere taten es mir nach. Vor der Tür, in dem dunklen Gang, war eine weiße Gestalt vage auszumachen. Sie schien den Gang entlangzuschweben, wich dem Licht geschickt aus, sodass wir nur das weiße Gewand sehen konnten und die *quichenotte,* die ihr Gesicht vollständig verhüllte.

»Die Geisternonne!«

Ich riss Virginie die Lampe aus der Hand und lief auf die Tür zu. Marguerite schrie auf und versuchte, mich am Ärmel festzuhalten. Ohne auf sie zu achten, trat ich mit dem Licht in den Gang hinaus.

»Wer ist da?«, fragte ich. »Zeige dich!«

Die Erscheinung blieb stehen, und auf einmal sah ich zwei mit dunklen Strümpfen bekleidete Beine unter dem Habit hervorlugen. Das erklärte also das geisterhafte Schweben. Die Hände steckten in schwarzen Handschuhen. Plötzlich rannte die Gestalt den Gang hinunter und verschwand in der Dunkelheit.

Hinter mir rief jemand: »Was hast du gesehen?«

Mehrere Frauen zupften mich am Ärmel, an der Haube. Ich riss mich los, bemüht, meine Lampe nicht fallen zu lassen. Als ich wieder den Gang hinunterschaute, war die Gestalt verschwunden.

»Sœur Auguste, was hast du gesehen?« Es war Isabelle, die sich an mich klammerte, als wollte sie mich nie wieder loslassen. Ihr Gesicht war fleckig vor Zorn und Erregung. Janette hätte ihr frische Luft und Bewegung verordnet. *Frische Luft und Sonne,* hätte sie mit ihrem vertrauten Lachen gesagt. *Das braucht ein Kind, wenn es heranwächst. Das hat mich zu der Schönheit gemacht, die du vor dir siehst.* Wenn Janette doch nur hier gewesen wäre.

»Ja, Sœur Auguste, was hast du gesehen?«, fragte LeMerle höflich, aber mit einem spöttischen Unterton, den nur ich heraushörte.

»Ich«, erwiderte ich mit zitternder Stimme. »Ich bin mir nicht sicher.«

»Sœur Auguste ist eine Skeptikerin«, sagte LeMerle. »Vermutlich zweifelt sie auch jetzt noch daran, dass Sœur Clémente von Dämonen besessen ist.«

Ich starrte in die Flamme meiner Lampe, denn ich hätte es nicht ertragen, sein Lächeln zu sehen.

»Sœur Auguste«, verlangte Isabelle mit schriller Stimme. »Sag uns sofort, was du gesehen hast. War es die Geisternonne?«

Langsam, zögernd nickte ich.

Sie bestürmten mich mit Fragen. »Warum bist du hinter ihr hergelaufen?«, »Warum bist du stehen geblieben?«, »Was genau hast du gesehen?«, »Hatte sie Blut an der Haube?«, »Hast du ihr Gesicht erkannt?«

Ich versuchte, alle Fragen zu beantworten. Wo es nötig war, log ich. Jedes Wort, das ich sagte, erhöhte LeMerles Macht über mich, aber ich hatte keine Wahl, keine Kraft, mich zu widersetzen. Ich log aus Notwendigkeit. Denn in dem Augenblick, als die Erscheinung sich umgedreht hatte, als sie mir fast in greifbarer Nähe gegenübergestanden hatte, dort in dem dunklen Gang, hatte ich die Geisternonne erkannt. Meine liebste Freundin, die bernsteinfarbenen Augen weit aufgerissen, als amüsierte sie sich. Als wäre dies ein Spiel, bei dem es um nichts weiter ging, als um eine Hand voll Glaskugeln.

Es ist absolut logisch. Ihre Unschuld schützt sie. Ihr Schweigen ist gesichert. Nur ich habe das leise vogelartige

Lachen gehört, das der geisterhaften Erscheinung in die Dunkelheit folgte, dieses seltsame Lachen, das niemand nachahmen kann.

Dieses Lachen, diese Augen sind einfach unverwechselbar.

Es war Perette.

TEIL VIER

Perette

1

♠

10. August 1610

So weit, so gut. Aber die Aufgabe, die nun vor mir liegt, ist kompliziert. Nur noch fünf Tage bis zu seiner Ankunft, und die Fäden meines sorgfältig gesponnenen Plans werden zunehmend verschlungener und verworrener. Clémente liegt immer noch im Krankenzimmer; sie hat sich beruhigt, aber ich fürchte, nicht für lange. Ich habe zusammen mit Virginie viele Stunden an ihrem Bett verbracht, Weihrauch und Weihwasser stets griffbereit. Eine in meinem Ärmel verborgene spitze Nadel sorgte dafür, dass sie das Spiel auch im letzten Stadium ihres Drogenrauschs mitspielte: Um ihr einen Schrei oder einen Fluch zu entlocken, brauchte ich sie nur mit der Nadel zu stechen – sie war so benebelt, dass sie gar nicht merkte, woher der Schmerz kam.

Mit tiefem Ernst verkündete ich, dass Clémente von zweihundertundfünfzig Dämonen besessen sei. Den Rest des Vormittags verbrachte ich in meiner Bibliothek mit dem Studium einiger Texte zum Thema, sodass ich, als ich kurz vor Mittag wieder ans Krankenbett eilte, eine Liste mit den Namen der Dämonen vorweisen konnte. Diese las ich Clémente, die sich auf dem Bett wimmernd und flehend wand, langsam vor, während Virginie mit offenem Mund zusah.

Ich wusste, dass Juliette sich weigern würde, Clémente eine weitere Dosis von ihrer Ackerwindenpaste zu verabreichen, doch ich hatte noch einen Rest übrig, und als Clémente im Laufe des Tages immer mehr zu sich kam, sah ich mich gezwungen, die Prozedur zu wiederholen. Meine kleine Ailée würde sicherlich Einspruch erheben – aber was konnte sie schon tun?

Die Messe wurde gestrichen. Ich widmete mich in der Bibliothek meinen »Studien«, las Aristoteles' Lebensregeln, verborgen unter den Buchdeckeln des *Hexenhammer*. Der Gottesdienst ohne mich war wahrscheinlich ziemlich langweilig, doch ich habe ihnen erklärt, ich wolle nicht riskieren, dass wieder so eine Raserei ausbricht wie neulich und alle anfangen zu tanzen.

In der Zwischenzeit kümmerte Marguerite sich um Clémente, und wie nicht anders zu erwarten, hat sie – entgegen meiner strikten Anweisung – die schreckliche Nachricht von Clémentes Besessenheit sofort im ganzen Kloster verbreitet. Das war natürlich von Anfang an von mir beabsichtigt, und die Gerüchte, umso interessanter, weil sie verboten waren, wurden sogleich begierig aufgegriffen, ausgeschmückt und wie Löwenzahnsamen verbreitet.

Mein größtes Problem ist Juliette. Dass sie die Geisternonne erkannt hat, war vielleicht unvermeidlich, trotzdem beunruhigt es mich ein wenig. Perette ist ihre Freundin, wie ich höre, und Juliette fühlt sich ihr gegenüber zu Loyalität verpflichtet. Die Kleine dagegen lässt sich mit glitzerndem Tand kaufen, und reden kann sie sowieso nicht, aber falls Juliette das ganze Ausmaß meiner Pläne erfahren sollte …

Eigene Dummheit natürlich. Perette ist ein primitives Geschöpf, nicht intelligenter als ein dressierter Affe. Es hat eine ganze Weile gedauert, bis sie handzahm war – zwei schlaflose Nächte habe ich mir ihr in der Krypta verbracht, um ihr die alberne Angst vor der Dunkelheit auszutreiben – inzwischen frisst sie mir aus der Hand, bettelt dauernd mit ihren kleinen Händen nach dem nächsten Leckerbissen. Ich bin fast versucht, Perette mitzunehmen, wenn ich von hier verschwinde. Und Juliette – an Juliette darf ich nicht denken. Bis Sonntag wird sie das Ausmaß meines Verrats durchschaut haben, und ich darf nicht damit rechnen, dass sie mir noch einmal vergibt. Perette dagegen ist etwas anderes. Sie ist zwar ungeübt, aber unglaublich geschickt. Taschenspielertricks sind für sie ein Kinderspiel. Sie kann sich lautlos durch einen Saal voller Schläfer bewegen, ohne bemerkt zu werden. Sie kann rennen wie der Wind, klettern wie ein Eichhörnchen, kann sich in den winzigsten Winkel verkriechen und verstecken. Ich könnte ihr sogar beibringen, auf dem Hochseil zu balancieren. Niemand wird je das Geschick meiner Ailée erreichen, doch vielleicht, mit etwas Übung … Ich könnte ihr Gesicht mit Walnusssaft färben und sie als Wilde aus Kanada ausgeben. Um so etwas zu sehen, würden die Leute bezahlen.

Ja, vielleicht werde ich wenigstens Perette verschonen.

2

♥

10. August 1610

Nach den Vorfällen in der Krankenstation habe ich Perette so bald wie möglich aufgesucht. Das war heute Morgen, nach der Prim. Wir haben uns alle ein bisschen später an die Arbeit gemacht, weil die Äbtissin bei ihrem Beichtvater war und wir annahmen, dass es heute mit der Disziplin nicht ganz so streng gehalten würde. Wie erwartet, fand ich Perette im Stall bei den Tieren. Sie hatte ein paar alte Brotreste mitgenommen, und es wimmelte nur so von Hühnern, Enten und Küken, die ihr gefolgt waren. Sie schaute mich fragend an.

»Perette.« Sie lächelte erfreut und zeigte auf die Vögel. Sie wirkte so glücklich – und so unschuldig –, dass es mir fast widerstrebte, sie auf das anzusprechen, was sich am frühen Morgen abgespielt hatte. Doch ich überwand mich. »Lass die Hühner, Perette. Ich habe dich heute Morgen in der Krankenstation gesehen.« Sie musterte mich frech, den Kopf schief gelegt. »Ich habe gesehen, wie du die Geisternonne gespielt hast.«

Perette stieß einen schrillen Schrei aus, ihr typisches Lachen.

»Das ist nicht lustig.« Ich packte sie an den Armen und

zwang sie, mich anzuschauen. »Das hätte sehr gefährlich werden können.«

Perette zuckte die Achseln. Sie begreift einiges, aber sobald es um *hätte, könnte* oder *würde* geht, verliert sie meistens das Interesse.

Ich sprach ganz langsam, benutzte möglichst einfache Wörter, um mich ihr verständlich zu machen. »Perette, hör mir zu. Sag mir die Wahrheit.« Sie lächelte mich an, doch ich konnte nicht erkennen, ob sie mich verstanden hatte. »Sag mir, Perette, wie viele Male hast du …« Nein, so ging es nicht. »Perette, hast du dieses Spiel schon einmal gespielt?«

Sie nickte und kreischte vergnügt.

»Und hat … hat Père Colombin dir gesagt, warum du dieses Spiel spielen solltest?«

Das war schon schwieriger. Perette überlegte, zuckte mit den Schultern, dann streckte sie mir ihre schmutzige Handfläche entgegen, auf der etwas kleines Braunes lag. Ein Stück Zucker. Sie betrachtete es, leckte daran, steckte es zurück in ihre Tasche.

»Zucker? Er gibt dir Zucker, wenn du dieses Spiel spielst?«

Perette hob erneut die Schultern. Dann fummelte sie an ihrem Kragen herum und zog das kleine Medaillon aus ihrem Kittel, das LeMerle ihr vor einigen Wochen abgenommen hatte und das nun an einer Schnur um ihren Hals baumelte. Christina Mirabilis lächelte mich an.

»Du hast das Spiel also für Père Colombin gespielt«, sagte ich mit leiser, beschwörender Stimme. Perette lächelte und wackelte mit dem Kopf hin und her. Das Medaillon leuchtete im Sonnenlicht. »Warum wollte er, dass du das tust?«

Perette zuckte mit den Achseln und drehte das Medaillon in der Hand. Ich hatte Mühe, die Geduld zu bewahren.

»Ja, Perette, aber *warum* hat er es von dir verlangt? Hat er dir das gesagt?«

Schon wieder das Achselzucken. Was für eine Rolle spielt es schon, warum er es verlangt hat, schien es zu sagen, wenn er mir Zucker und Geschenke dafür gibt?

Ich packte sie sanft. »Perette, was du getan hast, war böse.«

Sie schaute mich verblüfft an, dann schüttelte sie heftig den Kopf. »Sehr böse!«, beharrte ich. »Es ist nicht deine Schuld, böse war es trotzdem. Es war böse von Père Colombin, das von dir zu verlangen.«

Perette zog die Mundwinkel nach unten und wollte sich von mir losreißen. Ich hielt sie fest. »Erinnerst du dich an Fleur?«, fragte ich, einer plötzlichen Eingebung folgend. »Weißt du noch, wie Fleur weggebracht wurde?«

Vielleicht kann sie sich nicht daran erinnern, sagte ich mir. Fleur ist seit fast einem Monat fort, und Perette hatte ihre kleine Freundin vielleicht längst vergessen. Einen Augenblick lang wirkte sie verwirrt, dann hob sie die Hand, eine Geste, die sie stets benutzte, um ein Kind zu beschreiben.

»Père Colombin hat Fleur fortgebracht«, sagte ich. »Er tut vielleicht freundlich, gibt dir Geschenke, aber er ist ein böser Mann, Perette, und ich muss wissen, was er vorhat!« Unwillkürlich hatte ich immer lauter gesprochen und meinen Griff um ihren Arm verstärkt. Ihr verständnisloser Blick sagte mir, dass ich zu weit gegangen war, dass ich sie verloren hatte. »Perette, schau mich an!«

Es war zu spät. Der Kontakt war abgerissen, und sie hatte nur noch Augen für die Hühner und Enten. Als ich mich beim Weggehen noch einmal umdrehte, sah ich sie mit ausgestreckten Armen inmitten des braunen, weißen und gesprenkelten Federviehs hocken.

Ich darf nicht aufgeben. Wenn es einen Schlüssel zu diesem Rätsel gibt, dann ist es Perette. Meine süße, unschuldige Perette. Was auch immer er vorhaben mag, sie weiß es. Vielleicht begreift sie nichts von seinen Plänen, aber sein Geheimnis ist in ihr verborgen wie in einer Schatzkiste. Wenn ich nur wüsste, wie sie sich öffnen lässt.

3

♥

11. August 1610

Gestern habe ich den ganzen Tag versucht, mit LeMerle zu sprechen, doch er geht mir aus dem Weg, und ich kann es mir nicht leisten, die Aufmerksamkeit auf mich zu ziehen. Gestern Abend war seine Tür verriegelt, das Licht gelöscht. Ich dachte, er sei vielleicht in der Krankenstation, habe mich aber nicht getraut nachzusehen. Clémente ist immer noch nicht in der Lage, in zusammenhängenden Sätzen zu sprechen, wie ich von Antoine erfahren habe, sondern wechselt von völliger Apathie zu Phasen der Unruhe, in denen sie wild halluziniert, sich die Kleider vom Leib reißt und mit den Armen in der Luft herumfuchtelt, als wehrte sie sich gegen einen Dämon. Dann schreit und stöhnt sie wie in Verzückung, oder sie zerkratzt sich das Gesicht vor Abscheu vor sich selbst. Oft muss sie am Bett festgebunden werden, damit sie sich nicht verletzt. Zwar fleht sie darum, von ihren Fesseln befreit zu werden, doch gleichzeitig wirft sie den Kopf wütend hin und her und spuckt jeden an, der sich ihr nähert.

Mir ist es nicht erlaubt, sie zu besuchen. Auch Antoine ist der Zutritt zur Krankenstation nicht mehr gestattet, nur Virginie ist noch dort, um die Besessene zu pflegen. Clémente sei verrückt und werde sich vielleicht nie wieder erholen, erzählte mir Antoine voller Genugtuung. Das hat sie von Virginie gehört. Antoines Augen funkelten boshaft, als sie mir davon berichtete. Sie hat sich freiwillig bereit erklärt, Clémentes Bettzeug zu waschen und die dünne Brühe zu kochen, die man der Kranken täglich verabreicht. Ich zweifle nicht daran, dass sie die Suppe regelmäßig mit Ackerwindenpaste anreichert.

Die hübsche Clémente sei längst nicht mehr hübsch, raunt Antoine mir verschlagen zu. Ihr zerkratztes Gesicht wird voller Narben sein, und die Haare fallen ihr angeblich büschelweise aus. Ich würde sie gern besuchen, um sie zu trösten und ihr vielleicht zu erklären, dass es nicht meine Schuld war …

Was würde es schon nützen? Zwar mögen ihr Antoines Hände das Gift eingeflößt haben, aber ich habe es gemixt. Ich würde es sogar wieder tun, wenn die Umstände dieselben wären. Und LeMerle, der sich klugerweise im Hintergrund hält, weiß das genau. Einmal mehr hat er es geschafft, einen Abgrund in mir aufzutun und an die tief in meinem Innern verborgenen dunklen Fähigkeiten zu appellieren.

Eine Hexe sollt ihr nicht am Leben lassen.

Giordano pflegte das auf Hebräisch zu sagen, und auf Hebräisch heißt Hexe *Giftmischerin.*

Ich frage mich, ob Giordano seine Schülerin noch erkennen würde.

4

♠

12. August 1610

Wie erwartet läuft alles nach Plan. Mère Isabelle ist sanft wie ein Lamm – vorerst. Sie verbringt die meiste Zeit beim Gebet und kümmert sich kaum um ihre zunehmend widerspenstige Herde. Nur wenige haben Zugang zu Clémente, denn selbst ich kann das Mädchen nicht permanent unter Drogen setzen, und ihre Anfälle werden immer schlimmer.

Ich schüre die Ängste meiner Schülerin mit allem möglichen Unsinn aus den unterschiedlichsten Büchern. Während ich sie scheinbar beruhige, nähre ich ihre Schreckensphantasien mit Anekdoten und Hirngespinsten. Die Welt ist voller Schrecken: Verbrennungen, Vergiftungen, Hexerei. Père Colombin kennt sich aus, und er weiß genau, wie man Horrorgeschichten zum Leben erweckt. Mein wechselvoller Lebensweg erweist sich als äußerst nützlich bei der Erfindung von finsteren Märchen; immerhin bin ich bei einer von Madame de Sévignés Soireen dem berühmten Rechtsgelehrten Jean Bodin begegnet – der mich mit seinen langatmigen Vorträgen zu Tode gelangweilt hat. Den Rest habe ich mir aus den großen Büchern der Weltgeschichte zusammengesucht – Aischylos, Plutarch, die Bibel … Clémente weiß nicht, dass die Namen der

Dämonen, die sie in ihrer Raserei heraussschreit, größtenteils die geheimen, längst vergessenen Namen Gottes sind.

Meine kleine Schülerin Isabelle hat seit Tagen kaum geschlafen. Ihre Augen sind gerötet und liegen tief in ihren Höhlen. Ihre Lippen sind so blass wie eine alte Narbe. Manchmal bemerke ich, wie sie mich beobachtet. Ich frage mich, ob sie etwas ahnt. Wie auch immer, es ist zu spät für sie. Eine Dosis von Clémentes Ackerwindenpaste würde sie sofort außer Gefecht setzen, falls sie versuchte, sich gegen mich zu stellen, aber zu diesem Mittel würde ich nur im Notfall greifen. Ich möchte, dass es Arnault aus heiterem Himmel trifft. Das Ende all seiner Hoffnungen.

Ironischerweise tröstet meine Schülerin sich jetzt so gut es geht mit der Freude auf das lange erwartete Fest der Heiligen Jungfrau am kommenden Sonntag. Jetzt, nachdem wir die Abtei der heidnischen Marie-de-la-mer entrissen haben, müssten wir darauf zählen können, dass die Muttergottes persönlich eingreift und uns aus unserer Misere befreit. Das glaubt Isabelle jedenfalls und betet, was das Zeug hält. Gleichzeitig verstärke ich unsere Verteidigungslinien mit ausgiebigen Beschwörungen auf Lateinisch und jeder Menge Weihrauch. Kein Dämon soll am Festtag unseres Klosters hier eindringen.

Heute am frühen Morgen hat Juliette mich in meinem Quartier aufgesucht. Ich hatte mit ihrem Besuch gerechnet und blickte von einem Stapel Bücher auf, als sie eintrat. Sie wirkte unglaublich streng mit ihrer frisch gestärkten Leinenhaube, kein einziges Löckchen, das ihr blasses, entschlossenes Gesicht etwas weicher hätte erscheinen lassen können, lugte hervor. Es ging um Perette, das war mir sofort klar, und ich musste äußerst vorsichtig sein.

»Ah, Juliette. Ist die Sonne schon aufgegangen? Es wird auf einmal so hell hier drinnen.«

Ihr Blick sagte mir, dass dies der falsche Zeitpunkt für Schmeicheleien war. »Bitte«, begann sie in einem scharfen Ton, der jedoch eher Angst als Zorn ausdrückte, »du musst Perette da raushalten. Sie begreift die Gefahr nicht. Was ist, wenn das Spiel auffliegt?« Dann, als ich nicht reagierte: »Wirklich, LeMerle, du musst berücksichtigen, dass sie nur ein Kind ist.«

Aha, das war es also. Ihr Mutterinstinkt. Ich versuchte, sie abzulenken. »Isabelle fühlt sich nicht gut«, sagte ich leise. »Ich könnte dafür sorgen, dass ihr – du und Antoine – die Möglichkeit bekommt, einen kleinen Ausflug zu machen, während sie sich ausruht. Bei der Gelegenheit könntest du zum Beispiel einem armen Fischer und seiner Familie einen Korb mit Lebensmitteln bringen.«

Als sie mich ansah, bemerkte ich die Sehnsucht in ihren Augen. Dennoch schüttelte sie den Kopf. »Das ist typisch für dich, LeMerle«, sagte sie ruhig. »Was würde denn wohl passieren, wenn du mich erst einmal aus dem Weg geschafft hättest? Noch eine Erscheinung? Noch ein Veitstanz?« Erneut schüttelte sie den Kopf. »Ich kenne dich«, sagte sie leise. »Du gibst nichts umsonst. Du würdest irgendetwas als Gegenleistung verlangen, und dann noch etwas und dann …«

Ich fiel ihr ins Wort. »Meine Liebe, du verkennst meine Absichten. Diesen Vorschlag habe ich nur aus Sorge um dich gemacht. Du bist für mich keine Gefahr, Juliette, du hast dich bereits ebenso schuldig gemacht wie ich.«

Sie hob das Kinn. »Ich?« Aber in ihren Augen lag Angst.

»Allein durch dein Schweigen machst du dich schuldig. Du hast die Geisternonne erkannt. Dazu die Geschichte mit dem Brunnen, hast du die schon vergessen? Oder das Gift, das du Sœur Clémente gegeben hast? Und was dein Keuschheitsgelübde angeht …« Ich ließ die Worte im Raum stehen.

Sie schwieg, ihr Gesicht glühte.

»Glaub mir«, sagte ich, »jedes einzelne dieser Vergehen würde ausreichen, um dich der Hexerei anzuklagen. Die Zeiten, in denen du mir hättest schaden können, sind außerdem längst vorbei. Kein Mensch könnte mich mehr für diese Dinge verantwortlich machen.«

Sie wusste, dass ich Recht hatte.

»Ich bin der Felsen«, fuhr ich fort. »Der Anker im Sturm. Mich zu verdächtigen, ist undenkbar.«

Schweigen. »Ich hätte sprechen sollen, als ich die Gelegenheit dazu hatte«, sagte Juliette. Ihr Ton konnte mich nicht täuschen; in ihrem Blick lag fast so etwas wie Bewunderung.

»Du hättest es nicht gewagt, meine Liebe.«

Ihre Augen sagten mir, dass sie auch das wusste.

»Perette ist mir in den vergangenen Wochen sehr nützlich gewesen. Sie ist flink – fast so flink, wie du früher warst, Juliette –, und sie ist schlau. Sie hat sich in der Krypta versteckt, als ihr die Geisternonne zum ersten Mal erblickt habt. Die ganze Zeit, während du da unten alles abgesucht hast, hat sie hinter einem der Särge gehockt.«

Juliette erschauerte.

»Aber wenn du dir solche Sorgen um sie machst, vielleicht …« Ich tat so, als zögerte ich. »Nein. Ich brauche sie noch. Ich kann sie nicht aufgeben, auch nicht, um dir einen Gefallen zu tun.«

Sie nahm den Köder an. »Du hast gesagt, es gebe eine Möglichkeit.«

»Nein.«

»Guy!«

»Nein, wirklich, ich hätte nicht davon anfangen sollen.«

»*Bitte!*«

Ihrem Flehen konnte ich noch nie wiederstehen. Eine köstliche Delikatesse, in deren Genuss ich nur selten komme. Um den Augenblick noch ein bisschen auszukosten, gab ich mich unentschlossen. »Man könnte vielleicht ...«

»Was?«

»Wenn du ihre Rolle übernehmen würdest.«

Ha. Die Falle schlug fast unhörbar zu. Sie überlegte. Sie ist keine Närrin. Sie wusste, dass sie hereingelegt wurde. Aber da ist immer noch das Kind ...

»Fleur ist nie auf dem Festland gewesen«, sagte ich sanft. »Ich habe sie bei einer Familie untergebracht, die keine drei Meilen von hier entfernt lebt. Du könntest in einer Stunde bei ihr sein, wenn ...«

»Ich werde niemanden vergiften«, sagte Juliette.

»Das wird nicht nötig sein.«

Allmählich ließ ihr Widerstand nach. »Wenn ich darauf eingehe«, fragte sie, »wirst du Perette dann in Ruhe lassen?«

»Selbstverständlich.« Ich bilde mir etwas darauf ein, dass ich einen ehrlichen Eindruck mache, den offenen Blick eines Mannes besitze, der nie eine Karte gezinkt oder einen Würfel manipuliert hat. Erstaunlich, dass der Trick nach all den Jahren immer noch funktioniert.

»Drei Tage«, sagte ich. »Bis Sonntag sind es noch drei Tage, dann ist es vorbei. Das verspreche ich.«

»Drei Tage«, wiederholte sie.

»Danach darf Fleur endgültig nach Hause zurück. Alles wird wieder so sein, wie es war. Oder du kannst mit mir kommen, wenn du willst.«

Ihre Augen leuchteten – ob vor Verachtung oder Leidenschaft, konnte ich nicht erkennen –, doch sie sagte nichts.

»Wäre das wirklich so schlimm?«, fragte ich leise. »Wieder unterwegs zu sein? Wieder l'Ailée zu sein – dort zu sein, wo du hingehörst? Dort, wo ich dich brauche?«

Sie schwieg, doch ich spürte, wie sie sich entspannte, nur ein wenig, gerade genug. Ich berührte leicht ihre Wange. »Drei Tage«, sagte ich. »Was kann schon passieren in drei Tagen?«

Ziemlich viel, wie ich hoffe.

5

♥

12. August 1610

Wie LeMerle es versprochen hatte, erwartete Fleur mich keine drei Meilen vom Kloster entfernt. Die Familie des Einsalzers, bei der sie untergebracht war, lebt in einer niedrigen, hinter einigen Tamarisken halb verborgenen Hütte mit Torfdach und gekalkten Lehmwänden. Womöglich bin ich hundertmal daran vorbeigegangen, ohne sie zu bemerken. Hinter der Hütte graste ein Pony, an der Seite stand ein hölzerner Stall mit sechs braunen Kaninchen. Die Gräben in den Salzsümpfen um die Hütte herum wirkten wie eine Art seichter Burggraben, an dessen Ufern mehrere Flachboote vertäut lagen. Im Schilf standen Fischreiher, und aus dem gelben Gras hörte ich Grillen zirpen.

Da LeMerle sich ganz sicher war, dass ich Perette nicht im Stich lassen würde, hatte er es diesmal nicht für nötig gehalten, mich zu begleiten. Stattdessen war Antoine als Aufpasserin mitgekommen, die Augen unter der verschwitzten Haube komplizenhaft verschlagen zusammengekniffen. Bin ich nicht auch ihre Komplizin?, fragte ich mich. Die Giftmischerin und die Mörderin, Arm in Arm wie unzertrennliche Freundinnen.

Ich drückte Fleur an mich, als könnte ich dadurch mit ihr

verschmelzen und so verhindern, dass man uns jemals wieder trennt. Ihre Haut ist weich und sonnengebräunt, erstaunlich dunkel im Gegensatz zu ihrem flachsblonden Haar. Sie ist so hübsch, dass es mich beinahe beunruhigt. Sie trug ihr rotes Kleid, das ihr inzwischen schon ein bisschen zu kurz geworden ist, und sie hatte eine frische Schürfwunde am Knie.

»Am Sonntag«, flüsterte ich ihr ins Ohr. »Wenn alles gut geht, hole ich dich am Sonntag ab. Warte gegen Mittag hier bei den Tamarisken auf mich. Erzähle niemandem davon. Niemand darf wissen, dass ich komme.«

Natürlich hatte LeMerle mich hereingelegt. Als ich von meinem Besuch bei Fleur zurückkehrte, verriet mir der intensive Geruch nach Weihrauch, dass er sie erneut in der Mangel gehabt hatte. Während der Messe sei wieder getanzt worden, erzählte Sœur Piété mir aufgeregt, noch irrsinniger als beim ersten Mal. Von mir mit Fragen bedrängt, berichtete sie, wie sie alle in Verzückung geraten waren, dass sie selbst von einem lüsternen Dämon besessen gewesen war, dass einige Nonnen wie Tiere geheult und geknurrt hatten und von einer ganzen Dämonenarmee, die gegen das heilige Sakrament wütete, auf die Knie gezwungen worden waren.

Mit Tränen in den Augen beschrieb sie mir, wie Sœur Marguerite trotz ihrer Gebete tanzen musste, bis ihre Füße bluteten, wie Père Colombin die verpestete Luft mit Feuer geläutert und mit den Mächten des Bösen gerungen hatte, bis auch er kämpfend auf die Knie gefallen war.

Mère Isabelle sei jetzt bei ihm, sagte Piété. Als der böse Fluch nachgelassen hatte, als die Nonnen, durch seine Stimme von ihrer Raserei erlöst, einander verwundert und verwirrt angeschaut hatten, war Père Colombin halb ohnmächtig zu Boden gesunken, während ihm das Buch mit dem *ritus exorcitandi* aus den Händen glitt. Daraufhin war kurz das Chaos ausgebrochen, als die entsetzten Nonnen auf ihn zugestürzt waren, davon überzeugt, dass er nun auch den Mächten der Finsternis zum Opfer gefallen war …

Aber es sei nur die Erschöpfung gewesen, erklärte mir Piété. Sehr zur Erleichterung aller rappelte Père Colombin sich wieder auf und konnte sich mit Hilfe zweier Nonnen, die ihn auf beiden Seiten stützten, auf den Beinen halten. Er hob eine zitternde Hand und erklärte, er brauche Ruhe, um sich, umgeben von seinen heiligen Gegenständen, seinen Büchern zu widmen und nach einer Lösung für die schrecklichen Probleme zu suchen, die das Kloster heimgesucht haben.

Es muss eine überzeugende Darbietung gewesen sein. Eine Generalprobe, nehme ich an, für die Vorstellung, die er für Sonntag geplant hat. Warum nur hat er dafür gesorgt, dass ich nicht in der Nähe war? Ist es möglich, dass er trotz all seiner großspurigen Sprüche fürchtet, ich könnte etwas durchschauen? Beinhaltet dieses ganze Spektakel etwas, von dem LeMerle nicht will, dass ich es sehe?

6

♥

13. August 1610

Heute wurde offiziell verkündet, dass Alfonsine besessen sei. Bislang wurden fünfundfünfzig Dämonen gezählt, die in sie gefahren sein sollen, aber Père Colombin ist davon überzeugt, dass es mehr sind. Das Austreibungsritual wird erst beendet sein, wenn jeder Einzelne dieser Dämonen beim Namen genannt ist. Die Wände von LeMerles Studierzimmer sind jetzt schon tapeziert mit Listen, denen er ständig neue Namen hinzufügt. Virginie wirkt blass und eingefallen und wurde schon mehrmals dabei beobachtet, wie sie im Garten im Kreis herumging und vor sich hinmurmelte. Wenn man sie auffordert, sich ein bisschen auszuruhen, schaut sie einen nur abwesend an, murmelt »nein, nein« und läuft einfach weiter im Kreis herum. Es wird schon gemunkelt, dass es nur noch eine Frage der Zeit sei, bis auch sie ein Opfer der Dämonen wird.

Mère Isabelle hat heute ihr Zimmer noch nicht verlassen. LeMerle bestreitet, dass sie besessen ist, aber er sagt das mit wenig Überzeugung, und wir haben unsere Zweifel. Vor der Kapelle steht ein Kohlenbecken, in dessen Glut ständig Weihrauch und verschiedene besonders wirkungsvolle Kräuter verbrannt werden. Bisher funktioniert diese

Schutzmaßnahme ganz gut, jedenfalls sind wir von einem weiteren Angriff verschont geblieben. Ein zusätzliches Kohlenbecken wurde vor der Krankenstation und eins an den Toren des Klosters aufgestellt. Der frische Rauch duftet süß, wird aber bald säuerlich streng, und die erstickend drückende Luft hängt wie ein staubiger Vorhang im weiß glühenden Himmel.

Die Geisternonne wurde heute zweimal und gestern dreimal gesehen, einmal im Schlafsaal, zweimal im Kreuzgang und zweimal im Garten. Niemandem ist bisher aufgefallen, dass die Nonne plötzlich eine viel kräftigere Statur besitzt, und bisher hat auch noch niemand die großen Fußabdrücke in einem der Gemüsebeete bemerkt. Vielleicht haben solche Dinge für uns inzwischen keine Bedeutung mehr.

Wir gaben uns den Tag über dem Müßiggang hin, ähnlich wie in den Tagen nach dem Tod der Ehrwürdigen Mutter. Mère Isabelle fühlte sich nicht gut, LeMerle war mit seinen Büchern beschäftigt, und unserer Führung beraubt fielen wir in unsere gewohnten Rollen zurück. Allerdings erfüllte uns der Gedanke an die Ereignisse der vergangenen Woche zusehends mit Angst und Unruhe. Unser Schiff trieb ruderlos auf die Klippen zu, und wir konnten nichts tun, um es aufzuhalten, sondern beschäftigten uns mit Klatsch und unergiebiger Selbstbetrachtung.

Sœur Marguerite schrubbte den makellos sauberen Boden des Schlafsaals, bis ihre Knie bluteten. Danach schrubbte sie die Blutflecken mit solcher Inbrunst fort, dass man sie wieder zur Untersuchung auf die Krankenstation brachte. Sœur Marie-Madeleine lag wimmernd und jammernd auf ihrem Bett und klagte über Juckreiz zwischen den Beinen, den kein Kratzen lindern konnte. Antoine zog sich aus der Krankenstation zurück – mittlerweile sind dort vier Besessene untergebracht, die an ihre Betten gebunden sind, und das Geschrei, meinte Antoine, mache sie ganz verrückt – und ergötzte mich mit ausführlichen, zweifellos hemmunglos ausgeschmückten Berichten, die ich mir gegen besseres Wissen tatsächlich anhörte.

Sœur Alfonsine, so Antoine, sei sehr krank. Der Rauch aus dem Kohlebecken scheint ihren Zustand zu verschlimmern, anstatt ihre Lunge zu reinigen. Sœur Virginie deutet dies als Anzeichen für Besessenheit, denn trotz der Behandlung und obwohl LeMerle sie häufig besucht, hustet Alfonsine neuerdings mehr Blut als je zuvor.

Sœur Clémente hat seit drei Tagen keinen Bissen zu sich genommen und kaum getrunken. Sie ist inzwischen so schwach, dass sie sich kaum noch bewegen kann, und starrt mit glasigen, ausdruckslosen Augen an die Decke. Ihre Lippen bewegen sich, doch kein Wort kommt aus ihrem Mund. Der Tod wird für sie eine barmherzige Erlösung sein.

»Was hat sie dir angetan, Antoine?« Die Frage ist mir einfach herausgerutscht. »Wie kommt es, dass du sie so sehr hasst?«

Antoine schaute mich an. Plötzlich musste ich daran denken, wie mir ihre Schönheit aufgefallen war, ihr dichtes schwarzes Haar, das unter der Haube hervorquoll, ihre runden, rosigen Schultern, ihr weicher Hals, als LeMerle nach der Schere griff. Seitdem hat sie sich so sehr verändert, dass sie nicht wieder zu erkennen ist. Ihr Gesicht ist wie versteinert, unnahbar und gnadenlos.

»Das hast du noch nie begriffen, Auguste«, sagte sie verächtlich. »Du hast auf deine Weise versucht, nett zu mir zu sein, aber verstanden hast du nichts.« Einen Augenblick lang musterte sie mich, die Hände in die Hüften gestemmt. »Aber wie solltest du auch? Du hast es ja immer leicht gehabt. Die Männer haben dich angeschaut und etwas gesehen, was sie haben wollten. Etwas Schönes.« Sie lächelte, doch das Lächeln verdüsterte ihr Gesicht, anstatt es zu erhellen. »Ich bin immer der Ackergaul gewesen, die fette Kuh, zu dumm, um das Gelächter der anderen Mädchen zu hören, zu gutmütig, um sie heimlich zu hassen. Für die Männer war ich nur Fleisch, gerade gut genug für eine Fummelei auf die Schnelle, nur ein Paar Schenkel, zwei Titten, ein Mund und ein Bauch. Für die Frauen war ich die Blöde, zu dumm, um einen Mann zu halten, sogar zu dumm, um …« Abrupt brach sie ab. »Der Vater hat mich nie interessiert. Ich habe mich nie gefragt, wer er gewesen sein könnte. Mein Kind gehörte mir allein. Kein Mensch hat überhaupt geahnt, dass die fette Kuh schwanger war. Mein Bauch war immer schon rund, meine Brüste schwer. Ich wollte es heimlich zur Welt bringen, es vielleicht verstecken, es behalten.« Ihr Blick wurde hart. »Ich wollte endlich etwas haben, was mir allein gehörte. Mir ganz allein. Ein kleines Kind, das mich brauchte, dem es egal war, ob ich fett oder dumm war.« Sie sah mich an. »Du hättest vielleicht gewusst, wie man das anstellt. Glaub ja nicht, ich hätte deine Geschichte je geglaubt, Auguste. Ich mag vielleicht dumm sein, aber selbst mir war von Anfang an klar, dass du ebenso wenig eine reiche Witwe bist wie ich.« Sie lächelte, nicht unfreundlich, doch ohne Wärme. »Du hast dein Kind behalten, vaterlos oder nicht. Es gab niemanden, der dir gesagt hätte, was du zu tun hast, oder wenn doch, dann hast du nicht auf ihn gehört. Stimmt's?«

»Ja, das stimmt, Antoine.«

»Ich war vierzehn. Ich hatte einen Vater. Brüder. Tanten und Onkel. Sie alle nahmen an, ich hätte keinen Schimmer, was ich tun sollte. Sie hatten alles arrangiert, bevor ich wusste, wie mir geschah. Sie meinten, ich wüsste nicht, wie man mit einem Kind umgeht. Sie meinten, ich würde es nicht aushalten, mit der Schande zu leben.«

»Was ist geschehen?«

»Sie wollten das Kind zu meiner Kusine Sophie geben«, sagte Antoine. »Mich haben sie gar nicht erst gefragt, was ich davon hielt. Sophie hatte schon drei Kinder, und sie war erst achtzehn. Sie würde mein Kind zusammen mit ihren großziehen. Der Skandal würde schnell in Vergessenheit geraten. Die Leute würden drüber lachen. Stell dir das mal vor! Die dumme fette Kuh hat ein Kind gekriegt! Und wer ist der Vater? Ein Blinder?«

»Was ist geschehen?«, fragte ich.

»Ich habe ein Kopfkissen genommen«, sagte sie leise und nachdenklich. »Ich habe es meinem Kind aufs Gesicht gedrückt, auf den Kopf meines kleinen Sohnes. Dann habe ich gewartet.« Sie lächelte wehmütig. »Niemand wollte ihn, Auguste. Er war das Einzige, was je mir gehört hat. Es gab nur diese Möglichkeit, ihn zu behalten.«

»Und Clémente?«, flüsterte ich.

»Ich habe ihr alles erzählt«, sagte Antoine. »Ich dachte, sie wäre anders. Ich dachte, sie würde mich verstehen. Aber sie hat mich ausgelacht. Genau wie die anderen ...« Wieder das Lächeln, und einen Moment lang erahnte ich noch einmal ihre Schönheit. »Jetzt spielt es keine Rolle mehr«, fuhr sie mit einem boshaften Unterton fort. »Père Colombin hat mir versprochen ...«

»Was hat er dir versprochen?«

Sie schüttelte den Kopf. »Das gehört mir, das ist mein Geheimnis. Das Geheimnis, das ich mit Père Colombin teile und nicht mit dir. Du wirst es früh genug erfahren. Am Sonntag wirst du es wissen.«

»Am Sonntag?« Ich platzte fast vor Aufregung. »Antoine, was hat er gesagt?«

Sie legte den Kopf kokett schief. »Er hat es mir versprochen. Alle Frauen, die mich ausgelacht haben. Alle, die mich verspottet und mir Bußen auferlegt haben. Nie wieder dumme Sœur Antoine, nie wieder wird mich jemand herumschubsen. Am Sonntag zünden wir ein Feuer an.«

Von da an sagte sie nichts mehr, sondern verschränkte die speckigen Arme unter ihrem Busen und wandte sich lächelnd ab.

7

♠

14. August 1610

Sie fand mich bei Tagesanbruch in der Kapelle vor. Ausnahmsweise war ich allein. In der Luft hing noch der süßlich-ranzige Geruch des Weihrauchs vom Vorabend, und Staubkörner tanzten im fahlen Morgenlicht. Einen genüsslichen Augenblick lang schloss ich die Augen und atmete den Rauch von verbranntem Fleisch ein … Aber es war nicht mein Fleisch, Monseigneur, diesmal war es nicht meins.

Wie inbrünstig sie tanzen werden! Die Nonnen, die Jungfrauen, die Heuchlerinnen! Das wird eine Vorstellung! Welch ein verzücktes, unheiliges Finale!

Ihre Stimme riss mich aus meinen Gedanken, über denen ich fast eingenickt war. Ich habe seit drei Tagen kaum geschlafen. »LeMerle.«

Selbst im Halbschlaf erkenne ich diesen Tonfall. Ich öffnete die Augen. »Meine kleine Hexe. Du hast gute Arbeit geleistet. Bestimmt freust du dich schon, deine Tochter morgen in die Arme zu schließen.«

Vor drei Tagen hätte der Trick vielleicht noch funktioniert. Doch jetzt beachtete sie meine Worte kaum, schüttelte sie ab wie ein Hund das Wasser, wenn er aus dem Regen kommt.

»Ich habe mit Antoine gesprochen.«

Ah. Wie schade. Ich hatte schon geahnt, dass meine fette Jüngerin nicht allzu verlässlich ist. Es passt zu ihr, dass sie Dinge ausplaudert, ohne an die Konsequenzen zu denken. Sie ist eine loyale Sklavin, meine Antoine, aber keine Denkerin. »Ach ja? Das war sicherlich ein unterhaltsames Gespräch.«

»Allerdings.« Ihre Augen funkelten. »LeMerle, was spielt sich hier ab?«

»Nichts, was dich beunruhigen müsste, meine Liebe.«

»Wenn du vorhast, irgendjemandem Schaden zuzufügen, dann werde ich dich daran hindern.«

»Würde ich dich je belügen?«

»Davon bin ich überzeugt.«

Ich zuckte die Achseln und hob die Hände. »O Herr, vergib ihr. Was soll ich noch tun, damit du mir endlich vertraust? Ich habe Fleur kein Haar gekrümmt. Ich habe nichts mehr von Perette verlangt. Ich dachte, du könntest morgen früh vielleicht die Messe schwänzen und deine Tochter abholen – dich schon mal auf den Weg machen, während ich hier klar Schiff mache –, auf dem Festland auf mich warten und …«

»Nein«, sagte sie bestimmt.

Allmählich verlor ich die Geduld. »Was dann? Was willst du denn noch von mir?«

»Ich möchte, dass du den Besuch des Bischofs ankündigst.«

Damit hatte ich nicht gerechnet. Dabei hätte ich wissen müssen, dass sie meine Schwachpunkte entdeckt. »Wie, ich soll die Überraschung verderben?«

»Wir brauchen keine weiteren Überraschungen.«

Ich berührte ihr Gesicht mit den Fingerspitzen. »Juliette, es ist nicht von Bedeutung. Morgen werden wir in Pornic sein oder in Saint Jean-de-Monts, wir werden Wein aus silbernen Bechern trinken. Ich habe ein bisschen Geld auf die Seite gelegt; wir können ganz von vorne anfangen, eine Theatergruppe gründen oder …«

Aber sie ließ sich nicht beeindrucken. »Kündige es bei der Vollversammlung an«, sagte sie. »Und zwar heute Abend, Guy, sonst tue ich es.«

Das war's dann wohl. Ich hätte deine Unterstützung bevorzugt, meine Liebe, dabei hätte ich wissen müssen, dass damit nicht zu rechnen war, vor allem jetzt in der Schlussphase. Ich habe Antoine am Brunnen angetroffen – seit Germaines Tod übt dieser Ort eine magische Anziehungskraft auf sie aus –, und sie hat sofort auf das Signal reagiert, auf das sie seit einer Woche wartet. Vielleicht ist sie doch nicht so einfältig, wie ich dachte, denn ich habe genau gesehen, wie ihre Miene sich aufhellte beim Gedanken an die Aufgabe, die sie erwartet. Plötzlich wirkte sie weder einfältig noch hässlich, sodass mir einen Augenblick lang ganz seltsam zumute war. Aber sie gehorcht mir immer noch fraglos, und das ist das Einzige, was zählt; sie hat nicht so viele Skrupel wie du, meine kleine Juliette, und sie weiß, was Rache bedeutet.

Wirklich, Juliette. Trotz all deiner Bildung bist du immer ein dummes Schaf geblieben. Wem außer uns selbst sind wir denn Rechenschaft schuldig? Was sind wir dem Schöpfer schuldig, der auf seinem goldenen Thron sitzt und Urteile fällt? Haben wir etwa darum *gebeten*, erschaffen zu werden? Haben wir darum gebeten, wie Würfel in diese Welt geworfen zu werden? Sieh dich um, kleine Schwester. Was hat er dir gegeben, dass du dich auf seine Seite schlägst? Außerdem müsstest du inzwischen wissen, dass es keinen Zweck hat, dich gegen mich zu stellen. Am Ende gewinne ich doch.

Ich wusste, dass sie bis zur Vollversammlung warten würde. Das gab mir Zeit, als Erster zuzuschlagen – das heißt, Antoine mit Hilfe von Sœur Virginie zuschlagen zu lassen. Wie ich höre, war es eine beeindruckende Vorstellung – eine Vision führte die beiden zu deinem Versteck und zu den Beweismitteln, die darin verborgen waren: die Tarotkarten, das Gift und die blutbeschmierte *quichenotte* der Geisternonne. Du hast dich gewehrt, aber gegen die kräftige Antoine hattest du keine Chance. Auf Befehl der Äbtissin wurdest du in den Kerker geschafft, wo du auf dein Urteil wartest. In der Gerüchteküche brodelt es bereits.

»Sie ist …«

»*Besessen?*«

»Angeklagt?«

»Nein, doch nicht Auguste …«

»Ich hab schon immer gewusst, dass sie …«

Es ist ein genüssliches Seufzen, ein Flüstern, das kokett aufgegriffen wird, ein Lidflattern und Wimpernklimpern, das in einen Pariser Salon passen würde. Diese Nonnen haben mehr weibliche Tricks auf Lager als ein Heer von prüden Damen der feinen Gesellschaft, und sie benutzen ihre falsche Sittsamkeit, um sich interessant zu machen. Ihre Begierde stinkt wie welke Lilien.

»Es wurde Anklage erhoben gegen eine unserer Schwestern«, verkündete ich mit ernster Miene. »Wenn die Beschuldigungen sich bewahrheiten, dann haben wir … dann haben wir eine Ausgeburt der Hölle in unserer Mitte geduldet.«

Das gefiel ihnen. *Ausgeburt der Hölle.* Ein guter Titel für eine Burleske oder ein *tragédie-ballet*. Ich sah sie vor Ergriffenheit zusammenzucken.

»Eine Spionin, die unsere Riten verspottet hat, die heimlich im Bunde ist mit den bösen Mächten, die uns vernichten wollen!«

»Ich habe dir vertraut«, hast du gesagt, als ich dich in den Kerker führte. Danach hast du mir ins Gesicht gespuckt und hättest mir glatt das Gesicht zerkratzt mit deinen scharfen Fingernägeln, wenn Sœur Antoine dich nicht in das dunkle Verlies gestoßen und die Tür verriegelt hätte.

Ich wischte mir die Stirn mit einem Batisttaschentuch ab. Durch den Schlitz in der Tür konnte ich deine Augen sehen. In dem Augenblick durfte ich dir unmöglich erklären, warum ich dich verraten habe, warum dies vielleicht die einzige Möglichkeit ist, dir das Leben zu retten.

8

♥

14. August 1610
Komplet

Anfangs war ich völlig desorientiert. Der Raum – eine ehemalige Speisekammer, hastig zu einer Wohnzelle hergerichtet – erinnerte mich so sehr an den Kerker in Epinal, dass ich mich einen Augenblick lang fragte, ob ich die vergangenen fünf Jahre vielleicht nur geträumt hatte.

Giordanos Karten reichten aus, um den Verdacht gegen mich zu erhärten. Ich wünschte, ich hätte ihre Warnungen ernster genommen: den Einsiedler mit seinem subtilen Lächeln und der verhüllten Laterne, die Zwei der Kelche, die für Liebe und Vergesslichkeit steht, den brennenden Turm. Es ist jetzt nach Mittag, und in der Speisekammer ist es dunkel. Nur ein paar schmale Streifen Sonnenlicht fallen durch das Lüftungsgitter auf die hintere Wand. Das Gitter ist zu hoch, als dass ich es erreichen könnte, und außerdem zu schmal, um eine Fluchtmöglichkeit zu bieten.

Bisher habe ich noch keine Tränen vergossen. Vielleicht habe ich insgeheim mit diesem Verrat gerechnet. Ich kann noch nicht einmal sagen, dass ich traurig bin – oder ängstlich. In fünf Jahren habe ich eine gewisse Gelassenheit entwickelt, eine Gefühlskälte. Ich denke daran, wie Fleur morgen Mittag bei den Tamarisken auf mich warten wird.

Heute erfüllt dieser Raum noch einmal seine ursprüngliche Funktion. Die Dominikaner taten einst Buße in solchen Zellen. Das Essen wurde ihnen durch einen Schlitz in der Tür zugeschoben, kein Sonnenlicht drang herein, und die Luft stank nach Schuld und Gebet.

Ich werde nicht beten. Ich weiß sowieso nicht, zu wem ich beten sollte. Meine Göttin ist nichts als Blasphemie, meine Marie-de-la-mer im Meer versunken. Ich kann die Brandung hören, der Westwind trägt das Rauschen über den Sumpf herüber. Wird meine Tochter mich in Erinnerung behalten? Wird sie ein Bild meines Gesichts in ihrem Herzen bewahren, so wie ich das meiner Mutter stets bewahrt habe? Oder wird sie das Kind von Fremden sein, ungewollt, oder schlimmer noch, wird sie ihre neuen Eltern lieben lernen, wird sie ihnen dankbar sein und froh, mich los zu sein?

Ich versuche, mich zu beruhigen, doch ich kann den Gedanken an Fleur nicht abschütteln. Ich sehne mich danach, sie in die Arme zu nehmen. Noch einmal, bitte ich Marie-de-la-mer. Egal, was es mich kostet, wenigstens noch einmal. Meine Fleur. Meine Tochter. Es ist kein Gebet, das Giordano verstehen würde, aber es ist ein Gebet.

Der schwarze Rosenkranz der Zeit zählt die endlosen Sekunden.

9

♥

14. August 1610
Vesper

Ich glaube, ich habe geschlafen. Die Dunkelheit und das Meeresrauschen haben mich eingelullt, und ich habe geträumt. Bunte Bilder tanzten vor meinen Augen: Germaine, Clémente, Alfonsine, Antoine … Die silbrige Narbe auf LeMerles Arm, das Lächeln in seinen Augen.

Vertrau mir, Juliette.

Das rote Kleid meiner Tochter, die Schürfwunde an ihrem Knie, die Art, wie sie lachte und in die Hände klatschte, als die Schauspieltruppe vor tausend Jahren im staubigen Sonnenlicht agierte. Als ich aufwachte, schimmerten die Lichtstreifen an der Wand rot von der untergehenden Sonne. Es musste also früher Abend sein. Trotz allem fühlte ich mich erfrischt und stand auf, um die Zelle in Augenschein zu nehmen. Der Raum roch noch immer nach Essig und den Vorräten, die hier aufbewahrt worden waren. Beim Ausräumen war offenbar ein Krug mit eingelegten Gurken zu Boden gefallen und zerbrochen und hatte einen feuchten Fleck hinterlassen, der nach Gewürznelken und Knoblauch duftete. Ich suchte den Boden ab in der Hoffnung, eine Scherbe zu finden, die sie vielleicht in der Eile übersehen hatten, konnte jedoch nichts entdecken. Im Übrigen weiß ich auch nicht so recht, was ich damit getan hätte; die Vorstellung, dass mein Blut sich auf den Boden ergießen und sich womöglich mit den Essigresten vermischen würde, drehte mir den Magen um. Vorsichtig tastete ich die Wände meiner Zelle ab. Sie waren aus Stein, aus dem grauen, mit Glimmer durchsetzten Granit der Region, der im Sonnenlicht glitzert, im Dunkeln aber fast schwarz wirkt. Ich entdeckte kleine Einkerbungen im Stein, kurze, gleichmäßige Ritze in regelmäßigen Abständen; vier senkrechte Striche, ein Querstrich, dann wieder vier senkrechte und wieder ein Querstrich. Vielleicht hatte irgendein Klosterbruder auf diese Weise versucht, den Überblick über die Zeit nicht zu verlieren, als er Wochen, womöglich Monate hier unten verbrachte.

Ich ging zur Tür. Sie war natürlich verriegelt und mit eisernen Beschlägen versehen. Die metallene Luke darin, von außen gesichert, dient wahrscheinlich dazu, das Essen hereinzureichen. Ich horchte an der Tür, konnte jedoch nicht ausmachen, ob draußen eine Wache stand. Warum sollten sie mich bewachen? Dies ist ein sicheres Gefängnis.

Inzwischen war es fast dunkel, doch ich konnte die Tür ausmachen, die Lüftungsschlitze, den Haufen leere Mehlsäcke, die mir als Bett dienen sollten, den hölzernen Eimer in der Ecke. Ohne meine Haube – die hat man mir auf dem Weg hierher abgenommen, ebenso das Kreuz, das auf meinen Habit aufgenäht war – fühlte ich mich irgendwie von mir selbst entfremdet, wie ein Geschöpf aus einer anderen Zeit. Aber die alte Ailée war eiskalt, ihre schnelle Einschätzung der Zeit war die eines Seemanns, der einen aufkommenden Sturm berechnet, nicht die einer Gefangenen, die nur die Stunden bis zu ihrer Hinrichtung zählt. Trotz allem spürte ich, dass ich immer noch Macht ausüben kann, wenn ich nur wüsste wie.

Interessant, dass mich noch niemand aufgesucht hat, um mit mir zu reden. Das Merkwürdigste ist, dass LeMerle nicht gekommen ist – um sich zu rechtfertigen oder seinen Triumph auszukosten. Es schlug sieben, dann acht. Die Nonnen würden gleich zur Vesper gehen.

Ist es das, was er die ganze Zeit geplant hat? Soll ich aus dem Weg geschafft werden, bis er sein Spiel – was es auch sein mag – zu Ende gespielt hat? Bin ich immer noch eine Gefahr für ihn? Wenn ja, inwiefern?

Ein Geräusch an der Tür schreckte mich aus meinen Gedanken. Das Guckloch wurde aufgerissen, dann etwas in meine Zelle geworfen, das mit lautem Geschepper auf den Boden fiel. Ich sah kein Licht, hörte keine Stimme, als die eiserne Klappe wieder von außen verriegelt wurde. Ich tastete auf dem Boden nach dem Gegenstand und fand einen Holzteller, von dem ein Stück Brot heruntergefallen war.

»Warte!« Ich stand auf, den Teller in der Hand. »Wer ist da?«

Keine Antwort. Nicht einmal das Geräusch sich entfernender Schritte. Daraus schloss ich, dass diejenige, die mir das Brot gebracht hatte, hinter der Tür stand und lauschte.

»Antoine? Bist du das?«

Ich hörte hinter dem kleinen Fenster jemanden atmen. In den fünf Jahren im Schlafsaal habe ich gelernt, meine Mitschwestern an deren Atemgeräuschen zu erkennen. Diese kurzen, asthmatischen Atemzüge waren nicht Antoines. Das musste Tomasine sein.

»Sœur Tomasine.« Ich hatte richtig vermutet. Ich hörte ein unterdrücktes Wimmern. »Sprich mit mir. Sag mir, was los ist.«

»Ich kann dich nicht …«, flüsterte sie kaum hörbar im Dunkeln. »Ich kann dich nicht rauslassen.«

»Das macht nichts«, antwortete ich. »Das erwarte ich auch nicht von dir.«

Tomasine überlegte. »Was dann?« Sie klang immer noch ängstlich. »Ich … ich darf eigentlich nicht mit dir sprechen. Ich darf dich nicht … ansehen.«

»Mich nicht ansehen?«, fragte ich verächtlich. »Wie denn? Falls ich durchs Schlüsselloch geflogen komme? Oder einen Kobold auf dich hetze?«

Sie wimmerte vor sich hin.

»Was glaubst du eigentlich?«, sagte ich. »Wäre ich noch hier, wenn ich das könnte?«

Darüber schien sie nachzudenken. »Père Colombin hat eine Kohlenpfanne angezündet. Dämonen können sich nicht durch den Rauch bewegen.« Sie schluckte schwer. »Ich kann nicht länger bleiben. Ich …«

»Warte!«

Es war zu spät. Ich hörte, wie sich ihre Schritte entfernten.

»Verdammt.«

Aber es war immerhin ein Anfang. LeMerle will, dass ich von der Bildfläche verschwunden bleibe, er hatte die arme Tomasine so sehr eingeschüchtert, dass sie es nicht einmal wagte, mit mir zu sprechen. Was versucht er zu verbergen? Und vor wem? Vor dem Bischof? Vor mir?

Ich ging in der Zelle auf und ab, zwang mich, das Brot zu essen, das Tomasine mir gebracht hatte, obwohl es knochentrocken war und ich überhaupt keinen Hunger hatte. Bald hörte ich, wie zur Vigil geläutet wurde, dann zur Laudes. Mir blieben etwa sechs Stunden. Wozu wohl?, fragte ich mich. Es gab keine Fluchtmöglichkeit für mich, obwohl keine Wache vor der Tür postiert war. Niemand würde mir helfen. Niemand würde es wagen, Père Colombin den Gehorsam zu verweigern. Es sei denn – nein. Wenn Perette vorhatte, nach mir zu sehen, hätte sie es längst getan. Ich hatte sie an dem Tag in der Scheune verloren, an LeMerle und seine kleinen Geschenke. Ich musste eine Närrin sein anzunehmen, dass ausgerechnet sie mir beistehen würde. Ihre bernsteinfarbenen Augen waren so einfältig wie die eines Spatzen, so gnadenlos wie die eines Habichts. Sie würde nicht kommen.

Plötzlich hörte ich ein Kratzen an der Tür. Danach ein leises Rufen wie das von einer kleinen Eule.

»Perette!«

Der Mond war aufgegangen, Streifen silbrigen Lichts fielen durch die Luftschlitze. Ich konnte erkennen, wie die Luke in der Tür einen Spaltbreit geöffnet wurde, dann sah ich Perettes Augen.

»Perette!« Vor Erleichterung bekam ich so weiche Knie, dass ich fast hinfiel, als ich zur Tür eilte. »Hast du die Schlüssel mitgebracht?«

Das Mädchen schüttelte den Kopf. Ich berührte ihre Finger durch die Öffnung. Ihre Haut schimmerte gespenstisch im Mondlicht.

»Nein?« Trotz der Enttäuschung zwang ich mich, ruhig zu bleiben. »Perette, wo sind sie?«, fragte ich so langsam ich konnte. »Wo sind die Schlüssel?«

Sie zuckte die Achseln. Eine Schulterbewegung, eine Handbewegung, mit der sie ein rundes Gesicht andeutete: Antoine.

»Antoine? Antoine hat die Schlüssel?«

Sie nickte.

»Hör zu, Perette. Ich muss hier raus. Du musst mir die Schlüssel bringen. Kannst du das tun?«

Sie sah mich mit ihren ausdruckslosen Augen an. Voller Verzweiflung, lauter als beabsichtigt, flehte ich: »Perette! Du musst mir helfen! Denk dran, was ich dir gesagt habe, denk an Fleur! Wir müssen den Bischof warnen!«

Als ich den Bischof erwähnte, legte sie den Kopf schief und lachte laut. Ich starrte sie an. »Der Bischof?«, fragte ich. »Wusstest du, dass er kommt? Hat Père Colombin seinen Besuch angekündigt?«

Schon wieder fing sie an zu lachen.

»Hat er euch gesagt, was er ...« Es war die falsche Frage. Ich musste es anders versuchen. »Werdet ihr morgen ein anderes Spiel spielen? Plant er einen Streich?« Vor Aufregung verkrampfte ich die Finger. »Will er dem Bischof einen Streich spielen?«

Perette lachte schrill.

»Was für einen Streich, Perette?«

Aber sie war bereits mit etwas anderem beschäftigt; irgendein Gedanke, ein Schatten, ein Geräusch hatte ihre Aufmerksamkeit erregt, und sie wiegte den Kopf hin und her wie zu einem Rhythmus, den nur sie hörte. Anschließend hob sie langsam eine Hand, um die Luke zu schließen.

Klick.

»Perette, bitte! Komm zurück!«

Aber sie war schon fort, geräuschlos verschwunden. Ich legte den Kopf auf die Knie und weinte.

10

♥

15. August 1610
Vigil

Ich muss eine Weile geschlafen haben, denn als ich aufwachte, war das Mondlicht zu einem grünlichen Schimmer verblasst. In meinem Kopf pochte es, meine Glieder waren steif von der Kälte, und die Zugluft an meinen Knöcheln ließ mich frieren. Ich streckte erst die Arme, danach die Beine, rieb mir die Hände und war so damit beschäftigt, mich zu wärmen, dass mir die Bedeutung des Luftzugs, der vorher nicht da gewesen war, nicht gleich klar wurde.

Dann sah ich es. Die Tür stand einen Spaltbreit offen, fahles Licht drang in die Zelle. Perette verharrte in der Tür, eine Hand vor dem Mund. Ich sprang auf.

Mit weit aufgerissenen Augen bedeutete sie mir, leise zu sein. Sie zeigte mir den Schlüssel in ihrer Hand, klopfte sich auf den Schenkel, ahmte Antoines schwerfälligen Gang nach. »Gutes Mädchen«, flüsterte ich und ging auf die Tür zu, doch anstatt mich vorbeizulassen, kam Perette zu mir in die Zelle. Sie schloss die Tür und hockte sich auf den Boden.

»Nein, Perette«, versuchte ich zu erklären. »Wir müssen gehen, jetzt gleich, bevor sie merken, dass die Schlüssel weg sind.«

Die Kleine schüttelte den Kopf. Den Schlüssel in der einen Hand, machte sie mit der anderen ein paar schnelle Bewegungen. Als sie merkte, dass ich nicht verstand, wiederholte sie die Gesten etwas langsamer, aber mit kaum verhohlener Ungeduld.

Ein strenger Blick. Ein Kreuzzeichen. Père Colombin.

Nun ein größeres Kreuzzeichen. Ein Reiter auf einem Pferd, die eine Hand am Kopf, um einen Hut festzuhalten. Der Bischof.

»Ja. Der Bischof. Père Colombin. Und?«

Sie ballte die Fäuste und stieß einen frustrierten Seufzer aus.

Eine dicke Frau mit schwerfälligem Gang. Antoine. Dann wieder Père Colombin. Dann Sœur Marguerite, sie hat Zuckungen, sie tanzt. Dann eine komplizierte Geste, als würde sie etwas Heißes berühren. Dann etwas, das ich nicht verstand, die Arme ausgebreitet wie ein Vogel, der gleich abfliegt.

Perette wiederholte die Geste etwas eindringlicher. Ich begriff immer noch nicht.

»Was meinst du, Perette?«

Wieder das Fliegen. Dazu eine stumme Grimasse, als würde sie beim Fliegen Höllenqualen leiden. Schließlich tat sie wieder, als fasste sie etwas Heißes an, schnupperte und verzog das Gesicht, als würde es stinken.

Allmählich begann ich zu verstehen. »Feuer?«, fragte ich zögernd, doch voller böser Ahnung. Perette strahlte und zeigte mir ihre geballten Fäuste. »Er will noch ein Feuer anzünden?«

Perette schüttelte den Kopf und deutete auf sich selbst. Sie zeigte an die Decke, beschrieb einen Kreis, der das ganze Kloster, sie selbst und alle anderen einschloss. Danach wieder das Fliegen. Zu guter Letzt zog sie das Medaillon mit dem Bild von Christina Mirabilis aus ihrem Hemd und zeigte mir die von Flammen umgebene Jungfrau.

Ich starrte sie entgeistert an, endlich begann ich sie zu verstehen.

Sie lächelte.

11

♥

Matutin

Ich kann einfach nicht fliehen.

LeMerles Plan ist bösartiger und verwerflicher als alles, was ich mir hätte vorstellen können. Mit Hilfe von Gesten und Lauten, von Mimik und Gekritzel im Staub erklärte mir Perette, was er vorhatte. Zwischendurch lachte sie, verlor das Interesse, weil ein Stückchen Glimmer im Granit sie entzückte oder weil draußen eine Eule schrie. Sie ist vollkommen arglos, meine süße Perette, meine weise Närrin, sie ahnt nicht, welche Bedeutung die Gefälligkeit hat, um die LeMerle sie gebeten hat.

Das ist sein einziger Fehler. Er hat meine Perette unterschätzt, glaubt, sie völlig unter Kontrolle zu haben. Aber das Mädchen gehört niemandem, auch mir nicht. Sie ist wie manche Vögel, die man abrichten, jedoch nicht zähmen kann; wenn der Handschuh verrutscht, und sei es nur für einen Augenblick, beißen sie zu.

Vorerst jedenfalls lässt sie mit sich reden. Das kann sich zwar jeden Augenblick wieder ändern, aber Perette ist meine einzige Waffe, wenn ich versuchen will, einen eigenen Plan zu entwickeln. Ich weiß nicht, ob ich LeMerle gewachsen bin. Doch ich weiß, dass ich es versuchen muss. Für mich selbst, für Fleur, für Clémente und Marguerite. Für alle, die er verletzt, betrogen, gekränkt und verspottet hat. Für alle, denen er Teile seines verbitterten Herzens zum Fraß vorgeworfen und sie damit vergiftet hat.

Das könnte meinen Tod bedeuten. Aber dem Tod habe ich schon einmal ins Auge gesehen. Wenn ich Erfolg habe, wird es mit Sicherheit sein Ende bedeuten. Doch das würde ich in Kauf nehmen.

12

♥

Laudes

Perette hat mich wieder in meiner Zelle eingesperrt. Alles andere wäre einfach zu gefährlich. Ich hoffe, dass Fleur mich verstehen wird, falls mein Plan misslingt – und ich hoffe, dass Perette nicht vergisst, was sie zu tun hat. Ich hoffe es wirklich. Alles ruht auf diesen vier Wörtern, auf diesen wenigen Silben, die verklingen wie der Schrei eines einsamen Seevogels: Ich – hoffe – es – wirklich.

Draußen zwitschern die Vögel. In der Ferne, wenn auch nicht so laut wie letzte Nacht, höre ich das Rauschen der Brandung an der Westküste der Insel. Irgendwo in den Brechern rollt die Statue von Marie-de-la-mer unaufhörlich über den feinen Sand, der sie schleift und poliert, bis auch sie nur noch ein Sandkorn ist. Noch nie ist mir die Zeit so bewusst gewesen – was uns davon bleibt, wie schnell sie vergeht.

Vor wenigen Minuten hat jemand versucht, die Tür meiner Zelle zu öffnen, festgestellt, dass sie verriegelt ist, und ist wieder gegangen. Mir läuft es kalt über den Rücken, wenn ich mir vorstelle, was hätte passieren können, wenn Perette die Tür unverriegelt gelassen hätte. Mein Frühstück, ein Stück Brot und ein Becher Wasser, wurde durch das Fensterchen geschoben, das, kaum hatte ich mein Essen entgegengenommen, zugeschlagen wurde, als hätte ich die Pest. Das Wasser stank, als hätte jemand etwas hineingekippt, und obwohl ich durstig bin, habe ich nicht davon getrunken. Die nächste Stunde wird zeigen, ob meine Hoffnungen berechtigt sind.

Wenn sie es nicht vergisst. Wenn LeMerle keinen Verdacht schöpft. Wenn mein Geschick mich nicht im Stich lässt. Wenn mein einziger Pfeil ins Schwarze trifft.

Wenn.

Perette, bitte lass mich nicht im Stich.

13

♠

Laudes

Seit gestern Abend sind die Nonnen damit beschäftigt, das heutige Fest vorzubereiten. Alles ist mit Blumen geschmückt, hunderte von langen, weißen Kerzen wurden in der Kapelle angezündet, und der Altar ist mit einem bestickten Tuch bedeckt, das, so sagte man mir, noch von den Dominikanern stammt und nur für diese Zeremonie benutzt wird. Die klostereigene Reliquie – ein Fingerknochen der Jungfrau in einem goldenen Schrein – hat man zusammen mit einigen Festgewändern der Jungfrau zur Besichtigung ausgestellt. Die neue Sainte-Marie ist in Blau und Weiß gekleidet, mit Lilien – was sonst? – zu ihren Füßen. Ich kann die Lilien von weitem riechen, trotz der zusätzlichen Kohlenbecken mit Weihrauch und Sandelholz, die ich ungeachtet der Hitze an allen Eingängen habe aufstellen lassen, um böse Gedanken zu vertreiben. An den Wänden hängen Fackeln, und überall stehen Votivtafeln. Die Luft ist dicht mit Rauch erfüllt, sodass das Licht, das durch die Buntglasfenster hereinfällt, fast wie feste Materie wirkt, als könnte man aus der Luft Edelsteine schneiden.

Ich habe heimlich beobachtet, wie der Bischof und sein Gefolge sich dem Kloster näherten. Selbst aus der Entfernung konnte ich sein Banner erkennen – eine Schande, dass er immer noch solch einen Pomp nötig hat. Offenbar hat er seine Eitelkeit noch nicht überwunden, was ganz besonders einem Geistlichen nicht zur Ehre gereicht. Livrierte Soldaten, vergoldetes Zaumzeug, das in der Sonne glänzte … Schon bald wird dieser ganze Firlefanz in Flammen aufgehen, aber zuerst werden wir ein Tänzchen machen, er und ich, ein Tänzchen, auf das ich mich schon lange freue.

Natürlich hat er die Ebbe verpasst. Das war von mir so geplant. Nicht umsonst beobachte ich seit langem das Kommen und Gehen auf dem Damm. Er wollte gestern Abend vor der Vesper hier sein, doch an dieser Küste liegen elf Stunden zwischen den Gezeiten. Am anderen Ufer gibt es ein Gasthaus, günstig gelegen für solche Fälle, dort wird er eingekehrt sein – und zweifellos über den Trottel geschimpft haben, der ihn falsch informiert hat. Um sieben war Ebbe. In zwei Stunden etwa wird er das Kloster erreichen, und bis dahin wird alles vorbereitet sein. Mit ein bisschen Glück – und guter Planung – dürfte er pünktlich zu Beginn meiner kleinen Komödie eintreffen.

Einen wie mich bringt Ihr nicht so leicht zum Schweigen, Monseigneur. Diese Vorstellung werdet Ihr nicht lebend verlassen, das verspreche ich Euch. Was für ein Jammer, dass meine Ailée beim Finale nicht unter uns sein wird, aber das war leider unvermeidlich. Dennoch ist es schade, es hätte ihr bestimmt gefallen.

14

♠

Prim

Es war so weit; alle waren in der Kapelle versammelt, als ich eintrat. Selbst meine armen Besessenen waren hergebracht worden – allerdings durften sie während des gesamten Gottesdienstes sitzen, sie brauchten nicht aufzustehen oder zu knien. Perette war natürlich nicht anwesend, doch niemand bemerkte ihr Fehlen, sie ist schon immer gekommen und gegangen, wie es ihr beliebte, niemand vermisste sie. Gut. Ich hoffte, sie würde nicht vergessen, was sie zu tun hatte. Eine kleine Rolle, aber eine nette, und es wäre zu schade, wenn sie ihren Part verpatzte.

»Meine Kinder.« Ich hatte sie gut vorbereitet. Die Augen glasig vom vielen Weihrauch schauten sie mich an, als wäre ich ihre einzige Rettung. Mère Isabelle stand zu meiner Rechten in der Nähe des Kohlenbeckens, ihr Gesicht war aschfahl. »Heute begehen wir unseren heiligsten und höchsten Feiertag. Das Fest der Muttergottes.«

Ein erleichtertes *Ahhh* ging durch die Reihen. Im Hintergrund hörte ich die ersten Tropfen auf das Dach fallen. Endlich fing es an zu regnen. Besser hätte ich es nicht planen können. Ein bisschen Donner würde gut passen, dachte ich. Vielleicht würde der Herr ja noch rechtzeitig etwas Donnergrollen beisteuern zum Beweis, dass er einen Sinn für Humor besitzt. Aber ich schweife ab. Zurück zur Heiligen Jungfrau, bevor sie ihre Frische verliert. Wo war ich stehen geblieben? »Die Mutter, die im Angesicht des Bösen über uns wacht. Die Heilige Jungfrau, die uns in Zeiten der Not Trost spendet, die so rein ist wie die Taube und die weiße Lilie, deren Gnade und Liebe keine Grenzen kennen.«

Ahhh. Nicht umsonst benutzen wir die Sprache der Liebe, um diese einfältigen Jungfrauen zu verführen; die Kanzelsprache ist der des Schlafzimmers auf schamlose Weise ähnlich, ebenso wie die interessantesten Passagen der Bibel an die pornografischen Schriften der Antike erinnern. Diese Sprachverwandtschaft, die sie gut kennen, nutzte ich aus, versprach ihnen Verzückung über das menschlich erträgliche Maß hinaus, Ekstase ohne Grenzen in den Armen des Herrn. Irdisches Leid sei nichts im Vergleich zu den himmlischen Freuden, erklärte ich ihnen, im Vergleich zu den Früchten des Paradieses – ich sah, wie Antoine verzückt die Augen verdrehte –, den Freuden des immer währenden Dienstes im Hause Gottes.

Ein viel versprechender Anfang. Sœur Tomasine grinste bereits dämlich, Marguerite, die neben ihr stand, hatte nervöse Zuckungen im Gesicht. Gut. »Aber der heutige Tag ist nicht nur ein Freudentag. Es ist auch ein Tag des Kampfes. Heute werden wir den letzten Angriff des Bösen, das uns quält, niederschlagen.«

Ahhh. Aus ihren wonnevollen Gedanken gerissen, zuckten die Nonnen zusammen und begannen zu tänzeln wie nervöse Stuten.

»Ich zweifle nicht daran, dass wir heute die Mächte der Finsternis besiegen werden – aber sollte das Schlimmste eintreten und sollten wir wieder bis an die Grenzen unseres Glaubens geprüft werden, dann seid festen Mutes. Für alle, die starken Glaubens sind und genug Mut besitzen, gibt es immer eine Möglichkeit zu entkommen.«

Isabelles Gesicht drückte grimmige Entschlossenheit aus. Heilige oder Märtyrerin, sagte ihr Blick, diesmal würde sie sich durchsetzen. Angélique Saint-Hervé Désirée Arnault erhält immer, was sie will.

Von draußen war Hufschlag zu hören, und ich wusste, dass mein Feind im Anmarsch war. Er kam gerade rechtzeitig. Zeitplanung ist die größte Kunst in meinem Metier: Gute Zeitplanung ist ein Präzisionsinstrument, mit dem sich sowohl eine Komödie als auch eine Tragödie von einem Höhepunkt zum nächsten treiben lässt; schlechte Zeitplanung dagegen ruiniert die Spannung und die Dramatik. Nach meiner Rechnung blieben mir noch acht bis zehn Minuten bis zu Arnaults Eintreffen. Zeit genug, um die Begrüßung vorzubereiten, die er verdient hatte.

»Habt Mut, meine Kinder, habt nur Mut. Der Satan weiß, dass wir ihn erwarten. Wir haben uns ihm gemeinsam gestellt, und heute stehen wir hier im Glauben vereint, bereit, in den Krieg zu ziehen. Der Teufel erscheint in tausend Verkleidungen: hübsch oder hässlich, als Mann oder Frau, als Kind oder Tier. Er kann die Gestalt eines geliebten Menschen annehmen oder die eines mächtigen Mannes und manchmal sogar die eines Bischofs oder eines Königs. Das nächste Gesicht, das ihr sehen werdet, meine Kinder, wird das Gesicht des Teufels sein. Der Verderber nähert sich, ich spüre es. Ich höre das Geräusch seiner Höllenkutsche, die unaufhaltsam auf uns zudonnert. Satan, wir erwarten dich. Zeig uns dein Gesicht!«

Selten ist ein Publikum – sei es am Hof oder in den Provinzen – von einem einzigen Darsteller so in Trance versetzt worden. Sie hingen mir an den Lippen, als wäre ich der Retter ihrer Seelen. Die Feuer in den Kohlenbecken beleuchteten mein Gesicht wie die Flammen des Fegefeuers. Der Regen, der auf das Dach der Kapelle prasselte, war wie eine Katharsis. Nach so vielen Tagen der Hitze und Trockenheit versetzte er sie in Verzückung, sie richteten die Gesichter zum Himmel, starrten zum Deckengewölbe hinauf, während ihre Füße sich unwillkürlich in Bewegung setzten und mein *Deus ex machina* sich bereitmachte, die Bühne zu betreten …

♥

Der Bischof und sein Gefolge näherten sich dem Kloster. Ich hörte das Getrappel der Hufe und das Geräusch der Kutschenräder auf der regennassen Straße. Es war ein großes Gefolge, selbst für einen Bischof. Als sie näher kamen, entdeckte ich zwei Banner, woraus ich schloss, dass der Bischof einen Kollegen mitgebracht hatte, vielleicht einen Vorgesetzten, um ihn am Triumph seiner Familie teilhaben zu lassen. Als ich in die Kapelle hinunterschaute, sah ich, dass Perette mit der Behändigkeit, von der sie in der Rolle der Geisternonne profitiert hatte, wieder in irgendeiner dunklen Ecke verschwunden war. Ich konnte nur hoffen, dass sie sich an alle Anweisungen erinnern würde, die ich ihr gegeben hatte. Aus ihren Vogelaugen funkelte eine instinktive Intelligenz, doch ich wusste, dass die geringste Ablenkung – ein paar kreischende Möwen am Fenster, eine muhende Kuh auf dem Feld, der farbige Widerschein der Glasfenster auf den Bodenplatten – womöglich unseren Untergang bedeutete.

Ich hatte mich oben im Glockenturm versteckt, nicht weit entfernt von der Glocke, die an einer eisernen Querstrebe im engsten Teil des Turms hängt. Es war ein gefährlicher Platz, nur erreichbar über das Gerüst, das für die Arbeiten am Dach errichtet worden ist, aber die einzige Stelle, von der aus ich operieren konnte. Trotzdem durfte ich mich auf nichts verlassen; diese Vorstellung musste ohne vorherige Proben stattfinden, und es wird keine Wiederholung geben. Die Beleuchtung war schlecht. Der Himmel war bewölkt, nur wenig graues Tageslicht drang durch ein paar zerbrochene Dachpfannen, und die Kerzen unter mir wirkten in der von Weihrauch erfüllten Luft wie Glühwürmchen in der Dunkelheit. Mein Habit hatte fast dieselbe Farbe wie der Rauch, und über dem Kopf trug ich eine Kapuze, die ich mir tief ins Gesicht gezogen hatte. Das Seil – ich hoffte, dass es lang genug war – war dreimal um meine Taille geschlungen, am Ende mit einem Stück Blei beschwert. Als Stille eintrat und LeMerle mit seiner Vorstellung begann, war mir, als wäre mein Atmen in der ganzen Kapelle zu hören.

Er war sehr gut. Das wusste er natürlich, und obwohl ich von meiner Position aus sein Gesicht nicht sehen konnte, merkte ich an seiner Stimme, dass er sich köstlich amüsierte. Die Akustik in der Kapelle war ideal für seine Zwecke, jedes Wort war bis in den letzten Winkel gut zu hören. Das Bühnenbild war perfekt: Kohlenbecken, Kerzen, Blumen – eine Verheißung himmlischer Freuden und höllischer Qualen. Schon damals in Paris habe ich von LeMerle gelernt, dass einige wenige einfache Requisiten eine große Wirkung haben können: eine Lilie im Haar oder ein Perlmuttrosenkranz in der Hand bedeuten Reinheit – selbst bei der verdorbensten Hure, ein prächtiger Schwertgriff, ostentativ am Gürtel getragen, schreckt Angreifer ab – selbst wenn sich keine Klinge daran befindet. Die Leute sehen, was sie sehen wollen. Deswegen gewinnt er beim Kartenspiel, und deswegen haben die Nonnen die Geisternonne nicht erkannt. Das ist sein Stil: Kunstfertigkeit und Ablenkungstaktik. Ich entdeckte die Strohballen, die er überall geschickt platziert hatte, ich roch das Öl, mit dem er das Stroh und wahrscheinlich zusätzlich jede Menge unter den Bänken verteilte Lumpen getränkt hatte, aber die Nonnen bemerkten nichts von alldem, sie rochen nur den Weihrauch, sahen nichts als die Bühne und die Vorstellung, in die er sie so geschickt hineingelockt hatte.

Doch von meinem erhöhten Platz aus konnte ich das alles überblicken. Giordano hatte mir einiges über Brandsätze und Zünder beigebracht, den Rest musste ich erraten. Ein Funke, an der richtigen Stelle gezündet – von der Kanzel aus, zum Beispiel –, würde wahrscheinlich ausreichen, um die ganze Kapelle in Brand zu setzen. Und dann, hatte Antoine gesagt, *zünden wir eine Kerze an.*

Ich muss vorsichtig sein, sagte ich mir. Auf den richtigen Zeitpunkt kam es an. Ich glaubte, ihn durchschaut zu haben, und betete, dass ich Recht behalten würde. Er würde erst zuschlagen, nachdem er sich zu erkennen gegeben hatte; die Versuchung, die Schadenfreude auszukosten, war einfach zu groß. Eitelkeit ist seine Schwäche. In allererster Linie ist er ein Selbstdarsteller, und er braucht sein Publikum. Das, so hoffte ich, würde sein Untergang sein. Ich wartete also ab und biss mir auf die Lippe, als ein Murmeln durch die Reihen ging und der Bischof endlich Einzug hielt.

♠

Der Bischof betrat die Kapelle wie aufs Stichwort. Zeit für ein bisschen Musik, dachte ich. Musik ist ein gutes Mittel, um die Stimmung zu intensivieren, sie verleiht einer langweiligen Vorstellung Pathos und Dramatik. Nicht dass mein Publikum sich langweilt, aber ein bisschen Latein kann nie schaden, sagte ich mir. Außerdem würde es Arnault Zeit geben, Einzug zu halten. Psalm 30 also. Ich gab das Zeichen, und die Nonnen erhoben sich.

»*In te, Domine, speravi, non confundar in aeternum: in justitia tua libera me.*« Ich beobachtete, wie Marguerite zusammenzuckte, als sie die lateinischen Worte hörte. Clémente legte den Kopf in den Nacken und lächelte verzückt.

»*Inclina ad me aurem tuam, accelera ut eruas me.*« Clémente hatte diese Sprache noch nie richtig beherrschen gelernt; vielleicht assoziierte die Ärmste sie neuerdings mit meinen nächtlichen Besuchen, bei denen sie abwechselnd von Juliettes Gebräu und meiner verborgenen Nadel in Verzückung versetzt wurde. Jedenfalls begann sie, sich vor und zurück zu wiegen, erst langsam, dann immer schneller. Tomasine, die hinter ihr stand, trat nervös von einem Fuß auf den anderen und fiel in die Bewegung ein.

»*Esto mihi in Deum protectorem, et in domun refugii: ut salvum me facias.*«

Die Unruhe hatte auch Virginie erfasst, die mit einem idiotischen Gesichtsausdruck ins Leere starrte. Als der Name Gottes fiel, stieß sie einen spitzen Schrei aus und fasste sich an die Brüste. Piété kicherte. Während Arnault und sein Gefolge sich dem Haupteingang näherten, erwartete ich das Unvermeidliche mit einem Lächeln der Genugtuung.

Der Weihrauchduft, vermischt mit dem Geruch nach weiblichem Fleisch, war intensiv und erotisch – ich hoffte, er würde Arnaults selbstgefällige Nase beleidigen. Auch wenn ich ihnen vielleicht nichts Bedeutendes beigebracht habe, dachte ich, diese eine Veränderung habe ich herbeigeführt: Sie dünsten ihre Ängste, ihre Begierden so stark aus, dass man sie *riechen* kann. Ich habe etwas in ihnen geöffnet, einen geheimen Garten, in dem die Gier nach Leben wuchert. Ich hoffte, dass er es ebenfalls wahrnahm, vor allem an seiner Nichte, seiner geliebten Nichte, dem Stolz seiner Familie. Ich hoffte, er würde daran ersticken.

Ah. Gerade rechtzeitig. Der Gestank ließ ihn die Stirn runzeln. Um den Ausdruck seines Wohlwollens zu bekräftigen, hob er ein duftgetränktes Taschentuch an sein Gesicht. Dann, auf meine Geste hin – die gleichzeitig Perette galt –, stimmte der Chor den zehnten Psalm an, *In Domino confido*, woraufhin sein Lächeln zurückkehrte – ein professionelles Lächeln wie das meine, aber längst nicht so Vertrauen erweckend. Ich hörte ihre Stimmen, ihre gemeinsame Stimme der Bestätigung, die Stimme der Dämonen, die ich ihn ihnen geweckt habe.

Ich war einen Schritt zurückgetreten. Dank der Schatten und des Rauchs war mein Gesicht nicht gut auszumachen. Arnault jedenfalls erkannte mich nicht, sondern betrat die Kapelle mit dem Erzbischof an seiner Seite. Es war nicht zu übersehen, dass ihm die Situation missfiel, doch er konnte den Gesang nicht unterbrechen. Aus den Augenwinkeln warf er dem Erzbischof einen Blick zu, dessen Gesicht deutliche Missbilligung ausdrückte.

Ich spürte, wie die Nonnen unruhig wurden, sie begannen sich kaum merklich zu bewegen wie Herbstlaub im Wind. Ich hatte dafür gesorgt, dass Tomasine, Virginie, Marguerite und alle, die besonders anfällig sind, in der ersten Reihe saßen. Ihre Gesichter waren schlaff; mit glasigen, ängstlichen Augen betrachteten sie die Besucher, die langsam auf den Altar zuschritten.

Ich brauchte nur ein Wort zu sagen, um die Falle zuschnappen zu lassen.

»Willkommen.«

♥

Es ging los. Ein Gesicht nach dem anderen richtete sich gen Himmel. Zuerst dachte ich, sie hätten mich entdeckt, doch dann merkte ich, dass die Augen ausdruckslos waren. Arme wurden vor Verzückung in die Luft geworfen, bevor eine Wellenbewegung die Menge erfasste, wie ein Feuer, das von einer Nonne auf die nächste übersprang. Der Gesang geriet ins Stocken, hörte ganz auf, Schreie wurden ausgestoßen, es wurde gefleht, lamentiert, Obszönitäten wurden gerufen. Das Tanzen hatte eine neue Dimension erreicht, ein Pandämonium brach los, als der hohe Besuch sich dem Altar näherte, die Nonnen fielen auf die Knie, hoben lüstern grinsend die Röcke … Schon bald würde es kein Halten mehr geben. Arme fuchtelten in der rauchgeschwängerten Luft herum. Gesichter tauchten auf, nur um im nächsten Augenblick wieder in der aufgebrachten Menge zu verschwinden. In ihrer Raserei begannen einige Nonnen, sich die Kleider vom Leib zu reißen. Virginie, stets begierig, den Anfang zu machen, drehte sich wie verrückt im Kreis, sodass ihre Röcke flogen.

Der Bischof war vollkommen verblüfft. Das hier war so weit entfernt von dem, was er erwartet hatte, dass er wie benommen dastand und in dem ganzen Chaos noch immer nach dem Bild des Triumphs zu suchen schien, das zu erblicken er gehofft hatte. Isabelle beobachtete ihn von ihrem Platz neben dem Kohlenbecken aus, das Gesicht rot vom Schein der Flammen, doch sie machte keine Anstalten, ihn zu begrüßen. Ihre kleinen Fäuste umklammerten den Rand der Kanzel, und ihre Augen weiteten sich, als das Geschrei lauter wurde und LeMerle ins Licht hinaustrat.

»Willkommen.«

♠

Einen solchen Augenblick muss man genießen. Man stelle sich vor: der berühmteste Spross des Hauses Arnault vor dem Altar, links und rechts von ihm ekstatische, halb nackte Nonnen, und um ihn herum grunzende, kreischende und schreiende Kreaturen – ein Treiben, als wäre die Hölle losgebrochen.

Einen Augenblick lang fürchtete ich, er hätte mich nicht erkannt, aber es war blanke Wut, die ihn verstummen ließ, und keinesfalls Verständnislosigkeit. Die Augen traten ihm fast aus dem Kopf, er starrte mich an, als wollte er mich verschlingen. Er öffnete den Mund, doch kein Laut entrang sich seiner Kehle. Als er seine Stimme endlich wieder gefunden hatte, war sie nur noch ein heiseres Krächzen: »Ihr hier? *Ihr hier?*«

Auch jetzt hatte er immer noch nicht ganz begriffen. Père Colombin Saint-Amand, der Mann, mit dem er korrespondiert hatte, das konnte unmöglich der Mann sein, der jetzt vor ihm stand. Dieser Hochstapler musste irgendwie den Platz des Geistlichen eingenommen haben, und die Nonnen, die Nonnen … Aber die Nonnen erkannten ihn offensichtlich. Sie streckten die Hände aus, flehten, beteten. Selbst Isabelle – das arme Kind, so mager geworden in den vergangenen Monaten, so bleich und kränklich – selbst sie starrte ihn an, als wäre er der Erlöser. Tränen liefen ihr über die Wangen, während sie eine Hand nach etwas ausstreckte, das hinter der Kanzel verborgen war …

Fassungslosigkeit lähmte ihn. Das sollte nicht sein. Ich bedeutete Isabelle, noch abzuwarten, und gab Perette, die sich in der Nähe versteckt halten musste, ein Zeichen, ihren Platz einzunehmen.

Arnault starrte mich an, als wäre einer von uns beiden wahnsinnig geworden. »Ihr hier? Wie könnt Ihr es *wagen?*«

»Oh, ich wage schon einiges. Das habt Ihr selbst gesagt, bei einer unserer Begegnungen.« Ich wandte mich an die Nonnen, die ihre Verzückung ganz vergessen hatten und uns neugierig mit offenen Mündern musterten. »Habe ich euch nicht gesagt, dass sich hinter einem anständigen Gesicht die Fratze des Teufels verbergen kann? Der Mann, der vor euch steht, ist nicht derjenige, der zu sein er vorgibt.« Ich hob eine Hand, als die Nonnen losstürmen wollten. Die livrierten Wachen waren bereits von ihren Herren getrennt worden. Den Erzbischof hatten sie an die Seite gedrängt – allerdings stellte ich mit Genugtuung fest, dass er alles beobachten konnte, was vor sich ging –, nur der Bischof stand zwischen mir und den versammelten Nonnen.

Niemand soll sagen, es ist die Mühe nicht wert. Je länger man warten muss, desto größer ist der Genuss. Ich merkte, dass er Angst hatte – nur ein bisschen, denn er hielt das alles immer noch für einen bösen Traum, aber die Angst würde schon noch wachsen. Hinter ihm schrie eine Nonne auf und brach zusammen. Sie begannen wieder, sich zu bewegen, wurden zusehends unruhig, würden bald nicht mehr zu bremsen sein. Ich nahm das Kreuz, das an einer Lederschnur um meinen Hals hing, und hielt es vor mich. Dann legte ich es – scheinbar achtlos – neben der Kanzel auf den Boden und wartete auf das Finale.

♥

Das muss der Augenblick sein, dachte ich, in dem Perette auftreten sollte. Unter mir wurde es vorübergehend leiser, ich spürte eine Verzögerung in seiner Darbietung, die nur ich wahrnahm. Er hatte den Zeitpunkt sorgfältig ausgewählt: die kurze Unterbrechung, in der die Geisternonne ihren letzten und dramatischsten Auftritt haben würde. Im Gegensatz zu mir hatte er sich jedoch nicht ausschließlich auf Perette verlassen. Der Erfolg seines Plans hing nicht von ihr ab, sie war kaum mehr als künstlerisches Beiwerk, auf das er notfalls verzichten konnte. Zwar würde er enttäuscht sein, aber ich hoffte, dass ihr Nichterscheinen ihn nicht misstrauisch machen würde. Er wusste, dass Perette zu unbeständig war, um ihr zu vertrauen, während ich mein Leben davon abhängig machte, dass man ihr doch trauen konnte.

Der Bischof ging auf den Altar zu, viel zu wütend, um Vorsicht walten zu lassen oder seine Neugier zu befriedigen. Er war hoch gewachsen, noch größer als LeMerle, und von oben betrachtet wirkte er wie ein großer Vogel, ein Kranich vielleicht oder ein Reiher, als er die Stufen in Richtung Kanzel hinaufstieg. Der Rauch aus dem Kohlenbecken brannte mir in den Augen, und Regen lief mir in den Nacken, aber diese Konfrontation konnte ich mir nicht entgehen lassen. Ich musste mir sicher sein – ich musste wissen, dass es keine andere Möglichkeit gab als die, für die ich mich entschieden hatte –, bevor ich zuschlug.

Die Stimmen der beiden Männer waren klar und deutlich zu vernehmen, nur ein bisschen verzerrt durch die Form des Glockenturms. Ich hörte, wie der Bischof, vor Zorn und Fassungslosigkeit heiser, seinen Wachen Befehle zurief, die diese jedoch nicht befolgen konnten, weil sie von ekstatischen Nonnen umringt waren.

Noch durfte ich nichts unternehmen. LeMerle stand immer noch zu nah an der Kohlenpfanne, und wenn er sich in die Ecke gedrängt fühlte, würde er womöglich den Funken zünden und das schreckliche Szenario in Gang setzen. Hatte ich zu lange gewartet? Würde ich hilflos mit ansehen müssen, wie LeMerle seinen Racheplan ausführte?

Dann, als wäre mein Gebet auf wundersame Weise erhört worden, erklomm der Bischof die Stufen, und LeMerle trat von der Kohlenpfanne weg. Das ist der richtige Zeitpunkt, beschloss ich, und mit einem Zauberspruch auf den Lippen und einem Stoßgebet an den heiligen Franziskus fasste ich das Seil mit beiden Händen und warf es in die rauchgeschwängerte Luft.

♠

»*Mon père,* ich bin gerührt.« Ich sprach sehr leise, damit nur er mich verstehen konnte. »Nach unserer letzten Begegnung hätte ich nicht mit einer so warmherzigen Begrüßung gerechnet.«

Isabelle, bleich wie der Tod, stand hinter mir und beobachtete uns. Perette hatte mich im Stich gelassen – eine Schande, wenn auch letztlich nicht so wichtig –, doch jetzt kam es darauf an. Würde Isabelle ihre Rolle bis zum Ende durchhalten? Hatte ich ihren Willen gebrochen, oder würde sie sich gegen mich stellen? Ich muss gestehen, dass diese Ungewissheit mir einen gewissen zusätzlichen Kitzel bereitete. Außerdem, so sagte ich mir, kann ich mich darauf verlassen, dass Antoine mir den Fluchtweg sichert. Ich durfte es riskieren, die Situation noch ein bisschen zu genießen.

»Dafür bringe ich Euch auf den Scheiterhaufen!« Nicht sehr originell, aber passend. »Ich werde Euch ein für alle Mal das Handwerk legen!« Ahnungslos ging er auf mein Spiel ein. Seine Gefühle verrieten ihn, wie jeder Spieler ihm hätte sagen können. Mit Mordlust in den silbrigen Augen stürmte er auf mich zu wie eine riesige vergoldete Krähe. Einen Augenblick lang glaubte ich, er wolle mich schlagen, aber ich bin jünger und schneller als er, und er würde keine Demütigung riskieren, indem er danebenschlug. Ich sah ihm an, dass er die Situation immer noch für einen ungeheuerlichen Streich hielt; er war viel zu sehr um das Wohl Isabelles und die inzwischen äußerst unerwünschte Anwesenheit des Erzbischofs besorgt, um meine tieferen Beweggründe zu durchschauen.

»Dieser Mann ist kein Priester!«, sagte er mit vor Wut zitternder Stimme zu den Nonnen. »Er ist ein Hochstapler! Ein Betrüger, ein gewöhnlicher Schauspieler!«

Nicht einmal das, Vater. Du wirst bald wissen, dass ich meiner Zeit weit voraus war. »Glaubt ihr das?«, fragte ich lächelnd. »Haltet ihr es nicht für wahrscheinlicher, dass dieser aufgeblasene Popanz der Hochstapler ist?« Ihre Stimmen sagten mir, dass sie mir glaubten, auch wenn ich einige Protestrufe vernahm. »Fest steht, dass ein Betrüger unter uns ist«, sagte ich. »Aber wer soll entscheiden, wer es ist? Falscher Priester oder falscher Bischof? Oder sind wir alle Betrüger? Kann irgendjemand der hier Anwesenden von sich behaupten, sich stets treu geblieben zu sein? Sagt mir, Vater«, ich wandte mich an den Bischof, »Wie aufrichtig seid Ihr gewesen? Wie viel mehr habt Ihr es verdient, diese Robe zu tragen, als irgendein Schauspieler, Lüstling oder Affe?«

Wie erwartet, ging er auf mich los. Lachend wich ich seinem Schlag aus. Doch es war eine Finte. Anstatt sich auf mich zu stürzen, schnappte er sich das silberne Kreuz, das ich neben der Kanzel vergessen hatte, und hielt es triumphierend hoch.

Sein Triumph währte nur kurz. Fast im selben Augenblick schrie er vor Schmerz auf, ließ das Kreuz fallen und starrte auf seine mit Brandblasen übersäte Handfläche. Es war ein simpler Trick: Ich hatte das Kreuz so dicht neben das Kohlenbecken gelegt, dass es glühend heiß geworden war, aber der Sinn für Logik war meinen völlig überdrehten Nonnen längst abhanden gekommen, und ein Aufschrei ging durch die Reihen.

»Das Kreuz! Er kann das Kreuz nicht berühren!«

»Lächerlich!«, rief der Bischof. »Dieser Mann ist ein Hochstapler!« Doch die Nonnen waren kaum noch zu bremsen, sie drängelten in den Bänken. Wütend hob der Bischof die Fäuste und sah sich um. Die Wachen waren zu weit entfernt, um ihm zu Hilfe zu kommen. Mit zusammengebissenen Zähnen ließ er die Fäuste sinken.

»Sehr klug«, sagte ich lächelnd. »Falls Ihr es wagt, mir auch nur ein einziges Haar zu krümmen, wird hier die Hölle losbrechen.«

♥

Das Seil blieb gleich beim ersten Versuch hängen. Ich spürte, wie das Blei sich an dem Gerüst auf der gegenüberliegenden Seite festhakte. Vorsichtig zog ich an dem Seil. Es hielt. Ein Glück! Mir blieb keine Zeit, um irgendwelche Vorsichtsmaßnahmen zu treffen. So gut ich konnte, befestigte ich das Seil an einem Balken hinter mir. Ich konnte es nicht so stark spannen, wie ich es eigentlich brauchte, aber ich durfte keine Zeit mehr verlieren. Ich legte den dunklen Umhang und den Habit ab und trat in meinem weißen Unterhemd auf den kleinen Mauervorsprung. Ein blaues Tuch verbarg mein rotes Haar. Nach einer Schrecksekunde – zu viel Zeit war vergangen, ich würde stürzen, stürzen – war ich wieder die alte Ailée, selbstsicher wie eh und je und beflügelt von einer unbändigen Freude.

Hocherhobenen Hauptes, mit nackten Füßen, die Arme seitlich ausgestreckt, trat ich stolz in die Dunkelheit hinein.

♠

Ich erkannte sie sofort. Meine erste und beste Schülerin – meine größte Leistung. Auch ohne ihre paillettenverzierten Flügel, mit einem Tuch um den Kopf, erkannte ich sie an ihrer Anmut, ihrer Sicherheit, ihrem Stil. Ich sah sie als Erster. Einen Augenblick später entdeckten einige Nonnen sie ebenfalls. Stolz erfüllte mich, trotz meiner Verblüffung und obwohl ich sofort ahnte, was sie vorhatte. Ja, das war meine Ailée, zu der alle voller Neid und Sehnsucht aufblickten.

Ich hätte es wissen, mit ihrer Verwegenheit rechnen müssen. Ich fragte mich, wie sie meinen Plan durchschaut hatte – vielleicht war es ihr Instinkt, ihr boshafter Instinkt, der sie immer wieder dazu treibt, meine Pläne zu durchkreuzen, wo sie nur kann, und mich in meiner Ehre zu kränken. Aber wenn ihr Vorhaben auch zum Scheitern verurteilt war, so musste ich doch gestehen, dass der Versuch, mich aufzuhalten, sehr mutig war.

Ich konnte kein Seil ausmachen, das sie trug. Im fahlen Kerzenlicht wirkte sie wie eine neblige Gestalt, eine Erscheinung, die von innen leuchtete. Ein Donnergrollen diente als Trommelwirbel, um ihren Auftritt anzukündigen.

Eine Nonne schrie: »Seht! Da oben! Seht nur!«

Immer mehr Gesichter wandten sich zur Decke. Es entstand ein Stimmengewirr, dann herrschte ehrfürchtiges Schweigen, als die weiße Gestalt sich scheinbar schwerelos durch die rauchige Luft bewegte. »Mère Marie!«, lamentierte eine Stimme.

»Germaines Geist!«

»Die Geisternonne!«

Die weiße Gestalt hielt einen Augenblick lang inne und schlug ein Kreuzzeichen. Erneut trat Stille ein, atemlose Stille, als sie zu sprechen anfing.

♥

»Meine Kinder.« Meine Worte klangen, als kämen sie von weit her, hallten von den Turmwänden wider, sodass sie kaum verständlich waren. Über mir hörte ich den Regen auf das Dach trommeln und vom Meer her ein Donnergrollen. »Meine Kinder, erkennt ihr mich nicht? Ich bin Sainte-Marie-de-la-mer.« Ich sprach mit tiefer, sonorer Stimme, wie ich sie in Paris bei den Tragödienschauspielern gehört hatte. Die Nonnen hielten den Atem an. »Meine armen, irregeleiteten Kinder. Ihr seid einer schrecklichen Täuschung zum Opfer gefallen.«

LeMerle beobachtete mich. Ich fragte mich, wie lange es dauern würde, bis er merkte, dass er verloren hatte. Was er dann tun würde.

»Père Colombin ist nicht der, für den ihr ihn haltet, meine Kinder. Der Mann, den ihr vor euch seht, ist ein grausamer Hochstapler. Er ist gar kein Priester. Er ist ein Betrüger, dessen wahrer Name mir bekannt ist.«

Die Blicke der Nonnen wanderten von der schwebenden Frau zu dem Mann auf der Kanzel … Die Stille war erdrückend. Erneut schaute LeMerle zu mir auf, und ich bemerkte die Herausforderung in seinem Blick.

Du willst also Krieg, kleine Hexe?

In der unausgesprochenen Frage lag keine Bosheit, nur gespannte Erwartung, die Erregung des Spielers.

Ich nickte kaum merklich, und ich wusste, dass er verstanden hatte.

♠

Einsatzzeichen Donner. Das war Glück, Juliette, es hätte genauso gut meins sein können.

Erwartet sie von mir, dass ich die Flucht ergreife?, fragte ich mich. Erwartet sie, dass ich mich in einer dunklen Ecke verstecke? Da müsste sie mich aber besser kennen. Dennoch schmeichelte es mir auf absurde Weise, dass meine Schülerin den Versuch unternahm, ihren Meister bei seinem eigenen Spiel zu schlagen. Sie schaute auf mich herab, mein schöner Raubvogel, und wir verstanden einander genau. Trotz der Gefahr ließ ich mich auf dein Spiel ein, meine Ailée, ich konnte nicht anders, wollte ich mich doch nur zu gern überzeugen, wie gut ich dich ausgebildet hatte.

♥

Alle starrten mit offenen Mündern nach oben, als würde es Honig vom Himmel regnen. Über mir hörte ich das Gewitter immer näher kommen, der Regen hatte sich in Hagel verwandelt und prasselte auf die Schindeln. Das Dach schützte mich zwar einigermaßen, doch es war in einem desolaten Zustand, und mir war klar, dass ein einziges dieser großen Hagelkörner meine Konzentration zunichte machen konnte, sodass ich von dem Hochseil abstürzte. War es das, was er sich erhoffte? Ich hatte damit gerechnet, dass er meine Behauptung leugnen würde, aber er wartete offensichtlich, beinahe, als hätte er noch einen Trumpf im Ärmel …

Die Erkenntnis, als sie kam, brachte mich fast aus dem Gleichgewicht. Natürlich! Selbst von hoch oben hatte ich wie alle anderen nur das gesehen, was er mich sehen lassen wollte. Ich hatte mich so sehr auf LeMerle konzentriert, dass ich Isabelle, die von seinem Schatten halb verdeckt wurde, fast nicht bemerkt hatte. Erst jetzt, als ich die kleine Szene unter mir überblickte, durchschaute ich seinen Plan in seiner ganzen Ungeheuerlichkeit. Isabelle sollte der Funke sein. Er hatte nicht vor, das Feuer selbst anzuzünden, nein, er wollte das Gesicht des Bischofs beobachten, wenn der dabei zusah, wie seine eigene Nichte in ihrer Verzweiflung ihr Leben und das vieler anderer opferte, um den Teufel zu besiegen. Sie stand reglos da, wartete nur auf sein Zeichen. Jetzt erst begriff ich den Sinn der vielen Gottesdienste, die immer wiederkehrenden Hinweise auf Märtyrerinnen wie Agatha, Perpetua, Margret von Alexandrien, auf heilige Wundertäterinnen wie Christina Mirabilis, die unverletzt aus dem Feuer in den Himmel aufstieg.

Ich malte mir die Szene aus: Prächtig gekleidet und mit Öl gesalbt würde sie in Flammen aufgehen wie trockenes Stroh. Ich hatte davon gehört, dass solche Dinge hin und wieder auf der Bühne passieren, beim Ballet – ein Tüllröckchen streift das überhitzte Glas einer Lampe, die Flammen springen von einem Tänzer zum nächsten, verwandeln alle in lebende Fackeln und die Bühne in ein Gewölbe aus Feuer und Rauch. Ganze Schauspieltruppen könnten innerhalb von Sekunden verbrennen, sagte LeMerle, der es einmal mit eigenen Augen gesehen hatte und bewundernd ausrief: Mein Gott, welch eine Vorstellung!

Jetzt, wo ich mir ihrer Gegenwart bewusst war, spürte ich auch ihren Blick auf mir. Ich musste vorsichtiger denn je vorgehen. Es reichte nicht, dass ich LeMerles Ansprache unterbrochen hatte, es reichte nicht, dass ich die Nonnen aus ihrer Verzückung gerissen hatte, es reiche nicht einmal, dass ich Père Colombin als Hochstapler entlarvt und den Vorwurf des Bischofs gegen ihn bestätigt hatte. Ich musste vielmehr Isabelle überzeugen – einzig und allein Isabelle. Die Frage war nur: Wie viel von der ursprünglichen Isabelle war noch übrig?

»Es gibt keine Heilige namens Marie-de-la-mer.« Es war, als hätte sie meine Gedanken gelesen. Die Nonnen warteten auf ihr Zeichen, und LeMerle betrachtete seine Schülerin mit dem Lächeln eines Mannes, der alle Asse in der Hand hat.

»Wie ich euch bereits sagte«, verkündete er ruhig. »Es gibt mindestens einen Betrüger unter uns. Wer mag es sein? Wem vertraut ihr? Wer hat euch noch nie belogen?«

Isabelle schaute zu mir empor, dann zu LeMerle. »Ich vertraue euch«, sagte sie und streckte die Hand nach dem Kohlenbecken aus.

♠

Ihr Seil war nicht straff genug gespannt, ich hatte es sofort bemerkt. Ich sah, wie sie ihre Position veränderte, dann geriet sie kurz ins Schwanken, umklammerte das unsichtbare Seil mit den Zehen, um es unter Kontrolle zu halten. Wie geht es jetzt weiter, meine kleine Hexe? In wenigen Augenblicken wird diese Kapelle in Flammen stehen. Ein mutiger Versuch, Juliette, doch zu spät, viel zu spät. Es tut mir wirklich Leid um dich, aber du hast es so gewollt. Ich muss gestehen, ich hätte nie damit gerechnet, dass du mich wirklich verraten würdest, dennoch zieht ein kluger Mann jede Möglichkeit in Betracht. Du wirst brennend von deinem Horst fliegen, mein kleiner Vogel. Ein besseres Ende vielleicht, als mit gestutzten Flügeln unter Mastgänsen zu leben.

»*Vade retro, satanas!*«

Kurz vor dem Kohlenbecken zögerte Isabelle. Dennoch hätte es wohl gereicht, wenn nicht von der offenen Tür her plötzlich ein Luftzug gekommen wäre. Verdammt, Antoine. Ich hatte ihr eingeschärft, ihren Posten nicht zu verlassen, egal, was passierte. Auf jeden Fall zögerte das Mädchen, schaute nach oben, erkannte die Sprache uralter Autorität. Das war ein Schlag unter die Gürtellinie, Juliette, ein Versuch, mich mit meinen eigenen Waffen zu schlagen. Aber wird es ausreichen? Und jetzt, wo du deine Chance erkennst, wirst du spielen oder wirst du aufgeben?

»Auch der Teufel spricht Latein«, erinnerte ich Isabelle leise. Ganz langsam bewegte ich mich auf den Seiteneingang und das zweite Kohlenbecken zu. Ein kluger Mann baut vor, und wenn ein Funke nicht zündet, ist es ratsam, einen zweiten in Reserve zu haben. Doch Antoine stand vor dem Seiteneingang, versperrte mir den Weg mit ihrem massigen Körper, und mir fiel auf, dass auch sie die falsche Jungfrau mit einem seltsamen Gesichtsausdruck beobachtete.

»Hört mir alle zu!« Meine Ailée ergriff erneut das Wort, verlieh ihrer Stimme einen heiseren Unterton. »Père Colombin hat euch angelogen. Seit er hier eingetroffen ist, hat er euch betrogen und hinters Licht geführt. Erinnert ihr euch an das Blut im Brunnen? Das war nur Farbe, rote Farbe, die er in den Brunnen geschüttet hat, um euch zu ängstigen. Und die Geisternonne? Das war ...« Sie brach ab, erkannte ihren Fehler. Grinsend begann ich die Exorzismusformel zu rezitieren.

»*Praecipio tibi, quicumque es, spiritus immunde* ...«

»Seht euch seinen Arm an!«, rief die falsche Marie mit Juliettes Stimme. »Lasst euch das Zeichen der Jungfrau auf seinem linken Arm zeigen!«

Ein schlechter Zeitpunkt. Wenn dir das gleich zu Anfang eingefallen wäre, hättest du mir einen schweren Schlag versetzen können. Aber die Zeit für Zeichen und Symbole ist vorbei. Jetzt brauchen wir etwas Handfesteres, etwas, das uns überzeugt.

»Nenne uns deinen Namen«, rief ich ihr lächelnd zu. »Nenne uns deinen Namen, denn niemand hier unten glaubt dir, dass du die Heilige Mutter bist.«

»Dieser Mann ist Guy LeMerle, er ist ein Schauspieler und ein ...«

»Ich sagte, nenne deinen Namen!« Wieder streckte Isabelle langsam die Hand nach dem Kohlenbecken aus. »Im Namen des Vaters!«

»Er tut das alles, um Rache zu nehmen …«

»Im Namen des Sohnes!«

»… am Bischof von Evreux!«

»Im Namen des …« Isabelles Hand war nur noch zwei Fingerbreit vom Kohlenbecken entfernt, ihr Ärmel qualmte breits.

»Der Bischof ist *sein Vater*!«

Das war ein so unerwarteter Schlag, dass ich tatsächlich zusammenzuckte. Die Nonnen um mich herum erstarrten vor Schreck. Isabelle schaute mich mit großen Augen an, das Gesicht des Bischofs war kreidebleich. Die livrierten Wachen versuchten, sich einen Weg durch die Menge zu bahnen, die Schwerter an ihren Gürteln bereits gelockert. Aber meine Ailée war noch nicht fertig. »Gib es zu, LeMerle!«, schrie sie. »Er ist doch dein Vater! *Oder etwa nicht?*«

Mein Gott, dachte ich, sie ist verdammt gut. Vergeudet ihr Talent vor diesen dummen Gänsen – sie sollte auf den Bühnen von Paris auftreten, die Theatersäle füllen. Ich machte eine kleine Verbeugung in ihre Richtung, dann wandte ich mich an den Bischof, der mich entgeistert anstarrte. »Also, Vater«, sagte ich lächelnd. »Oder seid Ihr das etwa nicht?«

♥

Das Gewitter war mittlerweile fast über unseren Köpfen. Durch die Löcher im Dach sah ich es heraufziehen, den schwarzen Zirkus der Hölle, der sich vom Meer her näherte. Unter mir flackerten die Flammen der Kerzen, als ein Luftzug durch die offene Tür hereinwehte. Ein Geräusch kam von der Menge, ein Pochen wie von einem faulen Zahn. Die Blicke der Nonnen wanderten vom Bischof zum Priester, von der Jungfrau zum Bischof. Mein Knöchel schmerzte, weil ich so lange stillgestanden hatte, und ich verlagerte mein Gewicht.

»Also, Vater?«, wiederholte LeMerle beinahe zärtlich. »Seid Ihr das etwa nicht?«

Schweigen. Jetzt begriff ich, wie klug LeMerle mein Eingreifen ausgenutzt hatte. Wenn der Bischof bestritt, was die Jungfrau behauptet hatte, dann würde er damit LeMerle als legitimen Priester anerkennen, und Isabelle würde das Feuer anzünden. Wenn er hingegen zugab, LeMerles Vater zu sein, dann bedeutete das eine öffentliche Schmach vor den Augen des Erzbischofs, seines Gefolges und einer Kapelle voller Nonnen. Allerdings gab es etwas, das LeMerle übersehen hatte und das ich – wenn ich auch noch nicht wusste, wie – zu meinem Vorteil benutzen konnte. Am Seiteneingang, im dichten Rauch, der aus der Kohlenpfanne aufstieg, fast nicht zu sehen, stand Sœur Antoine, den Kopf gesenkt wie ein Bulle, der sich zum Angriff bereitmacht.

♠

Ich schätze, ich sollte dir dankbar sein, meine Juliette. Woher du es weißt, kann ich mir nicht erklären – Hexerei vielleicht. Aber welch ein genialer Schachzug, um ihn zu einem Geständnis zu zwingen! Mein eigener Plan hatte vielleicht etwas mehr Dramatik – ich liebe Feuer –, doch ich hätte wissen müssen, dass du diese armen Schafe, die du deine Schwestern nennst, beschützen würdest. Nun gut, meine Liebe, du sollst deinen Willen bekommen. Sollen sie am Leben bleiben – wenn man das Leben nennen kann. So oder so hat die Gerechtigkeit triumphiert.

»Also, Vater?«

Arnault nickte.

Ahhh. Das Geräusch eines einstürzenden Kartenhauses.

♥

»Das ist eine Lüge«, sagte Isabelle.

»Nein, meine Liebe, es ist die Wahrheit.« LeMerle, der den Bischof keinen Augenblick lang aus den Augen ließ, öffnete seine Priesterrobe und ließ sie zu Boden gleiten. Ein Aufschrei ging durch die Reihen der Nonnen. Unter seinem Priestergewand war er reisefertig gekleidet: Er trug Stiefel und Sporen und eine ärmellose Lederweste, sodass sein unbedeckter, gebrandmarkter linker Arm zu sehen war. Das war der alte LeMerle, der grinsend vor seinem Publikum stand, und wie um das Bild zu vervollkommnen, zuckte in diesem Moment ein Blitz durch die Wolken und tauchte ihn in weißes Licht.

Das Stöhnen der Menge erreichte eine Lautstärke, die ich kaum ertragen konnte. Es war, als zerrte eine unsichtbare Strömung an meinen Füßen. Als ich einen Blick nach unten riskierte, schien die Welt plötzlich ins Wanken zu geraten. Ich spürte, wie mein linkes Bein zu zittern begann, ein leichtes Zucken im Wadenmuskel, das, wenn ich es nicht unter Kontrolle bekam, meinen Tod bedeuten würde.

Ich begriff, dass LeMerle genau darauf wartete, dass die scheinbare Verwegenheit seiner Demaskierung ebenso kühl geplant war wie alles andere. Einer gegen sechzig, das war selbst für ihn ein zu großes Risiko. Aber wenn ich stürzte …

Noch einmal verlagerte ich das Gewicht, spürte mit Unbehagen, wie schlaff das Seil hing, sah die weißen Hauben der Nonnen unter mir, die wie eine Schar Möwen auf einem Meer von Augen darauf warteten, was als Nächstes geschehen würde.

♠

Gleich wird sie stürzen. Solange werden sie Juliette unverwandt anstarren. Es dürfte reichen – der Augenblick des Sturzes, das Aufschlagen auf dem Marmorboden dürften mir gerade Zeit genug geben, um zu verschwinden. Oder um mir eine Waffe zu schnappen. Jede dieser Nonnen wäre mir als Geisel von Nutzen, aber ich würde natürlich Isabelle bevorzugen. Ein Schwert, ein Pferd und dann im Galopp aufs Festland. Ich könnte die Leiche der Kleinen in einen Graben werfen, wo er sie meinetwegen aufsammeln soll, oder besser noch, ich könnte meine kleine Schülerin einfach mitnehmen. Mir würde genug einfallen, wie sie sich nützlich machen könnte, und jeden Tag würde ich den Stachel meiner Rache in ihr Fleisch bohren. Nicht meinetwegen – nein, diesmal nicht. Nur ihretwegen würde ich es tun, für Juliette, meine süße Betrügerin.

Dass ich den Tag erleben muss, an dem ich mir wünsche, dass meine Ailée stürzt! Auch das werde ich ihm in gleicher Münze heimzahlen. Die Nonnen stöhnen und schreien im Chor. Einige weinen in ihrer Verwirrung, einige zerkratzen sich die Gesichter. Aber alle Blicke sind auf uns gerichtet, sehen, wie ich sie beobachte und sie mich beobachtet. Es braucht nur etwas Unerwartetes zu geschehen, und schon könnten unsere Rollen vertauscht werden. Selbst die Wachen stehen da wie versteinert, die Schwerter halb gezogen, als warteten sie auf einen Befehl, der nie kommen wird.

♥

Ich weiß, was du vorhast, LeMerle. Du wartest darauf, dass ich abstürze. Du willst Zeit gewinnen. Ich spüre regelrecht, wie du dir *wünschst,* ich würde abrutschen und das Seil würde ohne mich in der Luft baumeln. Ich bin durchnässt vom Regen, der durch das Dach tropft. Tausende Regentropfen trommeln auf die Glocke, die fast in Reichweite von mir hängt, und entlocken ihr einen leisen Ton. Ich werde nicht – ich *werde* nicht stürzen. Aber der Abgrund unter mir zieht mich an, fast unwiderstehlich, meine krampfenden Muskeln schreien nach Erlösung. Mir ist, als würde ich schon seit Stunden reglos hier stehen.

Das Seil wackelt, als mir erneut ein Krampf ins Bein fährt. Das Geschrei meiner Schwestern macht mich schwindlig. Doch ich werde nicht

darf –

nicht –

stürzen –

♠

Wie im Traum sehe ich alles vor mir ablaufen. Eine Folge von Bildern, jedes einzelne von Blitzen erleuchtet, die kurz hintereinander vom Himmel zucken. Sie rutscht ab, versucht vergeblich, das Gleichgewicht wieder zu finden, dann breitet sie die Arme aus, als wolle sie die Dunkelheit umarmen. Plötzlich ein Donnergrollen, lauter als alle vorherigen, so dicht über uns, dass mir einen Augenblick lang so ist, als würde der Turm einstürzen … Und in dem kurzen Moment der Dunkelheit, der darauf folgt, höre ich, wie das Seil sich löst.

Ich weiß, ich sollte flüchten, solange sie von mir abgelenkt sind. Trotzdem, ich kann nicht. Ich muss es mit eigenen Augen sehen. Sœur Antoine bewacht die Tür. Ihr Gesichtsausdruck ist grimmig, doch sie ist sicherlich zu langsam, um mich aufzuhalten. Als ich zu ihr hinüberschaue, macht sie einen Schritt in meine Richtung. Ihre Miene ist wie versteinert. Ich muss an die Kraft in ihren dicken, roten Armen denken, an ihre großen, fleischigen Fäuste. Aber sie ist nur eine Frau, und sie ist allein. Selbst wenn sie sich jetzt gegen mich gestellt haben sollte, was kann sie schon ausrichten?

Die Nonnen drängen sich in der Mitte der Kapelle, wahrscheinlich, um die Leiche zu sehen. Gleich werden sie anfangen zu schreien, Verwirrung wird ausbrechen, und diesen Augenblick werde ich ausnutzen, um mich aus dem Staub zu machen. Sœur Virginie schaut mich an, die kleinen Hände zu Fäusten geballt; neben ihr Sœur Tomasine, die Augen zu Schlitzen verengt. Ich mache einen Schritt nach vorn, und die Nonnen gackern los wie verschreckte Hühner, zu dumm, um aus dem Weg zu gehen. Meine plötzliche Angst ist absurd, ich weiß. Lächerlich, anzunehmen, sie könnten versuchen, mich aufzuhalten. Das ist, als erwartete man von einer Schar Mastgänse, dass sie den Fuchs angreifen.

Aber irgendetwas ist schief gelaufen. Anstatt die Leiche auf dem Boden anzustarren, richten die Nonnen ihre Blicke auf mich. Selbst Gänse, das weiß ich noch aus meiner Kindheit, können gefährlich werden, wenn man sie wütend macht. Jetzt wagen sie es tatsächlich, mir den Weg zu versperren, mich einzukesseln mit ihren Körpergerüchen und ihren vorwurfsvollen Blicken … Als ich versuche, mir meinen Weg zu bahnen, hebt Sœur Antoine eine Faust, die ich mühelos abwehren könnte, selbst wenn man mir die Hände auf den Rücken gefesselt hätte, meine Verblüffung macht mich wehrlos, ich stolpere, bevor ihr Schlag mich trifft. Was für eine Hexerei ist das? Ich falle auf die Knie, ein harter Schlag trifft mich am Kopf, und trotz allem erfüllt mich nur wie von ganz weit her ein Gefühl des Erstaunens.

Es liegt keine Leiche auf dem Boden.

Auch der Turm ist leer.

15

♥

7. September 1611
Théâtre Ambulant du GrosJean
Carêmes

Ich spürte, wie das Seil nachgab. Ein Muskelkrampf vielleicht, oder die mangelnde Spannung oder auch das morsche Holz des Gerüsts, an dem das Seil befestigt war. Einen Augenblick lang war ich die Ruhe selbst, eingefroren in einen Blitz wie eine Fliege in einem Stück Bernstein. Ich griff ins Leere, beseelt von dem einen Gedanken: *Wenn ich doch ein Vogel wäre*. Ich streckte die Hände aus, bekam jedoch nichts zu fassen.

Dann tauchte etwas vor meinem Gesicht auf, ein Spinnengewebe, ein Hirngespinst, ein Seil. Ich stürzte, und es war schon fast außer Reichweite, als ich die Geistesgegenwart besaß, danach zu greifen. Mit der rechten Hand schaffte ich es nicht, aber meine Reflexe waren noch gut, und mit der linken bekam ich es zu fassen. Einen Augenblick lang hing ich in der Luft, immer noch viel zu verblüfft, um einen klaren Gedanken zu fassen – dann erblickte ich ein bleiches Gesicht, das mir durch ein Loch im Dach etwas mitzuteilen versuchte, und da begriff ich.

Perette hatte mich nicht im Stich gelassen. Sie musste

über das Gerüst, das die Arbeiter noch nicht abgebaut hatten, auf das Dach geklettert sein und alles durch die Spalten zwischen den Dachpfannen beobachtet haben. Ich zog mich hoch – an einem Seil hochzuklettern verlernt man ebenso wenig wie die Fähigkeit, auf einem solchen zu laufen – und hievte mich wie ein nasser Fisch auf das glitschige Dach.

Eine Weile blieb ich erschöpft liegen, während Perette vor Freude lachte und mich umarmte. Unter uns brandete ein Geräusch auf, so unverständlich wie das Brausen der Flut. Ich glaube, ich verlor das Bewusstsein, mir war, als würde ich vom Regen davongetragen, den Geruch des Meers in der Nase. Ich würde nie wieder fliegen. Ich wusste es. Dies war die letzte Vorstellung von l'Ailée gewesen.

Perette packte mich mit ihren kleinen Händen und schüttelte mich. Ich öffnete die Augen, sah wie sie mir mit Gesten etwas zu verstehen gab. Ein Pferd, das Zeichen für »Eile«, das Zeichen, das sie immer für Fleur benutzt hatte. Dann noch einmal: Fleur, reiten, Eile. Ich setzte mich auf, in meinem Kopf drehte sich alles. Perette hatte Recht. Wie LeMerles Drama auch immer ausgehen mochte, hier zu bleiben war nicht ratsam. Auch Sœur Auguste hatte ihre letzte Vorstellung gegeben, und eigentlich bedauerte ich das nicht.

Perette nahm meine Hand, führte mich in Richtung Leiter, die immer noch an ihrem Platz stand. Furchtlos, mit katzenartiger Behändigkeit kletterte das Mädchen an der Dachrinne entlang und ließ mich vorbei. Regen schlug uns ins Gesicht, über uns donnerte es, in der Nähe stand ein vom Blitz getroffener Baum in Flammen und ließ alles in apokalyptischem Licht aufleuchten. Und inmitten des Unwetters lachten wir, Perette und ich, lachten wie die Verrückten, lachten vor Erleichterung über meine gelungene Rettung und vor allem über den Ausdruck in LeMerles Gesicht, als er merkte, wie die wütenden Nonnen auf ihn zustürmten …

Später hörte ich, dass er kampflos aufgegeben und nur halbherzig versucht hatte, seine Unschuld zu beteuern, während er immer noch ungläubig in den Turm hinaufstarrte, wo ich eben noch gewesen war. Es war, als hätte sich der Boden unter ihm aufgetan, so hieß es, als hätten seine Worte angesichts dieser Hexerei ihre magische Wirkung verloren. Es muss ihnen vorgekommen sein, als hätte ich mich in Luft aufgelöst. Ein Wunder, riefen sie, ein Wunder, diese schwebende Frau muss Sainte-Marie-de-la-mer gewesen sein, die gekommen war, um ihre Lieben zu retten, so wie es in den alten Legenden erzählt wird.

Auch die Entdeckung des vom Blitz getroffenen Baumes ganz in der Nähe des Klosters nährte Gerüchte über eine wundersame Befreiung. Wie ich unlängst hörte, gibt es jetzt einen kleinen Schrein zu Ehren der Heiligen Mutter des Meers, die marmorne Maria ist aufs Festland zurückgekehrt, und eine neue Meerjungfrau, fast identisch mit der alten, ist in der Abteikirche aufgetaucht. Man sagt ihr bereits heilende Kräfte nach, und zahlreiche Pilger kommen von weit her, um den Ort zu sehen, wo sie vor mehr als sechzig Zeugen erschienen ist.

Der Bischof von Evreux war schnell bei der Hand, die Geschichte von der Erscheinung zu bestätigen und LeMerle als Hochstapler zu entlarven. Die mysteriöse Lilie, das Emblem der Heiligen Jungfrau, auf dem Arm des Angeklagten wurde als Beweis nicht nur für die Echtheit der Erscheinung betrachtet, sondern auch dafür, dass er mit den Mächten der Finsternis im Bunde stand. LeMerle, der sich völlig benommen und widerstandslos festnehmen ließ, wurde einem weltlichen Gericht übergeben.

Ich muss gestehen, dass er mir ein wenig Leid tut. Ich habe ihn einmal gehasst, aber seit jenem Ereignis glaube ich ihn besser zu kennen, und wenn ich ihm auch vielleicht nicht vergeben kann, so kann ich ihn doch verstehen. Er wurde aufs Festland gebracht, wie man mir sagte, um dem Richter in Rennes vorgeführt zu werden. Ich bin eine Weile in Rennes gewesen, habe den Turm gesehen, in dem er gefangen gehalten wurde, und den Anschlag an der Tür gelesen, auf dem seine Festnahme bekannt gegeben wurde. Außerdem wurde seine bevorstehende Hinrichtung angekündigt – an einigen Einzelheiten, die an Raffinesse und Brutalität an die Hinrichtung von Ravillac, dem Mörder des Königs erinnerten, meinte ich die Handschrift des rachsüchtigen Bischofs von Evreux zu erkennen.

Der Bischof und seine Nichte kehrten nach Montauban zurück, dem Familiensitz der Arnaults. Isabelle hatte offenbar den Wunsch geäußert, ein einfacheres Leben zu führen, weit weg von der Küste, und ist einem kontemplativen Orden beigetreten – diesmal als einfache Nonne –, wo sie hoffentlich ihren Frieden finden wird.

Dem Bischof selbst ist es weniger gut ergangen. Obwohl er behauptete, nur die blanke Angst habe ihn in unserer Kapelle zu dem falschen Geständnis getrieben, hat er die Auswirkungen schmerzlich zu spüren bekommen. Gerüchte von seiner Feigheit verbreiteten sich in Windeseile; Türen wurden ihm verschlossen, Freundschaften aufgekündigt, ehrgeizige Pläne durchkreuzt. Neulich ist mir zu Ohren gekommen, dass er vorhat, sein Amt niederzulegen – angeblich aus gesundheitlichen Gründen – und sich in das Kloster zurückzuziehen, in dem sein verstorbener Bruder Abt gewesen war.

Ich selbst habe das Kloster noch am selben Tag verlassen. Wenn ich geblieben wäre, hätte ich riskiert, dass man mich verhaftete – außerdem war an dem Ort zu viel geschehen, als dass er noch einmal mein Zuhause hätte werden können. Also machte ich mich auf den Weg und nahm nicht nur LeMerles Pferd mit, sondern auch das Geld und die Vorräte, die ich in seinen Satteltaschen fand.

Fleur erwartete mich an der verabredeten Stelle. Wir flüchteten über den Damm, die Flut auf den Fersen, und trafen drei Stunden später in Pornic ein.

Ich glaube nicht, dass man mich lange gesucht hat. Der Bischof hatte seinen Gefangenen, und er hatte kein Interesse daran, seiner Isabelle noch mehr Schande zu bereiten. Wahrscheinlich hat er es vorgezogen, mich davonkommen zu lassen, anstatt sich die Geschichte anzuhören, die ich womöglich zu erzählen gehabt hätte. Jedenfalls hatte ich erst einmal die Flut zwischen uns und die Insel gebracht, und es würde elf Stunden dauern, bis sich ein Verfolger auf den Weg zum Festland machen konnte.

Die Zeit auf der Straße mit LeMerle hat mich gelehrt, vorsichtig zu sein. Ich verkaufte sein Pferd, ebenso wie ich damals Giordanos Maultier veräußert hatte, und erstand von dem Erlös einen Wagen und ein Maultier. Wir lebten gut von LeMerles Gold, Fleur und ich, versorgten uns auf Märkten mit Lebensmitteln, benutzten aber in der Regel Nebenwege, aus Furcht vor den Schergen des Bischofs. In der Nähe von Perpignan schlossen wir uns einer Gruppe von Zigeunern an, die uns, nachdem sie meine Geschichte gehört hatten, als Mitglieder ihrer Sippe aufnahmen. Nachdem wir drei Monate lang mit ihnen zusammen durchs Land gezogen waren, begegneten wir einer italienischen Theatertruppe, die bereit war, uns beide zu engagieren.

Seitdem reisen wir von Stadt zu Stadt. Die *commedia dell'arte* erfreut sich immer größerer Beliebtheit, und wenn ich mit Maske auftrete, brauche ich nicht zu fürchten, dass mich jemand als l'Ailée von früher erkennt. Wir sind glücklich, Fleur und ich, fühlen uns wohl bei unseren neuen Freunden: Fiorello, der den Scaramouche spielt, Domenico, der den Arlequin darstellt. Fleur schlägt die Trommel und tanzt, und ich spiele die fromme Isabelle. Manchmal weiß ich nicht, ob ich darüber lachen oder weinen soll, dass man mir ausgerechnet diese Rolle – und diesen Namen – gegeben hat. Die Maske verbirgt mein Lächeln – und meine Tränen –, und Beltrame, der Chef der Truppe, sagt mir, er habe noch nie eine so lebendige Isabelle erlebt.

Dennoch gibt es Augenblicke – vor allem im letzten Winter –, da frage ich mich, ob es nicht an der Zeit ist, mich von dieser Art Leben zu verabschieden. Ein Bretterboden ist nicht so solide wie ein Boden aus Erde, und der Gedanke an ein Stückchen Land, das ich mein Eigen nennen könnte, überschattet mein derzeitiges Glück. Fleur braucht einen sicheren Ort, ein Zuhause. Eine Hütte in der Nähe eines Dorfs, ein Kaminfeuer, Enten, eine Ziege, einen Gemüsegarten … Vielleicht hat mir die Zeit im Kloster die Freude am Leben auf der Straße verdorben, oder vielleicht spüre ich einfach, dass der Winter naht. Ich überschlage meinen Besitz an Geld und verspreche mir, dass ich, bevor der Winter kommt, meine Hütte haben werde, mein Kaminfeuer … Fleur schlägt lachend ihre Trommel.

Mehr als ein Jahr ist vergangen, seit ich das Kloster verlassen habe. Manchmal träume ich heute noch davon, von den Freundinnen, die ich dort zurückgelassen habe, von meiner süßen Perette. Wie gern hätte ich sie mitgenommen! In mancher Hinsicht vermisse ich das Klosterleben. Ich vermisse meinen Kräutergarten, die Gesellschaft der Frauen, die Bibliothek, die Lateinstunden, die langen Spaziergänge am Strand. Trotzdem: Hier sind wir frei. Fleur hat schon lange keine Albträume mehr, und sie ist gewachsen, ihr Haar ist dunkler geworden. Manchmal macht mich der

Gedanke daran wehmütig, dass sie von Tag zu Tag erwachsener und unabhängiger wird, aber sie ist immer noch dieselbe süße Fleur, eigensinnig und doch vertrauensvoll und voller Staunen über die Wunder der Welt.

Letzte Woche übergab mir ein Mann, der mit einer Schauspieltruppe aus dem Norden unterwegs war, ein Päckchen. Es war – in einer mir unbekannten Handschrift – adressiert an Juliette, Sœur Auguste, Tänzerin, und es sah aus als wäre es schon seit einigen Monaten unterwegs gewesen, bis die Truppe uns zufällig begegnete. Der Mann erklärte mir, das Päckchen sei ihm vor etwa fünf Monaten in der Bretagne von einer Nonne übergeben worden.

Ich öffnete es. Es enthielt ein dickes Blatt Papier, dicht beschrieben in derselben mir unbekannten Handschrift wie mein Name auf dem Umschlag, dazu zwei gedruckte Pamphlete. Als ich sie auseinander faltete, rutschte zwischen dem Papier etwas heraus und fiel klimpernd auf den Boden. Ich hob es auf. Es war ein kleines emailliertes Medaillon, das ich gut kannte, das Medaillon mit dem Bild von Christina Mirabilis, der Wundertäterin, die mit ausgestreckten Armen in einem Flammenring schwebt.

Ich las den Brief.

Liebe Auguste,
ich hofe und bete das du diesen Brief bekomst. Ich denke an dich und ich bete jeden Tag für dich und Fleur. Ich flege deinen Garten hier und die nette Sœur Perpétué hilft mir dabei. Auserdem kümmere ich mich um die Hüner. Marguerite ist die neue Äbtisin. Das Kloster heißt jetzt wieder Abtei Marie-de-la-Mer und darüber bin ich froh. Sœur Perpétué bringt mir lesen und schreiben bei. Sie ist ser geduldig und regt sich auch nicht darüber auf das ich so langsam bin. Das ist der erste Brief den ich je geschreibt habe,

und ich hofe meine Fehler stöhren dich nicht. Ich gebe ihn am Mardi Gras den Schauspielern mit. Ich libe dich Juliette und Fleur auch. Ich schicke dir auch Nachrichten über Père Colombin. Ich hofe es ist keine Sünde das ich froh bin über das was pasiert ist. Ich wünsche euch beiden viel Glück.
Deine Perette

Gedrucktes Pamphlet, datiert September 1610
Gefängnis von Rennes

WAHRHAFTIGE UND WUNDERLICHE KUNDE VON HEXEREI!

Am heutigen Tag, dem 21. August, wurde in der Abtei von Sainte-Marie Mère ein Hexer gefasst und gerichtet. Er wurde verschiedener Verbrechen gegen Gott und die heilige Kirche angeklagt. Der Angeklagte Guy LeMerle, der sich als Geistlicher ausgegeben hat, wurde für schuldig befunden, mit den Mächten der Finsternis im Bunde zu sein, mit diesen in Gestalt eines Vogels zu verkehren, mehrere Nonnen der Abtei zu Tode gehext und vergiftet sowie die Abtei entweiht zu haben. Auf Befragen hin gab der Elende seine Verbrechen zu, zeigte sich stolz auf seine Missetaten und weigerte sich selbst unter Folter, seine Treue zum Fürsten der Hölle zu widerrufen. Wachen, die den Gefangenen in sicherer Verwahrung halten sollten, berichteten von wundersamen und Furcht erregenden Ereignissen an jenem Abend, wobei Dämonen in Gestalt von Vögeln und anderen Tieren den Angeklagten in seiner Zelle aufsuchten und ihn vergeblich anflehten, mit ihnen davonzufliegen. Der Gefangene konnte jedoch nicht aus seiner

Zelle entkommen, die mit dem Segen des Bischofs von Evreux und zwei eisernen Riegeln gesichert war. Am neunten Tag im September wird er in Anwesenheit des Bischofs, des Richters René Durant und der Einwohner der Stadt gerichtet werden. Im Namen Gottes und seiner Majestät Louis Dieudonné.

Zweites gedrucktes Pamphlet, datiert September 1610
Rennes

WUNDERLICHER UND VERDAMMUNGSWÜRDIGER BERICHT VON EINER HEIMSUCHUNG

Am siebten Tag im September gelang dem verurteilten Verbrecher und Hexer Guy LeMerle mit Hilfe von Geistern und Dämonen die waghalsige Flucht aus dem Gefängnisturm dieser Stadt. Um Mitternacht trat eine in einen Umhang gehüllte Frau auf die Soldaten zu, die das Tor bewachten. Das Gesicht unter einer Kapuze verborgen und in der Hand eine Laterne, sagte sie den Männern, sie sollten sich nicht rühren, wenn ihnen ihr Seelenheil lieb sei.

Die Wachen Philippe Legros und Armand Nuillot, die nicht nach dem Namen der seltsamen Frau fragten, wurden durch Hexerei kampfunfähig gemacht und fielen trotz ihrer Gebete wie betäubt zu Boden.

Vor Angst zitternd beobachteten sie, wie die Frau durch Zauberkraft und in Begleitung mehrerer Dämonen in den Turm eindrang. Zwar waren sie nicht bewusstlos, doch die teuflische Magie machte die Wachen vollkommen handlungsunfähig.

Kurz darauf verließ die Frau den Turm, gefolgt von

einer in einen Mantel gehüllten Gestalt, die sich sodann als Guy LeMerle entpuppte, der seine Verkleidung freudestrahlend und mit hämischem Lachen abwarf. Danach bestieg die Hexe zusammen mit dem Verurteilten eine Mistgabel, die neben dem Heuschuppen auf dem Boden lag, und flog unter Gelächter und Spottrufen, gefolgt von Dämonen in Gestalt von Vögeln, Fledermäusen und Eulen, auf und davon. Monseigneur der Bischof von Evreux fordert jeden auf, der diesen Mann oder seine Spießgesellen kennt oder etwas über seinen Aufenthaltsort weiß, sich sofort zu melden, damit dieser Hexer von Gott und der Kirche gerichtet werden kann. Für Hinweise dieser Art ist eine Belohnung von fünfzig Louis d'Or ausgeschrieben.

Also, ich kann mich an keine Dämonen erinnern. Auch nicht an einen Flug auf einer Mistgabel. Zweifellos haben die Wachen sich das ausgedacht, um einer Bestrafung zu entgehen. Was meine Rolle betrifft – ja, Perette, ich war die Frau mit der Laterne –, ich kann sie nicht erklären. Aber ebenso wie du bin ich froh, dass er entkommen ist. Ein Überbleibsel vielleicht von meiner früheren Loyalität, oder der Wunsch, dass dieser nicht enden wollende Traum endlich ein Ende finden möge.

Ich hatte immer gewusst, dass Giordanos Alchimie mir eines Tages von Nutzen sein würde. Der Gefängnisturm mit seinen dicken Mauern und vergitterten Fenstern war ein schwieriger Brocken, selbst für dein Schwarzpulver, doch an der richtigen Stelle angebracht und mit einer Zündschnur, die zu einem zentralen Haufen Pulver führte, hielt ich es für machbar. Zuerst suchte ich die Wachen auf, bot ihnen Bier an und plauderte mit ihnen, was mir Gelegenheit gab, ihnen in die Taschen zu greifen. Ich hätte ihnen die Kehle durchschneiden können – was die alte Juliette vielleicht getan hätte –, aber das wollte ich wenn möglich vermeiden; ich habe zu viel Grausamkeit erlebt. Die Wachen ergriffen die Flucht im selben Augenblick, als das Schwarzpulver explodierte, und aus ihrer Feigheit schloss ich, dass mir genug Zeit bleiben würde, bis sie es wagten zurückzukehren.

LeMerle war noch im Halbschlaf, als ich in seine Zelle kam; in seinen schmutzigen Umhang gewickelt lag er auf dem Stroh. Lieber nicht hinschauen, sagte ich mir. Am besten, ich stellte ihm einfach die Laterne hin, legte die Schlüssel daneben und ließ ihn zusehen, wie er aus dem Gefängnis entkam. Ich verfolgte, wie er sich zu rühren begann, und wandte mich zum Gehen, aus Furcht, andernfalls nicht den Mut aufzubringen, ihn wieder zu verlassen. Aber es war zu spät; er murmelte etwas vor sich hin, hielt sich eine Hand vors Gesicht, und wie Orpheus drehte ich mich um.

Natürlich hatte man ihn gefoltert, damit hatte ich gerechnet. Ich weiß, was während eines Verhörs geschieht. Selbst ein volles Geständnis zählt nur, wenn es unter Folter erzwungen wurde. Sein Gesicht, halb dem Licht zugewandt, war verdreckt und geschunden. An seiner rechten Hand war jeder Finger gebrochen.

»Juliette?« Es war nur ein Flüstern, kaum zu hören. »Mein Gott, ist das ein Traum?«

Ich konnte nicht antworten. Ich musterte ihn, wie er da in der Zelle auf dem Boden lag, erblickte mich selbst – in der Zelle in Epinal, im Kerker der Abtei –, und musste daran denken, wie ich ihm ewige Rache geschworen hatte, wie ich nur noch von dem einen Wunsch beseelt war, ihn leiden zu lassen. Verblüfft stellte ich fest, dass der Anblick seines Leids mich längst nicht mit der Genugtuung erfüllte, die ich erwartet hatte.

»Es ist kein Traum. Beeil dich, wenn du hier raus willst.«

»Juliette?« Trotz seines geschwächten Zustandes wurde er etwas wacher. »Ist das wirklich Hexerei?«

Ich verkniff mir eine Antwort.

»Meine kleine Ailée.« Ich hätte schwören können, dass er nahe daran war, laut zu lachen. »Wusste ich doch, dass es so nicht enden konnte. Nach allem, was wir gemeinsam …«

»Nein«, sagte ich. »Du wurdest geboren, um gehängt zu werden, nicht verbrannt. Das ist Schicksal.«

Er lachte laut. Sie mögen ihm die Flügel gestutzt haben, dachte ich, aber mein schwarzer Vogel kann immer noch singen. Verwundert bemerkte ich, dass der Gedanke mir Vergnügen bereitete.

»Worauf wartest du noch?«, fragte ich ungehalten. »Fühlst du dich hier so wohl?«

Schweigend hielt er seine angeketteten Handgelenke ins Licht. Ich warf ihm den Schlüsselbund zu.

»Ich kann nicht. Meine Hände.«

Die Hast machte mich unbeholfen, und ich muss ihm wehgetan haben, als ich die Eisen aufschloss. Aber er schaute mich unentwegt an mit strahlendem und spöttischem Blick wie immer. »Es könnte alles wieder so werden wie früher«, sagte er und lächelte bei dem Gedanken an vergangene Triumphe. »Ich habe Geld in einem Versteck gehortet. Wir könnten noch einmal von vorne anfangen. L'Ailée könnte wieder fliegen. Keine Jahrmärkte mehr, kein Darben – die Vorstellung, die du in dem Turm gegeben hast, die war *Gold* wert …«

»Du bist verrückt.« Das meinte ich ernst. Folter, Gefangenschaft, Ruin, Versagen, Schande … Nichts hatte seinem arroganten Selbstbewusstsein einen Riss zugefügt. Dieser selbstsichere Blick. Nicht im Traum kam er auf die Idee, jemand könnte sich ihm verweigern, ihn ablehnen. Ich nahm die Lampe, bereit zu gehen.

»Du weißt, dass es dir gefallen würde«, sagte er.

»Nein.« Ich hatte mich bereits zur Tür gewandt. Jeden Augenblick würden die Wachen zurückkehren. Vielleicht war der Schaden längst angerichtet, vielleicht hatte der Anblick seines geschundenen Gesichts im Laternenlicht sich schon in meine Seele eingebrannt.

»Bitte, Juliette.« Inzwischen war er wenigstens aufgestanden, folgte mir in die Freiheit. »All die Jahre, die ich unterwegs war, habe ich nach etwas gesucht, aber erst jetzt weiß ich, wonach. Immer wieder habe ich für etwas gearbeitet, von dem ich dachte, dass ich es haben wollte, und jedes Mal hat es sich hinterher als Hirngespinst entpuppt; all die Frauen, nach denen es mich gelüstet hat, mit denen ich gespielt habe und die ich bestraft habe, weil sie zu klein, zu weich, zu jung zu hübsch waren …«

»Wir haben jetzt keine Zeit für so was«, sagte ich. Ich schüttelte seine Hand von meiner Schulter ab, doch er ließ sich nicht aufhalten, jedes seiner Worte verursachte mir neuen Schmerz.

»Komm schon, gib's zu. Aus welchem anderen Grund solltest du gekommen sein, um mich zu befreien? Du warst es, Juliette. Nur du. Es spielt keine Rolle, ob du mich geliebt oder gehasst hast, wir zwei gehören zusammen. Wir passen zusammen. Wir ergänzen einander.«

Ohne ihn anzusehen, zitternd vor Anstrengung, ging ich los.

»Stur wie immer! Bin ich dir noch nicht lange genug nachgelaufen?« Jetzt hörte ich Zorn in seiner Stimme und eine Art Verzweiflung. Ich ging schneller. Im Fackellicht sah ich das Tor des Turms, das halb offen stand. Hastig lief ich in die kalte Nachtluft hinaus. Ich hörte LeMerle immer noch hinter mir, hörte ihn stolpern, fluchen. Mein Schatten tanzte vor mir wie ein Dämon.

»Du Närrin!«, schrie er, ohne daran zu denken, dass uns jemand hören konnte. »Begreifst du denn nicht? Juliette! Was soll ich denn noch sagen?«

Ich konnte es mir nicht anhören. Ich wollte es mir nicht anhören. Ich lief in die Nacht und hielt mir die Ohren zu, doch unter meinen Handflächen meinte ich ihn immer noch zu hören, seinen Geist, den Widerhall meiner Sehnsucht.

So schnell ich konnte, flüchtete ich aus Rennes. Nur ich wusste, dass ich vor zwei Jägern auf der Flucht war. Und, Perette, wenn es eine Sünde ist, froh zu sein, dann sind wir beide Sünderinnen, denn der Gedanke an eine Welt ohne LeMerle ist für mich undenkbar. Ich werde dir schreiben, meine Kleine, und den Brief irgendeiner Schauspieltruppe mitgeben. Pflege meinen Kräutergarten gut, aber pass auf, dass dort keine Ackerwinde wächst. Kamille sorgt für süße Träume, Lavendel für süße Gedanken. Ich wünsche dir beides, meine liebe Perette, und alle Liebe, die du verdient hast.

Epilog

Es endet, wie es begonnen hat, mit den Schauspielern. Einen Augenblick lang, als der rote Wagen neben meinem hielt, war mir fast so, als wäre es dieselbe Truppe, die damals zu uns ins Kloster kam. Lazarillos Schauspieltruppe, Tragödie und Komödie, Tiere und Wunder. Ich sage mir, ich habe genug von all dem gesehen. Aber das Sonnenlicht auf ihren Kostümen, die Pailletten, die Pelze, die Spitze, die bunten Farben, das Flötenspiel, das Trommeln, die Masken und Stelzen und die geschminkten und vom Straßenstaub verschmutzten Schauspieler berührten mich so, dass ich mein Fenster öffnete, um mir das Treiben anzusehen.

Fleur war bei ihnen, barfuß, ihr blaues Kleid flog im Wind. Sie juchzte und klatschte in die Hände, als der Feuerspucker der Sonne eine Flamme entgegenschleuderte, als die Akrobaten ihre Saltos schlugen. Géronte schaute lüstern nach der frommen Isabelle, Arlequin und Scaramouche duellierten sich mit hölzernen Schwertern, an denen bunte Bänder flatterten.

Fleur merkte, dass ich ihr zusah. Sie winkte mir zu, und ich sah etwas Weißes in ihrer Hand, ein Taschentuch vielleicht oder ein Stück Papier. Sie sprach mit Scaramouche, einem großen Mann, der das linke Bein nachzog und das lange Haar mit einem Band im Nacken zusammengebunden trug. Er flüsterte ihr etwas ins Ohr und schien unter seiner langnasigen Maske zu lächeln. Fleur hörte zu, nickte, dann kam sie zu mir gelaufen, das weiße Blatt Papier in der Hand. Sie schob den Brokatvorhang beiseite, der uns im Sommer als Tür dient. »*Maman*, der Mann mit der Maske hat mir gesagt, ich soll dir das geben.«

Noch ein Brief? Ich nahm den leicht zerknitterten Zettel. Es war kein Brief, sondern eine Ankündigung für ein Theaterstück:

Le Théâtre du Phénix präsentiert:
La Belle Harpie
Eine Komödie in fünf Akten

Unter dem Text befand sich eine Zeichnung von einer Frau mit Flügeln, die auf einem Turm stand, und einer Menschenmenge, die staunend zu ihr aufblickte. Über der Zeichnung ein Emblem, das einen brennenden Vogel über einer Lilie zeigte, darunter ein Motto, das ich nachdenklich betrachtete:

Mein Gesang dauert an.

Endlich musste ich lachen. Es gab keinen Zweifel. Der Phönix über der Lilie war kein schwarzer Vogel, sondern ein aus den Flammen wieder geborener Vogel … Seine Kühnheit und seine Arroganz kannten keine Grenzen!

Fleur sah mich besorgt an. »Weinst du, *Maman*?«, flüsterte sie. »Bist du traurig?«

»Es ist nichts«, sagte ich und wischte mir die Augen. »Die Sonne ist nur so hell.«

»Der Mann mit der Maske hat mir das für dich gegeben«, fuhr sie fort. »Er hat gesagt, er wartet auf eine Antwort.«

Eine Antwort? Langsam trat ich ans Fenster. Als ich genau hinschaute, konnte ich das in goldenen Lettern gemalte Motto auf dem Wagen erkennen: *Théâtre du Phénix*. Die Schauspieler waren immer noch in Aktion. Nur Scaramouche stand reglos da in seinem schwarzen Wams, den unergründlichen Blick auf mich gerichtet.

»Er hat gesagt, er würde weggehen, wenn du es willst«, sagte Fleur hinter mir. Dann, als ich immer noch nichts antwortete: »Du könntest ihn doch hereinbitten. Er sagt, er ist von sehr weit hergereist, um mit dir zu sprechen. Es wäre ziemlich unhöflich, ihn einfach wegzuschicken, oder?«

Schweigen. Fleur schaute mich fragend an.

»Ja«, sagte ich schließlich. »Das wäre wohl unhöflich.«

Mein Herz schlägt im Takt der Trommel. Mein Atem geht schneller. Ich sehe Fleur in ihrem blauen Kleid über die Wiese auf die Schauspieler zulaufen. Scaramouche beugt sich zu ihr hinunter, um zu hören, was sie ihm zu sagen hat, dann nimmt er sie in die Arme und hebt sie hoch. Ich höre sie vor Freude jauchzen. Er setzt sie sanft ab, dreht sich um und zeigt auf seinen Wagen, zu einem in Samt gekleideten Zwerg, der, einen Affen auf den Knien, auf den Stufen sitzt … Danach wendet er sich wieder mir zu.

Ich kann dem Impuls, ihm entgegenzulaufen, kaum widerstehen, während ich gleichzeitig am liebsten davonrennen würde. Ich rühre mich nicht. Ich zittere, verspüre ein Schwindelgefühl, wie ich es nicht einmal erlebt habe, als ich auf dem Hochseil stand.

Langsam, fast lässig kommt der Mann mit der Maske auf mich zu. Auf halbem Weg zieht er sein Wams aus und wirft es sich über die Schulter. Im Sonnenlicht leuchtet etwas Silbriges auf seinem linken Oberarm auf. Dann streckt er lächelnd eine Hand aus, eine Geste, die zugleich liebevoll und spöttisch ist.

Vom Fenster aus wirkt sie fast wie eine Aufforderung zum Tanz.

Danksagung

Ganz herzlich danke ich allen, die so viel Zeit und Mühe für dieses Buch aufgewendet und mich immer wieder ermutigt haben: Serafina, der kämpferischen Prinzessin; Jennifer, der Kämpferin auf der anderen Seite des Ozeans; meiner großartigen Lektorin Francesca und allen meinen Freunden bei Transworld; Louise Page, die weit mehr getan hat, als ihre Pflicht gewesen wäre; Stuart Haygarth, der für die englische Ausgabe wieder ein tolles Cover gestaltet hat; Anne Reeve für ihr Organisationstalent; und meiner Familie und meinen Freunden, besonders Christopher Fowler, Charles de Lint und Juliet McKenna, die mich bei der Stange gehalten haben. Und schließlich danke ich den Vertriebsmitarbeitern, den Buchvertretern und den Buchhändlern, die hinter den Kulissen hart arbeiten, damit meine Bücher in die Läden gelangen.